夢の島

大沢在昌

集英社文庫

夢の島

1

電話をかけてきたのは、五十歳くらいの女性だと思う。とても親切で、上品そうなおばさん、といった印象の声だった。

「あの……深夜、突然のお電話で申しわけございません」

その人は、まだ夜の十時だというのに、そういった。電話にでた僕に、

「絹田《きぬた》さんのお宅ですか、信一《しんいち》さんでいらっしゃいますか」

と確認し、僕がそうですと答えると、

「わたし……あの、静岡の三島《みしま》に住んでおります、ハヤサカタエコと申します」

「はあ」

僕はそういう他なかった。ハヤサカという知りあいはいない。

「実は、お父さまのことで――」

ハヤサカさんはそういって、黙った。鼻をすすっているような音がした。

「はい――」

「あの……こんなことを突然お電話でお知らせするのはどうかと思うのですが、お父さ

まはお亡くなりになりました」

僕はそれを聞いて、また、

「はあ」

といった。自分でも間の抜けた返事だと思って、

「そうですか」

とつけ加えてみた。だがハヤサカさんの方が僕より悲しそうで、僕の反応が鈍いことにもあまり気づかない。

「本当はもっと早くお知らせしなければいけなかったのですが……あの、お父さまが亡くなられたのは、先月の八日だったんです。わたし、なかなかお父さまの遺品に手をつける勇気が起きませんで……きのうからようやく……」

ハヤサカさんはそこまでいって、絶句してしまった。どうも泣いているようだった。

「……申しわけありません、あの……。わたし、お父さまとずっと暮らさせていただいておりましたから……」

「それはお世話になりました」

僕がいうと、

「とんでもありません！　わたしの方こそ、今まで何のご挨拶もせずに、本当に申しわけございません」

ハヤサカさんはあわてたような声をだした。

「それで、お父さまの遺品の中に、あなたの住所を書いたノートがあって、わたしびっくりしてしまいまして。息子さんがいらしたなんてちっとも——」

「父は僕が二歳のときに、母と離婚したんです」

僕はいった。それから二十四年間、たったの一度も会っていない。手紙もくれたことがない。だから父親が僕の今の住所を知っていたという話すら驚きだった。

「あ、そうだったんですか……」

ハヤサカさんは、少しほっとしたようにいった。

「あの、父は何で亡くなったんですか」

僕は訊《たず》ねた。

肝臓ガンだ、とハヤサカさんは教えてくれた。五十一歳という若さだったので、ガンはあっというまに、父の体を食いつくしたらしい。

僕は変な質問だと思いながらも、亡くなるまでの父が何をしていたかを、ハヤサカさんに訊ねた。

「あの……油絵の教室をやっていらっしゃいました」

「油絵、ですか」

「はい。それとお子さんを対象にした水彩画の教室も……」

ハヤサカさんはいった。

「いつ頃からでしょうか」

「この七年ほど……。わたしがごいっしょさせていただいてからはずっと――」

「そうですか」

「あの……絹田さん、お母さまは」

おそるおそるといったようすでハヤサカさんは訊ねた。

「あ、亡くなりました。二年前です。交通事故で……」

「まあ」

ハヤサカさんは息を呑《の》んだ。その死んだ母は、死ぬまでことあるごとに父を罵っていたとは、僕はいわなかった。

「で、絹田さんにご兄弟は？」

「いません」

「まあ……」

また、ハヤサカさんはいった。それを聞き、そうか僕は独りぼっちになったんだな、と改めて思った。だが、母親が死んでからは、ずっと独りぼっちだと思ってきた。

母は、いつも、あんたのお父さんはろくでなしだった。だからきっと今頃はどこかで野垂れ死んでいる、といいつづけていた。息子に向かって、母親が父親についていうセリフではないと思うのだが、たった二歳の僕を母親のもとにおいて、他の女と駆け落ちしてしまった父のことを、母はそれこそ死ぬまで恨みつづけていた。

僕は、母と母の両親に育てられた。祖父と祖母は、僕が十九と二十のときに、あいついで亡くなった。そして僕が専門学校を卒業して家をでると、母はこれからが自分の本当の青春時代だとかいって、あちこちを旅行してまわっていた。その旅先、メキシコのチュアナで、乗っていた観光バスが列車と衝突して亡くなったのだ。

「ご心配なく。もう、ずっとひとりで暮らしていますから」

僕はいった。

「それより父がすっかりご厄介をかけたみたいで、ありがとうございました」

「いいえ。そんな……そんなことおっしゃられたらわたし……どうしていいか……」

ハヤサカさんはそういって、またひとしきり泣いた。母にはろくでなしだったかもしれないが、このハヤサカさんにはそんなに悪い人ではなかったのだろう。僕は父のことを思って、少しほっとした。

「あの……それでお墓のことなんですが……」

「ああ――」

僕はいった。母の墓は、祖父母と同じ、新宿《しんじゅく》の百人町《ひゃくにんちょう》のお寺にある。

「実は、お父さまのご遺言で、こちらの海の見える高台のお寺に入れさせていただいて……」

「あ、けっこうです、それで。父が入りたがったところがいちばんだと思いますから」

我ながらあっさりしすぎているかなと思いながらも、僕はそう答えた。実際、母親の隣りなんかに入れたら、怒って化けてでてきそうだ。それに、このハヤサカさんならきっと熱心にお墓参りをしてくれるにちがいない。

「よろしいんですか。わたし、あの、本当に勝手なことをしてしまったと思って、どうしようかと――」

「ぜんぜん気にしていません。一度はうかがうと思いますが、何しろ二十四年間、まったく音信のなかった父ですので」

僕がきっぱりいうと、ハヤサカさんはまた絶句してしまった。

「二十四年間――」

「ええ。ですから正直にいって、亡くなったと聞かされても実感がないんです」

「それは……そうでしょうねぇ」

ハヤサカさんはため息を吐《つ》いた。

「でも、お墓参りには、いきたいと思いますので、住所を教えていただけますか」

僕はいった。

「あ、はい――」

ちょうど目につくところにあった紙は、青山《あおやま》のスタジオからきた「不採用通知」だった。その裏に、僕は教えられた寺の住所と、ハヤサカさんの住所、電話番号をメモした。

「あの、それから……お父さまのご遺品なのですが」

借金なんかないだろうな、と一瞬僕は身構え、借金は遺品とはいわないかと思いなおした。

「何か、お送りした方がよろしいものがあるでしょうか？」

僕は考えた。二十四年会ったこともない父親の遺品をといわれても、何があるか、見当もつかない。

少し考え、僕はいった。

「写真、はありますか」

「写真、でしょうか」

とまどったようにハヤサカさんは訊ねかえした。

「ええ。申しあげたように、顔もはっきりとは覚えていないんです」

「わかりました。教室の模様を撮ったものがたくさんございますので、それをお送りします」

「ありがとうございます。僕の方は、それでけっこうです」

言外に、それ以外のものはいらない、と告げたつもりだった。母の話を聞いていた限り、借金はあっても遺産など残すタマではなさそうだ。

僕の言葉を聞き、ハヤサカさんはほっとしたようだった。

「承知いたしました。改めて、お写真とお手紙をお送りさせていただきます」

よろしくお願いします、と僕はいい、それから妙だとは思ったが、こうつけ加えた。

「あの、あまりお力落としにならないで下さい」

電話を切ったあと、煙草《たばこ》に火をつけて、僕は少し、ぼんやりとした。

やはり、ショックというのはない。あえていうなら、生きていたことへの驚き、という方がはるかに大きい。

僕の父親は、一九六〇年代の終わりから七〇年代の初めにかけて、少しだけ売れたイラストレーターだったらしい。「ヒッピー」とか「サイケ」が流行した時代だという。

僕がまだ小さい頃に一度、当時の父親の写真を母親から見せられたことがある。

髪が肩より長くて、痩せていて、妙に裾の広がったジーンズをはいたその姿は、正直、うげっという感じで、見なければよかったと思ったものだ。

父は、レコード（古いよね）ジャケットやポスターの仕事で、けっこう稼いでいたらしい。母の話では、その頃の若手文化人は、新宿によく集まっていたという。アブないクスリにもかなり手をだしていたようだ。

母は、そうした若手文化人が集まるある喫茶店の〝看板娘〟だった。そこで父と知りあい、恋が芽生えて、めでたくご懐妊。がんとして産むといいはった母に、父はしぶしぶ入籍したようだ。

だがそれもつかのまの幸せで、わずか二年で、別の女性のもとに転げこみ、やがて仕事が売れなくなってくると、女性から女性を転々とし、ついには行方不明になってしまったというわけだ。

幸い母には、実家の喫茶店があったため、生活には困らなかった。しかし「ヒッピームーブメント」（そういったらしい）の衰退とともに、新宿の喫茶店に若手文化人が集まることもなくなり、本当にただの喫茶店になってしまって、食べていくのがやっとの細々《ほそぼそ》とした暮らしだった。

それが僕が高校を卒業する頃に、バブルの波が押しよせてきて一変する。歌舞伎町《かぶきちょう》の入口にある、ほんの二十坪ほどの喫茶店に連日、地上げ屋が押しかけてきては、とてつもない金額で買いとりたいともちかけたのだ。

祖父母が生きているあいだは、地上げ屋の願いは決してかなうことはなかった。だがその二人が死んで、土地の所有権が母に移ると、母は大喜びで店を売る契約を不動産屋と交した。

ところが、バブル崩壊。

考えてみると、僕の母親は、どうもツキのない人だったようだ。契約金額はとてつもないものだったが、ふりこまれたのはその四分の一にすぎなかった。そして不動産屋はあっけなく倒産。所有権は、向こうのものになってからのできごとだ。

あっというまに、喫茶店は差し押さえをくらい、残金をもらうまでは居すわる覚悟だった母親も、連日、日本刀やら拳銃をちらつかせる恐《こわ》い金融屋のお兄さんたちが現われるに及んで、泣く泣くあけわたした。

幸い住む場所は、祖父母といた代々木《よよぎ》のマンションがあった。生活費は、その祖父母の生命保険と、四分の一の土地代金。

このお金は、お前には一文も残さない——が、母親の口癖で、僕が専門学校を卒業したとたん、みごとに社会に放りだしてくれた。

そうこうしているうちに、外国で交通事故にあってしまったというわけだ。僕が受けついだのは、代々木のマンションと、今度は母親の生命保険だったが、現金の方は、マンションの相続税を払うためにほとんど消えてしまった。

代々木のマンションは、僕ひとりが住むには広すぎる。そこで人に貸して、僕自身は、西麻布《にしあざぶ》のアパート暮らしだ。友人は、優雅な家賃生活者だ、と冷やかすが、とんでもない。

アパートの家賃はともかくとして、近くに借りた駐車場の代金や、代々木の部屋のメンテナンス料などを払うと、収入はほとんど残らない。食いぶちは自分で稼がなければならない。

だから本当は、父親に遺産のいくらかでもあれば大助かりなのだが、たぶん絵画教室の先生以外たいした収入もなかっただろう人間の面倒を死ぬまでみてくれたハヤサカさんに、とてもそんなことは切りだせなかった。

ただ問題は、僕が目下失業中だということだ。

一応、僕は名刺をもっていて、それには「フリーカメラマン　絹田信一」と入っている。少し前までは師匠格の人がいて、仕事を回してくれたりしたのだが、ちょっとしたことで喧嘩《けんか》をしてしまい、それも途絶えた。

伝手《つて》を頼って、青山のスタジオに就職をしようとしたのだが、写真学校の「新卒」しかうちは採らないという通知がきたばかり。

とりあえずの一、二週間は暮らせるとしても、その先がつづかない。愛車を売るか、マジで写真以外の仕事を捜さなければならないと思いはじめた今日この頃の、突然の電話だったというわけだ。

やれやれ。

僕は煙草を灰皿に押しつけ、ため息を吐いた。

外は強い風が吹いている。

こんな晩は、酒でも飲みたい。ちょっと前なら、新宿のキャバクラにいた美加《みか》に電話をすれば、一時間くらいならこっそりただで飲ませてくれた。ところが、スカウトにあって銀座《ぎんざ》のクラブに移って以来、ノルマは厳しいわ、お姉さんはうるさいわで、美加もすっかり参っている。

となると、つきあってくれそうなのは、鯉丸《こいまる》くらいしかいない。

コイマルというのは、僕の写真学校の同級生だった友人だ。カメラマン人生にさっさと見切りをつけて、今は六本木《ろっぽんぎ》で水商売に生きている。

ホステス相手の、いわゆる「サパー男《お》」というやつだ。サパーというのは、クラブなどが閉店後、ホステスどうしや客とホステスが、食事をしたりカラオケを歌いにいくスナックのことだ。朝の七時、八時まで、店を開けている。

鯉丸はそこで「オネエ」を売りに、ホステスを接待する係。鯉丸にいわせれば、オネエは営業だというが、どうもそうではないと僕はにらんでいる。美加にいわせてもかなり怪しい。

鯉丸の勤めている店が開くのは午後十一時だ。それまで多少時間を潰して、歩いていけばいい。

だがこんな暮らしをしていて、はたしていいのだろうか。

そこでまた電話が鳴った。

「はい」

「おっはよう、鯉丸ちゃんだよー」

陽気な声が流れこんでくる。

「何がおはようだよ。世の中の人は、もう寝ようかって時間だぜ」

「まったまた。カタギぶっちゃって。失業者のくせに」

「うるさいよ」

「信ちゃん、機嫌悪いじゃん。何かあったん？」

どうも鯉丸の日本語はおかしい。

「別に。何でもないよ。お前、これから仕事だろ」

「うーん。どうしようかと思って。きのう、コーク決めすぎたら、ぐったりこんなっちゃって」

「お前、またクスリやったのかよ」

僕は声を荒くした。鯉丸は、僕らがゲイじゃないかとにらむだけあって、根はすごくやさしくて思いやりがある。ただ唯一の欠点は、ドラッグ類に目がないことだ。「飛ぶ」と聞かされたら、スピード、コーク、LSDから、金魚のエサ、心臓の薬にいたるまで、何でもやってみないと気がすまないたちなのだ。

いつかコイツは、それで命を落とす——僕は心配しているのだが、鯉丸はいっかな、やめる気配がない。

「まあまあ、そう怒らんらんらん。秋の夜長の寂しさを、ひとりコークに慰めるるらん、なんてね」

「あのな、お前やったのは夜じゃなくて昼間だろうが」

「まあね。信ちゃんこそ、声が暗いよ」

やたらに勘が鋭いところも怪しい——美加はいっている。ひょっとしたら信一に惚《ほ》れてるんじゃないの。

そういわれてもな、と顎をかいていたら、耳をかじられそうになった。

「うーん。実はさっき電話があって、親父が死んだんだと」

「えっ」

鯉丸はでかい声をだした。

「本当に」

「ああ。でもさ、四分の一世紀近く、会ってない相手だからな。ぴんとこないよ」

「そっか……」

「でもまあ、酒でも飲むか、と」

「つきあう！　つきあうつきあう、月の輪グマ！」

「じゃ、店いくのか」

「うちの店で飲んだって、つまんねえじゃん。どっか別んとこいこうよ」

「金ないの」

「大丈夫だよ。もてもて鯉丸くんがいっしょだもの。六本木は任せなさい」

「任せらんないよ、おっかなくて」

「そうじゃなくて、本当にきてくれっていわれている店があんの。ひとりじゃ何だから、信ちゃんつきあってよ」

「お前、ドラッグディーラーのたまり場なんかじゃないだろうね」

「そういうイリーガルの世界には信ちゃんはひっぱりません、せん、洗濯機」

「やめろって、そのわけわかんない会話」

「店のクセなんだよな」

「酔っぱらいじゃなけりゃ、おもしろくもおかしくもないぜ」

「そっか。ごめん」

ちょっとしょんぼりした鯉丸がかわいそうになって、

「いいよ」

僕はいった。

「で、どこ?」

「『エル・ド・シック』って店。いちおうクラブらしいよ」

「じゃ、その前で落ち合おう」

「オッケー」

場所を聞き、僕は電話を切った。クラブは、美加がいる店以外いったことがないし、僕みたいに金に縁のない人間には気が重い。

だが鯉丸がわざわざ誘ってくれているのに断わるのはもっと気が重かった。能天気なようで、こっそり傷つくのが、鯉丸の得意技なのだ。


だが鯉丸と待ちあわせて、一歩その店に入ったとたん、僕は後悔した。思いきりバブリーな店なのだ。

分厚い絨毯《じゅうたん》、でかいシャンデリア、ロングドレスのお姉さんが弾くグランドピアノ、そしてダブルのスーツばっかりのオヤジ客に、超ミニタイトのいけいけホステスさんたちときた。

鯉丸は、インコ系の七色ヘアーをして、がりがりの体を紫色のスーツで包んでいる。ハーフっぽい彫りの深い顔立ちなのだが、陽焼《ひや》けサロンで無理焼きしているので、むしろ不健康そうに見える。水商売でなければ、いいところアダルトビデオの男優だろう。

鯉丸を「つきあい」で呼んだのは、リエさんとかいう、「ちょっと前いい女」っぽい、いいママだった。こっちも陽焼けしていて、光りモノアクセサリーを音がするほど身につけている。

「鯉丸ちゃーん、ありがっとう！」

まっ赤に塗った唇を大きく開けて、リエさんはいった。

「いいえ、いつもお世話になってます」

「うーん、もっとお世話したーい。こちら、彼氏？」

と、僕を見る。高々と掲げて組んだ脚の奥は、黒のレース付。

「おいらの学校の同級生。カメラマンなんです」

「本当？　ねえ、あたしのヌード、撮ってくれる？」

急にこっちにとびついてきた。

「えっ。いや、それは、仕事として、ですか」

「もちろんよ。体で払っちゃう。それともやっぱり、女は駄目」

「駄目！」

といったのは鯉丸だった。

「やっぱり、プロだから、お金払わないと駄目、リエさん」

「ふーん。いくらくらい？」

「スタジオを借りるかどうかでもかわってきます。スタジオ代がかかりますから」

　僕はいった。

「なければ？　たとえばうちとか」

「それだったら、二万円くらいで……」

「本当に？」

　鯉丸がリエさんに気づかれないように、呆《あき》れた顔をした。もっと吹っかけろ、といいたいのだろうが、駆けだしの僕としては、あまりアコギなこともいえない。

「ええ……。ただ現像代とか引きのばしの費用は別になりますが……」

「もちろん。じゃさ、今度の日曜は？」

「え」

　今日は水曜だ。

「別に用事はないですけど……」

「じゃ、決まり。ちょっと、あたしの名刺、もってきて！」

　通りかかった黒服にリエさんはいった。名刺にボールペンで住所と電話番号を書いた。麻布十番《あざぶじゆうばん》だった。

「ここに二時くらいにきてくれる？」

「午後の二時ですね」

「もちろん。あなたの電話番号は？」

僕は作って以来、十枚と使っていない名刺をだした。

「鯉丸ちゃん、彼、誘惑しちゃっていい？」

リエさんはふりかえった。真顔になっていた鯉丸が、あわてて笑顔を作った。

「もっちろん。ええ仕事しまっせ！」

「やっぱりしたんじゃない、鯉丸ちゃんと」

「してませんよ」

僕は首をふった。

「いいわ。男を卒業させてあげる……」

四十分ちょっとで店をでた。鯉丸が自分の店に出勤する、といいだしたからだ。

六本木通りを歩きだしたとたん、鯉丸がいった。

「なんであんな仕事、受けたんだよ」

「だって、今、仕事ないしさ」

「だからって、あんなババアのヌード撮ることないだろ」

本気で怒っているように見えた。

「お前の客だろ」

「関係ないよ。それに受けるにしたって二万は安すぎるって！」

僕は立ち止まった。

「あのさ、何がいいたいんだよ」

「何でもないよ」

鯉丸は首をふった。

「ただ、信ちゃんはプロなんだからさ……」

「プロったって、お前も知ってるように、腐るほどカメラマンなんていうんだぜ。俺はまだ雑誌とかとコネもないしさ、偉そうなこといえないよ」

「ちがうよ。やっぱり最初から安売りしちゃいけないんだよ。もしこれで信ちゃんが、有名なカメラマンになったら、あのババア絶対いうぜ。『あの子、若い頃、あたしが面倒みてあげたの』」

鯉丸は声色《こわいろ》を使った。そして険しい顔になった。

「寝るなよ」

僕はため息を吐いた。

「寝ないよ。第一、相手になんかしてもらえない」

「そんなの、わかんないよ。ヤバい筋のハゲがいるって話だからさ」

「ハゲって？」

「男だよ。囲ってる男」

「やくざか何か」

「知らないよ、噂《うわさ》だから。だけど手をだしたのがバレたら、ヤバいかも」

「心配性だな。俺はそんなに軽くないよ」

「知ってるよ。ただ、やさしいからさ。迫られたら断われないんじゃないかと思って」

「彼女がいますっていうさ。迫られたら」

鯉丸は大きく頷《うなず》いた。

「そうだよ。美加にも悪いよ」

「それより早く、店いこうぜ」

「エル・ド・シック」でリエさんが飲ませてくれたのは、甘ったるいブランデーだった。

気分として、今夜は格安でバーボンを飲みたい。

鯉丸の店に、僕はオールド・クロウをキープしている。

鯉丸の店に着くと、僕は美加の店に電話をかけた。すると具合いが悪くなって早退したという。僕は驚いて、美加の携帯電話にかけた。

美加はタクシーの中だった。

「もう駄目。やめたいよ、あんなお店。やたらにお姉さんに飲まされるんだもん」

美加は呂律《ろれつ》の回らなくなった口調でいった。銀座のクラブがすべてそうではないのだろうが、新人のホステスは、客のボトルを減らすために、がんがん飲まされるのだ。飲みなさい、と濃い水割りを作られ、イッキを客ではなく先輩のホステスに強いられるという。

席を移るたびにそれをやられると、かなりくるものがあるだろう。

「大丈夫か？」

僕は、店内を見回していった。黒一色の店内は、カラオケのための小さなステージと、ビニールレザーのソファセットしかない。「エル・ド・シック」とは大ちがいだ。まだ客は入っておらず、鯉丸の他には、キッチンのチーフがいるだけだ。

「うーん。何とか。今日いこうかなって思ってたんだけど、迷惑かけちゃうから、帰って寝る……」

「わかった。お大事にな」

父親の話はしづらかった。

電話を切った僕は、鯉丸としばらく飲んだ。鯉丸は父親の話を聞きたがったが、僕にできるわけがない。

鯉丸は、僕が落ちこんでいるのではないかと心配してくれているのだった。

一時間ほどそうしているうちに、お客さんが入ってきたので、僕は帰ることにした。

冷たい風に吹かれながら、西麻布へと下る坂を歩いていると、突然、涙がでてきた。なぜ泣くのだろう。自分でもわからなかった。まさか、父親の死が悲しくて、とは僕には思えなかった。

わけがわからず流れだした涙は、最初頰に暖かで、そしてすぐ冷たくなった。

2

ハヤサカさんから分厚い封筒が送られてきたのは、電話のあった翌々日のことだった。速達で届いた封筒を開けると、便せん八枚もある手紙とカラー写真がどっさりでてきた。

まず手紙を読んだ。それによると、僕の父親は八年くらい前に静岡県の三島に現われたらしい。小さなアパートを借りて、あちこちをスケッチして歩いては、部屋で油絵を描く生活だったようだ。そして三島市が主催する「市民絵画展」という展覧会に応募してきたことから、その事務局を手伝っていたハヤサカさん──早坂妙子《はやさかたえこ》と書くことがわかった──と知りあった。

父親の絵は銀賞とかいうのを受賞した。ちなみに封筒には、その絵と並んで立つ中年の男女の写真が入っていた。絵は、早朝の港の風景を描いたもので、写っているおっさんは、腰まである灰色の髪を束ねた、かなり怪しげな風体《ふうてい》。一方、横の女性は、ぽっちゃりとした、いかにもやさしげで平凡そうなおばさん、といった印象だ。

これが父親か。僕はしみじみと見つめた。あまり僕とは似ていない。どちらかというと目の大きな僕に比べ、父親は切れ長で細い目をしている。よく陽に焼けていて、口もとにちょっと性格悪そうな皺《しわ》が寄っていた。正直いって、家族だといわれても、こっちも後退《あとじさ》りしてしまいそうなタイプだ。

自分でも下手《へた》ながら（と書いてあった）絵を描く早坂さんは、父親の才能に感動し（そう書いてあるのだ！）、スケッチに同行するようになった。いっしょにいる時間が長くなり、必然、二人はくっついた。早坂さんは二十代の終わりに離婚して以来、ずっと独身だったらしい。もともと三島の人で、ご両親と住んでいた家があり、いっしょになってから、二人はそこで暮らすようになったという。

まあ、父親に冷たいいい方をすれば、拾われたわけだ。

油絵や水彩画の教室は、早坂さんの家で開いていた。居候に甘んじることをせず、多少は家計に寄与する仕事をしてくれていたというのは、血のつながる身としてはほっとする。

手紙によると、父親は物静かでやさしい人間であったとある。さんざん好き放題をしたあげく、人生の終点も見えてきて、枯れていたのかもしれない。

早坂さんの家は、決して新しくはないが立派な造りで、もし都内にあれば豪邸といわれるような大きさだった。

早坂さんにとっては父親と暮らした七年は、とても充実した時間だったようだ。父親の教室を手伝い、休みの日にはスケッチ旅行にもよくでかけたとある。その写真もずいぶん入っていた。

いっしょになってからの父親は髪を切り、服装もこざっぱりと変化していた。いかにも観光記念、というアングルで写真におさまった二人は、早坂さんがとても幸せそうに笑顔を浮かべているのに比べ、父親は照れているのか、無表情が多い。それでも、僕の目からも、夫婦にしか見えない。

ただ父親は、自分の過去についてはほとんど早坂さんに語らなかったようだ。早坂さんは、決して入籍を望んだわけではないけれど、もし父親の方からその言葉が聞けたらどれほど嬉《うれ》しかったろう、と書いていた。

僕は何となく父親の気持がわかるような気がした。父親は、早坂さんほど父親自身を信じていなかったのだ。たとえ中年の域にさしかかってから結ばれた身であろうと、いつまた自分の中に気まぐれが動きだし、早坂さんを捨てないとも限らない。そのときの早坂さんの傷を少しでも大きくしないために、入籍をためらっていたのではないだろうか。

やがて父親が発病し、ガンはあっというまに父親の体を食いつくす。

本当にあっというまでした、と早坂さんの手紙にはあった。父親本人はおろか、早坂さんの心の準備も整わないうちに、父親はまた旅立ってしまう。

早坂さんも、父親が決してひとつところに留《とど》まっていられる性格ではないことはわかっていたようだ。だが新たな旅先がたとえ別の女性のもとであっても、もっと生きてもらいたかったと書いてあった。

僕はそこを読み、じんとしてしまった。父親はすごく幸せな最期だったのじゃないだろうか。過去を隠し、財産も何ひとつない、中年の売れない絵描きを、そこまで大切に思ってくれる人などそうはいない。

父親が亡くなってからひと月くらい、早坂さんは呆然《ぼうぜん》とした日々を送ったらしい。悲しいのとショックで何もする気になれなかったとある。

ようやく少し心が落ちついて遺品を整理しはじめ、あるノートの存在に気がついた。それは日記というには大まかすぎる、人生の覚え書きのようなものだったらしい。そしてそのノートに、僕が生まれてまもなくの頃、母と三人で撮った写真がはさんであった。それを見れば、いくら何でも家族がいたとわかる。そしてノートの最後近くのページに、僕の名前と住所が書いてあったというのだ。

これは本当に驚くべきことだ。僕は今のアパートに、母親が亡くなってから移ってきた。父親がもっていた僕の住所は、ここなのだ。いったい、いつ、誰から僕の現住所を知ったのだろう。

僕はしみじみと父親の写真を見つめた。僕がそうと知らないあいだに、父親が僕のこの数年間の生活に現われたことがあっただろうか。もしそうなら見覚えがあるかもしれない。三島から秘《ひそ》かに東京にでてきて、息子の現在の暮らしぶりを観察していたとか……。

しかしどれほど見つめても、写真に写っているのは、まるで知らない人物だった。懐しさのようなものも伝わってこない。

すると、僕がまるで気づかないうちに、父親は僕のことを調べていたのだ。

残念なような、嬉しいような、妙な気分だった。

残念なのは、そこまで知っていたなら、なぜ僕と会おうとしてくれなかったのか、ということだ。父親は僕もまた、母と同様に恨んでいると思っていたのだろうか。そして早坂さんという新たな伴侶の存在で、僕と会うのをためらったのか。

きっと、自分にはもっと時間があると思っていたのだろう。いつか、そう、もう少し先になったら、僕の前に姿を現わそうと考えていたのかもしれない。

それでも嬉しかったのは、父親が僕の存在を気にかけてくれていたという、まぎれもない事実だった。

母親は、

「犬や猫でも、自分の子のことを、あの人よりは気にかけるわよ」

と、ことあるごとに父親の薄情を罵っていた。しかし、僕にしてみれば、物心ついたときには存在しなかった人間を恨むという気持にはなれなかった。

だってそうではないか。会ったこともない（に等しい）人間を、憎んだり恨んだりすることなど、できはしない。

といってもちろん、美化などはしていない。父親には父親のよんどころない事情があったにちがいないと情状酌量してやるほどは、僕はロマンチストではない。まして、いつか会いにきてくれるだろうなんて、本当に小さな頃を別にすれば、露ほども考えたことはない。

それが、大金持ではなかったにせよ、少女マンガのその手のパターンのように、秘かに僕に会う（かもしれない）準備を進めていたとは。

僕はやはり、墓参りにいこうと決心した。それもなるべく早くだ。

鯉丸に連れていかれたクラブのちいママを撮る仕事は、ちょうどその費用になる。

3

撮影は、鯉丸のいっていた「ハゲ」に邪魔されることなく、順調に終了した。

リエさんの住居は、麻布十番商店街を、一本入ったところにあるマンションだった。陽あたりはあまりよくないが、広さはたっぷりあるフローリングの二ＬＤＫだ。革ばりの豪華なソファや大理石のテーブルなんかもあって、せこいスタジオで撮るよりは、よほど小道具はそろっている。

リエさんは、待ちあわせの時刻に僕がいくと、ばっちりメイクもすませ、バスローブ一枚で待っていた。

「パンティもきのうの晩からはいてないのよ。お腹《なか》にゴムの跡が残っちゃうでしょ」

ぱっとローブを開いてみせた。

うっすら水着の跡が残るその体は、確かに顔よりは若々しかった。胸も立派だし、肌の色もそんなにくすんではいない。

僕はとりあえず、いくつかのポーズをリエさんと相談しながら、用意していった十本のフィルムすべてを使った。

撮影が終わったのは、四時頃だった。リエさんは、鯉丸が心配したような誘惑モードに入ることなく、さっさとTシャツとスパッツに着がえ、ビールとウナギの出前を僕にご馳走《ちそう》してくれた。店で会うよりは、さばさばしていて、男っぽい性格の人のようだ。ダイエット中とかで、ウナギは、僕ひとりで食べる羽目になった。そのあいだリエさんは、電話をしたり、煙草を吸ったりと忙しかった。

僕がウナギを食べおえたとき、チャイムが鳴った。

「彼氏がきちゃった」

リエさんはいった。僕はあわてて、

「じゃ、失礼します」

と立ちあがった。リエさんは首をふり、

「ちゃんと紹介するわ。ヌードを撮ってもらうっていったら、そりゃいい、とかいったくせに心配そうにもしてたのよ。紹介した方が向こうも安心するでしょ」

つまり、心配というのは、僕とリエさんがあらぬことになってしまう可能性の問題で、もしそうなったら鯉丸の懸念が的中するわけだ。

で、リエさんがドアを開けて、招きいれた人物は、といえば、鯉丸の話とはまるでちがう雰囲気だった。

白いタートルネックのセーターにジャケットを着ていて、遊び人ぽくはあるが、やくざには見えない。歳《とし》は四十くらいだろうか。ほっそりとしていて、いかにもお坊っちゃん育ち、といった印象だ。

「絹田くん、紹介するわ。わたしの彼氏で原口《はらぐち》さん。こちらカメラマンの絹田くん」

「初めまして」

僕が頭を下げると、原口はまじまじと僕を見つめ、それから、

「やあ」

と右手をさしだした。その手を握って、指が長くてきれいなのに僕は驚いた。まるで女性のようだ。

もうひとつ、睫毛《まつげ》が長いことも、原口を女性的に見せている。

原口はリエさんに目を移し、

「撮影はうまくいったの？」

と訊ねた。

「そりゃ、もう。そうでしょ、絹田くん」

「まあ……、撮れていると思います」

あまり大きなこともいえなくて、僕は頷いた。

「なによ、頼りないわね。なんだったら、まだもう少し撮る？」

僕はあわてて首をふった。

「いえ、もう……大丈夫です」

リエさんは原口によりそった。

「ねえ、どうしよう。絹田くんがすごく有名になっちゃったら。あたし、絹田くんの撮ったヌード第一号なのよ」

本当はヌード第一号は美加なのだが、それはいわずに僕は黙っていた。

原口は僕をじっと見つめていたが、いった。

「もし、リエがすごくよく撮れていたら、引きのばして、うちの店に飾ろう」

「嘘《うそ》！　恥ずかしい。でもなんか、ちょっとどきどきしちゃうな」

「どんなお店なんですか」

僕は訊ねた。原口は微笑《ほほえ》んだ。

「カジノだよ」

カジノバーをやっているのか。とすると、やはりちょっと恐い筋かもしれない。

原口はつづけた。

「ふつうのお客さんは入ってこない。会員制なんだ。夜の十二時にオープンする。よかったら君も一度遊びにくるといい」

「いえ」

僕は急いで首をふった。

「そんなお金、ありません」

「もとでは貸してあげる。あとは勝てばいいんだ」

本気でいっているのだろうか。負けたら僕には絶対に返せない。僕は原口を見つめた。

するとと原口はすっと、僕から視線をそらした。口もとに皮肉めいた笑みがあった。

「まあ、君がお金持になってからでも遅くはないが」

「じゃあ当分無理ですね。一生無理かもしれない」

僕はいって立ちあがった。

「どうかな」

原口はいった。

「人の人生なんてどう転がるかわからない」

僕は頷き、

「どうもご馳走さまでした」

と頭を下げた。

「ネガができたら届けます。選んで下さい」

「あっ、そうだわ。待って、ギャラを払わないと――」

「いくらだ」

原口が訊ねた。

「ネガを選んでいただいてからでけっこうです」

「駄目よ。二万円だったわね」

リエさんがいうと、原口がジャケットの内ポケットから財布をとりだした。開いた中身はすべて一万円札で、百枚以上入っていそうだ。僕はびっくりした。

原口はそこから五枚の一万円札を抜いた。すべてピン札だ。

「私が渡しておこう」

「多すぎます」

「いいから」

テーブルの上に金をおき、原口はいった。

「じゃ、ありがたくいただきます」

パネルなどに引きのばせば費用がかかる。その分をさしひけばいいのだ。僕は思って受けとった。

原口はじっと僕を見つめ、頷いた。

「よかったら本当に遊びにくるといい。店は赤坂《あかさか》にある」

「ありがとうございます」

「場所はリエに訊《き》けばわかる」

「はい」

僕はもう一度礼をいってカメラバッグを担ぎ、リエさんの部屋をでた。

エレベータに乗りこむと、ふっとため息がでた。原口は不思議な男だった。何を考えているかまるでわからない。そういう意味では見るからにこわもてより恐いタイプなのかもしれない。

マンションの前に、きたときにはなかった赤のフェラーリが止まっていた。何となく、そのフェラーリは、原口の車かもしれないと僕は思った。


「その人知ってるー！　お店にきたことあるよ」

美加が叫んだ。六本木の、安くて量の多いので有名なイタリア料理店だ。地下二階の店まで降りる階段で三十分並び、ようやく席につけたのだった。今日は僕の奢《おご》りで、キャンティワインを一本はりこんだ。

「フェラーリ、乗ってるでしょう」

美加は、店にでているときとはちがって髪をストレートにおろしている。ミニスカートにブーツをはき、薄いブラウスを着ていた。細くて小柄だけど、胸は大きい。少し前まで、始終アダルトビデオにスカウトされていた。

「そのフェラーリって赤？」

「わかんない。色は聞いてない。なんかちょっとキザな感じの人でしょ」

「睫毛が長かった」

「じゃ、まちがいないよ」

美加は大きく頷いた。

「まどかさんてお姉さんのお客さん。すっごいお金持だって、まどかさんいってたもん」

「うん。財布の中に万札がぎっしり入ってた」

「店にくると、ついた子にいつも一万円ずつチップあげてる。あたしも一回もらった」

「口説いたりしないの」

僕はちょっと心配になって訊ねた。美加は首を傾《かし》げた。

「しないな。むしろ女の子が皆んな狙ってるって感じ」

そういえばリエさんも、彼女がべた惚れという印象だった。リエさんがくっついても、原口はクールな表情をかえなかった。

「お金持だもんな」

僕は頷いた。美加も頷き、

「そうだよね。フェラーリか。いっぺんでいいから乗ってみたいよね」

「フェラーリじゃなくて悪かったな」

僕の車は、ミニカトッポという国産の軽だ。軽自動車のわりに荷物室が広いところが気にいっている。もっとも荷物室を使うと二人乗りになってしまうが。

「そんな意味じゃないよ」

美加がいった。ボンゴレとバジリコのスパゲティをくるくるとフォークに巻きつける。

「別にフェラーリ乗ってたら誰でもいいなんて思ってるわけじゃないよ」

ちょっと唇を尖《とが》らせて、僕を見る。

「わかってるよ」

「あたしはさ、信一が有名になって、そいでフェラーリ買って隣りに乗っけてくれればいい」

「一生無理だな」

「わかんないじゃん」

美加はスパゲティを口に運びながら上目づかいで僕を見た。

「カメラマンてさ、そんな甘い商売じゃないよ。若くてフットワークがよくて、ギャラが安いうちは、けっこう仕事がくるかもしれないけど、歳いって有名になっちゃうと、意外と仕事がないんだって」

「それって花森《はなもり》さんのいったことでしょ」

花森さんというのが、僕の師匠格の人だった。そこそこ仕事が途切れないでいるブッ撮りのカメラマンだ。花森さんは、僕の撮った美加のヌードを見て、出版社に売りこもうといった。素人《しろうと》のヌードは受けるから、美加ならきっと売れるというのだ。

僕は迷って美加に訊ねた。美加は嫌だといい、僕もやめることにした。花森さんは、お前は馬鹿だ、もう面倒みきれないと、酔っていたときだったので僕を怒った。

僕は理不尽な気がして、それならいいです、今までどうもありがとうございましたと頭を下げて帰ってきた。それきりだ。

「信一はさ、あたしの勘じゃ、もっとすごくすごく有名になる。巨匠、なんていわれちやうくらい。そうなったら、ポルシェもフェラーリもオッケイじゃん。でもベンツはやだよ」

美加の持論、ベンツに乗ってる客はスケベが多い。

「夢だよ、夢」

僕はスパゲティの次に運ばれてきたアンチョビのピザをひと切れつまみながらいった。

「そういえば、俺の父親が死んだんだ」

「えっ」

美加は素頓狂《すっとんきょう》な声をだした。

「何、それ」

「ほら、俺の父親って俺が二歳のときにでてったきりだったろ。それが三島に住んでてさ、今の奥さんみたいな人から電話がかかってきたんだ。亡くなったって」

美加は目を丸くした。

「大丈夫なの、信一」

僕は肩をすくめた。

「ぜんぜん問題なし。生きてたことが驚きだったくらいだから。その人の話じゃ、絵の先生みたいなことやってたんだって。来週にでも墓参りいってこようかと思って」

「あたしもいく」

即座に美加がいった。

「だって店は――」

「休む」

僕は考えた。車でいくなら、ひとりでも二人でもかわらない。三島なら東名高速を使えば日帰りでも大丈夫だ。

「いいよ」

「やった。でも、どうして信一のことがわかったの、その人」

「それが不思議なんだ。父親の遺品の中にノートがあって、そこに俺の今のアパートの住所が書いてあったんだと」

「へえ。知ってたんだ。なんで会いにこなかったんだろう」

「わからない」

「でも、いつか会いにくる気だったんだよね」

「きっとそうだと思う」

「信一ってやっぱり芸術家の血が流れてるんだよ」

美加は突然、確信したようにいった。

「どうかな」

父親が売れない絵描きで、息子が売れないカメラマンというのは、確かにありそうなパターンだ。

「きっとそうだよ。だけど信一もお父さんみたいに急にいなくなっちゃ嫌だよ」

美加は僕をにらんだ。

「俺、そんなに女の子にもてないもん」

「いいの、それで。信一はあたしのことだけ好きでいてくれればいいんだから」

ワインを飲み干し、デザートのケーキも食べて、僕らは歩いて西麻布まで帰った。

美加は酒にあまり強くないが、少し酔うと、けっこう淫乱になる。

部屋に入ってドアを閉めたとたん、僕の首に抱きついて、舌を入れてきた。酔ってきらきら光る目で僕の目をのぞきこみ、

「欲しい」

といった。

「じゃ、ベッドいこう」

「待てない」

着ていたコートを脱ぎ落とした。

「今」

そういってしゃがみこんだ。僕のジーンズのファスナーをつまんでチーッとおろした。

「今、欲しいの」

いって、冷えた指先をもぐりこませてきた。

「冷てっ」

「すぐあっためてあげる」

上目づかいでいって、頬の中に入れてしまった。結局、僕もベッドまで待てなくなり、その場に美加を押したおした。

シャワーを浴びてベッドに入りなおしたとき、電話が鳴った。鯉丸だった。

「いるとこみると、ひとり？」

「二人」

僕はいった。隣りで煙草を吸っていた美加が僕を見た。誰だかわかったようだ。

「ヤッホー」

受話器に向かって叫んだ。

「元気ぃ、鯉丸くん」

「元気だよーっ。美加も元気かあっ」

鯉丸も叫びかえしたが、美加には聞こえない。そこで僕が、

「すげえ元気」

といった。

「て、ことは、してる最中？」

「もう終わった」

美加が僕のわき腹をつねった。

「撮影、どうだった」

「まあまあ、かな。明日、現像もってくけど」

「食われなかった?」

「まさか。彼氏もあとからきたし」

「げ。ヤバくなかったの」

「ぜんぜん。ジェントルマンだったぜ。五万くれた」

「ラッキーじゃん」

「赤坂でカジノやってるから遊びにこいって」

「いくか」

「いくわけないだろ。相手にされないよ。リップサービスだって」

「だろうな。きっと何百万とか何千万とか賭けてるんだろうから。近づくと恐いぞ」

「俺もそう思う」

「来週、何してんだよ」

「墓参り、いこうと思って」

また美加がつねった。

「俺もいく」

美加は読んでいたのだ。

いってから、鯉丸は訊ねた。

「どこなの、お墓って」

「三島」

「いくいく。ドライブしようぜ」

「店、どうすんだよ」

「休めばいいじゃん」

僕は美加を見た。美加は呆れたように目をぐるぐると回し、ため息を吐《つ》いた。

「オッケイ。美加もいくっていってるし」

「ドライブ、ドライブ」

鯉丸は嬉しそうな声をだした。

「とにかく、いっしょに住んでた人に連絡してみてから、また電話するわ」

「弁当、作ってやるから」

鯉丸はいって、電話を切った。美加が口をへの字に曲げた。

「いっつもいっしょね、二人」

「弁当作ってくれるって」

美加はまたため息を吐いた。

「信一の奥さんになりたいのかも」

「まさか」

そういったとき、また電話が鳴りだした。

「きっと鯉丸くんよ。『おかずは何がいい？』」

僕は答えず、受話器をとった。

「絹田信一さんですか」

知らない男の声がいった。

「はい」

「絹田洋介《ようすけ》さんの息子さんの？」

「そうです」

「それはよかった」

男はいった。妙に気取った喋《しゃべ》り方だ。学校の先生のようにも聞こえる口調だった。

「あの――」

「失礼。私は、観光開発を手がけている、ヒラホリと申します。平らなお堀と書いて平《ひら》堀《ほり》です」

「はあ――」

「絹田さんとは、シマの件で契約を進めようとしておりました」

「は？」

「シマです」

「シマ、といいますと？」

僕が訊きかえすと、平堀と名乗った男は黙った。驚いたようだ。

やがて、

「お聞き及びでない――？」

と訊ねた。

「何のシマでしょうか」

平堀は答えなかった。再び沈黙がつづき、

「どうやら私が記憶ちがいをしていたようだ。失礼しました」

というと、電話を切ってしまった。

「なんだよ……」

僕は受話器を見つめ、つぶやいた。

「どうしたの」

美加が訊ねた。

「父親の名をいって、シマの件で話がしたいっていって……、切っちゃった」

「何、シマって」

「わからない」

絵のことだろうか。父親の絵を買おうという、奇特な人間がいたのか。早坂さんに訊けば、何かわかるだろう。僕はさして気にもとめず、美加を抱きよせた。

「もう、信一ったら、元気なんだからぁ」

そんなつもりじゃなかったけど、美加は、まだ、そんなつもりだった。

4

墓参りにでかけたのは、翌週の火曜日だった。僕が電話をすると、早坂さんはとても喜んだ。

火曜の朝九時に、僕たちは西麻布のアパートを出発することにした。美加は前の晩から僕の部屋に泊まり、鯉丸は八時少し過ぎに大きなリュックを背負ってやってきた。リュックの中身は、お握りとおかず、それにポットに入れたコーヒーだった。

「お前、寝てないんじゃないの？」

僕が訊ねると鯉丸は元気よく、

「もちろん！　店から帰ってすぐに弁当作ってたんだもの」

と頷いた。

「じゃ、眠いだろう」

八時起きは、美加もつらいようだ。ぼんやりとソファにすわってコーヒーカップを両手で包んだまま十分くらい動かないでいる。

「ぜんぜん。Sってのはこういうとき便利だよね。体力ぎんぎん、ぎんぎら星」

僕は舌打ちした。美加が呂律の回らない口調でいった。

「やだぁ。鯉丸くん、スピードやったの」

「そう。非常用ドラッグキットから、一発だけキメてみました」

「お前ねえ」

僕は怒る気力も失《う》せて、ため息を吐いた。スピードというのは、早い話、覚せい剤だ。さすがにポンプ（注射器）は使っていないだろうが、銀紙で炙《あぶ》って吸ったところで、体にいいわけない。

「少しは自分の体のこと考えろよ」

「だって子供産めるわけじゃないしさ。長生きしたいとも思わない」

「だけど体悪くして苦しむのは自分だぜ」

「大丈夫だよ。休薬日作ってるから」

「何それ」

美加が訊ねた。

「お酒を飲まないのが休肝日。クスリをやんないのが休薬日」

「一生、休薬日にするんだよ」

「はいはい。いこいこ」

僕たちはミニカトッポに乗りこんだ。助手席に美加が、後部に鯉丸がすわる。僕はでがけに近くのケーキショップでクッキーを買っていくことにした。自分の父親の墓参りにお香典をもっていくのも変だし、初めて会う早坂さんのお宅に手ぶらでうかがうのも申しわけない。だからクッキーにしたのだ。

池尻《いけじり》から首都高速にあがり、そのまま東名高速に入った。

道は思ったより混んでいなかったし、天気もよかった。僕のミニカトッポは、時速百キロで快調に進んだ。

厚木《あつぎ》を過ぎたあたりで、うしろからかすかな鼾《いびき》が聞こえてきた。スピードの効果が早くも切れて、鯉丸が寝てしまったのだ。

「あんまりいじめちゃかわいそうだよ」

美加がルームミラーに目配せして小声でいった。

「鯉丸くん、信一やあたしのために一生懸命作ってきてくれたのだから」

「でもクスリはまずいよ」

「それはわかるよ。だけどあたしも覚えあるけど、毎日が本当につまんないときって、クスリしか楽しくないってことあるもん」

「誰だって毎日楽しいことばかりじゃないさ」

「それは信一が大人だから。鯉丸くんはまだ、信一ほど大人じゃないんだよ」

「人のことオヤジみたいにいうなよ」

「だってオヤジっぽいんだもん。鯉丸くんと信一って兄弟みたいって思うことある。信一がお兄さんで」

「じゃ美加はお姉さんか」

「うん」

美加は首をふった。

「あたしは妹。妹もできが悪くてエッチなの。だからお兄ちゃんを誘惑しちゃう」

「なんだ、それ」

僕と美加は小さく笑った。前方に富士山が見えた。青空にくっきりと浮かんでいる。

頂上は白い雪をかぶっていた。

「ほら、富士山」

「本当だ。きれいだね」

僕も美加も、学校の遠足とかを除けば、子供の頃、どこかへ連れていってもらった記憶がない、という点で一致していた。僕は家が喫茶店という年中ほとんど無休の商売をやっていたせいだし、美加は小学校の低学年のときに親が離婚している。母親が美容院をやっていたので、そちらにひきとられていたのだが、中学生のときに母親が再婚した相手が、美加を犯そうとしたらしい。頭にきた美加は男の顔をカッターナイフで切って補導された。

〝あたしをやっちゃおうとしたことよりも、母さん以外の女とやりたいなんて思ったあいつに、そのときは腹が立ったんだ。今だったら、男の人のそういう生理はわかるけどさ、でもやっぱりあいつは最低〟

結局、高校はほとんどいかないうちに中退してしまい、水商売の世界に入った。十七歳で、十九と嘘をついてキャバクラで働きだした。千葉市の実家にはずっと帰っていない。電話はときどきしているらしい。

「信一と知りあえてよかったな」

美加がいった。

「何だよ、急に」

「だって、信一とじゃなきゃ、こんなふつうのドライブやデートできないもん。オヤジ相手にゴルフいったり温泉連れてってもらうより、うんと楽しいよ」

「泣けるぅ」

「馬鹿。真面目《まじめ》にいってるんだから」

美加と知りあったのは、一年前だ。その頃美加は、オヤジの囲われ者だった。キャバクラ時代の客にバブルで稼いだ不動産屋がいて、そいつの愛人をやっていたのだ。代々木の、家賃が月五十万もするマンションに住み、いっときはポルシェも与えられていた。そのポルシェのバッテリーがコンビニエンスストアの前でアガってしまい、動けなくなっていたのを助けたのが、バイト店員の僕だった。深夜だけのバイトを僕がその店でしていたのだ。

美加を囲っていたオヤジは異常なヤキモチ焼きで、美加がちゃんと部屋にいるかどうかを、日に三度も四度も電話をしてきて確かめる。オヤジから電話がないのは、夜中の三時を過ぎてからで、美加はその時間になるとひとりでポルシェを駆って都内を走りまわっていたのだ。夜しか走らなければ、バッテリーはチャージされないから消耗が早い。

おまけにコンビニで雑誌を立ち読みしているあいだ、エンジンを切ってハザードをずっと点《つ》けているのだから、アガってしまうのは当然だった。

僕は店の配達用のバンを駐車場からもってきて、バッテリーをつないでやった。

お礼、といって一万円だした美加に呆れた。

「お金なんかいらないよ」

「でも、どうすればいいの」

「別に、どうもしてほしくなんかない。また、うちの店をよろしく」

すごくかわいい子だと思ったけれど、ポルシェにも乗っているし、どうせ世界がちがうのだからナンパしようという気も起こらなかった。

すると次の日の朝、五時頃に、また美加がきたのだ。ずっと雑誌を立ち読みしていて、他のお客さんがいなくなったとき、レジのところへやってきて訊ねた。

「バイト、何時まで？」

「六時半」

「そのあとは？」

「帰って寝る」

「ちょっとつきあって」

青山にあるファミリーレストランでお茶を飲んだ。その翌日のバイト明けに、美加は僕のアパートにやってきた。

美加を囲っていたオヤジは、それからひと月して、ポルシェをとりあげ、そのふた月後に美加は管理人から家賃が四ヵ月分滞納されていることを知らされた。

美加は最低限の荷物をもってマンションをでた。鍵は郵便でオヤジに送った。景気が悪くなっていて、オヤジもあきらめたのだろう。美加を捜すこともしなかったらしい。

美加は水商売に戻った。寮に住んで金を貯《た》め、四ヵ月でマンションに引っ越した。

本当はいっしょに住んでもいいな、と僕は思っている。だが美加がそれには反対だった。自分が水商売をやっているあいだは、僕と美加の生活は時間が合わない。カメラマンは時間に厳しい仕事だから、美加のペースに僕を巻きこむのはよくない、というのだ。

美加は水商売を決して嫌いではない。だがいつまでもつづけたい、とも思ってはいないようだった。

一度そのことを真剣に話しあったら、高卒の資格をとって専門学校にいきたい、といっていた。

うるさくいう気はないけれど、美加がそうしてくれたら本当に嬉しい、と僕は思っている。

沼津《ぬまづ》インターチェンジを降りたのは、十一時だった。渋滞とかを考えて、早坂さんと三島の駅前で待ちあわせたのが一時だから、まだかなり時間がある。

起きた鯉丸と美加の二人のリクエストで、僕はトッポを南に走らせた。二人は口をそ

ろえて、

「海が見たい！」

といったのだ。沼津インターをでてまっすぐ南にいけば沼津の市街地に入り、そこで西に方向をかえれば、駿河湾《するが》にぶつかる。三島市とは反対の方角だが、地図を見ると、それほど距離は離れていない。三十分とかからないだろうと、僕は思ったのだ。

実際は、市街地が少し混んでいて、四十分ほどかかって僕らは海に到着した。千本浜《せんぼんはま》公園に面した道に車を止め、もっていった弁当を広げた。

鯉丸はお握りのオカズに、甘い卵焼きとウインナソーセージ炒《いた》めまでつけていた。世の中広しといえども、覚せい剤を吸って、卵焼きとウインナ炒めを作ろうなどと考えるのは、鯉丸くらいのものだろう。

弁当を食べ、あたりをぶらぶらすると、正午を回った。

「そろそろいこう」

僕はいって、車に乗りこんだ。すると突然、鯉丸がいった。

「俺、ここらへんで待ってる」

「えっ」

「だって、美加は彼女だからいいけど、俺みたいのがついていったら、変じゃん。信ちゃんのイメージが悪くなっちゃう」

「何いってんだよ。そんなことないさ」

「いや、ある」

鯉丸はきっぱりいった。

「俺はさ、髪も染めてるし、見るからに怪しげだもん」

「そんなことないよ。鯉丸くんがいけないのなら、あたしだっていけないよ」

美加がいったが、鯉丸は首をふった。

「美加はちゃんとした彼女じゃん。俺とはちがう。それに、俺、お寺とか墓参りとか、何か苦手なんだよ」

じゃあ何できたんだよ、という言葉を僕は呑みこんだ。美加の、「毎日がつまんないとき」という言葉を、ふと思いだしたからだ。

「――わかった」

僕は頷いた。美加が驚いたように僕を見た。鯉丸はにっこり笑った。

「よかった。信ちゃんならわかってくれると思ってた」

「でも何時になるかわかんないぜ、迎えにくるのが」

「いいよ。海を眺めて、ぼおっとしてるから。ぜんぜん平気」

「風邪《かぜ》ひくなよ」

「大丈夫だって。早くいってきなよ」

鯉丸はいった。

「よし。美加、いこう」

「でも……」

「本当に俺のことは気にしないでいいから」

　美加を助手席に乗せ、僕はトッポを発進させた。ルームミラーの中で鯉丸はちょっと寂しそうな顔で僕らを見送っていたが、ポケットに両手を入れてくるりと背を向けた。

「……いいの、信一」

　美加が訊ねた。

「いい、と思う。たぶん連れていったら、鯉丸はかえって気をつかうだろうし」

「そうかな」

「早坂さんは何といっても、ふつうの人っぽいし」

「そりゃ外見は派手だけど、鯉丸くんていい子だよ」

「もちろん、わかってる。でもびっくりはするだろ、最初会って」

「まあね。あたしも最初は、すげえ軽そうな奴《やつ》って思った」

「あいつは、自分がそう見られることを知ってるんだ。だから僕らまでが早坂さんにそう思われるのが嫌なんだと思う」

　美加は黙っていた。

「いっしょにいかなければ、お互いに変な気をつかわないですむと思ったのじゃないかな」

「わかった」

美加はいった。

「親友の信一がそう思ってるなら、あたしは何もいわない」

三島駅には、一時八分前に着いた。早坂さんはもうすでにきていて、僕らを待っていた。厚手のオーバーに、毛糸の小さな帽子をかぶっている。

ぱっと見て、自分よりうんと年上の人に対して失礼かもしれないけれど、かわいい人だ、と僕は感じた。

車を止め、初対面の挨拶をして、美加を紹介した。

「本当に、わざわざお越しいただいてありがとうございます」

「いいえ。こちらこそ、父親がすっかりお世話になって、ありがとうございました」

「とんでもない……」

早坂さんは首をふった。目が少しうるんでいた。五十歳くらいだろう。

「わたし、信一さんに叱られたらどうしようって、恐かったんです。お父さまをずっと独占していたのですから……」

早坂さんを車に乗せ、僕たちは駅前を離れた。相談の上、まず早坂さんの家にいって、それからお墓参りに向かうことになった。

早坂さんの家は、三島駅から東にいった、三嶋《みしま》大社の近くだった。写真にあった、立派な建物だ。

「両親が亡くなってひとりで暮らしていた頃は何とも思わなかったのに、洋介さんが亡くなられてからは、すごく広く感じるようになってしまって……」

家の前に車を止め、降りると早坂さんはいった。犬の吠《ほ》え声が聞こえた。庭に犬小屋があって、雑種と覚《おぼ》しい中型犬が吠えている。

「これっ、ジュンちゃん。この人はね、パパの息子さんなのよ」

犬にいってから、早坂さんは、あっという顔をして僕をふりかえった。

「ごめんなさい。あの……洋介さんのことを、ずっとジュンちゃんにはパパと呼んでいたので――」

「いいんです」

僕はいって、微笑んだ。動物好きの美加が走りより、ジュンの頭をなでた。

「どうぞこちらにいらして下さい。散らかっていますけど、洋介さんがいらした当時のままですから……」

早坂さんが玄関に僕らを案内した。僕と美加は交互に、

「お邪魔します」

といって、靴を脱いだ。玄関には「早坂」と「絹田」という表札が並んでかかっていた。扉をはさんで反対側に、「絹田絵画教室」と書かれたプラスチック板も掲げられている。下に小さく「油彩、水彩、児童絵画指導」とあった。本当に絵画教室を開いていたのだ。

玄関を入ると、小さな廊下があって、二階へつづく階段と、扉がふたつ面していた。

そのひとつを早坂さんは開いた。

「こちらがアトリエだったんです。生徒さんもここで教えていました」

板の間にカーペットをしいた十二畳くらいの部屋で、イーゼルと小さな椅子が五組並んでいた。そのうちのひとつに、描きかけの絵がかけられている。

海の風景画だった。青い海面に小さな島がぽつりと浮かんでいる。それを見て、僕は電話をしてきた平堀という男のことを思いだした。

だがその話をいきなりしていいものかどうか迷い、もう少しあとで訊ねることにした。

早坂さんはそれから家の中のあちこちを案内してくれた。最後に僕らは、父親が書斎がわりに使っていたという応接間に腰を落ちつけた。早坂さんが紅茶をいれ、手作りだというパイを切ってだした。

それから、父親が遺《のこ》したというノートを僕にさしだした。

「これです。これに、写真と、信一さんの住所があったんです」

ノートは、味もそっけもない、昔でいうところの「大学ノート」という奴だった。表紙にはただ「絹田洋介」とだけ、マジックで書いてある。

開くといきなり写真があった。まさしく、母親と僕が、父親といっしょに写ったものだ。

同じ写真を、僕は小さな頃、見たような記憶がある。写真の中の僕は、まだ一歳になったかどうかで、乳母車《うばぐるま》の中で、眩《まぶ》しそうに目を細めていた。裏側には、ボールペンの字で、「洋介、由里子《ゆりこ》、信一」とあった。

「これ信一？」

のぞきこんだ美加が訊ねた。僕は頷いた。

「カッコいい。お父さん、ロン毛なんだ」

「長髪っていったらしいよ。当時は」

父親は髪を、額のところでバンダナで縛っていた。体にぴったりとした長袖のTシャツに、裾の広いジーンズをはいている。

「これがお母さん？」

美加は早坂さんに遠慮したのか、声を小さくしていった。

「そう。気が強そうだろ」

僕は写真を美加に渡し、ノートを見つめた。そこには確かにおおまかな日誌のようなものがつけられていた。まず目についたのは、父親がかつて手がけたらしい仕事の一覧表だった。たぶんレコードのジャケットだろうが、聞いたことのない人名とカギカッコ入りのタイトルが並んでいる。それから雑誌の名と何年何号という数字がつづいていた。一九七〇年が最も多く、七二年になると、ふたつしかない。つまりそのあたりで親父は売れなくなったのだ。

僕は頁《ページ》をめくった。住所と人名が並んでいる。中にはバツ印で消されたものもある。住所録のようだ。

その中に、代々木のマンションの住所と祖父母の名もあった。アイウエオ順ではなく、ランダムに書き記されている。その終わり近くに、僕の名と今の住所があった。

「電話番号はNTTに問いあわせたんです。お電話をしようかと、一日、悩みました」

早坂さんはいった。

「電話をいただいてよかったです」

僕はいった。住所録には、祖父母と僕の名以外、知っている名前はひとつもない。平堀、という名もなかった。

「あの」

僕はノートから顔をあげた。

「平堀さんという人をご存じですか」

「平堀さん？」

早坂さんは首を傾げた。

「先週、突然電話があったんです。父親とシマの件で契約を進めようとしていたって」

「何でしょう」

早坂さんはまるでわからない、といったようすだ。

「僕もわからなかったので、何のシマですかと訊いたら、自分が記憶ちがいをしていたようだと電話を切ってしまったんです」

早坂さんは首をふった。

「わたしもぜんぜんわかりません。シマというのは、島の絵のことかしら。アトリエにあった――」

「でもあれは描きかけですよね。他には父は島の絵を描いていたんですか」

「いいえ。あの絵だけです、わたしが知る限り。あの絵も、亡くなる本当に少し前に急に描きだして……。スケッチ旅行とかでは、いっしょにいったことのない場所で、どこなのと訊いたら、『夢の島なんだ……』って、洋介さんは答えられて」

「夢の島?」

東京に夢の島はある。でもそこは、ゴミで海を埋めたてたところだ。絵の中の島とは、まるでちがう。

「たぶん……洋介さんが若い頃、日本中を放浪していて、そのときにいったどこかだろうって――。もう体の具合いが悪くなっていたから、きっと懐しくなって描いたのじゃないかと思っていました」

「あの絵は誰かに売るつもりだったのでしょうか」

「洋介さんの絵は、三島画廊というところに常設展示されていました。何点かは、沼津のホテルが買って下さったりしていましたけど……。ほとんどこのあたりの港や山の景色の絵です」

「三島画廊に平堀さんという人はいないのですね」

「ええ。画廊をやってらっしゃるのは、わたしのお友だちのご主人ですから、それはまちがいありません」

「他に父親の絵を買いにきた人はいないのですか」

早坂さんは首をふった。

「洋介さんは、売ることより、人にさしあげることの方が多かったと思います。お知りあいの方が気にいると、すぐプレゼントしていましたから……。わたしがもったいない、というと、『絵なんてものは、人が眺めてくれなけりゃ価値がないんだ。描いた本人が何十枚とかかえていても、何の意味もない』といって――」

僕は頷いた。どれほど才能があったかはわからないが、若いうちの一瞬だけ売れっ子になって、それから潮がひくように人気を失ったイラストレーター人生を経験した父親は、もうお金儲《もう》けにはさほど興味がなかったのかもしれない。

絵だって写真だって、それを気にいってくれる人がいればいくらでも価値がつくが、気にいる人がいなければゴミ同然だ。だから気にいってくれる人には、ただであげてしまうという父親の気持が僕には理解できた。

同時に、少しだけ父親のことを見直した。

「洋介さんの描いた絵は、ですからあまり残ってないんです。あの描きかけのものを別にすれば五枚くらいでしょうか。洋介さんが亡くなったとき、生徒さんで欲しいとおっしゃる方にもさしあげてしまいました。洋介さんはきっとその方が喜んでくれると思ったので。あの……勝手なことをしてしまって申しわけありません――」

僕は急いでいった。

「いいえ。とんでもないです。前にも申しあげたように、僕は父親のことをほとんど何も知りませんでした。だから早坂さんが感じたとおりにして下さって、むしろよかったと思っています」

早坂さんは急に掌《てのひら》で顔をおおった。また悲しみがこみあげてきたようだ。

「ごめんなさい……」

涙声でいった。

「洋介さんに息子さんがいらして、それがこんなすばらしい方だとわかっていたら、わたしももっと早くお会いしたかった――」

その言葉には僕も心を打たれた。胸がぐっと詰まった。それは僕の場合、悲しみというよりは、もう二度と戻ることのない何か大切なものを失《な》くしてしまったような気持だった。

早坂さんの気持が落ちつくのを待って、僕は父親が遺していったという絵を見せてもらった。

完成していたのは、いずれも漁港や山、畑などを描いた風景画だった。

「どうぞ、おもちになって下さい」

早坂さんがいった。僕は首をふった。

「これは早坂さんがもっていて下さい」

「でしたら、どれか一枚でも——」

早坂さんはいった。僕は少し考え、いった。

「じゃあ、あの描きかけの絵をいただいていきます。父親が何を最期に考えていたのか、あの絵を眺めて考えてみたいと思うので」

「本当に——」

早坂さんは頷いた。

「洋介さんとわたしが過した時間は、きっといろいろなことがあった洋介さんの人生の中では一番静かだったのじゃないかしらと思うことがあります。ひょっとしたら洋介さんは、もう一度旅にでたくて、でも体がそれを許さず、せめていきたかったところを描いていたのではないかと——」

僕は、イーゼルから外した描きかけの島の絵を見つめた。

それは陸地から海の方を眺めたアングルになっている。手前側は、たいして背の高くない草が生い茂っていて、ある地点で断崖のようにぷっつりと切れ、そこから斜め下を見おろす形で海が広がっている。その海のほぼ中央に小さな島が浮かんでいるのだった。島には、家とか港のような施設は見あたらない。まだ描いていなかったのかもしれないが、何となく無人島のように見えた。

島の上空をウミネコかカモメのような海鳥が飛んでいる。

絵は、ほぼ完成に近づいているように見えた。細かな点で絵の具をより載せなければならないところはあるのだろうが、全体像はつかめる。

　絵の中には、島も含めて、町だとか、人、車などの、人間の匂いを感じさせるものは何も描かれていなかった。

「スケッチブックはどうしましょう」

　早坂さんがいった。

「スケッチブックだけは、それこそ何十冊とあります。何冊かは、絵筆といっしょにお棺の中に入れたのですが」

「それも早坂さんがもっていて下さい。あの……」

　僕は思いきって訊ねた。

「父親は誰かに借金とかしていなかったでしょうか。早坂さんも含めて……」

　早坂さんは微笑んで首をふった。

「それは大丈夫です。正直に申しあげて、洋介さんは、絵を除けば財産といえるようなものは何ももっていませんでしたけれど、お金の面ではいっさい迷惑を受けたという人はいません」

　つまりはやはり早坂さんに面倒をみてもらっていたのだ。

「そうですか、よかった……」

　早坂さんは壁かけ時計を見た。

「そろそろお墓の方に――」

「ええ」

僕は頷いた。

三人でトッポに乗り、早坂さんの案内でお寺に向かった。

そこは三島市を北にいった高台にあるお寺だった。境内に入ると、三島市から沼津市、駿河湾にかけての景色が一望のもとに見おろせる。西陽を受けた海がきらきらと輝いていた。

「きれい……」

美加がつぶやいた。

僕たちはまあたらしい墓石に線香と花を供え、手をあわせた。

終わりよければ、すべてよし。ふとそんな言葉が頭に浮かんだ。父親は波乱に富んだ人生を送ったかもしれないが、最後の最後に、すごく素敵な場所で眠りについた。思い出も含めて、大切にしてくれる人もいる。

戒名は、「海想院絵洋居士」だった。

5

その日は、店の終わった美加を、銀座まで迎えにいく約束になっていた。金曜日なのでタクシーがなかなか拾えないからだ。

墓参りから帰って三日が過ぎていた。僕はリエさんの気にいった写真をふたつパネルにして、マンションに届けた。パネルを届けたときには、原口はいなかった。

「どっちを飾ろうかしら」

リエさんは僕に相談してきた。リエさんが選んだのは、僕が気にいったものとは別の写真だった。だが、撮った側と撮られた側の気にいる作品が一致するとは限らない。

「どちらでも。でもこっちはちょっと大胆ですよね」

ヘアーが写っている。

「彼氏に訊いてみよ」

いって、リエさんはぺろっと舌をだした。

「これが残金です。撮影費用とパネル代を引いた——」

僕は封筒に入れたお金をさしだした。リエさんは首をふった。

「それはいいのよ、本当に」

「じゃあ、すみません。ありがたくちょうだいします」

僕はいって、頭を下げた。

「そのかわり、うんと有名なカメラマンになってね」

「がんばります」

リエさんのマンションをでると、僕は歩いて西麻布のアパートに帰ることにした。美加を迎えにいくまでは暇だった。麻布十番の中華料理屋でカタヤキソバを食べ、コンビニエンスストアで飲物を買って帰った。美加はたぶんそのまま僕の部屋に月曜の朝まで泊まっていく。

部屋に戻ると、手紙が届いていた。早坂さんからだった。

僕は買ってきた飲物を冷蔵庫にしまい、リビングのソファにすわって、封筒を開いた。

早坂さんの家からもって帰ってきた父親の絵は、描かれていたときと同じようにイーゼルにかけ、リビングの隅においてあった。絵は額縁に入っていなかったし、アパートの壁に穴を開けるわけにもいかない。そこで僕はイーゼルごと絵をもらってきたのだ。

「先日は、わざわざお越しいただいてありがとうございました」という文章で手紙は始まっていた。僕と会ったことで、早坂さんは「胸のつかえがとれ」、改めて、父親の墓参りにでかけたという。

ところがその先を読んで、僕はびっくりした。その墓参りにいっている間に、早坂さんの家に空き巣が入ったのだ。

空き巣は、早坂さんの家の玄関のドアをこじ開け、中に侵入した。たまたま近所の家も留守にしていたらしく、飼い犬のジュンの吠え声も警備の役には立たなかったようだ。

空き巣は、しかし妙なことに、早坂さんの貴金属やおいてあった現金には手をつけなかった。

かわりに空き巣が盗んでいったのは、父親が遺したあのノートと、数冊のスケッチブックだった。

「恐ろしいけれど、奇妙な泥棒です」と早坂さんは手紙に書いていた。一一〇番でやってきた刑事も、手口はプロの泥棒ではない、といったらしい。

「もしかすると、泥棒は洋介さんの絵が欲しかったのかもしれません。でも気にいった絵がなかったので、ノートとスケッチブックを盗んでいったのではないでしょうか」とあった。

そんな馬鹿な、と僕は思った。父親が号何百万という大家《たいか》なら、盗む価値もあるだろうが、実際はただの売れない絵描きだったのだ。その上、完成した油絵は早坂さんの家に何枚もあったのだ。絵が目当てなら、まちがいなくそれを盗んでいる。泥棒が、絵の選《え》り好みをする筈《はず》はない。

「とにかく、気味が悪くて奇妙な話なので、信一さんにお知らせしておこうと思い、こうして筆をとりました」

と、早坂さんは手紙を結んでいた。

僕は手紙を封筒に戻し、ため息を吐《つ》いた。イーゼルの上の油絵を眺める。

父親が秘かに宝物を隠していたなんてことがあるだろうか。たとえば絵に。

僕は首をふった。宝物とはおよそ縁のない人生を送った人物だ。隠すも何も、宝物をもっていたら、三島になんて流れていかず、早坂さんのお世話になることもなかったろう。

日々の暮らしにも事欠きかねなかった貧乏絵描きが、現金に目をくれない泥棒に狙われるような宝物をもっていた筈がない。

その空き巣は入る家をまちがえたのだ。

だがノートとスケッチブックが消えた点はどう説明する。

じゃあ父親が莫大《ばくだい》な借金を誰かにしていたというのは？

もうひとりの僕の声がいった。借金取りが取り立てのために、親父の縁者を捜している。

それもありえない。捜しているのなら、堂々と早坂さんのところへやってきて、これこれこうだから父親の身寄りについての情報を教えろと迫った筈だ。

借金取りが犯罪をおかしたら、取り立てられるものも取り立てられなくなる。彼らは犯罪ぎりぎりのところでやめるものなのだ。

それを僕は、バブル崩壊後母親の店に出入りする連中を見て学んでいた。

考えても答のでない問題だった。父親に何か関係があるにしても、早坂さん以上に父親を知らない僕が答に辿《たど》りつける筈がない。

ぼんやりとしている間に、美加との約束の時間が迫っていた。美加を十二時三十分に、銀座の日航《にっこう》ホテル跡で拾うことになっている。深夜の土橋《どばし》交差点付近は、ハイヤーや客待ちのタクシーで渋滞するので早めにでた方がいい。

僕は車に乗りこんでアパートを出発した。日航ホテル跡に着いたのは十二時三十分ちょうどだった。向かい側のタクシー乗り場には、空車を待つ人の列ができている。

美加の姿はなかった。金曜日はお客さんがいすわることも多く、そうなると新入りの美加はなかなか帰してもらえない。僕はハイヤーの横に二重駐車して美加を待つことにした。

十二時五十分になった。僕は車の外にでてボンネットによりかかり、煙草を吸っていた。並木通《なみきどお》りの方から小走りでやってくる美加の姿が見えた。

そのとき、クラクションの音が僕のすぐうしろから聞こえた。

僕はびっくりしてふりかえった。赤いフェラーリがいつのまにか僕の車の横に止まっていた。運転席の窓が降り、原口が顔をのぞかせた。それに気づいて美加が立ち止まった。

「やあ」

原口がいった。僕は無言で頭を下げた。

「偶然だな。遊びにきたのか」

「いえ。友だちを迎えに――」

原口の目が美加を向いた。

「おや」

「どうも」

美加が営業用の笑みを浮かべて頭を下げた。

「原口さん、銀座にでてきてたなら、どうして今日はうちにきてくれなかったんですか」

わざと唇を尖らせていう。このあたりの切り替えは、さすが水商売が長いだけある。

原口は苦笑して、フェラーリを降りてきた。三重駐車になるのも一向に気にしたようすはない。スーツを着ている。

「君ら、知りあいだったのか」

「ええ。遊び仲間なんです」

僕は急いでいった。恋人と思われるのは、美加のためにまずい。

「遊び仲間ね。これからどこかへいくのか」

「ちょっと――」

美加がいった。僕は話題をかえようと、いった。

「今日、パネル届けておきました。あの、それで余ったお金ですが、いただいていいということだったのでいただきました。ありがとうございました」

原口は僕に目を向けた。

「いいんだ」

それきり何もいわず、僕を見つめている。ちょっと不気味な感じだった。

「原口さんはこれから六本木？」

美加が訊ねた。原口は頷いた。

「ああ。クラブにでもいこうかと思っていたが気がかわった。いっしょに飲みにいかかないか」

「今からですか――」

正直、気が重かった。だがお金をもらっているし、美加の店のお客さんだ。僕は美加を見た。美加の目は、僕に任せるといっている。

「朝までつきあえ、とはいわない。一、二時間だ」

「かまわないですけど……。車がここじゃあ――」

僕はまわりを見回した。

「じゃあ六本木にしよう。ミッドタウンの向かいに、わりとうまいパスタをだすレストランがある。リエとそこで待ちあわせているからいかないか」

リエさんの名前をだしたのは、美加を安心させるためかもしれなかった。僕は頷いた。

「わかりました。原口さんのあとについていきます」

「そうしてくれ」

原口はいって、フェラーリに乗りこんだ。

美加が僕の隣りに乗った。

フェラーリがでるのを待って、僕は車をだした。原口は携帯電話を耳にあて、ハンドルを握っている。

「びっくりした」

美加がいった。

「外に立ってたからわかっちゃったみたいだ。マズかったかな」

僕はいった。

「大丈夫だよ。原口さんは、あたしのことはぜんぜん気にいってないみたいだから。飲みにいこうっていったのは、信一が気にいってるからじゃない?」

僕は無言で首をふった。どことなく、原口には気を許せないところがあった。別に嫌な感じはないのだが、何か人を不安にさせるような雰囲気があるのだ。とはいえ、僕のような駆けだしの若造を、原口がどうこうしようと考えることもないだろう。それこそ鯉丸ではないが、そのテの趣味でもなければ。

原口が僕らを連れていったのは、ミッドタウンの向かいのビルの最上階にある静かな店だった。深夜だというのに、きちっとタキシードを着たウェイターがいて、広々としたブロンズ製のテーブルのあるボックスに案内してくれる。

近くの駐車場に車を止め、あがっていくと、リエさんはもうきていた。今日は和服を着ている。窓ぎわのボックスだ。

「こんばんは」

僕と美加は頭を下げた。

「あら、びっくり!」

リエさんはいった。

「彼女? 絹田くんの――」

「美加ちゃんだ。銀座の『グランモア』にいる」

原口さんがいった。

「どうも」

美加が頭を下げた。

「あたし、リエ。そこの『エル・ド・シック』にいるの」

「あ、知ってます。有名ですものね、『エル・ド・シック』って」

「い、い、バブリーで？」

美加は笑った。

ウェイターがメニューを運んできた。原口がワインリストを、といった。

「絹田くん、ワインなら少しは飲めるだろう」

「はい」

「他の酒を飲んだあと飲む赤ワインは悪くない。胃の中がすっきりする感じだ。安物は駄目だがね」

原口はいった。

「ワインはお酒じゃないみたいね」

リエさんがいうと、

「水のようなものさ」

と原口は答え、メニューを美加の前につきだした。

「おなかが空《す》いているなら、好きなものを頼むといい。パスタはいける」

「どうしようかな。太っちゃいそうだな。信一、半分こする？」

美加はいった。

「いいよ」

「じゃあねえ、ニンニクとアンチョビィソースのパスタ」

僕は頷いた。

「あと、サラダも頼んでいいですか」

美加は原口を見た。

「どんどん頼んでいいわよ。ここはこの人の店なんだから」

リエさんがいった。

「えっ。そうなんですか。素敵なお店だと思ってたら」

美加が驚いたように目をみひらいた。

「共同経営者だな」

原口はいった。

赤ワインが届けられた。栓を抜き、原口がチェックしたあと、デカンタに移しかえられる。

「少しおいてから飲んだ方がいい」

原口がいった。リエさんが美加に銀座の店のことを訊ねた。僕は店内を見回した。客は数組くらいしか入っていない。金曜日なのにこんなに客が少なくて大丈夫なのだろうか、と思うほどだ。

「絹田くんはどこに住んでいるんだ」

原口が不意に訊ねた。

「あの……西麻布です」

「いいところだな」

「ぼろいアパートです」

「出身はどこだい」

「東京なんですけれど……」

原口は首を傾げた。

「家をでたのか」

「いいえ。身寄りがいなくなってしまって。実家は新宿で喫茶店をやっていたんですが、母が亡くなったので、それで」

「そうか。お父さんは何をしてらしたのかな」

「絵描きです。僕の小さな頃に、母とは別れました」

「芸術家の血ね」

リエさんがいった。そしてデカンタに手をのばし、そろそろいい？　と訊ねた。

「まだだ」

おごそかにも聞こえる口調で原口はいった。

「このワインは、ひどくシャイなのだ。我々の喉をうるおすだけの心の準備が整っていない。もう少し待ってやろう」

リエさんが笑いながら、

「変でしょ」

といった。

「ワインになるといつもこうなのよ。このあいだは、『このワインは野バラの冠をいただいた幼い王女だ』なんていっちゃって」

「私も昔から金があったわけじゃない」

原口が僕の目を見ていった。

「チャンスを見極め、逃さずにやってきた。そして贅沢《ぜいたく》ができるようになったとき、自分に投資をしてやることにした」

「自分に、ですか」

原口は頷いた。

「楽しみながら学ぼうということだ。それにはワインが一番だ。排泄物《はいせつぶつ》にかわってしまうものに最も金をかける。それが贅沢だと思わないか。ウイスキーやブランデーは、いつのものであろうと同じ味であることを求められるし、しょせんそのていどの酒でしかない。だがワインはちがう。その年、その年の気候、材料となるブドウの採れた畑の場所、そして作り手の心が、一本一本ちがう味を作りあげる。それらをすべて汲《く》みとれるだけの口をもちたいと思ったのだ」

「口、ですか。舌ではなくて」

僕はいった。

「舌だけでは駄目だ。歯茎や喉、食道を伝わっていく感触、すべてを使って味わいとる――」

おもむろにデカンタに手をのばした。グラスに注《つ》ぎ、少し揺すってから口に含んだ。まるで口をすすぐように頬を動かし、ようやく飲んだ。

「悪くはない。最高とはとてもいえないが」

「奥が深いんですね」

「日本酒も同じことがいえる。だが残念なことに日本人はフランス人ほどプライドが高くない。人気のでた日本酒が落ちぶれるのは、あっというまだ」

僕たちはワインの注がれたバルーングラスを手にした。小さな金魚鉢を連想させるような大きなグラスだ。

「運命に乾杯しよう」

原口がいった。

「キザね、もう」

リエさんがいう。原口は平然と聞きながし、僕の目を見つめた。

「このことは、私と絹田くんだけがわかっている」

「え？」

美加がつぶやいた。僕も何のことだかわからなかった。

「とにかく乾杯」

リエさんがせかすようにいって、僕らはグラスを合わせた。

パスタが運ばれてきて少しすると、ウェイターが僕らの席にやってきた。

「お電話が入っております」

原口は頷いて立ちあがった。

テーブルを縫って離れていくそのうしろ姿を眺め、リエさんがいった。

「かわってるでしょう」

僕は返事に困った。

「でもいい人ですよね」

美加がいった。リエさんは即座に首をふった。

「本当は恐い人。誰にも心を許さないから」

「リエさんにも、ですか」

「もちろん。あの人が一番好きなのは何だかわかる？」

「ワイン？」

美加が訊ねた。

「ちがうわ。お金よ。ケチではないけれど、お金儲けのチャンスはどんなことがあっても逃さない」

「でももうお金持じゃないですか」

「うんとね。でも足りないの。世界一のお金持にならなけりゃ気がすまないのじゃないかしら……」

原口が戻ってきた。銀座でも酒を飲んでいたろうし、ここでもかなりワインを飲んでいる筈なのに、まるで酔ったようすはなかった。

「さて、と」

ソファにすわり、ずっとそこにいたかのようにつぶやいた。僕を見る。

「少し大切な話をしよう。会えたのは偶然だが、ここからは偶然ではない」

また、理解のできないことをいった。

「私はワインに関しては、かなりの金を自分に投資してきた。ビンテージワインのコレクションでは、日本ではかなりのものだと思えるほどになった。ヨーロッパやアメリカには、まだまだ上がいるがね」

「はい」

「コレクターというのは奇妙なものだ。自分がそうなってみるとわかるが、どんな品物であれ、人のもっていないものが欲しくなる。そしてふつうの人から見れば、どれほどとるに足らない、下らない代物だと思えるような品であっても、コレクターは存在していて、誰よりも豊富なコレクションをもとうと血道《ちみち》をあげているものなのだ」

「切手とか、マッチのラベル、みたいなものですか」

「そうだ。犬や猫、かわったところではノミを集めた大金持もいる」

「ノミ？　あの血を吸うノミ？」

美加が驚いたようにいった。

「そのとおりだ。何を集めても自分より上のコレクションをもつ人間が世界のどこかにいる。そこでノミを集めることにしたのだ」

「信じられない……」

「大金持には変人が多い」

原口は微笑した。

「私は大金持ではないが、大金持を研究するのは好きだ。大金持の伝記をよく読んでいる」

「大金持になるために、ですか」

僕は訊ねた。原口は頷いた。

「それもある」

僕は黙った。原口が何をいいたいのかよくわからない。

「もし君がそれほど忙しい身でないのなら、私のコレクションを充実させる手伝いをしてもらえないだろうか」

「コレクションて、ワインのですか」

「ワインだけではない。ゆくゆくは、他のものにも手を広げていきたいと思っている。君のように若くてフットワークのよい人間がいてくれると助かるのだ。私のかわりに、日本や世界のあちこちにいって、品物を集めてくれないだろうか。そのあちこちで、君がどれだけ写真を撮ろうとかまわない。君はいろいろな人と知りあいになるだろうし、芸術に対する目も磨けると思うのだが……？」

僕はすぐには答えられずにいた。

「もちろん報酬は払う。どこかへいってもいかなくても、アパートの家賃を払って食べていけるくらいのものはだそう」

「いい話じゃない！」

リエさんがいった。

確かにいい話だ。人のお金で世界中を旅行できて、しかもいくらでも写真を撮るチャンスが与えられるのだ。若いカメラマンにとってはまたとない条件だろう。

「君の写真はまだ見ていないが、人を見る目には自信がある。君は成功するタイプだ」

原口は静かな声でいった。

「あの……なぜ僕に？」

「君が成功するタイプだと思うからだ。成功しないような人間に投資したいと私は思わない」

僕はため息を吐いた。

「すぐに答をだせとはいわない――」

「いえ」

答は決まっていた。確かにすばらしい条件だが、僕には気が進まない。誰かに投資してもらいたいと思うほど、僕は僕に自信がなかった。

そのとき再びウェイターがテーブルに近づいてきた。

「お電話でございます」

原口は僕を見つめたまま、ウェイターには目もくれずいった。

「でない」

「は?」

ウェイターは戸惑ったようにいった。

「でないといったんだ。以後、電話はつなぐんじゃない」

厳しい口調だった。ウェイターは息を呑み、無言で頭を下げると立ち去った。

僕は原口を見返した。

「とてもいいお話です。僕のことをそこまでおっしゃって下さったのは原口さんが初めてです。でも――」

「何が気にいらない?」

最後まで聞く前に僕の答がわかったのか、原口は訊ねた。

「まだ誰かに投資してもらうという段階ではないんです、僕自身が」

「投資するしないは、投資する側が決めることだ」

「そうよ、絹田くんには悪い話じゃないと思うわ――」

リエさんがいいかけた。

「お前は黙ってろ」

原口が低い声でいった。リエさんはうっと息を止め、口を閉じた。

「君は若いし、若いなりのプライドがある。誰かの世話になるという考え方が気に食わないのかもしれない。しかし、私は君に何かの見返りを求めるつもりはない。君が私のコレクションを充実させるための仕事さえしてくれるのなら」

僕は首をふった。

「プライドでいっているのじゃありません。本当です」

虫が好かないから、とは、とてもいえない。

「だったら冷静によく考えてみることだ。私は君をアシスタントにしたいと思うが、私の本来の仕事を手伝わせる気もなければ、奴隷のようにこき使うつもりもない」

僕は原口を誤解しているのだろうか。原口は、原口自身がいったように、金持によくいる変人なだけではないのだろうか。

「人間は、十年つきあっても何もわからないこともあれば、会ってひと目で信頼できるとわかるときもある。君はその後の方だ」

僕はいった。

「原口さんは僕を買いかぶっています」

「もしそうであっても、責任は君でなく、私にある」

いらっしゃいませ、という声が聞こえた。ようやく新たな客が店に現われたのだ。僕は原口の視線を逃れたくて、入口に目を向けた。

一見してガラの悪そうな中年の男と若い男二人の三人組だった。全員スーツを着ているが、歩き方が横柄でサラリーマンにはとても見えない。

中年の男は店内を見回し、僕たちのテーブルに目を止めた。まっすぐ店をつっ切って近づいてくる。

原口がようやく僕から目をそらし、そちらを見てため息を吐いた。

中年男が僕らのテーブルの前で立ち止まった。両手をスラックスのポケットにつっこみ、顎をひいて原口を見おろした。

原口はつかのま男と目を見交し、何ごともなかったかのようにテーブルに目を戻した。

「そろそろいこうか」

「何だい、また逃げるんですか」

中年男がいった。

「お前と話すことは何もない」

原口は冷ややかに答えた。

「冷たいねえ。最初に話をもっていったのは、俺なのによ。抜け駆けはないでしょう」

「抜け駆け？」

原口は男を見なおした。

「何のことだ」

「例の件ですよ。あんた投資してもいいっていってたじゃないですか」

「してもいいといっただけで、するとはいってない」

「こっちは既に人を動かしちまってるんですよ。東北やら北陸に送ってね」

男はぞんざいな口調でいった。

「闇雲に人を動かしたところで何の役にも立たんだろう。もっと頭を使うことだ」

原口はいった。

「その頭を、あんたがやってくれる筈じゃなかったんですか」

「気がかわった」

にべもない口調だった。男は今にも凄《すご》みかねないのに、まるで気にするようすはない。

「気がかわった？　じゃあなんであんたんとこの人間が三島にいってるんです」

三島。僕は原口に目を向けた。

「あれは新たに向こうにだす店の下見だ。箱が気にいらなかったのでキャンセルした」

「ほう」

男はせせら笑うようにいった。

「じゃあそういうことにしておきましょうか」

「私に喧嘩を売っているのか」

原口が静かな口調でいった。

「とんでもない。これは恨みごとって奴ですよ」

男は首をふった。危ない雰囲気だった。

原口がすわりなおした。膝の上のナフキンを畳んで、テーブルの上におく。だが立ちあがろうとはせず、椅子に預けていた背すじをのばした。

「誤解があるようだな」

男の目を見つめ、いった。

「誤解ねえ。そういっちまってすむのなら、ずいぶんと気楽な話ですわな」

原口の表情はまったく変化しなかった。

「話しあいたいというのなら、話しあってもいい。だが今、私には連れがいる。場所をかえようじゃないか」

原口の言葉に、男が僕らを見た。馬鹿にしたような目つきだった。

「いいですよ。だが他の日というのは勘弁して下さい。今日じゅうだ」

原口は空《あ》いた席に顎をしゃくった。

「ほんの何分間かだ。ビールでも飲んで待っていてくれ」

「この野郎――」

控えていた若い男が唸《うな》るようにいって足を踏みだした。中年男は片手でそれを留《とど》めた。

「わかりました。何分なんてケチなことはいいません。何時間でもお待ちしますよ」

そして、おいと小声でいって、隣りのテーブルに腰をおろした。全員がこちらの方を向いている。

原口はそれを見届け、僕に目を向けた。

「申しわけなかった。嫌な思いをさせてしまって」

「いえ……。僕らの方こそかえってご迷惑をかけてしまったのじゃないですか」

「誘ったのは私だ」

原口はいって、リエさんを見た。

「とりあえず、二人といっしょに帰れ」

「──会社に電話する？」

リエさんが小声で訊ねた。緊張した表情だった。原口は首をふった。

「必要ない。話はすぐにすむ。あとで電話を入れる」

リエさんは小さく頷いた。僕と美加に目配せする。

「いきましょ、絹田くん」

それを中年男が聞きとがめた。

「絹田だ？」

僕をにらんでいた。原口が目を閉じた。

「今、絹田って聞こえたな」

「だから何だ」

原口が目を開き、いった。

「このお兄さんは、あの絹田さんなのかな」

中年男が立ちあがった。原口が首をふった。僕らにいう。

「帰りたまえ」

僕らは立ちあがった。

「ちょっと待った」

男は僕らの前に立ち塞がった。

「何ですか」

僕は男の顔を正面から見た。やくざか、やくざに近い連中だというのはわかっている。だがここは原口のレストランだし、他のお客さんや従業員もいる。そう思うと、それほど恐くはなかった。

「あんたの名前、聞かしてくれないか。俺は、この近所で事務所をやってる山下《やました》って者だ」

「いう必要はない。君らとは何の関係もない人間だ」

原口がいった。だが僕は口を開いた。

「絹田です。何か?」

やくざやそれに近い人種は大嫌いだった。恐がれば、恐がったぶんだけ押してくる。恐がっていると思わせては駄目なのだ。

「お仕事は何をやってるんですか」

男は口調はかえず、言葉だけを改めた。

「カメラマンです」

「カメラマン。ほう」

原口に目を向けた。

「原口さんも早いねえ」

原口は答えなかった。

「で、原口さんとはどんな関係なんです」

山下は僕の顔をのぞきこんだ。

「なぜそれをあなたに話さなければならないんです？」

僕はいった。山下は僕の目をにらみつけた。僕はその目を見返した。恐怖が増した。だが目を外してはいけない、と思った。

不意に山下が体を開いた。

「失礼しましたね」

いって、僕らを通した。どうやらいかせる気になったようだ。

「いこう」

僕は美加にいって、男のかたわらを通りすぎた。テーブルに残った若い連中が嫌な目つきで僕と美加を見た。

腹立たしかった。こうなることは、何となくわかっていたのだ。僕が原口に好意をもてなかったのも、山下のような男たちの匂いをどこかに感じていたからだ。

僕と美加、リエさんは、そのまままっすぐフロアを横ぎって、店の外にでた。乗りこんだエレベータの扉が閉まると、ほっとため息がでた。

「ごめんなさいね」

リエさんがいった。

「本当に嫌な思いさせちゃったわね」

「いいえ」

僕はいった。だがそれ以上は何もいいたくなかった。リエさんの責任ではないだろう。しかし、ただ巻きこまれただけではない、という不快感があった。

「じゃ、これで」

ビルをでて、歩道に立つと、僕はリエさんにいった。

「ご馳走さまでした」

美加がいった。

「お疲れさま。ごめんなさい」

リエさんはいい、僕らは反対の方角に別れた。リエさんに背を向け歩きだしたとたん、美加が僕の手をつかんだ。ぎゅっと握りしめてくる。

「恐かったね」

僕は黙っていた。

「でも信一、カッコよかったよ、もっとびびると思ってた。やくざって本当、嫌だよね」

美加は僕に体をよせてきていった。僕は美加の手を握りかえした。

「何か、台無しになっちゃったな」

「しょうがないよ。信一のせいじゃないもん」

どうかな、という言葉を僕は呑みこんだ。

何かがある。絶対に。

あの山下という男は、絹田という僕の名前に意味があると感じていた。それに山下が原口にいった言葉。

――あんたんとこの人間が三島にいってるんです
僕は唇を噛《か》み、ネオンで白っぽくなった六本木の夜空を見あげた。

「まっすぐ帰る気分じゃない？」

美加が心配そうに僕の顔をのぞきこんだ。

「鯉丸くんとこでもいく？」

美加は心配している。本当は早く二人きりになりたいのに、僕の気を晴らそうと、鯉丸の店にいこうといってくれているのだ。そう思うと僕はとても美加が愛《いと》おしくなった。

美加を抱きよせ、唇にキスをした。

「何よ」

美加は嬉しそうに笑った。

「そうしようか」

「うん！」

美加は元気よくいって、バッグから携帯電話をとりだした。

「金曜だから、空《あ》いているかどうか聞かなきゃね」

記憶させてある鯉丸の店の番号を押し、はい、と僕にさしだした。

「――ありがとうございます！『ピクニック』でーす！」

カラオケの歌声とにぎやかな手拍子に重なって、明るい声が流れてきた。鯉丸だった。

「信一。今、空いてる？　美加といっしょなんだけど」

「え、今？　空いてるけど……」

鯉丸が珍しくとまどったような声をだした。いつもなら、席さえ空いていたら、こいこいとうるさいくらいなのに。

「酒飲みたいんだ。いっていいかな」

「いいよ、もちろん！　お待ちしてまーす」

営業用の声になった。電話を切った僕は美加に返しながら、変だな、とつぶやいた。

「どうしたの」

「鯉丸なんだけど、あんまりきて欲しくなさそうだった」

「嘘。鯉丸くんが信一にきて欲しくないなんてことある？」

「気のせいかもしれない」

「気のせいよ、絶対」

6

店に入ったとたん、僕らは立ちすくんだ。悲鳴と歓声が耳をつんざいた。下半身裸になった鯉丸が前を片手で押さえて、テーブルの上を跳ねるように踊っていた。ライターを手にしたホステスと覚しい女が、

「だせっ、こらっ。焼いてやるから！」

と叫んでいる。鯉丸を囲んだホステスは全部で四人いた。男の客はいっしょじゃない。ホステスだけで飲みにきているようだ。

「いらっしゃいませ！」

「いらっしゃいませ！」

入口のところで立ちすくんでいる僕らに気づき、鯉丸がテーブルをとび降りた。

「逃げんな、こらっ」

髪がまっ赤の背の高いホステスが立ちあがり叫んだ。できあがっている。ショットガンという甘いカクテルを大量に入れたデカンタがテーブルにはおかれていた。

「ごめん、あ痛っ。いらっしゃい！」

鯉丸は片手で前を押さえ、床に落ちていたパンツを拾い、僕らの前へやってきた。今までいたテーブルには、髪を金色にした別の若い男があがり、喝采を浴びながら踊りだした。

「パンツはけよ」

「ゲームやってて、負けちゃったんだ。助かったよ。次はインモー焼かれるとこだった」

僕は顔をしかめた。

「何だ、そりゃ」

「今日はあの子の誕生日でさ。もうブランデーも一本空けてるんだ。くるといっつも、ゲロ吐くまで飲み倒すんだから」

「死んじゃいそう」

美加がつぶやいた。

「静かなテーブルがいいだろ。こっち」

鯉丸は器用に右手と左手をさしかえながら、前を隠しつつ、僕らを隅のテーブルに案内した。ホステスの集団とは別のグループの隣りだった。三十くらいの男と、ホステスではないがやはり派手な感じの女の子二人の三人連れのお客だ。

「鯉丸、お前、何とかしろよ」

その男の客がいった。

「ゴメン、杉並《すぎなみ》さん」

鯉丸は両手をあわせた。とたんに前がガラ空きになり、女の子たちがきゃーっと悲鳴をあげた。

「こらっ、粗末なもの見せるな！」

男が笑いだした。髪を短く切っていて、がっちりとしている。スポーツ選手のような雰囲気だ。ジーンズにダンガリーのシャツを着て、コーデュロイのベストの前を開いていた。

杉並と呼ばれた客が僕らを見た。横に寄ってくれて、僕らがすわりやすいようにテーブルとソファのあいだのすきまを広げた。

「どうぞ」

「すみません」

僕はいって、美加を先に通した。杉並は苦笑を浮かべ、首をふった。

「いやいや。俺以外にも、こんな動物園みたいな店にくる物好きの客がいたとはね」

革のウェスタンブーツとトルコ石をはめこんだベルトの巨大なバックルが目についた。

「俺の親友なんです」

鯉丸がいった。杉並は笑った。

「それじゃしょうがない。友だちが悪すぎる」

そして僕を見あげ、不意に右手をさしだした。

「よろしく。杉並作太郎《さくたろう》。通称、杉作って呼ばれてる」

すごく爽やかな口調で、自然だった。僕は思わずその手を握っていた。

「杉作さんは、何ていうか、俺の兄貴分」

鯉丸がいって、向かいの丸椅子に腰をおろした。ようやくパンツをはいていた。

「絹田です。絹田信一」

杉並は頷いた。

「カメラマンだろ。鯉丸から話は聞いている」

「嘘！　わたし撮ってもらいたい」

杉並の横にいた女の子が身をのりだした。歳は十八、九だろう。あまり売れていないタレントのような感じだった。

「百年早いね。写真集なんて」

杉並がそういったので、僕は自分の勘が外れていなかったことを知った。

預けてある僕のボトルが運ばれてきた。

「美加ちゃんはお酒じゃない方がいいね。何飲む？」

鯉丸が訊ねた。

「うーん」

「飲まないなら、これ、どうですか」

杉並がいって、自分たちのテーブルにあった牛乳壜《びん》のようなボトルをさした。

「肌にすごくいいんだ。ヨーグルトを主成分にして、コラーゲンや蜂蜜、ビタミンが入ってる。味も悪くない」

「すごくおいしいですよ」

かたわらの女の子もいった。

「何ですか、それ」

「健康ドリンクの一種かな。うちが薬局やってるんで、新製品をもってきたんだ。まだ発売前だからモニターしてもらおうと思って」

「薬局」

僕は思わず鯉丸と杉並の顔を見比べた。すかさず杉並がいった。

「大丈夫。鯉丸が好きな、危ないクスリはうちじゃ売ってないから」

いたずらっ子のようにニヤリと笑う。

「ひどいじゃないですか、杉作さん」

鯉丸が抗議した。

「だって親友なのだろ。目を見りゃわかるよ。絹田さんはお前とちがってマトモだって」

「これだよ！」

「はい、どうぞ」

杉並の連れの女の子がグラスにその健康ドリンクを注いでさしだした。

「あ、すみません。ありがとうございます」

美加はとまどったように受けとったが、ひと口飲み、

「あっ、おいしい」

といった。

「でしょう」

「信一、ほら」

美加がさしだしたグラスの中身を僕もひと口飲んだ。濃かったがくどくはなく、甘すぎもせず、飲みやすい。

「本当だ。おいしいですね」

杉並は、うん、と頷いた。

「これならうちで扱っても売れそうだ」

「あたしたちだっておいしいっていったじゃない。ねえ」

囲んだ女の子たちが頷きあった。

「お前らの場合、お世辞の可能性があるからな。公平な第三者の意見が聞きたかったのさ」

「ひどい、杉作さん」

「まあまあ……」

「これ一本、いくらくらいで売るんですか」

「この量で三百円くらいかな。もう少し大きなペットボトルサイズで五百円」

「だったら、あたし買います。コラーゲンて肌をきれいにしてくれるんでしょう」

美加がいった。

「うん。だがあなたには必要ないな。充分きれいだ」

「駄目！　杉作さん。美加ちゃんは信ちゃんの彼女なんだから。気をつけて、美加ちゃん。杉作さんて超プレイボーイだから」

「馬鹿いってんじゃないよ。俺はマジメな勤め人なんだから」

「薬局じゃないんですか」

美加が訊ねた。

「こんな派手な薬剤師いるわけないじゃない！　それこそ危ないわよ」

鯉丸が叫び、僕らは笑った。

「それは実家さ」

「テレビ局とか」

僕が訊ねると杉並は首をふった。

「いやいや。もっと本当にカタいところ。今日はたまたま休みだから」

僕を見た。

「カメラマンもたいへんだろう。いくつになっても楽できる商売じゃないっていうし」

「ご存じなんですか」

「知りあいがいる。どんなに有名になっても、結局、自分が働かなけりゃお金にならない。アシスタントが優秀だと楽できるかといえば、一人前になったアシスタントはすぐ独立してしまう。そう聞いた」

「そういうことはあると思います」

僕は頷いた。

入口に近いテーブルで悲鳴があがった。本当に毛を焼かれた店員がとびあがっている。ホステスたちがどっと笑いくずれた。

「ひどいな」

僕は顔をしかめた。

「でもしょうがないよ。あの子たちもお店じゃ、嫌な客に無理にお酒飲まされたり、体をさわられたりしてるんだもの。どこかで同じようなことしないとストレスが発散できないのさ」

鯉丸がいった。

「まあ、ああしてお金がぐるぐる回っているのだと思えばいい」

杉並がグラスをもちあげた。

「男が女のサービスに金をつかい、今度はとった女が、別の男のサービスに金をつかう」

「じゃあ鯉丸たちが儲け役ですね」

「おかしいなあ。ぜんぜん儲かってないよ」

「それは危ないクスリに金をつかってるからだろうが」

僕はいった。

「やめてよ、それ。もしかしてこの辺に麻薬Gメンなんかいたら、たいへんなことになっちゃうよ」

鯉丸は情けない声をだした。

「大丈夫さ」

杉並がいった。

「麻薬Gメンは、中毒者ひとりひとりをつかまえてもしかたがない。クスリを売って儲けている連中をつかまえたいのだから……」

二時間ほど「ピクニック」で飲み、僕と美加は帰ることにした。杉並は、僕らより少し早く、帰っていった。席を立ちぎわ、杉並は、

「今度は、動物園じゃないところでゆっくり飲みたいな」

といって、僕にもう一度握手を求めた。僕は頷いて、その手を握った。正体は依然、

不明だったが、杉並は原口とは正反対でどこか信頼できる人のように思えたのだ。

僕と美加が店をでるとき、送ってきた鯉丸が訊ねた。

「何かあったの。信ちゃんの方からくるなんて珍しいけど」

「ちょっとな。でもたいしたことじゃない」

僕は首をふった。鯉丸の表情がかわった。

「何？　どうしたの。何があったの」

「今度話すよ」

「駄目。今、話して。教えて」

鯉丸はくいさがった。

「原口さんとばったり会ってさ。美加を銀座まで迎えにいったとき。原口さんて、ほら、リエさんの彼氏」

「うん」

「いっしょに飲まないかって誘われて、ミッドタウンの方の店にいったんだ。原口さんがやってるレストラン。そこへ、やくざみたいなオヤジが三人きて、原口さんにからみだした」

「喧嘩になったの」

「いや。そこまではいかなかった。でもひとりが、俺の名前を聞いて、態度がかわった。絹田っていう名前がひっかかるみたいだった」

「どういうこと？」

「わからない。俺もぜんぜんわからないんだ。それと、三島の早坂さんの家に泥棒が入ったんだって」

「何、それ」

「泥棒は、俺の父親の絵が欲しかったみたいで、スケッチブックを盗んでいったのだと」

鯉丸はぽかんとした顔をしていた。

「わかんないよ」

「俺もわかんない」

僕はいって、肩をすくめた。

「信ちゃんのお父さんがすごいお金持だったとか」

「馬鹿ばかしい。そんなことありっこない」

僕はきっぱりいった。

「もしかしたら、本当は超大家で、絵がめちゃくちゃ高い、とか」

「泥棒はスケッチブックは盗《と》ったけど、完成しておいてあった油絵はもっていかなかったらしい」

鯉丸は瞬《まばた》きした。

「信ちゃん、何か知らないの」

「何かって？」

僕らは「ピクニック」がある雑居ビルをでた歩道にいた。さすがに人けが少なくなり、道路は客待ちのタクシーばかりが目につく。もうすぐ夜が明けるのか、カラスの鳴き声がうるさかった。

鯉丸は寒いらしく、胸の前で腕を組み、足踏みしている。

「だからお父さんのこと。三島にくる前、何をやってたかとか」

「まるで知らない」

僕はいって、ガードレールに腰をおろした。酔いは醒《さ》めていた。

「だから不気味なんだ。俺の名前を聞いて態度がかわったやくざは、その前に原口さんに、三島に人をやったろうっていってたし」

「三島に、人？」

「ああ。それで、あれっと思ったんだ」

「原口さんは何か知ってるってことだよね」

黙って聞いていた美加がいった。鯉丸が首をふった。

「でもヤバいよ。リエさんの彼氏のことは、本当にいい噂聞かないんだから」

「やくざではないと思うよ」

美加はいった。

「やくざよりもっとヤバいっていう話だもん。信ちゃん、まさか直接原口さんに訊かないよね」

「訊いたって教えてくれるって感じじゃないな」

僕はいった。原口は、僕の知らないことをいろいろと知っているのだろう。三島の話も、絹田という僕の名に反応した山下も、すべてが偶然であるとは、僕にはとうてい思えなかった。もし偶然なら、山下が僕の名を聞きとがめたとき、原口は、はっきりそういった筈だ。あのとき原口は、僕らを山下から引き離そうとした。

それに、僕をアシスタントにしたいという原口の申し出も、あまりに唐突すぎた。僕など、原口には何の利用価値もないと、思っていた。だが、そうではないのかもしれない。僕の知らない、僕についての何かを原口は知っている。なのにそれを僕に今まで話そうとはしなかった。

原口は最初から教える気などなかったのだ。だからこそ、訊いたところで教えてはくれないだろうと僕は思うのだ。むしろ態度を豹変《ひょうへん》させそうな気がした。

「――いったい何なの」

美加がつぶやいた。

「たぶん、父親のことと関係がある。それ以外考えられない」

美加も鯉丸も無言だった。カラスだけがそうだそうだとでもいうように、やかましく鳴きわめいている。

「何か恐くなってきちゃった。いこう、信一」

美加がいって、僕の腕をとった。僕は頷き、ガードレールを降りた。鯉丸がそんな僕らを黙って見つめている。

「ごちそうさん、鯉丸」

「ごちそうさま」

「ううん。電話する」

鯉丸はいった。そして寂しさをふりはらうような感じで、ビルの中に駆けこんでいった。

7

翌日の土曜を、僕と美加は一日、アパートにこもって過した。雨降りで、ひどく寒い一日だったのだ。

レンタルビデオを観《み》て、二人で作った夕食を食べ、あとはずっとベッドの中にいた。

「謎」のことは、どちらからも口にしなかった。考えてみても何もわからないということだけは、二人ともわかっていたのだ。

日曜は雨があがった。僕は美加をトッポに乗せ、浅草《あさくさ》にでかけた。仲見世《なかみせ》を歩き、浅草寺《せんそうじ》の境内に立った露店を冷やかした。美加は縁日が大好きで、特に屋台に目がない。あいにくその日は、お祭りをやっている神社やお寺がなかったので、浅草にいくことにしたのだ。

　鳩《はと》にエサをやりながら、タコ焼をおいしいと食べる美加の写真を、僕は撮った。ファインダーの中の美加は、活《い》き活《い》きとして、ずっとこのまま僕のそばにいてくれたら、とシャッターを切るたびに思わずにはいられない。

　ふと父親の「謎」のことが頭をかすめる。原口がかかわっているのだから、きっと大金が関係しているにちがいない。もしそのお金が自分のものになったら、僕は美加と結婚する。嫌な思いをして酔っぱらいの相手をしたり、無理にお酒を飲まされ体を悪くしないですむ。

　今の僕にはそんな経済力はない。お金がすべてではないことくらいわかっている。しかし、お金が稼げなければ、結局美加は水商売に戻ることを考えるだろう。

　美加がもし水商売をあがるなら、二度と戻ってほしくない。そのためには、僕はもっともっと稼げるようにならなければならない。だが僕には、未来への希望も期待も、まったくなかった。カメラマンの仕事の依頼は、月に一本か二本あるかどうかで、しかもそれをやっていても、新しい仕事が広がるという可能性はまるでない。

「謎」が大金になることで、しかも父親と関係しているのなら、僕にはそのお金を手にする権利があるかもしれない。それが美加を幸せにすることにつながるなら、真剣にその「謎」を解く価値があるのではないか。

　売るアテも、その気持もまるでない、美加の写真を撮りながら、僕は頭の片隅でそんなことを考えていた。

日曜の夜、浅草から美加の部屋に泊まりにいった僕は、月曜の昼に、西麻布にひとりで帰ってきた。

少し離れた駐車場に車を止め、カメラバッグを肩にアパートの前まで歩いた。

車が止まっていた。白のベンツだった。それを見たとき、何となく嫌な予感がした。

僕はベンツのかたわらを歩きすぎ、アパートの入口をくぐった。

背後で車のドアを開く音がした。

「絹田さん」

呼びかけられ、僕は立ち止まった。ふりかえる。ダブルのスーツを着て、口ヒゲを生やした五十くらいの男が立っていた。いかにも紳士、といった雰囲気だ。

「絹田信一さんでいらっしゃいますか」

男は訊ねた。

「はい」

男は大きく頷いた。

「お顔を見て、すぐわかりましたよ。若い頃の洋介にそっくりだ」

僕は無言で男を見つめた。

「失礼。私、北《きた》と申します。東西南北の北です」

男は顔をほころばせ、いった。笑うと目尻に柔和な印象の皺がよる。

「父の、お知りあいですか」

僕は訊ねた。

北と名乗った男は再び大きく頷いた。

「そのとおり！　いやあ、捜しましたよ。洋介とは生きているうちにとうとう会えなかったが、こうして息子さんのあなたと会えた。しかもそのあなたは、洋介にそっくりだ！」

北は目をしばたいた。わずかだがその目がうるんでいるように見え、僕はどうしてよいのかわからなくなった。

僕が無言でいるうちに、北は我に返った。

「失礼しました。柄にもなく感傷的になってしまって……。昔の私ならともかく、今の私にはまったく似合わない」

北は大声でわっはっはと笑った。なんだかいかにも精力的で、「ヒッピー」だとか「サイケ」の世界で生きていた父親と友人だったとは、とても思えなかった。

「さあ、立ち話では何だ。よかったら昼飯でも食いませんか」

北はいった。僕は頷いた。父親が死んでから、次々と新しい人と知りあっているが、若い頃の父親を知っているといったのは、この北が初めてだった。それが事実なら、この一連の「謎」を解くヒントを北はもっているかもしれない。

あるいはこの北も、その「謎」を追っているひとりかもしれないが。

常日頃から鯉丸に「大がつくほどのお人好《よ》し」だといわれている僕でも、さすがにこういろいろなことがつづくと、駆け引きのようなことを考えるようになる。たとえばこの北が、父親の「謎」を知っていて、それに関する何かを僕から訊きだそうというのなら（ところが僕自身は何ひとつ知っちゃいないのだが）、僕も何かを知っているふりをして、少しでも多くの情報を北からひきだしてやろうと思うのだ。

北が僕を連れていったのは、西麻布の、僕のアパートからわりあい近いところにある和食の店だった。カウンターの他に、小さな座敷がいくつかあって、懐ろの豊かなサラリーマンといった感じの客ばかりで混んでいる。

北はこの店に来慣れているようすで、格子戸をひくと、カウンターの内側にいた板前に、

「やあ、座敷空《あ》いてるか」

と声をかけた。

「あ、いらっしゃいませ！　どうぞ、空いてますんで」

板前が頭を下げると、和服を着たおかみさん風の女性が小走りでやってきた。

「あら社長、いらっしゃいませ。どうぞ、こちらへ――」

北と僕は、四畳くらいの小さな和室に案内された。北は、奥の席に僕をすわらせ、

「ランチの懐石あったよな。あれをふたつ。それからビールももってきてくれ」

と女性に注文した。

「承知いたしました。どうぞごゆっくり」

女性が立ち去ると、北はおしぼりで顔をふき、

「さあて……」

ため息を吐《つ》いた。スーツの上衣《うわぎ》のポケットから煙草をだした。ビールが運ばれてきて、小さな冷えたグラスに注がれた。

「お酒はいけるよね」

そのときになって北は僕に訊ねた。

「はい。でも昼からはあまり飲みません」

僕はいった。北は頷いて、

「私もだ。でも今日は特別です。洋介と再会した気分なんです。一杯だけでもつきあってくれませんか」

その言葉を聞いて、北がよほどの役者じゃない限り、父親とは本当の友だちだったのだろうと僕は思った。

「いただきます」

僕と北はビールのグラスを掲げた。北は一気にグラスを干し、手酌でお代わりを注いだ。それから名刺をとりだした。

「改めまして。北秀之《ひでゆき》と申します」

受けとった名刺には「北建築設計事務所　代表取締役」とあった。住所は港区の神谷《かみや》町《ちょう》だ。僕も自分の名刺をだした。

「絹田信一です」

北は僕の名刺を、少し離した位置にかざして読んだ。

「カメラマン、ですか。やはり血筋かな……」

「北さんは父とはいつ頃――」

僕は会話の口火を切った。北なら、いろいろと話してくれそうだった。

「そう……、かれこれ三十年以上前かな。お互いまだ十代の終わり頃だったから。そうそう、初めてお父さんを、お母さんのお店『珈琲堂《コーヒーどう》』に連れていったのは私なんです」

「そうだったんですか」

久しぶりに他人の口から、実家の屋号を聞いて、僕の胸は熱くなった。

「いいお店だった。初めての頃は、もう緊張しまくりましてね。当代のアーティストや作家たちが集まって、まるでサロンのような雰囲気でしたよ。私はまだ予備校生、洋介はデザイン研究所かどこかに通っていたんじゃなかったかな。お母さんは、確か高校生でした。学校から帰ってくるとお店にでていて、常連のお客さんのアイドルのようだった」

母親がアイドルだったなんて、にわかには信じがたい話だ。

「なにしろ、あの頃の有望な若手カメラマンは、一日一度は『珈琲堂』に顔をだしていた。お母さんは、何人ものそういうカメラマンから撮らせてくれと頼まれていたんですよ。お母さんのお父さんが厳しくて絶対駄目でしたがね。そうでなけりゃ、お母さんは女優さんにでもなっていたかもしれない……」

「はあ——」

僕がため息を吐く番だった。人にはそれぞれ歴史があるとはいうが、身内のそういう〝意外な歴史〟は、どう受けとめてよいのか困ってしまう。

「お母さんも亡くなられたそうですな」

「ええ。新宿の店を畳んでからは好き勝手していましたけれど」

「お父さんがお母さんを射止めたんで、ずいぶんくやしがった人間もいたんですよ。決闘を申しこんでやる、なんて息まいたカメラマンもいました」

そんな話は、生きているあいだはついぞ母親の口から聞いたことがなかった。若い頃の〝栄光〟を思いだせば、それだけ父親への恨みもつのるとでも考えていたのだろうか。

「洋介は、お母さんと結婚する少し前に、レコード会社が主催したポスターのコンテストに優勝してプロデビューをしていたんです。洋介の色使いのセンスというのは独特でね。当時はすごく斬新だと評判になりました。彼はあっというまに売れっ子になっていった。私はまだその頃、大学を卒業したかどうかでした。建築会社に就職して、洋介とはまるでちがう道を歩くことになったのですが、ときどき会って、酒を飲んだりしては、華やかな世界の話を聞かせてもらいました」

「華やか、ですか」

僕は顔をあげた。上品な塗りの盆に盛られた料理が運ばれてきた。

「ええ。確かに長い時間ではなかったけれど、洋介は華やかな世界に身をおいた時期があったんです。それこそ、今いったようなカメラマンや作家、あるいは女優といった人たちとのつきあいを通してね。考えてみると、お母さんと結婚した前後が、イラストレーターとしての洋介が最も華やかだった頃じゃないかな」

「つまり僕が生まれた頃ですね」

僕がいうと、北は苦笑した。

「そうなるかな」

「母は父のことを恨んでました。わがままで身勝手だと」

母親の表現を百分の一に抑えて、僕はいった。北は否定しなかった。

「でしょうね。しかしそれは考えてみると洋介ひとりの責任だともいいきれないような気もします。あの時代、最先端をいこうとする人間は皆が熱に浮かされていたんです」

「熱、ですか」

「ええ。お母さんは、こういう表現をしては何ですが、ごくまっとうな家庭で育った人だった。お父さんはそれに比べ、まっとうであってはいけない世界で生きていた。自分の中にまっとうに生きようとする部分があれば、酒やクスリの力を借りてでもそれを打ち壊さなければならなかった」

「父はドラッグをやっていたんですか」

「あの頃、新宿ではそれがあたり前でした。睡眠薬やLSDなどは、アルコールよりもっと身近だったといってもいい」

ドラッグのことは母親から聞いていなかった。といっても意外な気もしなかった。時代はかわったけれど、今でも自分をアーティストだと信じたい連中にドラッグは人気がある。

「僕の両親が別れたのには、ドラッグも関係していたのでしょうか」

「さあ……。ドラッグひとつが理由になったということではないと思います。要は洋介は、彼の信じるところの〝自由人〟でありたいと願った。お母さんは、自分の夫である限り、それを許すことができなかった」

「母と別れたあとの父がどのような生活を送っていたかご存じですか」

「いくらかは――」

いって、北は迷ったような表情を見せた。

「信一さんはそのあたりのことは、ほとんどご存じないのですか」

「ええ。何しろ、死んだと聞かされたとき、二十四年間まったく会っていなかったのですから」

「二十四年間」

北は絶句した。

「そうですか……。その間、洋介は一度もあなたに連絡をとろうとしなかったのか……」

「でも妙なことがあるんです。亡くなるまで父と暮らしていた女性のお宅で遺品を見せていただいたのですが、その中にあった日記のようなノートには、今の僕の住所が書いてあったんです」

「ほう」

北は驚いたように顔をあげ、僕を見つめた。

「洋介は、会ってはいなかったし、連絡もとらなかったのに、あなたのことをずっと気にかけていたわけか」

僕は頷いた。

「いつか連絡をしてくれる気だったのかもしれません」

北は箸をおき、煙草に火をつけた。

「あなたのお母さんのところをでていったあと洋介は、しばらくアングラ芝居の女優さんと暮らしていた。といっても、半年かそこらだと思う。彼女はひどい睡眠薬中毒でね……」

やはりドラッグか、と僕は思った。どうやら僕の父親は、僕が聞かされていた以上に乱れた青春時代を送ったようだ。

「――結局、親ごさんが彼女をむりやり入院させてしまい、二人の関係は消滅した。そのあと彼は……」

いいかけ、北はいい淀《よど》んだ。僕は北を見つめた。北は煙を深々と吸いこんだ。

「その頃から、洋介のイラストレーターとしての評判はどんどん下がっていった。注文があっても、締切までに作品ができていなかったり、クスリで酔って常人には理解不可能な話を延々としたり、といった状態だった。正直にいって、私も疎遠になった」

「それで？　僕のことは気になさらず、聞かせて下さい」

北はすぐに新しい煙草に火をつけた。

「その次に彼が暮らした相手というのは、いささか問題のある女性だった。アメリカ帰りで、向こうのヒッピームーブメントを体験してきたとかで、怪しげな記事を雑誌に書いたり自分をテレビ局に売りこんだりするような人でね。向こうから麻薬をもちこもうとしてつかまった前科もあったようだ」

「つまりその頃、僕の父はドラッグ漬けだったのですね」

北は僕から目をそらしたまま頷いた。

「仕事の注文も減って、当然、経済的にもひっ迫していた洋介は、ドラッグを提供してくれる女性とつきあうことが多かったように思う……」

僕は黙った。つきあう女から金をたかるというのならまだわかる。だがドラッグ欲しさに女に近づくというのでは、あまりに寂しい話だ。

「イラストレーターというのも一種の人気商売だ。洋介のように一度スポットライトを浴びた人間が落ちぶれるというのは、かなりつらかったのではないかな。それをまぎらわすためにクスリに手をだしていたのだと、私は思ったよ」

僕は頷いた。そのとおりかもしれない。だがそうだからといってクスリに溺れた父親は、やはり情けない人間だ。

「その女性とはどれくらいつきあったんです？」

「やはり半年くらいだっただろうか。その女性との終わり方は悲惨だった。その女性が元の恋人だったとかいうアメリカ人にビルからつき落とされてね。警察はクスリで酔って転落したのだと見たようだが、洋介は殺されたのだといっていた。彼女は……麻薬の運び屋のような仕事もしていたらしい。その事件があって、洋介は自分も危ないといいだした。私はクスリのせいで被害妄想になっているのじゃないかと思ったよ。だが洋介は、真剣に自分も命を狙われているといって、東京を離れるというんだ。

東京を離れれば、少しはクスリと手が切れるかもしれない――そう思って私も賛成した。それからだね。洋介の放浪生活が始まったのは……」

「その間、北さんと連絡をとっていたのでしょうか」

「ときおり、自筆の絵葉書を奴は書いてよこした。消印は、九州だったり、北海道だったり、それこそ日本じゅうという感じだった。どうやって食っていたかも、私にはわからない。だがある日、突然、電話がかかってきた」

北の話によると、放浪生活をつづけているうちに、父親は似たような境遇の二人の人物といっしょに行動するようになったらしい。ひとりは詩人で、ひとりはミュージシャンだと電話で父親はいったそうだ。

三人はひと組になって、日本のあちこちを流れ歩いたようだ。いく先々で絵や詩集を売ったり、弾き語りをして、当座の生活費を稼いでいたらしい。

「まあ、ヒッピーといえばこれ以上ヒッピーらしい生活はないわけで、その話を聞いたときは、むしろ私もほっとしたくらいでね。東京にいて、絵も描かずクスリで腐っていくことを考えれば、よほどいい暮らしじゃないかと。そうこうしているうちに、また絵葉書が届いてね……。ようやく腰を落ちつけられる場所を見つけた、と。そこで自給自足の暮らしをしていこうかと思っているなんて書いてあった。場所は、どこかの島のようだった……」

島。僕は北の顔をまじまじと見つめた。

「どこの島だかご存じですか」

「いや。その後十年近く、洋介からは音信が途絶えた。ひょんなことから洋介の消息を知ったのが昨年の二月だった。沼津で仕事をやることになり、泊まったホテルに奴の絵が飾ってあったんだ」

僕は頷いた。

「私が住所を調べて手紙を送ると、すぐに返事がきてね。いろいろあったが、ようやく落ちついたというようなことが書いてあった。洋介は、お母さんが亡くなったことは知っていたようだ。あなたに関しては、会うのはもう少し先にしたいとあった。まさかこんなに早く自分が死んでしまうとは思いもよらなかったのだろう。私とも、いずれ機会があったら会いたいと書いていたが、結局そのチャンスはなかった」

「北さんは父が亡くなったことをどうしてお知りになったんですか」

「先日、私の方がまた三島の近くにでかける機会があったので、会えないかという手紙をだした。そうしたら、早坂さんとおっしゃられたっけ、あの方から返事がきて、亡くなったと。そこにあなたのことも書いてあって、一度これはお会いしなければいけないと思ったんだよ」

「ありがとうございます」

「いや。あなたにとっては決してよい父親ではなかったかもしれないが、洋介はあなたのことを気にかけていた。ただ、会いたくとも父親らしいことを何ひとつしてやれない今の自分の境遇を恥じていたのだと思う。それをわかってやってもらえないだろうか」

僕は瞼《まぶた》の裏が熱くなった。急いで息を吸い、いった。

「母親は、さっきもいったように父のことを恨んでいましたが、僕にはそういう気持はありませんでした。何かをしてもらいたいとか、そんな気持も父親にもったことはありません」

北はやさしい表情で大きく頷いた。

「洋介がそのことをもっと早く知っていればな……」

「結局、父親は父親なりに幸せな人生を歩いたのじゃないかと思っています。最期を看《み》とって下さったやさしい方にも恵まれましたし」

「そうだね。財産らしい財産は何ひとつ遺さず、自分の好き勝手に生きちまった奴だったが……」

北はつぶやいた。そしてふと顔をあげた。

「お父さんのそのノートというのは、今、あなたの手もとにあるのかな」

「いえ」

僕は首をふった。

「早坂さんのところにあったのですが、空き巣に盗まれてしまったそうです」

北は顔を曇らせた。

「空き巣？」

「ええ」

僕は頷いた。

「いったい空き巣がなぜそんなものをもっていったのだろう」

「さあ。その空き巣は、他に父親のデッサン帳なども盗んでいったそうです。完成品の油絵などには手をつけずに」

北は腕組みした。途中から料理にはまるで手をつけていなかった。

「それは実に妙な話だな……」

僕は北に、それ以外の僕の周囲で起きている奇妙なできごとを話そうかと思った。だがそれを口にする寸前、北が訊ねた。

「あなたは早坂さんから、お父さんの遺品は何かもらわなかったのかな」

「――絵を一枚だけです。父親が最後に描いていた」

北が身をのりだした。

「どんな絵だね」

「どんなって、ふつうの風景画です」

北は少しがっかりしたように見えた。

「何か？」

僕は訊ねた。妙だった。

「いや……。実は洋介が死んで、変な話だが、あいつの、私が知りえなかった人生に興味が湧きだしてね。特に放浪していた時代の。その空白みたいな部分を知りたいと思うようになった。つまりあいつが自給自足の生活をしていたという頃さ。それがどこで、あとの二人は今どうしているのか、会ってみたいとは思わないか」

「思わなくは、ありませんが……」

僕は口ごもった。知ったからといってどうなる、という気持もある。

「それをつきとめる方法はないものかな、と思ったのも、あなたに会った理由なんだ。あるいはそのノートに、あとの二人のことが書いてあったかもしれない」

「そうですね」

「何か覚えていないかね」

北は熱心な口調でいった。僕は首をふった。

「いえ。何も……」

「その頃、洋介がお母さんに連絡をよこしたとか、そういう話はなかった？」

「まったくありませんでした」

もし手紙が届いたとしても、母親はきっと読むこともせずに破り捨てていたろう。

北は唸り声をたて、天を仰いだ。

「なぜ、そんなに父が暮らしていた島のことを知りたいんですか」

僕はいった。北は虚をつかれたような表情になった。

「え？　いや、だから、友人に対する好奇心というか、深い理由はないんだ」

おかしい。僕は不意にこの、北という男の言葉が真実であるかどうか、疑わしくなってきた。

「島には、確か、何かあるんですよね」

僕はカマをかけてみることにした。

とたんに北の表情がかわった。警戒心がありありと浮かんだ。

「君は……それを誰から聞いたんだ」

やはりそうだ。この北の狙いも、父親の「島」のことだった。

「ある人です」

僕はとぼけることにした。

「いろんな人が、島のことを知りたがっているみたいです」

「君は、どこにあるか知っているのかね」

北はずばりとそう切りだしてきた。僕は困った。知らないと答えれば、僕がカマをかけたことがわかってしまう。といって、知っていると答えれば、北は当然どこにあるのかをしつこく探りだそうとするだろう。

「具体的には知りません。だけど、手がかりを父は遺していきました」

「どんな?」

「それをお知りになって、どうするんです。北さんも自分で、その島にいかれるつもりですか」

「もしそこに、洋介の友だちが今もいるなら会ってみたいとは思っているよ」

北は苦しいいわけをした。

「島にあるものには、手を触れずに?」

北は深呼吸した。

「場合によっては、それは……。君にとっては遺産になるかもしれないし……」

遺産。やはりお金が関係しているのだ。

「北さんは先ほど、父は何ひとつ僕にしてやれなかったことを恥じているとおっしゃいましたね」

「そう、確かに、それはいった。だからあれは……洋介本人は忘れるつもりだったので
はないかな……」

「忘れる？」

「あれをあのまま、そっとしておこうという……」

あれとは何なのだ。僕は知りたくてたまらなくなった。しかしそれを訊ねれば、僕の
会話がブラフであることがばれてしまう。

北は僕をしげしげと見つめた。そして改まった口調になった。

「お父さんの友人だったことに甘えるわけではないが、島に関する情報を私に譲る気持
はないかな」

「譲るというのは、お金で、ですか」

北は頷いた。僕は答えなかった。

「百万を支払おう。そしてもしあれが、本当に島にあるようなら……もう百万」

二百万。

「足りないかね？　わかった、じゃあこうしよう。あの島に話どおりのものがあるのな
ら、君はいっさいかかわらずに一千万を手にする」

一千万円。今度は驚きがもろに顔にでてしまった。そしてそれを北は気づいた。

「悪い話じゃないだろう。一千万円だ」

「考えさせて下さい」

そういうのが精いっぱいだった。一千万円が手に入るのだ。ただし、僕がそれを知っ、、、、ていれば。

「いつまで？　長くは待てない。他にも捜している人間がいるのだろう」

北は厳しい口調になった。僕は北を見た。

「北さんは本当に父の友人だったのですか」

金の話とは別に、これでは誰が信用できる人間なのか、まるでわからない。

「もちろんだ。新宿のお母さんのお店にお父さんを連れていったのは私だ。嘘をついて君をだまそうとしているわけではない」

北は憤然とした口調になっていった。

「でも島のものを手に入れたいのでしょう」

北は深呼吸した。しばらく僕をにらんでいたが、吐きだした。

「借金があるんだ。銀行じゃない。もっと悪い筋からの借金だ。私もバブルの崩壊でいろいろと被害を受けてね。連中にその借金を返さなければ、たいへんなことになる。私は、君から島の情報を受けとったら現地にいき、事実かどうかを確かめるつもりだ。そして事実なら、それをそっくり、私の債権者たちにひき渡す。私の借金はそれでチャラになる。君には一千万が入る。洋介は、昔の友だちを助け、息子に財産を遺したことになるんだ」

真剣な表情だった。

「島には何があると思っているんです？」

僕はようやく訊ねた。だが北は首をふった。

「いえないな。君はそれを知らないのだろう。知れば君は、私抜きで、手に入れようとする。いうことはできない」

「僕が勝手にその島へいって見つけてくるとは思わないのですか」

北は微笑んだ。

「知らない限り、それは不可能だ」

僕が黙っていると、北は不意に手を叩《たた》いた。はあい、とおかみさんが応える声が聞こえた。

「君に一日だけ、考える時間を与えよう。明日、私の方から君のこの名刺の番号に電話をする。それまでに結論をだしておいてほしい」

座敷の障子を開いたおかみさんに北はいった。

「帰るよ。ごちそうさま」

8

アパートに戻ってきた僕は、イーゼルにかかった父の絵をにらみつけた。

いったい島に何があるというのだ。そしてそれにはどれほどの価値があるのか。

北が〝悪い筋〟から負った借金というのが、一千万や二千万の金額でないことは、僕にも想像がついた。きっと、億という単位がつくのだろう。

島にある品物には、それに見合う価値がある。しかも、何であるかを知らない限り、見つけだすのが不可能なもの。

埋蔵金、金鉱、まさか油田とか。

僕はため息を吐《つ》いた。そんな代物である筈がない。もしそうなら、とっくの昔に僕の父親は大金持になっていた筈だ。

待てよ。僕は思いなおした。父親は、「ヒッピー」だったわけだから、そういうものを見つけても、お金には興味がないとそっとしておいたのかもしれない。

いや、それはありえない。僕は冷静に父親のことを考えることにした。

北の、父親に関する話が事実なら——たぶん事実だろう、もし事実でなければ、北は島についての話を知っている筈がない。北は、原口や山下のような連中とはちがう。つまりカタギだ。どこからか島の話を聞きつけて、父親の昔の友人だと僕をだましにきた詐欺師とはとうてい思えない。だから北が父親の古い友人で、古い友人であったからこそ島に関する話を知っていたという論理はつじつまがあう。同時に、北の口から聞いた、若いときの父親の話にも信憑性《しんぴょうせい》がある——僕の父親という人間は、少しは絵の才能があった人間かもしれないが、一方では意志が弱く、誘惑に流されやすい性格だったということになる。

そんな人間が、みすみす目の前にある大金に手をのばさずにいられるだろうか。それも半端な額ではないのだ。そのお金が手に入れば、再びドラッグに溺れることもできただろうし、絵を売り歩いて食いつなぐような暮らしもせずにすんだのだ。

よほど改心して、禅僧のような心境にでもなっていなかった限り、考えられない話だった。

とすれば、いったい島にあるのは何なのだ。

もし埋蔵金や金鉱なら、当時少しは金にかえることができただろう。もちろん父親が島の持主であった筈がないから、持主には秘密でもちだしたのだ。

確か昔観たテレビ番組で得た知識によると、ある土地からそういう財宝のようなものが見つかった場合、その所有権は、土地の持主と発見者で分割されるとのことだった。

金鉱や油田にもそれがあてはまるのかどうか、僕にはわからなかった。ただ、いくら何でも、金鉱や油田が、この狭い日本国内で今まで発見されずにきたとは、僕にも考えられなかった。

しかもその在《あ》り処《か》がわかったからといって、やくざや原口のような人間が、さっさと金にできるという代物ではない。

一方で、だからこそ父親は、過去もそれを金にかえなかったのではないかという理屈もなりたつ。

わからなかった。島にあるのが何であるのか、想像もつかない。

ただし、島の所在地を知る手がかりは、どこかにある。

たとえばあのノートだ。ノートには住所録のような頁があった。そこに記された人名の中には、父親がいっしょに暮らしたという、あと二人の「ヒッピー」の住所と名前も記されていただろう。その人たちならば、島がどこにあるかは、わかっている筈だ。

とはいえ、北に告げたとおり、僕のまったく知らない名ばかりで、記憶にはどれひとつとして残っていない。

僕はため息を吐き、頭を抱えた。明日になって、北から電話があっても、島の場所を教えることなどできそうもない。

僕はぼんやりとイーゼルにかかった絵を見つめた。

この絵の島がそうなのだろうか。早坂さんは、この絵のことを、父親が「夢の島」だというのを聞いている。

だがかりにそうだとしても、絵一枚を頼りに、日本中のどこかから島を捜しだすなんてできそうもない。

そのとき電話が鳴りだした。僕はびくっとして電話を見つめた。また父親の島のことを知りたい誰かがかけてきたのだろうか。

このままでは、出会うすべての人間が、島の秘密を狙っているように思えてきそうだ。

僕は馬鹿げた考えをふり払い、受話器をとった。

「はい」

「カメラマンの絹田信一先生の事務所でいらっしゃいますか」

　事務的な印象を与える女性の声がいった。

「こちらは、白水《はくすい》プロダクションと申します」

　白水プロという名前は知っていた。多くの歌手を抱えている有名な芸能プロダクションだ。やり手の女社長がいて、アイドルから演歌歌手まで、人気タレントがひしめいている。週刊誌などでは「芸能界の女帝」とか書かれている。

「はい、絹田です」

「お忙しいところをおそれいります。実は当プロダクションで絹田先生に撮影をお願いしたく、こうしてご連絡をさせていただきました」

　先生などと呼ばれるのは初めてだった。

「僕にですか!?」

「はい。当プロでは所属タレントのプロフィールブックを毎年作っておりますが、今年、その一部を、絹田先生の撮影でお願いしたいと社長が申しておりまして」

「社長が、ですか」

　馬鹿みたいに僕はくり返した。何のことだか、さっぱりわからなかった。仕事の依頼だというのだけはわかる。

「はい。当プロの社長、金子《かねこ》白水《はくすい》でございます」

そう、確か、金子白水といった。白水というのはペンネームで、所属歌手のために作詞をすることも多いのだ。

「あの……なぜ、僕に、なんでしょうか」

もちろん会ったことなんて一度もない。

「社長からのお願いでございます。それで、もしよろしければ、先生のお時間をちょうだいして、打ち合わせをしたいと社長は申しております」

いたずら電話ではないのか。僕が思ったのはそれだった。あの白水プロが、僕のような駆けだしに、所属タレントの撮影を任せる筈がない。

「——ご都合はいかがでしょう」

「いつ頃がいいのでしょうか」

「先生のお時間がおありになるときで、と社長は申しております」

「僕はいつでもいいです」

「では、明日はいかがでしょうか」

「かまいません」

「それでは当プロへお越しいただけますか」

「あの——」

いたずらじゃないですよね、とはいえなかった。

「は？」

「何でもありません」

僕はいった。


白水プロダクションは、青山三丁目に自社ビルをかまえていた。六階建てと小粒ながら、いかにも洒落《しゃれ》たブルーのミラーガラスを全面の窓にはめこんでいる。

大理石を貼ったロビーの床からは、カモメと覚しい鋼鉄製の鳥が生えていた。制服を着けた警備員が二人と、所属タレントかなと思わせるような受付嬢が二人、そのロビーにはいる。

翌日の午後五時、指定された時刻に、僕は白水プロダクションを訪ねていた。受付嬢に名乗ると、彼女はすわっているカウンターの陰に隠れたコンピュータのキィボードをカシャカシャと叩いた。

「絹田信一様ですね。承っております。お手数ですがこのバッジをおつけになって、右手奥のエレベータで六階にお越し下さい」

僕は頷いて、渡された四角いバッジを一張羅《いっちょうら》のジャケットの胸につけた。ネクタイはしてこなかったが、一応、上着くらいは着てくるのが礼儀だと思ったのだ。

バッジは銀色のプラスチック製で「ゲスト」という文字が記されている。

エレベータは二基あり、僕はその右側の箱に乗りこんだ。ロビーはしんとしていて、芸能プロダクションというよりは、コンピュータ関連か何かの会社のようだった。もしかすると所属する有名タレントの姿を見られるかもしれない、という僕の期待はしぼんでいった。

六階でエレベータを降りると、そこにもカウンターがあって受付嬢と背広を着た男性社員がひとりずつ並んですわっていた。

僕が名乗るより先に、男性社員が、

「絹田先生ですね。お待ちしておりました」

といって、立ちあがった。

「どうぞこちらへ」

そこは、茶色いドアと壁だけが並んだフロアだった。社員はカーペットをしいた廊下をまっすぐ進んでいき、一番奥の扉をノックした。返事を待たずにノブを回して押す。

小さな会議が開けそうな応接セットが目に入った。革ばりのソファは全部で八脚もあり、楕円形《だえんけい》のテーブルを囲んでいる。

正面に青山三丁目の交差点を見おろす横長の窓があった。

窓の向かいに、大型のテレビスクリーンが三つ並んだ壁があった。全部買いそろえるのに一千万以上はかかったろうと思える、オーディオビジュアル機器が周囲を埋めつくしている。その手前に紫檀《したん》のデスクがあって、本や書類、ビデオテープやCDなどが表面をおおっていた。

デスクは無人だった。

「あちらにおかけになってお待ち下さい」

社員は窓辺の応接セットを示し、僕をその部屋に残して立ち去った。

僕は落ちつかない気分で応接セットに歩みよった。応接セットが面した壁には、ゴールドディスクが何枚も飾られていた。白水プロの所属歌手が送りだしたミリオンセラーを記念するもののようだ。

ざっと目を走らせると、僕の知らない曲はほとんどなかった。白水プロはこの十数年のあいだに急成長したのだ。その土台を築いたのが、ここに飾られているミリオンセラーで、それらの歌の作詞はすべて社長である金子白水の手になるものだというくらいは、僕も知っていた。

コン、とドアが一度ノックされ、ころころとしたおばさんが盆を手に現われた。盆の上にはコーヒーカップがのっている。おばさんは、白の野暮ったいスーツを着けていた。PTAに着飾ってでかける、食堂のおかみさんといった印象だ。

おばさんは小柄なせいか、せかせかと見える歩き方で、すわっている僕に歩みよってくると、

「はい、どうぞ」

といってコーヒーをテーブルにおいた。

「どうもすみません」

僕は頭を下げた。

「ビールの方がいい？　それならビールをもってくるけど」

そのまま立ち去るかと思っていたおばさんは、ざっくばらんな口調でいった。

「いえ、これでいいです。社長さんと会うのに赤い顔じゃまずいですから」

「酒に弱いの、あんた」

おばさんは訊ねた。僕は首をふった。

「そんなに弱くはないです。でもやっぱり、まずいですから」

「まずいとかまずくないとかじゃなくて、ビールが欲しいならいいなさいよ。別に気にしないから」

「いえ、本当に。けっこうですから」

僕は少し呆れておばさんを見た。たぶん秘書なのだろうが、客にこんなに酒を勧めていいのだろうか。

だがおばさんはいっこうに気にしたようすもなく、

「あっ、そう」

と頷いて、デスクに歩みよった。手にしていた盆をぽんとその上に放りだし、大きな丸いお尻をこちらに向けてかがんだ。

「よいしょ」

小さな冷蔵庫がそこにあった。扉を開け、罐《かん》ビールを一本とりだした。

「嫌になっちゃう、あんまり冷えてないわね」

そうつぶやいた。

ようやく僕は気づいた。このころころとしたおばさんは、秘書なんかじゃない。金子白水本人だ。

僕はぴょんと立ちあがった。おばさんがプシュッと音を立てて、ビールの栓を開けた。

「罐から飲む方が好きなんだ」

にこりと笑って、口にもっていった。

「あの――」

いいかけた僕を空いている方の左手で制し、おばさんは罐ビールを傾けた。ようやく口を離すと、ほっとため息を吐いた。

「ああ、おいしい。いつも五時になったらビールを飲むことにしてるのよ。だからこんなに太っちゃって……」

「絹田信一です」

「わかってるわよ、嫌ね。だからここにいるんじゃない」

おばさん――金子白水は、ふふんと笑った。罐ビールをデスクにおき、まっすぐ僕に歩みよってくる。

背は百五十センチそこそこだろう。目も鼻もまん丸だった。どうにも垢抜《あかぬ》けない顔立ちだが、迫力がある。凄んでいるとかそういうのではなくて、いったんこうと決めたら、梃子《てこ》でも動かない、という印象なのだ。

白水は両手を腰にあて、下からじろじろと僕の顔を見あげた。ブルドッグというのはあまりだが、自分より大きな餌に食いつくことにして、それにはどこから噛みつくのが一番なのか観察している——そんな雰囲気だった。

「ひょろひょろしてるね。食べられてるの?」

いきなり訊ねた。

「何とか」

僕は観察されるに任せて、答えた。

「いくつ? 二十五?」

「二十六です」

「ふん。なるほど。遊びたい盛りだ。彼女は?」

ずけずけと白水は訊ねた。

「います。でもそれが何か関係あるんですか」

少しむっときて、僕は訊きかえした。

「大ありのこんこんちき。うちの大切な子供たちを任せるのだから、ほいほいつまみ食いされちゃ困るもの」

白水はにこりともせず、いいかえした。

「そんなことはしません」

「皆んないうわよ、そうやって。いっとくけど、若いタレントなんて刺激に飢えてるのだから。知らない人間から見れば派手な生活をしているように思えるだろうけれど、実際は家とテレビ局の往復ばかりで、買物や旅行もろくすっぽしたことなんかないの。周りにいる異性といえば、タレントかテレビ局の人間ばかり。ちょっとくらいつまんなそうな奴と思っても、少しでも変化ができるならって、くっついちゃうことがよくあるんだから」

「そんな変化を僕は必要としていませんから」

僕はむっとしたままいいかえした。

「あらっ、いいのよ。ちょっとした変化は。それでその子の歌や芝居に艶《つや》がでるのだったら。マトモな恋愛もしたことないような子に、歌や芝居ができるわけないじゃない。ただ相手のことを踏み台だとしか考えていないようなのと恋愛させたくないだけなの。この世界、半分はそんな連中だからね。自分より立場が上だっていう、それだけの理由で惚れちゃうんだから。馬鹿みたいよ」

白水はひとりでそうまくしたて、ため息を吐いた。

「若いときの恋なんて、とにかく傷がつくものなんだから。どうせ傷つくのなら、マトモに傷つかせてやりたいじゃない。利用されたとか、そういう余分なこと抜きで——」

僕は黙っていた。口ではとうていかないそうもなかった。

「すわんなさいよ」

白水がいったので、再び腰をおろした。白水は僕の向かいにちょこんとすわった。丸まっちい膝がスーツのスカートの裾からのぞいた。

「仕事の話をしましょ。うちには今、二十八組の人間がいるわ。全部で四十人ちょうど。俳優、タレントはそのうち十三人で、あとの二十七人は歌手。それ以外に、これからデビューさせる予定の子たちが、六組、八人いる。あなたには、まずその子たちの写真を撮ってもらいたいの。ただのニコパチじゃなくて、レッスンを受けたり、レコーディングをしているところの、生のスナップを撮ってほしい。つまり密着する、ということね」

「期間はどのくらいですか」

「そうね、とりあえず三ヵ月間。仕事の予定は入ってる?」

僕は首をふった。

「何も入ってません。ですけど――」

白水はまた片手で僕を制し、

「だったら明日からでもかかれるわね。ギャラや日程については、担当者と相談するといいわ。あなたの撮った写真のできにもよるけど、拘束した時間を損したと思わせないくらいのギャラは用意する。はい、質問」

僕をさした。

「あの、なぜ僕なんですか」

「推薦した人がいたからよ。他には?」

「誰だか訊いていいですか」

「それは駄目。他の質問」

僕は口を開け、閉じた。首をふった。

「じゃ、成立ね。よろしく」

白水は不意に右手をさしだした。僕は反射的にその手を握りしめていた。ふんわりとした暖かな手だった。だが右手の中指に、大きなペンだこがあることに気づいた。

白水はにっこり笑った。

「たいへんだろうけど、いい仕事をしてくれることを期待してるよ」

僕はつりこまれ、頷いた。

「がんばります」

「これをあんたのチャンスにするといい」

白水はいった。

9

「すっげー！　マジ？　本当にぃ？　本物？」

鯉丸が電話の向こうで叫んだ。

「みたいだな。担当の人と話したら、撮影枚数に関係なく、月六十万の拘束料を払ってくれて、撮った写真を雑誌に載せた場合は絹田信一のクレジットをだして尚《なお》かつ掲載料は別途払うってさ。そのタレントが売れたら、写真集の可能性も検討しますって」

「うへえ。ちがうよな、やっぱり白水プロともなると。太っ腹じゃん」

「でも気になることがある」

「何よ。美加ちゃんのジェラシー？」

「そんなのじゃないよ。いったい誰が俺を推薦したのかってこと。担当の人にもそれとなく訊いたのだけど、社長しか知らないらしいんだ」

「きっと世の中のどこかで信ちゃんの才能を認めていた誰かだよ」

「その誰かがわからないから悩んでいるんじゃないか」

まるで雲の上にいるような気分で白水プロから帰ってきた僕は、我に返るといったい誰が僕を金子白水に推薦してくれたのかを考えたのだった。

まず思ったのは、かつての師匠格の人だった。だがどう考えてもその人である筈がない。その人だったら、僕を推薦する前に自分を売りこんだだろう。

今までのわずかなフリーの仕事の関係者で、推薦をしてくれそうな人も考えてみた。しかしどう頭をひねっても思いあたらない。

疑い深くなっている僕は、この仕事もまた、例の島と何か関係があるのだろうかとも思った。しかし金子白水本人は、ちらりとも島の話をもちださなかった。しかも仕事が始まればこれから三ヵ月のあいだほぼ毎日、僕は若いタレントたちの撮影に追われるのだ。それに白水ほどの大金持が、あるかどうかもわからない宝物に今さら興味をもつとも思えない。

やはりこれは純粋に、カメラマン絹田信一に訪れたチャンスなのだ。絶対にものにしなければならない。

そう考えると、僕は興奮してきた。白水から紹介された担当者は、白水プロの、長田《ながた》という開発部長だった。部長といっても、年齢は三十七、八だろう。長田は、撮影は、カラー、モノクロどちらでもかまわないが、あくまでもスナップである以上、日常のスケジュールに支障をきたさない撮影方法をとってもらいたい、といった。

そうなれば照明に手間がかかるカラーよりも、モノクロの方がいい。僕は二台もっているカメラの準備を始めた。

明日、白水プロにまたでかけていき、最初の被写体と会うことになっている。長田は、十四歳の男の子だといった。現在、歌と踊りのレッスンを受けさせているところで、デビューは来年だという。

まず、その男の子と僕はうまくやっていかなくてはならない。被写体に嫌われてしまったら、いい写真など撮れないにきまっている。

だが、だからといって仲よくなりすぎても駄目だろう。僕が撮るのは、友だちどうしで撮った本物のスナップとはちがうのだ。レッスンがうまくいかなくて落ちこんでいたり、歯をくいしばって努力している姿もいい写真になるかもしれない。

フィルムのストックは充分にあった。リエさんのパネルを作ったときにもらったギャラで、買い足しておいたのだ。複数のフィルムの外箱をガムテープでつなぎ、いちいち捜さなくてもバッグからとりだせるようにする。レンズとボディのホコリを吹き払い、きちんと作動するかを確認する。

仕事が決まった話を一刻も早く、美加に知らせたい。その美加は、今日はお客さんと同伴出勤だとかで、六時過ぎには部屋をでてしまっていた。携帯電話にかけることも考えたが、お客さんといっしょにいたのでは、美加も話しづらいだろう。結局、店が終わる時間を見はからって連絡することにした。

電話が鳴った。なにげなく時計を見て、僕はびっくりした。鯉丸と電話で話してから二時間があっというまに過ぎている。

僕は受話器をとった。

「はい、絹田です」

「北だ。考えてもらえたかな」

その声を聞いて現実にひき戻された。僕はどう返事をしていいかわからず、無言になった。

「一千万はもう用意してある」

北はいった。

「君が情報をくれれば、私は明日にでも確認のために動くつもりだ」

「待って下さい」

「何かね」

「実は急に僕の方に仕事が入ってしまったんです」

「それはよい話だ。しかし君が実際にあの島にいかなければならないとは、私はひと言もいっていない」

「それはそうかもしれませんが――」

「いいかね、あの島を捜しはじめている人間は他にもいる。三島の、洋介が住まわせてもらっていた家に入った泥棒がそうだ。そいつが島に先回りすれば、君には一千万を受けとる資格はなくなるんだ」

「そんなお金を今さら欲しいとは思いません」

　僕は思わずいっていた。今度は北が黙りこんだ。

「父は、二十四年間、僕にいっさい、連絡をしようとしなかった。その父が、僕のために何かを遺したなんて話は信じられない」

「もちろんだ。あの島にあるものは、洋介が誰かのために遺そうとしたわけではない」

「だったら、そっとしておいてもいいでしょう」

「そっとしておくことなどできん。すでに動きだしている連中がいるのだといったろう。いいかね、信一くん、私がなぜ、島にあるものを手に入れようと思いついたと思う？私のもとにも怪しげな男から電話がかかってきたからなんだ」

「名前も名乗らず、絹田洋介氏のことで会って話がしたい、謝礼はだすから、というのだ。妙だと思うだろう。いったい何だろうと考え、ぴんときたのだ」

本当だろうか。疑えばきりがない。そのときだった。僕の電話にキャッチホンが入った。別の電話からかかってきたことを知らせる割りこみのコールだ。

「待って下さい。別の電話が入ってしまいました」

僕はいって、切りかえボタンを押した。

「信一？」

いきなり美加の声がとびこんできた。あわてているようすだ。

「美加？　店からなの」

「それが――」

不意に美加の声が途切れ、別の男の声にかわった。

「絹田くんかね。先日は失礼した」

僕は息を呑んだ。原口だった。

「実は今、美加ちゃんと、私と私の友人の三人で、ある場所にいる。君にもぜひでかけてきてもらいたいと思っていてね」

「どういうことですか」

「先日の話しあいのつづきをしたいのだ」

「待って下さい。美加は何も関係ない筈です」

美加が同伴する客というのは原口だったのだろうか。僕は混乱した頭で考えた。だがこのあいだのようなできごとのあとで、美加が原口と同伴する筈がない。

「それは知っている。偶然なのだよ。たまたま私の友人が今夜、美加ちゃんを同伴することにしていた。そこで私も混ぜてほしいと頼んだのだ」

原口はいった。嘘だ。原口は、自分以外の誰かを使って美加を誘い、罠《わな》にかけたのだ。僕を呼びだすための人質にしようとして。

僕は怒りがこみあげるのを感じた。

「原口さん、そういうやり方って卑怯《ひきよう》なのじゃないですか。僕と会いたいなら直接いってくれればすむことです。美加を人質にとるなんて許せない」

「待ちたまえ。私たちは美加ちゃんに指一本触れてはいない」

「今どこにいるんですか」

「銀座の、ある画廊にいる。休業中なので人は誰もいない」

「これからいきます。でも美加を先に帰して下さい」

「誤解が生じているようだな。君がそんな風に考えていては、彼女を帰すとかえってトラブルが大きくなるかもしれない。いっしょに君を待とうと思う」

「原口さんは島のことが知りたいのでしょう」

僕はいった。原口は驚いたようすもなく答えた。

「そのとおり。わかってもらえれば話が早い」

僕は目を閉じた。チャンスが訪れ、明日から新しい人生が開けるかもしれないというのに、何てことだ。

初めて父親を恨みたい気持になった。どれほどの宝物か知らないが、こんなことなら遺してくれなかった方が、よほどマシだ。

僕は目を開き、いった。

「とにかく美加にもう一度かわって下さい」

もう一方の回線で北がいらいらしながら待っているかもしれないが、もう北どころではなかった。

「待ちたまえ」

原口はいい、美加が電話の向こうにでた。

「信一」

「美加、何かされたか」

「それはないよ。ただお店にいかせてくれないの」

「いいか、お前を店にいかせる」

「でもどうやって？」

「原口にかわってくれ」

「はい」

「――信じてもらえたかね、私のいったことを」

原口がでると、僕はいった。

「僕もこれから銀座に向かいます。ただしそこじゃ駄目だ。美加の店で会いましょう」

「ほう」

「美加の店でも話は充分できる筈です。あなた方が僕に暴力をふるおうという気でもない限り」

「そんなつもりは毛頭ない。君は先日の山下と私を同じような人間だと思っているようだが、私と彼とではまるでちがう」

「だったら美加を店に連れていくことはできますね」

「君がそこできちっとした話しあいに応じてくれるというのならば」

「もちろんです」

「では約束しよう。これから彼女と『グランモア』に向かう」

「グランモア」は、美加のつとめる店だ。

「僕もこれから向かいます」

いって、僕は電話を切った。北のことは、今夜は考えないことにする。怒っているだろうし、話を聞けば焦るかもしれないが、どうしようもない。

僕は急いで、白水プロにでかけていったのと同じ服を身に着けた。

部屋をでようとするとき、電話が鳴りだした。北にちがいなかった。今は応えている暇はない。

僕はアパートをでて表通りまで走った。タクシーの空車に手をあげ、

「銀座」

と運転手にいった。

「グランモア」は、並木通りの銀座七丁目にあった。クラブやバーばかりが入った雑居ビルの七階ワンフロアを占めている、大きな店だ。

僕は一度だけ、美加の同伴ノルマを消化するためにいったことがある。そのときの会計は、美加がもってくれた。

旧日航ホテルの前でタクシーを降り、僕は小走りで並木通りに向かった。

「グランモア」のあるビルの前には、スーツを着た男が立っていた。彼が「ポーターさん」と呼ばれる仕事をしているのだと、美加から聞いたことがある。ポーターは、お店のホステスや客が乗ってきた車を一晩いくらで預かり、駐車禁止の取締にあわないよう、ぐるぐる動かしながら路上駐車するのが仕事なのだ。客やホステスの帰る時間にあわせて、車をあらかじめ決めた場所にキィをつけておいておく。

彼らには路上駐車のための〝縄張り〟があり、知らずに僕のような人間がそこに止めようとすると嫌がらせを受けることもあるという。

ポーターは僕のことをちらりと見たが、客ではないとわかったのか知らん顔をしてい

た。そのすぐかたわらに原口のフェラーリが止まっているのに僕は気づいた。

少なくとも原口は約束を守ったようだ。

エレベータに乗り、七階まであがった。エレベータを降りると、そこがもう店の入口だった。クロークがあり、黒服を着けたウェイターが、

「いらっしゃいませ」

と大きな声で僕を迎えた。

「原口さんと待ちあわせたんですが」

僕は緊張していった。こういうお店にとって、僕など客のうちには入らない。一方、原口は大金持で常連なのだ。どんなことが起こるかわからないが、店の人間はほとんど原口の味方だろう。

「お待ちいたしておりました。どうぞ、こちらへ！」

ウェイターは元気な声でいって、先に歩きだした。僕と同じ歳くらいだろう。一方、席についている客の大半は、スーツを着けた四十代五十代のおじさんばかりだ。黒っぽいスーツとスーツのあいだに、ホステスの原色の服がはさまれている。

僕が案内されたのは、店のいちばん奥まった位置にあるボックス席だった。くもりガラスのついたてで、他の客とは仕切られている。

そこに原口と美加がいた。原口の〝友人〟の姿はない。原口は僕に気づくと、まるで親しい仲間がきたかのように片手をあげた。

顔にはしかし笑みがなかった。例の、こちらの瞳の底を見透かそうとするような薄気味悪い視線を投げかけてくる。

僕は美加に目を移し、ほっとした。美加は少し緊張した表情を浮かべているが、傷つけられたりひどく怯《おび》えているようすはなかった。美加のかたわらには、お姉さん格の別のホステスがすわっている。

僕が向かいに腰をおろすと、原口がいった。

「悪いが絹田くんと二人きりにしてくれるか。誰もつかなくていいから」

はいといってお姉さん格のホステスが立ちあがった。ようすが変であることに気づいていないか、気づいていても態度に表わさないようにしているのだろう。

美加が僕と原口の顔を見比べた。

「信一――」

僕は無言で頷いてみせた。美加は原口にちらりと目を向け、立ちあがった。

僕と原口は二人きりになった。原口は咳《せき》ばらいをした。

「君が私を信じて、こうしてでてきてくれてよかった」

「僕はあなたを信じたからここにきたのじゃありません。美加のことを心配したからきただけです」

自分でも声の調子が硬いことはわかった。腹立ちはだいぶおさまっていたが、それでももう二度と原口の顔は見たくなかった。

原口は小さく頷いた。

「じゃあビジネスライクにいこう。島がどこにあるか、私に教えてもらいたい。君には相応の報酬を払う」

「報酬？」

僕は訊きかえした。

「そう。私はこういう場合の駆け引きは好まない。現在のあそこの状況がどうなっているかだが、上限は一億でどうかね」

一瞬、周囲の話し声や音楽が耳から遠のいた。

一億円。北のいってきた一千万というのもとてつもない金額だと思ったが、一億円という数字はあまりに大きすぎた。

だがたぶん僕の表情はあまり変化しなかったろう。僕は、他人の声のように自分が訊ねるのを聞いた。

「何があるんです？　島に」

原口は僕の目をのぞきこんだ。

「知らなかったのかね」

さして驚いているようには見えない表情だった。僕は頷いた。

「ええ。あなた以外にも、島の場所がどこなのかを教えてほしいといってきた人もいました。ですがどの人も、島に何があるのかを話そうとしない」

「なるほど」

原口はいって、口を閉ざした。僕に告げるべきかどうか、迷っている表情だった。

「いったい何があるのかもわからないのに売り渡すことなんてできない」

僕はさらにいった。駆け引きを好まない、という原口なら話すかもしれない。

原口はキザな仕草で煙草に火をつけた。まだ考えている。僕は原口を見つめていた。

やがて原口が口を開いた。

「話せば君は、私との契約に応じるか」

当然そうくるだろうと僕は予期していた。僕は首をふった。

「応じるかどうかは、また別の話です。なぜなら、その島にあるものが、父の私物だとは僕には思えない。もしかしたら父はずっと昔に誰かの財産を盗んでそこに隠したのかもしれない。僕がその在り処をあなたに教えたら、それは泥棒の片棒を担いだのと同じになってしまう」

「君はお父さんが泥棒だったと思っているのかね」

「そんな風には思いたくありません。だけど父親が、そんな何億円もの価値があるものをもっていたとは僕にはとうてい思えない。それが本当に父親の私物なら、父親はもっと物質的には豊かな晩年を送れた筈だ」

「君のお父さんは泥棒ではない。それと、島にあるのは誰のものでもない。手に入れた人間のものだ」

「だから何なのです？」

「君は知りたくてしかたがないようだな」

「それはそうです。この何日間かというもの、島のことで僕の生活に色々な人が入りこんできているんだ。僕には僕の人生がある。はっきりいって迷惑です。だけど、だからといってさっさと誰かに島の場所を教えて厄介払いするわけにはいかない」

「なぜかね」

「それが父につながっているからです。ほとんどいっしょに暮らすこともしないで離れてしまった父親だったけれど、いやそういう父親だったからこそ、つながっている何かを、僕はぞんざいには扱えない」

僕はいった。

「お父さんが君に遺した遺産だと考えたらどうかね」

原口は穏やかな表情だった。

「同じことをいった人はいます。でも正体も知らないでそれをお金にかえ、遺産だと喜ぶ気に、僕はなれない」

「君くらいの年頃の人にとって、お金は何にも増して欲しいものじゃないのかな」

「お金はそれは欲しいです。でもそれは、正当な理由で受けとれるお金であって、どこの何ともわからないものを、見もせずに売って得るお金じゃありません」

原口が何かに気づいたように僕の顔を見なおした。

「そうか」

低い声でつぶやいた。

「君は島の位置を正確には知らないのだな」

「ええ」

僕は原口をまっすぐに見返し、いった。

「知りません。僕がもっているのは、島の場所を知る手がかりになるかもしれないものです」

「何だ、それは」

「もうわかっているのでしょう」

三島の早坂さんの家を捜させたのは原口にちがいないと思っている僕はいった。

「絵か」

原口はいった。僕は頷き、急いでいった。

「でもその絵は今は僕の手もとにはない。隠してある。僕や美加に何かがあったときのために」

嘘だった。だがこうとでもいっておかなければ、原口は今この瞬間にも、誰かを僕のアパートにさし向けるかもしれない。

原口は一瞬、厳しい表情になった。

「あなたは最初から、その島にあるものが狙いで僕に近づいたんだ。ちがいますか」

「初めての出会いは偶然だ。リエが君の知りあいだとは知らなかった」

「ずいぶん都合のいい偶然ですね」

僕は皮肉をこめていった。原口はだが怒るようすもなかった。

「ひとつだけ忠告しておこう。私は暴力的な人間ではないが、あの島に関しては、非常に暴力的な人間も動きまわっている。先日、君も会った山下のような男だ。ああいう連中には、今君がとっているような態度はひどく挑発的に見えるだろうな」

「脅迫ですか」

「だから忠告だといったろう。さっさと肩の荷をおろした方がいい。それで君は大金を得て、今までどおりの平和な生活に戻れるんだ。美加ちゃんの身を心配することもなく」

「あなたが最初に心配させたんだ」

怒りがこみあげてくるのを感じた。さも紳士的にふるまってはいるが、原口の中身は山下と何もかわりがない。

原口は首をふった。

「私の忠告を受け入れなければもっと君は心配しなければならなくなる。島のことにかかわっている連中には、君や美加ちゃんの人生など何とも思わないような者もいる。それこそ、命も、ね」

僕は立ちあがった。もうたくさんだった。紳士面《づら》をして、美加のことで僕を脅迫する原口の顔を見ていると自分を抑える自信がなくなってくる。

「美加には絶対、指一本触れさせない」

「大きな声をださず、すわるんだ。まだ話は終わっていない」

原口は初めて、鋭い声をだした。

「あなたには教えない、絶対に」

「後悔するぞ」

僕は原口とにらみあった。

そのときだった。

「よう！」

明るい声をかけられて、僕はふりかえった。濃紺のダブルのスーツに赤いネクタイをしめた長身の男が立っていた。満面の笑みを浮かべ、片手をあげている。

「また会ったな、カメラマン」

杉並だった。「ピクニック」で、鯉丸が兄貴分だと僕に紹介した男だ。

「それにこちらは、赤坂のカジノ王か」

杉並が原口の方を向いた。原口の表情が険しくなった。僕を見て吐きだした。

「よくよく君との話しあいには邪魔が入る運命のようだ」

「なんだ、冷たいことをいうじゃないか」

杉並はいって歩みよってきた。嫌がられているのを承知で割りこもうとしているように見える。「ピクニック」で会ったときとは印象がちがった。だが酔っているようすはなかった。

「せっかくだから三人で飲もうじゃないか。俺が奢《おご》ってもいい」

原口は立ちあがった。

「残念だが私は時間がない」

「そうか。残念だな。じゃあカメラマンはおいていってもらおう。それともまだ話の途中だったかな」

「いや」

首をふって、原口はぞっとするほど冷たい目で僕を見た。

「次は彼の方から私に会いたがってくる筈だ」

そして杉並を同じ目で見やり、出口の方に歩きだした。離れていたホステスたちがあわててそのあとを追った。その中に美加の姿はなかった。目で捜すと、他の席で、硬い表情のまま見送っている姿があった。

「悪いことしたかな」

杉並の声で、僕は我に返った。いたずらっ子のような表情を浮かべ、僕の顔をのぞきこんでいる。

「いいえ——」

「ならよかった」

いって杉並は今まで原口がすわっていた椅子にどっかりと腰をおろした。

「いらっしゃいませ！　杉並さま」

「いらっしゃーい、杉作ちゃん。久しぶりじゃない」

黒服や駆けよってくる別のホステスたちの言葉で、杉並もまたこの店の常連だと僕にはわかった。だが美加は杉並のことを知らなかった。

「いや、本当に久しぶりだな。十年ぶりかな」

おしぼりを使いながら杉並はいった。

「何いってんのよ。でも半年はたっているのじゃない」

隣りにすわったお姉さん風のホステスが杉並の肩を叩いた。

「どうしたの、今日は。スーツなんか着ちゃって」

「俺だって仕事くらいはするぞ」

「よういうわ。夜遊びが仕事のくせに」

「あの……」

美加がかたわらにやってきた。

「おう！」

気づいた杉並が朗らかな声をだした。

「君はここにいたのか。そうか。じゃあしばらくこないうちに、この店もずいぶん景色がよくなったんだな」

「ちょっと、それどういう意味よ!?」

隣りのホステスが目を吊りあげるのもかまわず、杉並は美加に、自分の向かいの席を示した。

「すわんなよ。君が隣りにこないと、カメラマンも落ちつかないみたいだ。えっと……絹田くんだったな。君もすわりな」

僕と美加は顔を見合わせ、腰をおろした。

「こちら、さっきまでずいぶん深刻な話をなさっていたみたいね」

杉並の隣りのホステスが、原口の残していったグラスを片づけながらいった。

「もったいをつけるのが好きな旦那だからな」

杉並は気にするようすもなくいった。

「杉並さんは、原口さんをご存じなんですか」

美加が訊ねた。

「ご存じってほどの仲じゃない。狭い銀座村や六本木村で遊んでいるのだもの。そこで顔を合わせてるってだけの話だ。あっちは大金持のカジノ屋さんで、こっちはしがない薬局の小倅《こせがれ》だ。身分がちがう」

「ようういうわ。だったらどうして毎晩、遊んでいられるの？」

「店の売り上げをつまんでいるからさ。親父には内緒だぜ」

杉並は片目をつぶった。

「何いってるの。美加ちゃん、杉作ちゃんの実家知ってる?」

ホステスが訊ねると、美加は首をふった。

「知らないよ。そんなこといわなくていい」

杉並が止めたが、ホステスは、

「あらいいじゃない。『薬屋太郎』チェーンて、知ってるでしょう」

といった。美加も僕も目が丸くなった。

「薬屋太郎」チェーンといえば、テレビでも始終コマーシャルを流している、大薬局チェーンだ。日本全国に何百軒という店舗がある。薬以外にも雑貨を安く売っていて、フィルムなどは僕もよく買っていた。

「『薬屋太郎』のあと継ぎなのよ、杉作ちゃんは」

「すごい」

美加がつぶやいた。口にはださなかったが、僕も同じ思いだった。

「あのね、フランチャイズシステムってのは、そんなに儲かるものじゃないのよ。それに俺は親父とは関係ないの。ただのサラリーマン」

「だっていずれはあとを継ぐのでしょ」

「弟がいるよ、弟が。俺よりはるかにできがいい」

「そんなこといわないであたしをお嫁さんにしてよ」

「いいよ。手取り二十万円で生活してくれる? 実家から援助なしだぜ」

「じゃこの飲み代は？」

「飲み代は別」

「そんなぁ！」

杉並とホステスの明るいかけあいを聞きながしながら、僕は美加を見た。

「大丈夫だったか」

「うん。ごめんね、心配させちゃって」

「いや。俺が悪いんだ。結局、お前を巻きこんじゃった」

「原口さん怒ってたみたいだね」

「俺だって怒った。あんなやり方はないよ」

「うん。あたしも卑怯だと思う」

「でも今日はいい話があったんだ」

僕はいって、金子白水と会った話をした。美加が再び目を丸くした。

「すごい、信一」

いつのまにか僕らの話に耳を傾けていた杉並がいった。

「チャンスだな、絹田くん」

「はい」

「よし、前祝いだ。ドンペリもってこい！」

「やったぁ！」

ホステスたちが歓声をあげた。僕はあわてていった。

「そんな。僕、払えませんよ」

「大丈夫。『薬屋太郎』の奢りだ」

「申しわけないです。そんなの——」

「いずれ君がギャラをもらったら俺を奢ってくれりゃいい。別にこういうところじゃなくても、ラーメン屋でも居酒屋でもいい。それでおあいこだ」

「いいんですか」

僕は杉並を見た。杉並はにこにこと爽やかに笑っていた。

「いいんだよ。金は天下の回りものだもの」

「ありがとうございます」

僕は頭を下げた。原口とちがい、この杉並には、なぜか奢られても、重荷を感じさせるところがなかった。

「本当にいいんですか」

美加もいった。

「いいのさ。そのかわり、せっかくのチャンスなのだから、余分なことにはわき目をふらないでつっ走れよ」

それを聞き、僕はため息を吐いた。

「はい。そうしたいです」

「どうしたんだ」

「いえ――」

僕は首をふった。僕を見つめていた杉並がいった。

「何だったら相談に乗ろうか」

「いえ。本当に大丈夫です」

シャンペンが運ばれてきた。ドンペリニヨンというその名前は知っていたが、飲むのは初めてだ。

ポンという音とともに栓が抜かれ、細長いグラスに注がれる。小さな泡がたくさん浮かんだ黄金色の液体を僕は見つめた。

「きれいだろう」

杉並がいって、にやりと笑った。

「シャンペンがこんな金色じゃなかったら、女たちもこれほど騒がないだろうな。金《きん》てのは、どこか人を狂わせる」

金。まさか、父親がいたという島には金塊があるのだろうか。何億円という金塊は、それだけで何百キロにもなる。そんな金塊を、父親はどこで手に入れたのか。

もともとその島にあったのだろうか。

金山。金鉱。確かに日本にもそういう場所はある。たとえば佐渡島《さどがしま》。だがそうした金の山が、父親が見つけるまで、そしてその後も今まで、誰にも見つからずひっそりと放置されていたとはとても思えない。

やはりわからない。

いったい何が、その島にはあるというのだろう。

こうなったら、僕自身が自分の目で確かめるべきなのだろうか。

しかし今の僕にそんな時間はない。明日から白水プロに通わなくてはならないのだ。

「さあ。カメラマンは明日に備えて帰った方がいいのじゃないのか」

乾杯を終えてしばらくすると、まるで僕のその考えを読みとっていたかのように、杉並がいった。

「はい」

「美加ちゃんのことは俺に任せろ。大丈夫、口説いたりしないから」

僕と美加のやりとりを知ってか知らずか、杉並はそうつづけた。

「うん。あたしのことは心配しないで」

美加がいい、僕は頷いて立ちあがった。

「じゃあ、僕はこれで帰ります」

杉並は右手をさしだした。

「美加ちゃんは、他のこの店の子たちといっしょに俺が家まで送る。安心しろ」

「ありがとうございます」

僕はその手を握った。

「それにご馳走になってしまって」

杉並はぎゅっと握りかえした。

「ラーメン屋、忘れるなよ。チャーシューメンの大盛りだ」

僕は笑った。

「奢ります。きっと」


「グランモア」をでた僕は、帰りは地下鉄に乗った。六本木で降りて、西麻布まで歩いて向かう。

原口に対する怒りが薄れたわけではなかったが、心は落ちついていた。要は、僕自身の心のもちようなのだ。一千万だろうが一億だろうが、人からの金などあてにせず、自分で稼いでやろうと思えば、いっさい、島の話になど耳を貸す必要はないし、不安になる理由もない。

西麻布の交差点を渡って、自分のアパートの近くまできたとき、異変に気づいた。パトカーがやたらに止まっている。アパートの入口付近にロープが張られ、制服警官の他に腕章を巻いたスーツの男たちが何人も動きまわっていた。

アパートに泥棒が入った――とっさに思ったのはそのことだった。やはり原口は、誰かを僕のアパートに侵入させ、父親の絵を奪っていったのだ。

だが、ロープの周辺にびっしりと集まった野次馬たちの話が耳に入り、僕はそうではなかったことを知った。

人殺し——誰かがそういったのだ。

「あの——」

僕はロープを守るようにして立つ警官にいった。

「そこのアパートの住人なんですけど、入れないのでしょうか」

「捜査」という腕章を巻いたスーツ姿の男が二人、それを聞きつけすばやく僕に歩みよってきた。

「おたく、何号室ですか」

「二階の二〇一です」

二人は視線を向けあった。

「絹田信一さん？」

ひとりが僕のフルネームを告げた。僕は驚いた。部屋の表札は「絹田」としかでていない。

「そうです」

「悪いけど、ちょっと話を聞かせてもらえるかな」

小声で刑事がいった。が、野次馬の目はいっせいに僕の方を向いた。

「何があったんですか」

刑事に押されるようにして、近くに止められた覆面パトカーに歩きながら僕は訊ねた。

「人がひとり亡くなったんだよね」

「誰ですか。僕の知りあいなんですか」

まさか鯉丸。一瞬、息が止まった。

「あなたの名刺をもっとった。設計事務所の社長さんらしい。北秀之という名前に心あたりはありますか」

思わず僕の足は止まった。

10

「北さんが――!?」

「やはり知りあいかね」

覆面パトカーの中で、男たちは警視庁の刑事だと名乗った。どちらも髪を短く切って眼鏡《めがね》をかけているせいで、雰囲気がよく似ている。大岡《おおおか》と牧瀬《まきせ》という名だった。

「知りあいというか……父の友人だった人です」

「お父さんの。いっしょに住んでいるのかな?」

「いえ。父親は先月三島で亡くなりました」

「するとあなたのところには、何の用があって訪ねてきたんだろう」

黙っていた牧瀬がいった。

僕が電話を途中で切ってしまったからだ。直接会って、島の情報を譲れと交渉するためにきたにちがいない。

だが僕は無言で首をふった。

もしそれをいえば、島の話を含めていっさいがっさいを話さなければならなくなる。島にあるものが、犯罪に関係していないという確信もないのに、告げることはできない。かかわっている人間の顔ぶれを考えれば、どうしたって、マトモな代物ではない筈だ。

「心あたりはないかな」

「北さんは、長いこと父親と音信不通だったのを気にかけていました。父親のことなら、何でも知りたいと思っていたようです」

いって、僕は自分の父親が絵を描いていたこと、二十四年ぶりに知らされた消息が死んだという知らせだったことを話した。

刑事たちは唸り声をたてたりしながら、メモをとった。

「ふーん。なるほどね。で、あなたは今夜、今まで何をしていたの」

「人と会っていました」

「どこで？」

「銀座です」

「銀座のどこ？」

「クラブです」

「クラブ？　ずいぶん豪勢なところへいくんだな、若いのに」

刑事たちの目が鋭くなるのを僕は感じた。

「呼びだされたんです」

原口のことをいえば、かえって疑いを濃くされそうだった。といって、杉並を巻き添えにするのも嫌だった。

「誰に？」

「友だちがホステスでつとめているんです。だから、飲みにこないかと……」

刑事たちは僕のアリバイを確かめたいのだ。だったら美加の話をすれば充分だろうと、とっさに僕は思った。

「店の名前と、そのお友だちの名前を」

僕は教えた。電話番号もつけ加えた。牧瀬が覆面パトカーをでていった。すぐに確めにいったのだとわかった。

「あの……北さんはどこで？」

「あなたのアパートの入口で倒れているのを発見されたんだ。もみあった跡があってね。喧嘩するような声も、近所の人は聞いている」

大岡が話した。

「悪いが、あとで部屋の中もちょっとのぞかせてもらえるかな」

僕は頷いた。はっきり疑われているとわかった。

「亡くなった人にお金を借りていたとか、そういうことはない？」

「ありません」

僕はきっぱりといった。

「北さんとはまだ一度しか会っていないんです」

「なるほどね。じゃ、北さんが何か急いで会わなけりゃならない理由は？」

「ないと思います」

「近くに被害者の車が止まっていた。飲んでいて、思いついたから訪ねてきた、というのでもないと思うがね」

僕は黙って首をふった。誰がいったい北を殺したのか、想像もつかなかった。原口ではない。が、原口の言葉は耳にこびりついていた。

——あの島に関しては、非常に暴力的な人間も動きまわっている

——島のことにかかわっている連中には、君や美加ちゃんの人生など何とも思わないような者もいる。それこそ、命も、ね

たとえば山下。どう見てもやくざとしか思えないあの男なら、北を殺しても不思議はない。

そこへ牧瀬が戻ってきた。大岡は車を降り、小声で牧瀬と話していた。

やがてドアを開け、いった。

「アパートの中を見せてもらえないかな」

僕は二人の刑事とともに、部屋に入った。部屋の中は何もかわってはいなかった。でていったときのままだ。手入れをしていたカメラがそのままになっている。

二人は狭い部屋の中をあちこち調べてまわった。留守番電話のメッセージランプが点滅していることにも目をとめた。

「これ、何が入ってるか、聞かせてもらえるかい」

僕はどきっとした。メッセージは二件となっている。どちらかが北である可能性は高い。もし北が、なぜ電話を途中で切ってしまったんだ、と録音していたら、僕の疑いはますます濃くなる。

といって、嫌ですともいえず、僕は再生ボタンを押した。

ほっとしたことにどちらも無言のまま切られていた。ツー、ツー、という信号音が入っていただけだ。たぶん北だろうが、留守番電話になっていたので、直接ここにくることにしたのだろう。

部屋を調べおわると、二人は再び僕に質問した。今夜何をしていたかについて、詳しく訊かれなかったのは、「グランモア」での僕のアリバイが証明されたからだろう、と僕は思った。

二人の質問は父親と北の関係や、北の個人的なことがらに及んだ。そのあたりは実際に知らないことばかりなので、うしろめたさを感じないですんだ。

途中、僕は北がどんな風に殺されていたのかを訊ねた。

「細い刃物のようなもので刺されたんだな。腹とか胸のあたりを何度か刺されていた。見つけられたときには、死亡していた」

僕は息を吐いた。どうしても自分の目が、イーゼルにのせた絵にいくのを止められない。

牧瀬がそれに気づいた。

「あの絵は、お父さんが描かれたものかね」

「はい」

「北さんはこの絵が欲しかったのかな」

大岡がいったときには、心臓がはねあがった。僕は目を合わさないように、

「さあ……」

としかいえなかった。まるで自分が北を殺したかのような気持だった。

牧瀬がイーゼルに歩みよっていって、のぞきこんだ。

「油だね。これは、三島かな。三島にこんな島、あったっけ」

「どうかな……」

「ちがうと思います。若い頃にいったところらしいです」

「若い頃に。ふーん」

「どこか東北みたいだな。寒そうじゃないか」

僕は思わず顔をあげた。

「どうして東北だとわかるんです」

「え？」

大岡がとまどったような表情を浮かべた。

「別に理由はないよ。ただ、私は山形の出身でね。あっちの方の海沿いの景色に何となく似ているかな、と思っただけだよ」

「人の気配がないものな。千葉とか静岡のあたりだったら、もっと町や港があっていい」

そういえば山下も、「東北やら北陸に人を送った」といっていた。

僕は二人を見た。

「僕はまだ疑われているんですか」

「いや……。さっきの銀座のお店に、別の刑事がいってね。あなたがずっといたことはわかっている。被害者が刺されたのは、午後九時半から十時のあいだらしいというのが、聞き込みでわかっていたからね。あなたが犯人だとは、もう思ってないよ」

「だったら、明日、早いんで、勘弁してもらえませんか――」

僕がいうと、大岡と牧瀬は顔を見合わせた。

「落ちついてるねえ」

大岡がいった。僕は無言で大岡を見た。

「別に嫌みでいっているわけじゃないのだが、人がひとり殺されたんだ。それもあなたの知りあいで、あなたを訪ねてきたところを刺されている。ふつうなら恐くてたまらなくなる筈なんだが……」

そのとおりかもしれない。だが島にまつわるいろいろな騒ぎのせいで、僕のどこかが麻痺《まひ》している。人が死ぬというのはたいへんなことだ。なのに、僕は心のどこかで、いつかこういうことが起こると予期していたような気がする。

「まあ、被害者とは親しくなかったわけだし、実感がないのかもしれないな」

牧瀬がとりなすようにいい、本音はちがうが、僕は頷いていた。

「もちものとかは失くなっていない。だから強盗の仕事じゃない。恨みか喧嘩のどちらかだろうな」

大岡はいって、僕を見つめた。

「そうですか」

「旅行の予定とかは？　カメラマンなら海外とかいくのじゃないの」

「いいえ。どこもいく予定はありません。ただ明日からの仕事の場合によっては——」

「どんな仕事？」

「若いタレントを撮ることになっているんです。所属プロダクションに頼まれて」

「何ていうプロダクション？」

牧瀬が手帳を開いた。

「白水プロです」

「ああ、知ってるよ。歌手がたくさんいるだろう」

少し感心したような口調になった。

「僕が撮るのはデビュー前の人たちです」

「珍しいね、よくあるの？　そういう仕事」

「いえ。初めてです」

社長の金子白水に頼まれたのだ、といってやりたいのを我慢した。感心を通りこして、詮索されるかもしれない。

「大事な仕事なんでしくじりたくないんです」

かわりにいった。これがどれだけ大きなチャンスか、彼らにはわからないだろうとも思った。

「わかりました」

牧瀬はいって、手帳を閉じた。

「またうかがうことがあるかもしれないけれど、今日はこれで失礼します。御苦労さまでした」

「いえ、そちらこそ」

刑事たちがでていくと、僕はダイニングの椅子に腰をおろした。大きなため息がでた。

このアパートの玄関のドア一枚を隔てたところで人が殺された。

北が死んだのは僕の責任なのだろうか。

僕が北からの電話を途中で放りだしてでかけたりしなかったら、北はここまでやってこなかったろう。ここにこなければ、殺されずにすんだかもしれない。

いや、ちがう。僕は自分にいい聞かせようとした。北は、島のことで殺されたとは限らない。事業に失敗して悪い筋からの借金があると、自分でもいっていた。その返済のトラブルから殺された可能性だってあるのだ。

だがかりにそうだとしても、もし僕が北に島の位置を教える手がかりを知らせていたら、殺されずにすんだかもしれない。

刑事たちの前では平然とふるまえた自分がひとりになると信じられないくらい、不安になってきた。

僕が殺したようなものなのか。

煙草をたてつづけに吸い、時計を見た。午前二時近くになっていた。美加はとっくに家に帰っている時刻だ。たぶんまだ眠ってはいない。

美加に電話をしようか、と思った。だが美加に話せば恐がるし、僕と同じように責任を感じるかもしれない。

駄目だ。

鯉丸に電話をしようか。鯉丸はきっと仕事をしている。仕事中にこんな話を聞かせても、どうにもならない。

明日早い、といったものの、とうてい眠れそうにはなかった。

11

一睡もできなかった重たい頭で、翌朝僕は白水プロに向かった。途中、薬局で眠けざましのアンプルを買って飲んだ。

白水プロへはとりあえず、バスで向かった。車でいくと、ぼんやりしていて事故を起こしかねないと思ったからだった。これ以上のトラブルは、絶対に増やしたくない。でかける前に、イーゼルから父親の絵を外した。どこに隠すか迷った末、結局もって歩くことにした。新聞紙とビニール袋で包み、大ぶりのカメラバッグの底にしまう。絵の具はもう乾いているので、崩れてしまう心配はない。

白水プロには約束の午前九時少し前に到着した。受付で名乗るときのうとは別の四階の部屋に通された。長田が現われ、打ち合わせに入った。

今日会う予定の男の子は、今学校にいっているので、授業が終わってからくるという。考えてみれば十四といえば、中学三年生だ。学校の授業も受けずに、レッスンをするというわけにはいかないのだろう。

かわりに十時からレッスンが始まる、別のグループの写真を撮ってもらえないかと、長田はいった。十七歳と十九歳の女の子のデュオだった。

本人たちには、まだ何も話していないが、デビューはその子たちの方が早くなりそうだという。

わかりました、と僕は答えた。レッスン場は、白水プロのビルの地下一階にあった。降りていって、照明の具合いなどを下調べすることにした。

デュオの名はまだついておらず、かりに「ミンツ」と呼ばれている。

レッスン場は、歌のためのピアノをおいたスタジオタイプと、踊りのための鏡張りのふた部屋にわかれていた。「ミンツ」はまず踊りのレッスンをしたあと、歌のレッスンにとりかかるという。その両方を撮ってほしいと長田はいった。

もしかするとテストのようなものかもしれないと僕は感じた。若い女の子を撮らせてみて、僕が〝使える〟かどうかを確かめようというのだろう。

十時少し前、「ミンツ」の二人がやってきた。顔だちは整ってはいるが、驚くほどきれいというわけでもない。長田による簡単な紹介があって、レオタードに着替えた二人のレッスン風景を僕は撮ることにした。

踊りのコーチは、まっ黒く陽焼けした年齢のよくわからない女性だった。おそらく三十代、もしかしたら四十にいっているかもしれないが、体が柔らかくてエネルギーに溢《あふ》れている感じだ。髪は短くて、グリースのようなもので固めている。言葉使いがぶっきら棒なのには驚かされた。

「駄目！」

「今のもう一回！　ちがうっていったろう」

まるで体育の男の教師のような口調なのだ。

「ミンツ」の二人は、まだお互いをそれほどよくは知らないようだった。別々にプロダクションに入って、デュオを組むよう、いわれたらしい。

踊りは十七歳の子の方がうまく、十九歳の子は、お世辞にもリズム感があるとは思えない。コーチの厳しい言葉に、いちいち「はい」「はい」と頷いていたが、わずかに涙ぐんでいるようすがレンズごしに見てとれた。

残酷なようだが、僕はそれも撮った。嫌だろうけれど、もし彼女たちが今後スターになったら、僕の写真はむしろよい思い出になる筈だと自分にいい聞かせた。

踊りのレッスンが終わると、昼食を兼ねた休憩が入って、歌のレッスンに移った。昼食はそれぞれ外にでて、ハンバーガーなどを買ってきて食べている。

歌のコーチは、もう六十に手が届きそうな銀髪の男性だった。なのに外見からは想像もできないような、中性的で高い声をだすのだ。

歌のレッスンになると立場が逆転した。十九歳の子は歌唱力があって音感もいい。十七歳の方は、何度直されても、〝自分なりのメロディ〟になってしまうと叱られている。

午後三時に「ミンツ」のレッスンは終わった。僕にも礼儀正しく挨拶して帰っていく。

長田が僕を四階に連れていき、少年にひき合わせた。

学生服を着た少年が、緊張して僕を待っていた。目が大きくて、女の子のように長い睫毛をしている。中学三年だというのに、身長は一七八センチある。顔がとにかく小さい。内気そうで頼りなげなところが、かえって人気がでそうだった。

話していると始終うつむき気味で、小声でしか喋らない。母親もいっしょにきていて、こちらは息子をスターにすることに生命をかけている、という印象だ。

少年は今日は歌のレッスンだけをして帰る、ということだ。僕は再び地下に降り、レッスン風景を撮影した。

休んでいると母親が近づいてきて、今日の写真をひきのばしてもらえないだろうかと訊ねた。話している最中も、決して息子から目をそらそうとはしない。溺愛している。

いいですよと答え、住所を聞きながら僕は、この人の旦那さんはもしかするととても不幸かもしれない、と思ったりした。息子にかかりきりで、息子をすべてに優先させているような気がする。

レッスンは五時半に終わった。母子が帰っていくと、長田が六階にどうぞ、といった。

六階で社長室に通された。鑵ビールを手にした白水が窓辺に立っていた。応接セットのテーブルに新しい鑵がおかれている。

「飲むかい」

白水はにこりともせずいった。

「いただきます」

僕はいって、ソファに腰をおろした。実際喉がからからだった。徹夜と緊張が重なって、ひどく疲れてもいた。

　罐ビールは冷えていて、おいしかった。久しぶりに写真を撮ったという興奮もあった。僕はひと息に半分ほども飲み干した。

「おや、飲めるクチなんだね」

　白水は感心したようにいった。

「はい」

「両親とも呑んべえかい？」

　白水はじっと僕を見つめて訊ねた。

「母親は飲めました。父親は……わかりません」

　僕はいった。

「小さい頃、離婚したので」

「ふーん、そう」

　白水はつまらなそうに頷いた。

「で、どうだった」

「初めてなので何とも……。少し悪いかな、とも思っちゃって」

「悪いって誰に」

「『ミンツ』の子たちです」

「いいんだよ。あの年頃の子はすぐべそをかいたり大笑いもする。いちばんエネルギーがあるんだ。泣くのも笑うのも、スポーツみたいなもの」

「はい」

白水は再び僕を見つめた。

「なんだか疲れた顔してるね。寝ていないのかい」

「いえ、そんなことないです」

「そうならいいけど。あんたが先にバテたのじゃしょうがないからね」

「大丈夫です」

僕がいうと、白水はにこっと笑った。

「心配ごとがあるのなら何でもいいな。乗れる相談なら乗ってあげる」

「ありがとうございます。大丈夫です」

「島」の話を白水にするわけにはいかない。薄気味悪がられ、へたをすればクビだ。

「写真はいつできる？　今日のぶん」

「引きのばしとかをしないでいいのであれば、明日にはもってこられます」

白水は考えていた。

「じゃ、明日の夕方、もってきて。明日もあるの？　撮影は」

「はい」

「そのあとでいいよ。今日はご苦労さま」

それが話の終わりを示す言葉であることに、少ししてから僕は気づいた。残りのビー

ルを飲み干し、

「失礼します」

といって社長室をでた。白水は僕に背を向け、青山の街を見おろしながら、はい、とだけいった。


バスで西麻布に戻った。撮りおえたフィルムを整理し、現像屋が開いているうちにもっていかなければならない。けっこう〝絵〟になっている、という自信はあった。だがそれは僕の自信であって、白水や長田に通じるという保証はない。

アパートに入るとき、歩道に残されたチョークの跡に目がいった。警官の姿はもうなかった。

部屋のドアに鍵をさしこみ、緊張した。荒らされているかもしれない。荒らされていて一一〇番をしたら、警察は絶対にきのうの殺人事件との関連を疑うだろう。

ほっと息を吐いた。部屋はでていったときのままだった。留守番電話にも着信のランプは点《とも》っていない。

殺人の記事は朝刊にはでていなかった。夕刊にでたとしても、美加や鯉丸はあまり新聞を読まない。

鍵をかけ、手と顔を洗うと、フィルムの整理にとりかかった。用心のため、カメラバッグをさげて、現像屋にもっていった。

帰りにコンビニエンスストアで弁当を買った。もう今日はどこにもでかける気はなかった。早めに食事をして寝てしまおう、と決めていた。

「おい」

冷たいものが頰に押しつけられ、目を開けた瞬間、痛みを伴うほど鋭い光がさしこんできた。

革の匂いのする手袋が僕の口をきつく押さえていた。

「声だすな」

僕は目を閉じた。夢だ、と思った。なにかとてつもなく恐ろしい夢を見ている。

だが夢ではなかった。

「目、開けんかい」

声がいった。僕は再び目を開けた。覆面をした男が二人、僕のベッドの横にいた。ひとりが枕もとに膝をつき、キッチンにあった包丁を僕の頰にあてがっている。ベッドサイドにおいたデジタル時計が「AM４：25」と表示していた。

「起きたか」

関西弁の訛《なま》りのある声がいった。僕は小さく頷いた。

「ようし、手ぇ離したる。けど大声だしたら、すぐズブリやで。ええな」

僕は頷いた。包丁が僕の喉もとに移り、手袋が口から外れた。

「素人やないから、無駄な殺生はせん。例のもんいただいたら、でてくわ。どこにある？」

二人とも毛糸の目出し帽だった。もうひとりの方はまったく口をきかない。

鍵をかけた。チェーンロックもした筈だ。なのにどうしてこの二人は僕の部屋にいるんだ。

混乱していた。いきなり、包丁の柄が僕の頬を叩いた。

「何、ぼさっとしとんのや。はよ、いわんか。どこにあるんや」

痛みより、衝撃で体がびくりと反応した。

「こ、ここにはありません」

「なめたこというと殺すぞ」

「本当です」

「じゃ、どこや」

「コインロッカー」

「コインロッカーやと？　とぼけとんなよ」

額を包丁の柄が打った。今度は痛みで声がでた。

「本当に本当です」

「鍵は？」

「そこの小銭入れの中です」

「どこや」

髪をつかまれ、ひきずりおこされた。僕は財布や腕時計などがのったサイドボードをさした。

黙っていたひとりが動き、小銭入れを見つけた。包丁の男は懐中電灯で仲間の手もとを照らしている。

小銭入れのファスナーを開いた手袋の指先が鍵をつまみだした。

「どこのコインロッカーや」

包丁の男が訊ねた。

いったら殺される。

「いえない……」

「何やと!?」

髪をぐいとひねりあげられた。ライトが再び目の奥までさしこむ。

「いったら、あんたは僕を殺す。嫌だ」

「殺すわけないやろ。いわんかったら死ぬわ」

吐きだすように男はいった。

「嘘だ。あんたたちはもうひとり殺しているじゃないか」

「なに!?」

「きのう、北さんを――」

拳が頬に叩きつけられた。ガキッという衝撃が頭全体に伝わり、血の味が口の中で広がった。

「寝言ほざいとんなよ。誰がやったいうんや」

「おい」

黙っていた男が口を開いた。

「そんなことはどうでもいい。コインロッカーの場所だ」

原口の声ではなかった。山下かもしれない。だが山下の声は、はっきりと覚えていなかった。

「いわない。いうもんか。いったら殺される」

喉を殴りつけられた。息が詰まり、僕は体を折った。

「ええか、兄ちゃん。猿グツワかましてな、今ここで刻んだってもええんやで。どないする？」

髪を再びつかんで男は囁《ささや》きかけた。恐怖で頭も体も痺《しび》れていた。

目を閉じた。殺されるのだ。こんなことってあるのだろうか。

そのときドアチャイムが鳴った。いく度もいく度も鳴らされた。

男がはっと息を呑んだ。

「鍵、かけてあるか」

小銭入れを持った男が問いかけた。僕の髪をつかんでいた男が答えるまもなく、ドアが強くノックされた。

「信ちゃーん、いる？　信ちゃーん！」

鯉丸の声だった。それもひどく酔っぱらっている。どんどんとドアを叩いた。

「ちっ、かけてへんわ」

ノブが回り、ドアが開かれた。

「いるんだぁ、信ちゃーん……」

鯉丸の声が大きくなった。

「逃げろ！」

小銭入れを調べた男が鋭い声でいい、僕はベッドにつきとばされた。

「信ちゃん、駄目じゃん、鍵もかけないで……。無用心だなぁ」

戸口に立った鯉丸のシルエットに向けて、二人の男は突進した。

「鯉丸！　逃げろ！」

僕が叫ぶのと、鯉丸がわっと声をあげるのが同時だった。どしん、と音をたてて誰かの体が廊下に転がった。あわただしい足音が遠ざかっていく。

「鯉丸！」

僕ははね起きた。廊下に長々と横たわった鯉丸の姿があった。

「鯉丸！」

僕は明りのスイッチを入れるヒモをひっぱった。

「痛《い》ってえ……、何だよ、馬鹿野郎……」

鯉丸が呻《うめ》き声をたて、どこかの部屋から、

「うるせえぞっ、何時だと思ってんだ！」

怒鳴り声が聞こえた。

僕はほっとして、しゃがみこんだ。体が震えだす。

「信ちゃん……」

鯉丸が廊下にすわりこみ、膝小僧をさすっていた。

「大丈夫か、鯉丸」

「大丈夫だと思う。わかんないけど……」

鯉丸は目を泳がせた。そのようすでひどく酔っていることがわかった。

「ごめんね、信ちゃん、こんな時間に——」

すわりこんだまま鯉丸はあやまった。僕はようやく立ちあがり、玄関までいった。

「いいから、中入れよ」

「いいの、信ちゃん。お邪魔だったんじゃないの……」

僕は首をふった。鯉丸が僕の命を助けてくれたのだ。開けっぱなしのドアから、途中で切断されたチェーンロックの鎖がぶら下がっていた。

起きあがった鯉丸が突然、僕に抱きついてきた。

「ありがとう！　信ちゃん、大好き！」

酒くさい息とともに力いっぱい抱きしめてくる。

「わかった、わかったから、すわれって……」

僕はよろめきながらいった。

「いやだ。信ちゃんにこうして抱かれてたい」

「何いってんだよ、鯉丸。それどころじゃなかったんだ」

「いやだ」

駄々をこねるように鯉丸は首をふった。店でしていたメイクの匂いか、化粧品の香りが鼻にさしこんだ。

「とにかく、ドア閉めて、鍵かけるから……」

僕はいって、鯉丸の体を押しやり、ドアを閉めた。開けられてしまったのだから役立たずの錠だが、かけていないと落ちつかない。本当は一刻も早く、この部屋をでていきたかった。

ふりかえると鯉丸はいつのまにか僕のベッドに寝転がっていた。

「信ちゃーん」

手だけで僕を呼んだ。

「何だ、水か？」

泣いたような、妙にうるんだ目で僕を見あげている。

「ううん。そばにきて」

「待ってろよ」

いって僕は、何かドアにかませるものがないかを探した。イーゼルがあった。何もの

っていないイーゼルをもってきて、ドアノブの下にかませた。これで鍵は開いてもすぐ

には入ってこられない。

「信ちゃん！」

鯉丸がじれったそうに呼んだ。

「何だよ。何があったか、わかってないだろう、お前」

僕は鯉丸をふりかえった。その鯉丸は涙目になっていた。

「信ちゃんだって何も知らないじゃないか！」

「どうしたんだよ……」

鯉丸はかぶりをふった。その目から大粒の涙がこぼれ落ちた。

「ううん、何でもない。信ちゃん、何があったの？」

「今までそこに、人殺しがいたんだ」

「え？」

鯉丸は目をみひらいた。

「きのう、このアパートの前で人が刺し殺された。北さんといって、俺の父親の友だち

だった人だ。その人を刺した連中が、今度はこの部屋に入ってきて、俺に絵を渡せって

威《おど》したんだよ」

鯉丸の濡《ぬ》れた目がまん丸になった。

「本当さ。お前がきてくれなけりゃ、俺は殺されちゃうところだったんだ」

「嘘……」

「嫌だよ……、信ちゃん、殺されちゃ嫌だよ……」

「だから、早くここをでなきゃ。いつ戻ってくるかわかんないぞ」

鯉丸はがばっと起きあがった。

「いこう！　信ちゃん逃げよう！」

顔色がまっ白だった。

「わかってる。でも待て」

僕はいって、サイドボードを見た。小銭入れはその場に放りだされていた。犯人はコインロッカーの鍵をもちさっていた。

コインロッカーに隠したといったのは、とっさの嘘だった。中に入っていた鍵は確かに新宿駅のコインロッカーのものだが、そこには以前、美加たちと湘南《しょうなん》に海水浴にいった帰りにそのまま仕事にいくので入れた水着などの袋が入っている。車だと仕事にまにあわないと思って、電車で帰ってきて、とりあえず預けたまま、ひきとりにいきそびれてしまったのだ。

たぶんとっくに中身はとりだされているだろう。鍵だけを何となく捨てそびれて、ふだんは使わない小銭入れにしまっていたのだ。

僕は大急ぎで、ジーンズとシャツを着けた。カメラバッグを担ぐ。絵はずっとこの中だ。

「とりあえず鯉丸の家にいこう」

鯉丸はじっと僕を見つめたまま、こっくりと頷いた。

二人で駐車場まで走り、トッポに乗りこんだ。鯉丸の部屋は五反田《ごたんだ》のマンションだった。路上にトッポを止め、部屋に入ったときには六時近くになっていた。

鯉丸は具合いが悪くなったのか、車内では無口になり、部屋に入るとまっすぐトイレにとびこんだ。

僕は冷蔵庫から勝手にジュースをだして飲み、煙草に火をつけた。

鯉丸の部屋はオートロック式のマンションの二階にある一DKだった。狭いが、まるで几帳面《きちょうめん》な女の子の部屋のようにきちんと片付いている。セミダブルのベッドには、濃紺のベッドカバーがきれいにかけられていた。

鯉丸がひどく酔っぱらうことは今までもあったが、突然訪ねてきたのは初めてだった。いくら六本木と西麻布で距離が近いといっても、携帯電話から連絡くらいはしてきていた。

しかしその気まぐれで僕の命は救われたのだ。

今になっても、あの男たちの出現は、悪い夢のようだった。寝ていた僕の目を覚まさないように鍵を開け、チェーンロックを切断して侵入してきた。包丁は僕の部屋のものだ。

僕をあの場で刺し殺してでていったら、警察は永久に犯人をつかまえられないだろう。

僕はもう二度とあの西麻布のアパートでは眠れない。

どうすればよいのか、わからなくなった。警察にいってすべてを話すのが一番だということはわかっている。しかし、北が殺された理由を黙っていたのは、刑事たちにきっと悪い印象を与えるだろう。

それに何より、僕自身が島のことを、その秘密を、何ひとつ説明できないのだ。

気がつくと、トイレから聞こえていた鯉丸の苦しげな声がやんでいた。

心配になった僕は立ちあがった。

「鯉丸」

声をかけたが返事がない。僕はトイレのドアを開けた。

鯉丸が便器に抱きつくような格好で眠りこんでいた。口を半開きにして、苦しげな寝息をたてている。頰にはうっすらと涙の流れた跡が残っていた。

僕はほっと息を吐いた。

もし大金持になったら、美加だけではなく、鯉丸も苦しい水商売をやらずにすむようにさせてやりたい。心の底からそう思った。

12

しばらくしてから鯉丸をベッドに連れていってやり、僕はぼんやりと煙草に火をつけた。鯉丸はほとんど目を開けることなくベッドに倒れこんだ。

一昨日の晩も徹夜だったので、頭がひどく重い。だがとうてい眠れる気分ではなかった。

今日は午後三時に白水プロにいき、少年を撮る約束になっている。

煙草ばかりをたてつづけに吸い、重い息を吐いた。

「――ごめんなさい」

不意にかたわらのベッドで寝ている鯉丸がいった。僕は驚いてふりかえった。

鯉丸は目を閉じ、横向きになって眠っていた。眉根をよせた苦しげな顔だ。寝言だった。

何かきっとつらいことがあったのだ。だからべろべろになって僕のアパートに押しかけてきた。

僕は鯉丸の寝顔をじっと見つめていた。鯉丸を見ていると、無性にやるせない気持になってくる。

無器用で馬鹿で、どうしようもない奴。本当に何とかしてやりたい、と思わずにはいられない。

だが僕はこれ以上鯉丸に対し、やさしくしてやることはできない。叱ったり、なぐさめたりはできるけど、抱いてやったり歓《よろこ》ばせてやったりはできない。

美加の勘ではないが、鯉丸はどこかで僕にそういう気持を望んでいるのかもしれない。だとしても、僕は鯉丸を気持悪いとか、触れられたくないとは思わなかった。

それは、抱きつかれキスしようとされそうになったらやめろというだろうが、そうしたいという鯉丸の気持までを嫌なものには感じないのだ。

鯉丸とはちがう形で、僕も鯉丸を好きだ。抱きたいとか抱かれたいという欲望は起こらないが、大事にしたい、幸せにしてやりたいと思う。

鯉丸もきっとそれを知っている。だから僕と美加に対してヤキモチを焼かない。もしかしたら心のどこかであきらめているのかもしれない。

そう考えると鯉丸がかわいそうで、愛おしさすら湧いてくる。

だからといって、決してセックスはしないだろうが。

鯉丸の寝顔を眺めながら、ぼんやりとそんなことを思っていた。

ふと我に返った。時計は七時を回っている。目が玄関の上がり框《かまち》においたカメラバッグにいった。

いつまでもちがうことを考え、逃げているわけにはいかない。

僕は立ちあがった。カメラバッグを開け、中のカメラやレンズをとりだすと、底に入れておいた絵をひっぱりだした。

　ダイニングのテーブルの上に置く。

　やはり単なる島だ。刑事の大岡がいったように、確かに寒々とした気配が漂っている。草が茂っているから、季節は決して冬ではないだろう。なのに海面は輝いてもいないし、断崖にはどこか荒涼とした雰囲気が漂っている。

　生き物の気配は、島の上空を飛ぶ、海鳥の姿だけだ。陸地には家がなく、海にも船がない。

　皆が捜しているのは、本当にこの島なのだろうか。

　絵にサインはない。早坂さんも話していたが、父親はまだこの絵を完成させてはいなかったのだろう。

　思いつき、絵を裏返した。どこかに島の位置を示すような文字が記されているかもしれない、と思ったのだ。

　絵の裏側では、キャンバスがH形をした木枠に釘《くぎ》で打ちつけられている。白っぽいキャンバス地には、絵の具や指紋のようなよごれはついていたが、文字は何も書かれていない。

　木枠は幅五センチくらいの板で、縦が三十センチ、横が五十センチくらいある。そして横板の中央で縦板がつながっている。

　絵じたいは手にもっても、驚くほど軽い。

木枠は外縁の部分で釘打ちされている。キャンバスを枠の上に重ね、そこに釘を打った格好だ。したがって、すきまから木枠の裏のキャンバスも見ることができる。

しかしそこにも何も書かれてはいない。

絵だけでどうやって、島の位置がわかるのか。

これが真上から島を描いたものであったのなら、形から位置を特定することもできたかもしれない。

だが斜め上の陸地から見おろした姿では、とうてい全体像などわかる筈がなかった。おまけに、特徴のある木や建物が島にあるわけでもないのだ。

父親がこの絵を描いたのは、誰かに島のことを教えるのが目的だったのではない。僕は思った。

もしそうなら、絵だけでも、島がどこなのかわかる手がかりを描いたにちがいないのだ。

あるいはそれをこれから描きくわえようとしていた矢先に、病に倒れてしまったのかもしれないが。

気づくと僕は、穴のあくほど絵をにらんでいた。

どれほどにらみつけても、島の在り処がわかる筈もないのに。

しまいには目が痛くなってきた。瞬きすると、涙で視界がにじんだ。

腹が立ってきた。

こんなことってあるのか。家族を捨て、気ままな放浪生活をしたあげく、知らない土地で死んでいったというのは、まだいい。わがままだろうが、ろくでなしだろうが、それも生き方だ。

しかし死んだあとまで、ほとんどいっしょに暮らしたこともない息子に、こんな迷惑をかける権利はない。

父親は、自分の死後起こることを何も予期していなかった筈はない。必ず、島の〝宝〟をめぐる奪いあいが起きると知っていたにちがいないのだ。

なのにどうして、きちんとしておかなかったのか。

あまりにも勝手すぎる。あまりにも無責任すぎる。

今この場に父親の亡霊がいたら、ひっぱたいてやりたい。

僕は拳を握りしめ、ダイニングの椅子にすわりこんだ。どれほど腹を立てても、相手が死者である以上、僕の怒りは届かない。そのことがまたよけいに腹立たしい。

落ちつこう。

僕はまた煙草に火をつけた。

父親には、僕を巻きこむ気などなかったのかもしれない。死後、島の在り処をめぐる騒ぎが起こると予想していたとしても、この絵が手がかりになるとは思っていなかったのだ。そうでなければ、逆にこれほど手がかりとしては役に立たない絵を描いた筈はない。

またこの絵が今のところ唯一の手がかりだとしても、父親は僕にこれを遺す気ではなかったのだ。

この絵が今、僕の手もとにあるのは、僕が欲しいと願ったからだ。この絵を僕に渡せという指示が早坂さんにあったわけではない。

つまり僕が勝手にトラブルの種をもって帰ったのだ。

一方的に父親を恨むのはまちがっている。

だとしても。

だとしても、僕はこれからどうすればいいのだ。

アパートには帰れない。白水プロの仕事を途中で放りだすわけにもいかない。あの仕事は僕にとっては、大きなチャンスなのだ。

といって、このまま何もなかったかのように、鯉丸のアパートから白水プロに通うわけにはいかない。それでは永久に何も解決しない。

第一、僕を襲った連中が、ここや鯉丸のことを何も嗅ぎつけないという保証はないのだ。

美加。

僕ははっとした。絵を狙っている人間の中には、僕と美加の関係を知っている者もいる。今度は美加が襲われるかもしれない。

そう思うと、いてもたってもいられなくなった。

僕は美加の部屋に電話をした。美加が住んでいるのは、目黒区《めぐろ》の自由《じゆう》が丘《おか》だ。まだ眠っている時間だ、もし何もなければ。

呼びだし音に電話機を握りしめた。早くでろ。でてくれ——僕は祈った。

五回ほど呼んだところで、

「はい、もしもし……」

美加の眠そうな声が応えた。ほっと息がでた。

「俺。こんな時間に起こしてごめん。でもどうしても心配だったから——」

「信一。どうしたの？」

「これから迎えにいく。待ってて。あ、それから何日かどこかに泊まれるような仕度をしておいた方がいいかもしれない」

「えっ」

「とにかく、会ったら話すから。それと、もし知らない人間が訪ねてきたら、絶対にドアを開けちゃ駄目だ」

いってから、美加の住む部屋もオートロック式のマンションであることを僕は思いだした。

「信一、今どこなの？」

「鯉丸のとこ。自分ん家《ち》にいられなくて逃げてきたんだ」

「嘘！　どういうこと？」

「とにかく待ってて」

僕は電話を切った。鯉丸はまだしばらく起きそうにないし、ドアの鍵はかけなくとも、オートロック式なら、朝から泥棒は入らないだろう。

絵を再びカメラバッグにしまい、それを肩にかけた僕は、路上駐車したトッポに向かった。

美加のマンションまでは早かった。五反田と自由が丘ではそう離れていないし、朝の下り車線は空《す》いている。

マンションのロビーでインターホンを押すと、美加が応えた。

「はい」

「信一」

「今降りてく」

僕はトッポに戻って待った。五分ほどして、ヴィトンのボストンを抱えた美加が現われた。

助手席に乗りこんだ美加は、心配そうに僕の顔をのぞきこんだ。

「疲れた顔してる。それに頬っぺたにアザがある。どうしたの？」

「殺されそうになった」

「誰に!?」

「絵を狙ってる奴」

美加は目をみひらき、僕を見つめた。美加には、北が僕のアパートの前で殺された話すらしていなかった。それも含め、僕は起こったことをすべて話した。

美加のマンションは駅に近い商店街の一角にある。通勤時間帯と重なって、大勢の人が止めた車のかたわらを歩いている。この路上なら、襲おうという人間はいないだろう。

僕が話しおえたとき、化粧けのない美加の顔は青ざめていた。

「信じられない……」

「俺だってさ。でも鯉丸が訪ねてこなかったら、まちがいなく殺されてた」

「鯉丸くんは？」

「寝てるよ。あれじゃきっと、ひどい二日酔いになるだろうな」

美加はほっと息を吐いた。

「それで……これからどうするの？」

「どうしていいか、正直いってわからないんだ。ただ仕事にはいかなけりゃならないし、美加のことも心配だ。原口は、美加の店とかも知ってるもの」

「あたしだったら大丈夫だよ。しばらく友だちのところに泊めてもらって、そこからお店に通うか、もし何だったら、しばらくお店休む」

「俺、白水社長に頼んで、少し給料を前借りする。じゃないと、美加が暮らしていけないだろう」

「大丈夫だよ。あたしだって貯金くらいあるもの」

美加は首をふった。「それにお金のことよりか、このままじゃ信一、アパートにも帰れないじゃない」

僕は頷いた。

「そうなんだ……。いつまでも鯉丸のところにいると、今度はあいつに迷惑をかけてしまうかもしれないし」

美加は考えていた。

「警察は、今さら届けにくい。そりゃ、最後は警察しかないと思う。悪いことを何もしているわけじゃないしな。でも、島の位置がどこかもわからないようじゃ、根本的な問題の解決にはならないと思うんだ」

美加は頷いた。

「誰かに相談しても、その人をまた巻きこんじゃうだろうし……。でもこのままじゃ生活がめちゃくちゃだ。やっとチャンスがきたっていうのに――」

「ねえ」

美加がいった。

「杉作さんは？」

「杉作さん――」

僕はいって考えこんだ。

それは杉並は親切だし、頼りになるかもしれない。しかし、いくら杉並がお金持でいい人でも、こんなトラブルにかかわりたい筈はない。

「迷惑をかけちゃうよ。いい人だから――」

「だけど相談するだけだったら、それが誰にもわからなければ、それほど迷惑をかけることにはならないのじゃない。それに、この前送ってもらったとき、車の中で二人きりになって、少しこの話をしたの。そうしたら、とても真剣に聞いてくれて。信一に、いつでも相談にのるから、そういっておいてくれって」

「やくざみたいのもいるって話もした？」

美加は頷いた。

「ぜんぜん平気だって。仕事でよく、やくざとも会うからっていってた」

仕事でよく、やくざと会う。どんな仕事なのだろう。サラリーマンといっていたから、土建業界とか金融業かもしれない。刑事にはいくらなんでも見えない。

僕は息を吐いた。確かにこのまま悩んだり恐がっていても、何も解決しない。自分にいい知恵が浮かばなければ誰かに相談する他ない。

「わかった……。今日、考えてみるよ」

僕はトッポを動かして、近くのファミリーレストランに入った。美加と朝食を食べ、都立大《とりつだい》に住んでいる、美加と仲のいい、やはりホステスをやっている娘《こ》の部屋まで送っていった。

別れぎわ、美加がいった。

「杉作さん、携帯電話の番号を教えてくれたの。もし相談するんだったらかけてみて」

僕は頷いた。美加が自分の携帯電話に記憶させておいた番号を、メモした。

「これからどうするの？」

「とりあえず、どこかで寝て白水プロにいく。まだアパートには戻る気がしない」

「ひとりでいっちゃ絶対、駄目」

「うん。美加、ごめん。迷惑かけて」

「信一のせいじゃない」

美加はきっぱりいった。

「それと信一、宝物なんか、あたし欲しくないからね。信一がそばにいてくれるのがいちばんいいんだからね」

僕は思わず笑顔になった。

「俺もそうさ。美加は俺のいちばんの宝物だ」

美加はこっくりと頷いた。

「大好き」

13

車を神宮外苑《じんぐうがいえん》に止めた僕は、少し車内で昼寝をすることにした。車のドアはロックしてあるし、あたりには仮眠をとっているタクシーもいる。

疲れていても自宅に帰れないのはすごく惨めな気分だ。だが人目のある場所の方が、今は安心して眠れる。

シートの背を倒した運転席で、僕は二時間ほどうとうとした。

目が覚めたのは一時過ぎだった。だいぶ体力が回復したという実感がある。

車をだし、きのう撮ったフィルムの現像を頼んだ店に向かった。

紙焼きになった写真は、まずまずのできばえだった。これならきっと金子白水も満足してくれるだろう。

トッポを白水プロの建物の前に路上駐車して、長田を呼びだした。

四階にあがり、写真を見せた。長田は感心したように見入った。

「よく撮れてるね。社長も気にいるよ」

その言葉に、僕は思わず微笑んだ。ようやくいいことがあった、という気分だった。

「写真は、上にあげておく。仕事が終わったら、社長に会うといいよ」

「ありがとうございます」

今日は少年の踊りのレッスンの撮影だった。ショートパンツ姿でレッスンに臨んだ少年の脚はまるで女の子のように細い。コーチの女性も、

「あいかわらず細いねえ。あんたもっと食べなけりゃ駄目だよ」

と少年のスタミナ不足を指摘した。ファインダーを通して見た印象でも、正直いって踊りやスポーツのセンスはあまりなさそうだった。ステージで踊りながら歌えるようになるにはかなり時間がかかるだろうな、と思った。

レッスンが終了し母親とともに少年が帰ると、僕は白水の部屋にあがった。

白水はデスクにすわっていた。老眼鏡をかけ、僕の撮った写真を広げている。

「お疲れさん。すわんな」

ずり落とした老眼鏡のレンズごしに僕を見やった。僕は応接セットに腰をおろした。

白水は老眼鏡を外し、立ちあがった。

「まあまあじゃないの。『ミンツ』の方がよく撮れてる」

僕は頷いた。

「男の子の方は、なかなか表情が顔にでなくて――」

「そうだろう。おっ母《か》さんがくっついてきているうちは駄目だね。ああいう子は、おっ母さんがいなくなると大きくかわる。とはいえ、親子の問題は外の者がとやかくいうことじゃないからね」

白水はいいながら罐ビールをだした。僕にも一本とりだしてくれる。

「踊りも歌もまだまだって話だからね。でも、男の子ってのは売りだしに時間がかかるけど、いったん乗れば息が長い。その点女の子は短いから……」

「じゃあ、男の子のデビューはいつになるかわかりませんね」

「そうだね。今はあるていどブレイクの時期を逆読みして売りだす時代だから、あの子の場合はまだわからない」

答えて、白水は僕の顔をじっと見つめた。

「喧嘩かい、そのアザは」

僕はあわてて首をふった。

「ちがいます」

「飲まないの」

白水は顎をしゃくった。僕はまだ罐ビールの栓を開けていなかった。

「あの……」

午後のあいだ、いおうかどうしようか考えていたことだった。

「すごく厚かましいお願いなんですが、ギャラを少し前借りできないでしょうか」

白水はすぐには答えなかった。僕を見る目が冷たくなったような気がした。

「借金でもあるのかい」

「いえ」

僕は首をふった。

「事情があって、今住んでいるアパートをかわろうと思うんです」

「引っ越すのだったら、けっこうお金が要るね。十万、二十万じゃすまないよ」

「とりあえずウィークリーマンションみたいなところに住もうかと……」

「わけをいいな」

白水の口調は厳しかった。僕は唇をすぼめた。

「いわなければ駄目ですか」

「あんたはうちのタレントというわけじゃない。だから私生活に関してまでとやかくいう気はないけどね。金に困っているのは、けっこう問題なんだ。たとえばクスリをやっているとか、ギャンブルにはまっているというのだったら、仕事をしてもらうわけにはいかない。何かトラブルが起きたときにうちの名前がでるかもしれないし、ひいてはデビュー前の子たちに大きな傷をつけることになるかもしれないのだから」

「そういうことではまったくありません」

僕はきっぱりいって首をふった。

「ただお話をしても信じてもらえないかもしれないですし、かえって迷惑をかけてしまうと」

「あのね。芸能界には信じられないようなことなんて、掃いて捨てるほどあるんだ。賭けてもいいけど、あんたの話を聞いてもあたしは驚かない」

「……そうですね」

頷いたものの、僕には話してよいものかどうかの決心がつかなかった。なぜなら、トラブルという点ではまさしく、白水が心配するようなできごとなのだ。

「あんた本人の話か、それとも家族か」

白水がいったので僕は顔をあげた。

「家族、ですね」

「ふーん」

と白水は頷いた。

「で、どうする？　話したくないのならこれ以上話さなくていい」

「話さなければ前借りはなしですか」

白水は立ちあがるとデスクから煙草をとった。細長い煙草だった。金張りの小さなライターで火をつけた。ため息のように煙を吐く。

「あたしはね、商売柄、ずいぶん若い子たちを見てる。若い子ってのは、性根の悪い子は本当に悪いんだ。大人は、性根が悪くとも何とかネコをかぶることを知ってるし、表面上仕事のつじつまを合わせられたりもする。だけど若くて性根が腐ってるのは最悪だ。周りに迷惑をかけまくっても、てんで自分の責任じゃないって顔をする。下手をすりゃ、自分の責任だってことにも気づきゃしない。

あんたがそういう子だとは、あたしは思わない。だから助けてあげるのはいい。あんたみたいな子があたしに借金を頼むってのは、よほど切羽詰まってる証拠だからね」

僕は黙っていた。白水の言葉はありがたかったが、だからこそ話せない、とも思った。話せば白水は、僕に警戒心を抱くかもしれない。僕も正直いって、白水に好意を感じている。これだけの立場の人が、気さくに僕と話してくれるのは、信じられないようなことだ。

だからこそ、白水に、僕に対して不安をもつような話はしたくなかった。

「すみません。前借りの話はなかったことにして下さい。何とかがんばります」

僕はいった。僕を見つめる白水の目が一瞬やわらいだような気がした。

「いいのかい」

「はい」

白水は小さく頷いた。

「わかった。今後のスケジュールはどうなっている？」

「長田さんとの話で、次は来週の週末ということに」

「オーケイ、じゃあがんばってもらおうか」

「どうもすみませんでした」

僕は立ちあがり、頭を下げた。白水は何ごともなかったように首をふった。

「意地を張れるってのは大切なことだ。がんばるんだよ」

「ありがとうございます」

失礼します、といって僕は白水の部屋をでた。エレベータに乗って一階に降りると、受付に長田が待っていた。

「現像費用を渡していなかったのを思いだしてね。それに仕度金も」

白い封筒をとりだした。

「それは後日精算で――」

「領収証はもちろんもらう。だがこれをとりあえず渡しておけといわれたんだ」

封筒を僕に押しつけた。

「誰に、です」

「経理だよ」

白水だ、と直感した。だが長田はそれ以上僕には何もいわせないように、

「じゃ、来週」

と肩を叩いた。

僕は無言で頭を下げ、白水プロをあとにした。トッポに乗りこんでから、封筒を開いた。十万円が入っていた。


車を青山通りに面した公衆電話の前に止め、僕は鯉丸の部屋にかけてみた。

「はい……鯉丸でーす」

半分死人のような声が応えた。僕だとわかると、

「信ちゃん、きのうはごめん……。今どこ？」

と訊ねた。

「仕事の帰りだよ。二日酔いか」

「今日はお店でらんないと思う。トイレとお友だちぃ……」

「じゃあ死んでろ」

「待って、どこいくの」

「どこかさ。大丈夫」

「信ちゃーん、俺、きのう変なことといわなかった?」

「変なこと?」

「うん。いってなきゃいい……。嫌われたんじゃないかと思ってた」

「心配すんな。じゃあな」

次に美加にかけた。美加は友だちの部屋でひと眠りしたらしく元気だった。僕は、とりあえずの寝ぐらが決まったらまた電話する、といった。美加も今日は店を休んでようすを見る、と答えた。そして、

「杉作さんに電話してみた?」

と訊ねた。

「まだ。これからしようと思って」

「わかった。気をつけてね」

美加の声を聞き、決心が固まった。僕は教えられた杉並の携帯電話の番号を押した。

一度目の呼びだしが終わらないうちに、

「はい」

低い男の声が応えた。知っている杉並の声ではない。張りつめた厳しい声音《こわね》だった。

「あの、杉並さんですか」

「そうですが——」

「絹田です。カメラマンの——」

「おう！」

とたんに声が明るくなった。

「どうしてる。元気か」

「ご迷惑じゃなかったでしょうか、今」

「そうだな……、今ちょっと仕事中だから二時間ほどしたらまた電話してくれるか」

時計を見た。二時間後というのは八時過ぎになる。

「わかりました」

「すまない。じゃ」

杉並は電話を切った。僕は受話器を戻した。迷惑そうな口調ではなかったが、大事なときに電話をかけてしまったようだ。

杉並に電話をするまでに、今夜の寝ぐらを捜さなければならない。

電話ボックスにあった電話帳で、水道橋《すいどうばし》のビジネスホテルを見つけた。とりあえず今夜はそこにしようと決めた。

夕闇が迫っていた。暗くなってから西麻布のアパートに近づく勇気はなかった。

ビジネスホテルの近くにある食堂で腹ごしらえをした僕は、チェックインした部屋でテレビを観て過した。

八時半になると杉並の携帯電話にかけた。

「はい、もしもし……」

さっきとはちがって、疲れたような杉並の声が応えた。

「絹田です」

「さっきはすまなかったな。ちょっととりこんでたんだ」

「いえ。僕の方こそお仕事中に電話しちゃってすみませんでした」

「いや。それは気にしなくていいんだ。で、どうしたんだ？」

僕は言葉に詰まった。やはり厚かましいし、迷惑をかけてしまうような気がする。

「あの……」

「悩みごとがあるんだろう」

杉並は軽い口調になった。

「悩みっていうか、どうしていいかわからないんです」

「そうか……。どうやら会って話した方がいいみたいだな」

「でもお忙しいのじゃないですか」

「忙しいってほどでもない。ただ今日は泊まりなんだ、仕事場に」

「そうですか。じゃあ、また次の機会に」

「いや、泊まりっていっても、別に何かをしてるってわけじゃない。宿直みたいなものだから、きてみちゃどうだ。こっちに」

「杉作さんの会社にですか」

「事務所だけどな」

「ご迷惑になっちゃいますよ」

「ぜんぜん大丈夫だ。ちょっとガラの悪いのがいたりして驚くかもしれないけど、それを気にしないのならきてくれよ。どうせこっちも宿直だから暇な身だし」

僕は少し不安になった。事務所だとか宿直だとか、ガラが悪いのがいるといわれたら、思い浮かぶのは暴力団の事務所くらいだ。仕事でよくやくざとも会う、と美加にいっていたことを考えると、やくざではないけれどやくざにはすごく近い職業という想像も浮かんでくる。

高利貸しとか危ない不動産屋などだ。

もうこれ以上、そういうのにはかかわりたくなかった。杉並を信用しないわけではないが、話を聞きつけた杉並の仲間が首をつっこんできたらどうなる。収拾なんてつかなくなって、本当に僕は夜逃げでもしなければならない。

もっとも、今のこの状態だって夜逃げだが。

僕の沈黙をどうとったのか、杉並はいった。

「まあ、迷っているのなら無理することはないぞ。気持が固まってからでいいんだ。またいつでも電話をくれてかまわないし……」

そしてからからと笑った。

「なんだか女を口説いているみたいだな、こんなやりとりをして」

僕は急に申しわけなくなった。

「いえ。いきます。やっぱり杉作さんに話を聞いてもらいます」

「なんだよ。まさか俺に惚れたなんていうなよ」

僕も思わず笑いだした。本当に明るい人だ。

「大丈夫です、それだけは。はい」

「よし、じゃあ俺のいる事務所を教える。山手通《やまてどお》りの中目黒、わかるか」

わかります、と僕はいった。

「山手通りの目黒川よりなんだ。すぐ横に大きな病院がある。共済《きょうさい》病院だ。そいつを目印にしてくるといい」

「共済病院ですね。で、会社の名前は？」

「関東信越地区麻薬取締官事務所」

「え？」

「関東信越地区麻薬取締官事務所だよ」

僕はあ然とした。

「それって……」

「世にいう麻薬Gメンさ」

「じゃあ、杉作さんは……」

「の、ひとりってわけだ」

また大きな声で笑った。

14

関東信越地区麻薬取締官事務所は、目黒川のほとりにある、立派な建物だった。警察署のようなビルではなく、庭もあってそこに車も止められるようになっている。

建物は二階建てで、あまり人けがない。特に一階はがらんとしている。屋上に大きな無線のアンテナが立っていた。

杉並はその二階にある「捜査第一課」という部屋にいた。ジーンズにダンガリーのシャツというラフな服装だった。机と電話が並んだ殺風景な空間にひとりでいて、教えられた僕が入っていくと、机の上に足をのせ本を読んでいる最中だった。

麻薬Gメンと聞いて、拳銃を吊るしたごつい捜査官が、チンピラや売人《バイニン》を小突きまわしている映画の刑事部屋のような場所を想像していた僕は拍子ぬけがした。

「よお、きたか」

机の上から長い脚をおろして、杉並はいった。今日もウェスタンブーツをはき、ごついバックルのベルトをしめている。

「さっきはすまなかったな。ガサ入れの最中だったんだ」

「ガサ入れ、ですか」

「そうさ。三ヵ月も内偵したのに、でてきたのはしゃぶがたった十グラムだよ。がっくりきちまった」

「杉作さんて、本当に麻薬Ｇメンなんですね」

僕はいった。

「まあ、あんまり飲み屋でばらして喜ばれる商売じゃないからな。特にああいうところの娘《こ》たちは、誰でも一度や二度はイタズラをした経験があるから、正体がバレたら俺になんか寄りつきもしなくなるだろう」

そんなことないですよ、といおうと思ったが、確かに麻薬Ｇメンといえば、刑事といっしょだ。クラブで好かれる客とはいえないかもしれない。

「そうですね……」

「いっとくが飲み代は俺個人の小遣いだ。国民の大切な税金をつかっているわけじゃないぜ」

いって、杉並は立ちあがった。

「ま、お茶でもいれよう。おーい、天草《あまくさ》っ」

怒鳴った。すると、廊下をどすどすという足音が近づいてきた。

ドアが開き、まるで相撲とりのような体格の男が顔をだした。身長は二メートル近くあって、体重はまちがいなく百キロを超しているだろう。黒いジャージの上下を着けている。

「おす」

「お茶いれてくれ」

「おす」

いって、男は僕にも会釈して姿を消した。足音が遠ざかる。

「あいつは今年入った新人だ。柔道のオリンピック候補にもなった男だけど、あれでロシア語がぺらぺらなんだ」

僕は感心した。

「いろんな人がいるんですね」

杉並は苦笑した。

「麻取ってのは、ふつうの警官とはちがう商売だからな。特に今のような時代は、何か特技があった方がいい」

僕は勧められるままに、杉並の隣りの机の椅子に腰をおろした。机の上は整頓されていたが、ひとつだけ目を惹《ひ》くものがあった。黒い手錠だ。

「杉作さんはなぜ、麻薬Gメンになったんです？」

「俺か。俺は、家業が薬局だったからさ。薬科大いって、薬剤師の免許をとった。だが知ってのように、うちはチェーンになっていて、ひとりひとりのお客さんに薬を処方するっていうよりは、経営の方が大事って感じだろう。俺はそういうのは向いてない。そこで経済でた弟に任せちまうことにしたんだ。といって俺がまた別の薬局につとめるってのも変な話だ。そんなときに麻取が新人を募集してたのさ。扱うものが扱うものだけに、薬剤師は必要だ」

僕は頷いた。天草と呼ばれた巨漢が、

「失礼しますっ」

とドアを開け、盆を運んできた。コーヒーの入ったプラスチックカップがのっている。

「天草、この人は俺の友だちでカメラマンをやっている絹田さんだ」

杉並が僕を紹介した。僕が頭を下げると、天草は盆をこわきに抱えて、直立不動になった。

「天草です。杉並先輩にはいつもお世話になっております！」

「よせよ、その体育会系の挨拶。好きじゃねえんだから」

杉並がいうと、天草はまた、

「申しわけありません！」

と大声をだした。杉並は噴きだした。

「わかったよ。もういい」

と手をふった。

「屋上いって、鍛えてろ」

「はいっ、失礼します」

天草は頷き、回れ右をするとでていった。

「今日の宿直があいつと俺なんだけどな。もうちっと柔らかくしてやろうと思ってんのに、ぜんぜん駄目だ」

　杉並はため息を吐いた。

「どうしてです」

　僕はいった。麻薬取締官といえば、警官のようなものだ。警察は軍隊といっしょで、むしろ天草のような〝体育会〟のノリの方があっているように思える。

「柔らかくないと駄目なのですか」

　杉並はちらっと笑みを浮かべた。

「麻取っていうのは、情報がすべてなんだ。警察とちがって人数も少ないし、その少ない人数を最大限有効に働かせる——つまりたくさんの物《ブツ》をアゲる——のには、なるべく確実な情報を集めることが大切だ。そのためには、自分の正体を隠して、人と会ったり噂を集めたりしなけりゃならない。極端な話、しゃぶ中のふりをして、売人をパクることもある。それがあれじゃ、とうていしゃぶ中には見えないだろう」

　僕は思わず笑った。

「そのとおりですね。あんなに礼儀正しいしゃぶ中はいない」

　いいながら僕は、ふっと鯉丸のことが気になった。

「俺たちがこうやって事務所に泊まりこんでいるのも、情報のためなんだ。ここの電話は、麻薬や覚せい剤で苦しむ人間のためのホットラインとして公開されている。中毒者本人じゃなくとも、家族や恋人が、そういう薬に溺れていて、何とか手を切らせたいと思って相談の電話をかけてくるのさ」

杉並はいった。そしてつけ加えた。

「だから身の上相談にはけっこう慣れている、ともいえる」

僕に対しての言葉だと気づいた。僕は頷き、コーヒーを飲んだ。

「どこから話していいかわからないのですけれど――」

「どこからでもいい」

僕は煙草をとりだした。杉並が灰皿をとってくれる。

「発端は、二十四年間会っていなかった父親なんです」

杉並がやくざではなく、むしろその反対側の世界に身をおく人物だったとわかり、僕はほっとしていた。それでいて、警察の刑事とはちがう。だから北が殺されたとき、知っている事実をすべては警察に話さなかったことも、素直に打ち明けられそうだ。

僕は父親が死んだという知らせを受けて、静岡の三島にいき、早坂さんと会った話から始めた。

聞いているうちに杉並の表情は真剣になっていった。特に北が殺されていたという話をしたときは、すわりなおした。

僕は思いつく限りを話しおえた。杉並はすぐには言葉を口にしなかった。煙草に火をつけ、しばらく宙をにらんでいた。

やがていった。

「なるほど。ちょっと想像を絶する話だな、それは」

「ええ」

ため息とともに僕はいった。

「何だか誰も信用できなくなっちゃって……。ただ美加や鯉丸が巻きこまれるのだけは、何とかくい止めようと思っています」

「それはそうだ」

「何しろ一番くやしいのは、追っかけまわされている僕自身が、島がいったいどこにあって、そこに何があるのかを知らないってことです。知らないことのために殺されたのじゃたまりません」

僕は吐きだした。

「まったくだ。まさか銀座でばったり会ったとき、君と原口がそんな状況だとは思いもしなかった」

「あのときは杉作さんに本当に助けられたんです」

杉並は煙草を口に運んだ。

「原口にもキナ臭い噂がある。上品ぶっちゃいるが、奴は金になることなら、どんなヤバい話にでも手をだす。やくざともつるむが、そのやくざを裏切るのも平気だという話だ」

「山下というやくざらしい男はどうですか」

「心当たりは……なくはない。もしかすると、あいつかな、という人物はいる。だが原口とつながるような話は聞いてなかった」

「原口と山下は、組んでいたのが仲間割れをした、という感じでした」

「それだけの大金がからめば、何でも起こる。原口が君に一億といったのは、たとえあとで君を裏切る気だとしても、その島には一億以上の価値があるということだ」

「いったい何なのだろう――」

僕はつぶやいた。

杉並は大きく息を吐いた。何かを考えていたが、

「島だ、といったよな」

と訊ねた。

「はい」

「その絵はあるのかい？」

僕は頷き、肌身離さずもち歩いていたカメラバッグの底から絵をとりだした。

「これです」

杉並はじっと見つめた。そしてくるりと裏返し、キャンバスの裏地も点検した。

「……何も手がかりはなし、か」

「ええ」

杉並は絵を机の上においた。

「――今の話を聞いていて、妙に思ったことがある」

「何です？」

「その島の存在を、なぜ原口は知っていたのか、ということだ。殺された北はわかる。お父さんとつきあいがあったのだから。だが原口とお父さんとのあいだにそういう交流があったとは、とても思えない。それなのに、三島のその女性の家にもお父さんの死後、すぐに空き巣が入っている。つまり、空き巣を送ったのが原口だとすれば、奴は前から島の話を知っていたことになる。そこで君と知りあい、話を聞いて、お父さんの話と島をつないで考えた。絹田という名はそんなに多くはないし、まして絵描きとなると、もっと少ないだろう」

「待って下さい。でも僕は三島の話は原口にはしていません」

杉並は驚いたように眉を吊りあげた。

「本当か」

「はい」

「美加ちゃんはどうだ」

「それは……」

僕は口ごもった。たとえば美加が三島にいったときのことを、原口本人にではなく、誰か店の他の女の子に話をした可能性はある。その子から原口が聞けば——。

しかし早坂さんの家の住所まで話すだろうか。ふつうは話さない。

「君らは尾《つ》けられていたのかもしれないな」

僕は目をみひらいた。そんなことまでは想像していなかった。

「——だがいずれにしても、原口は、君と知りあう前から島に興味をもっていたということになる。宝の島に」

「何だか、信じられない……」

杉並は難しい顔をしていた。しばらく無言で考えていたが、不意にびっくりするほどの大声で怒鳴った。

「天草ーっ」

どすどすという足音が聞こえた。

「はいっ」

ドアが開き、天草が顔をだした。

「何ですか、先輩！」

滝のように汗を流している。

「お前、確か、渋谷《しぶや》で大麻売ってた変な外国人をパクったな」

「あ、はい。ジョーンズという、とぼけたカナダ人でした。日本語がぺらぺらで、何年も日本を放浪してるっていってました」

天草はいった。

「長髪でヒッピーみたいな奴だったな」

「そうです。初犯ですし、葉っぱも何か、どこかその辺でひっこ抜いてきたような奴でした」

「そいつ、どこで葉っぱ、手に入れたっていってたっけ」

「どこか東北の方だっていってました。野宿しながら旅をしてたら、偶然、生えてるの見つけたって。具体的に地名いえっていっても駄目でした。頭悪いヤローで」

「葉っぱが大好きだったんだよな」

「そうです、そうです！　三十年遅く生まれてきたような野郎ですよ、格好といい。結局ビザ切れだったんで強制送還しました」

杉並は記憶の底を探っているような表情をしていた。

「何か、島の話をしていなかったか」

「島ですか……」

天草は首をひねった。が、突然、叫んだ。

「してました！」

「どんな話だったっけ」

「日本をうろついているときに、北海道かどっかのユースホステルで知りあったのがいて、そいつから聞いたって」

「だからどんな話だよ」

じれったそうに杉並がいった。

「伝説の島がある。無人島なのだけど、そこには上質のグラスが大量に生えていて、誰も知らない。いけばとり放題だし、吸い放題だって。自分もそこを捜してみようって、ジョーンズは思ったって」

「奴がもってたのはそれか?」

「いやいや。売ろうとしてたのは、『THC』がすごく低い安物です」

天草は首をふった。

「『THC』て、何です?」

僕は訊ねた。

「『テトラヒドロカンナビノール』」

杉並が答えた。

「大麻に含まれる化学成分で、こいつが幻覚をひき起こすんだ。この『THC』の含有量は、同じ麻でも、産地によって差がある。日本産の麻は、あまり含んではいなくて、インド産になると、これがめっぽう多い。だからマリファナを作る連中は、インド産の麻の種を育てるんだ」

「ジョーンズがもってたのは、日本産です。川原かどっかに自生してんのをひっこ抜いてきて、中学生や高校生をだまくらかして売りつけようとしてたんです」

天草はいった。

「で、島の話は他にしてなかったか」

「いや……。どうせ話した奴も、北海道で自生している葉っぱ吸いすぎて夢見たんじゃないすかね」

「ふーん」

杉並は唸り声をたてた。

「わかった。もういい。ありがとう」

「おす。失礼します！」

ドアが閉まり、足音が遠ざかった。

杉並は僕を見た。

「お父さんは放浪生活をしていた時代があったといったね」

「ええ」

ジョーンズという、その不良外国人が会ったというのが父親だったのだろうか。しかしそれだと時代が合わない。

「お父さんが放浪のあげく辿りついたのが、その島だったとしたら、どうだろう。ああいうヒッピーのような放浪生活をする連中は、連中なりのコミュニケーションをもっている。伝説が語りつがれることもあるのじゃないかな」

「つまり父親が流れついたのが、その伝説の島で、大麻がいっぱい生えていたっていうことですか」

杉並は頷いた。

「まあ、俺が麻取だから、すぐそういう商売につなげた考え方をしてしまうのかもしれないけれど、ずっと放浪していたお父さんが腰を落ちつけるからには、何かそれだけの理由があったと思うんだ」

僕は複雑な思いで考えこんだ。

確かに父親はドラッグ漬けだったと、北はいっていた。それで仕事をしくじり、結局離婚する羽目にもなった。

「お父さんは確か、仲間と放浪していたのだといったね」

「ええ。何だっけ、詩人とミュージシャンと三人だって、北さんはいっていました」

「俺もよくは知らないが、七〇年代にはそういう人間がたくさんいたかもしれない。ただ、ひとつだけお父さんの話で変だと思ったことがある」

僕は無言で杉並を見つめた。

「それは三人で自給自足のような生活をする、という話だ。絵描きに詩人にミュージシャン。そんな連中が、たとえば無人島に住みついて、いきなり自給自足の生活なんか始められるものだろうか」

杉並はいった。確かにそのとおりだった。ヒッピーに憧れて、そういう生活をするくらいだから、およそ非生産的な人間の集まりだったにちがいない。父親ひとりを考えても、そう思う。

そんな人間たちが、いきなり無人島で土地を開墾し、生きていけるとはとうてい思えない。

自給自足なんて、ロビンソン・クルーソーのような話は眉ツバだ。

「そうですね。できっこないと思います」

「とすると、生きていくためには現金収入がなければならない。それで食材を買って自炊をしたり、住む家を作ったりということはあったかもしれない。あとはせいぜい、海で魚を獲《と》ったり、かな」

「でも現金収入なんて、絵や詩集を売ったり、弾き語りをしたくらいだって、北さんはいっていました」

杉並は首をふった。

「もちろんそんなのじゃ、とても食べていけやしない。そういう商売が成りたつのは、人が多い場所だ。無人島でそんなことをしても、買ってくれる人間が第一、いない」

「すると――」

「売り物が島にあったわけだ」

杉並は冷静にいった。

僕は冷たくなったコーヒーで喉を潤した。そんなことがあるのだろうか。

不意に杉並がいった。

「今の話をしていて、実は思いあたるフシがあるんだ」

「え？」

「お父さんが放浪生活にでたのはいつ頃だい？」

「ええと……、母と別れて女優さんと同棲して、それも半年で駄目になって、それからアメリカ帰りの人とくっついて……それも半年くらいと聞いたので、二十三年前くらいでしょうか」

杉並は立ちあがると、部屋の右隅、「情報官」というプレートののった机のかたわらにいった。その奥にガラス戸の書類ロッカーがある。そこを開けて、分厚いバインダーをとりだした。

「で、それから放浪をへて、三島に現われたのは？」

「八年前だと早坂さんから聞いています」

「つまり二十三年前から八年前までの十五年間に、放浪と島での暮らしがあった」

「たぶん」

バインダーを机におき、ページをめくっていった。そして手を止めた。

「これだよ」

「何ですか」

僕は立ちあがった。

「こいつは、うちの事務所が扱った事件記録のまとめだ。検挙件数や検挙内容とかがリストになっている」

棒グラフや年次別の表が見えた。

杉並はページをめくった。「ヘロイン」「コカイン」「覚せい剤」などというドラッグの名称と円グラフが入っている。

「これは押収した薬物の出どころの表だ。たとえば覚せい剤は、一時韓国製が多かったのが、台湾製に移行し、その後フィリピンや中国産などが混じる傾向にあることがわかる」

そして「大麻」というページを開いた。

「マリファナは精製に化学物質を使わないから、産地の特定が難しい。ただ、製品の形態で、だいたいの出どころがわかる」

指を円グラフに走らせていった。

「これだ」

止めたのは、今から二十年前。一九七〇年代半ばのグラフだった。

「この年から、押収したマリファナの中に、今までにない製品が現われている。それがだんだん増えはじめて、十八年前からの十年間はかなりの量に上った。ところが八年前から減りだして、五年前以降は、ぷっつりと出回らなくなった」

僕は杉並の顔を見つめた。

「このマリファナの生産地や生産者を、麻取や警察は、結局、特定できなかった。もともとマリファナは、しゃぶやヘロインに比べると検挙件数が少なくて、実態をつかむのが難しい。売る側も、どこかで子供のオモチャだくらいに思っていて、どうせ売るなら、しゃぶだ、ヘロインだといった方が金になると考えているからだ」

杉並はいって、バインダーを閉じた。

「だがマリファナも、立派な商品になる。現に、ガンジャの質のいい品は、わずか数グラムが五千円くらいで取引されている。しかもヘロインやしゃぶとちがって、作るのに化学設備はいらないし、手間もさほどかからない。大麻の、それも『ＴＨＣ』の含有量の高い種類の畑をもっていれば、そいつはひと財産だ」

「今でも、ですか」

「化学合成された薬物には期限がある。早い話、何十年も前に作られたしゃぶは、射《う》ってもきかないなんてことがある。よほど保存状態がよくなければ、薬品なのだから変質してあたり前だ。

だが麻はちがう。植物なのだから、放っておいてもどんどん生えてくる。もともと生命力の強い植物だ。人の手が入らなければ、その無人島全体に生え広がっていても不思議はない。もしそんなところがあったら……」

いって言葉を切り、僕を見つめた。

「まさに、『宝の島』だ」

僕は杉並の顔を見つめかえしていた。すぐには言葉が思い浮かばなかった。島に隠された宝が、大量に自生している大麻とは、考えもつかなかった。

だが杉並の話を聞いている限り、宝の正体が大麻であることはまちがいないように思える。

僕はようやく言葉を押しだした。

「そんな……、何てことだ……」

金銀。財宝。どこかで僕は島に隠されたものに、甘い幻想を抱いていた。次々とトラブルに巻きこまれ、恐い思いはしていたが、可能ならその宝物を手に入れたいと考えていた。宝物を金にかえ、美加や鯉丸とともにまったく別の豊かな人生を送れるかもしれないと夢を見ていた。

だが宝物が大麻なら、そんな夢は消えてしまう。大量の大麻を売りさばくなんてことは僕には思いもよらない。大麻の存在がいいとか悪いじゃない。僕だって、大麻煙草を吸った経験くらいはある。ふんわりとした、やけに楽しい気分になり、いっしょに吸った美加とわけもないのにげらげら笑いころげた。そのときの印象では、酒よりはよほど気持がよく、体に悪いものだとも思えなかった。

ただし、自分が吸って楽しむのと、人に売るのとではまるでちがう。大量の大麻を仕入れるような種類の人間といえば、やはりやくざかそれに近いような仕事をしている。そういう人間たちとかかわりをもてば、結局ひどいトラブルに巻きこまれる。

それに自分が吸ったのはひどい犯罪だとは感じないが、売りさばくのはどう考えても犯罪だ。もしつかまれば、買って吸ったのとはまるでちがう罪に問われるだろう。

「――追っかけてる連中がひとりもまともじゃなかったのは、あたり前ですね」

僕はいった。杉並は頷いた。

「大量の大麻をさばくとなれば、暴力団や売人にそれなりのコネをもった人間でなければ難しい。いくら金になるといっても非合法品だからな」

僕はため息を吐いた。

「大麻か……」

「もちろんこれは俺の想像だ。だが島にある宝の正体が、埋蔵金や美術品のような代物だったら、いまだに残っているとは考えられないだろう。親父さんたちがそれをこっそり金にかえていたなら、売りつくしたのでない限り、親父さんが無一物で三島に現われたという話は通らない。そしてもしそうなら、原口たちが追いかけまわす理由にはならない」

「大麻って、そう簡単に自生するんですか」

「草の一種だからもともと繁殖力は強い。麻取では、北海道などで自生している大麻を発見するためのパトロールをおこない、見つけると焼きはらっている。ただ――」

僕は顔をあげた。

「ただ、何です？」

「資料に残っている出所不明のマリファナは『THC』の含有量から推して、日本産の自生大麻じゃないだろう」

「ということは、つまり――」

「インド産の質のいい大麻の種を播《ま》いて、栽培したのだと思う。君の話を聞いていると、お父さんには、インド産の種を手に入れるコネはあった」

「それを三人が栽培した？」

杉並は顎の先をかいた。

「そう考えるのがいちばんつじつまが合う」

「あとの二人はどうしたんでしょう」

僕は思わずいった。杉並にわかる筈がないのに。

「詩人とミュージシャン、だったな。名前はわかっているのかい、その二人の」

僕は首をふった。

「盗まれたノートには書いてあったかもしれませんが」

杉並は考えていた。

「こういう仮定は君には酷だが、島で栽培した大麻を売りさばくのはたぶん、お父さんの役目だったのだろう。だからこそ絹田という名が、伝説の島とくっついて原口のような連中に知られていたんだ。表にでていたのはお父さんひとり」

「でも父は島を離れました。二人が残っているなら、大麻が売られつづけていて不思議はありません」

「島で何かがあったとか。あるいは三人とも大麻を売って暮らすのが嫌になったのかもしれない。どんなに仲のいいグループでも十年も十五年も、たった三人きりで顔をつきあわせていればうんざりするだろう。歳もとってきて、無人島での暮らしが虚《むな》しくなったとも考えられる」

「それとも何か、もっと悪いことが起こったとか」

僕は暗い気持でいった。大麻の売り上げをめぐって三人のあいだで仲間割れが起こり、父親があとの二人を殺してしまったとか。どうせ無人島なのだから、死体の隠し場所には困らない。だがさすがに島では暮らしていくことができなくなって、でていった。

杉並は僕の考えを察したらしく、明るい口調になった。

「そんな、あれこれ悪いことを想像したって始まらないぞ。いずれにしろ、お父さんはもう亡くなっているんだろ」

「それはそうですけど。あとの二人の話がまるで現われないのは妙だとは思いませんか。たとえば原口が、父以外の誰かの名前を僕に告げていても不思議じゃないのに」

「原口にしたって、当時直接お父さんと取引をしていたわけじゃないだろう。あとの二人の名前は知らなかったのさ」

そして唇を尖らせ、宙をにらみすえた。

そうだろうか。原口や山下のような、裏の社会につながっている連中にとって、島の話は伝説だっただけでなく、そこで起きたこともよく知られていたのではないだろうか。自分の父親をそんな悪人だと思いたくはないが、想像がいったん悪い方向に働きだすと、とめどがなくなっていく。

黙りこんだ僕がたてつづけに煙草を吹かしていると、不意に杉並がいった。

「こうなったらあれこれ悩んでいてもしかたがない。ウラをとりにいくか」

「ウラをとるって？」

僕は杉並を見あげた。

「情報が真実かどうかを確かめることさ。ちょっとつきあってもらおう」

そのますぐにでもでかけそうなそぶりだった。

「つきあうって、だって杉作さんは宿直なんでしょ」

「一、二時間でかけるくらいなら、大丈夫だ。天草ぁっ」

大声を張りあげた。足音をたて天草がやってきた。今度の汗は、床にも滴り落ちるほどだ。

「はいっ」

「ちょっとでかける。お前、電話のそばにいろ」

腕時計をのぞき、

「一時までには帰ってくるから」

「おす」

杉並は僕の肩を叩いた。

「じゃあいこうか」

僕は何が何だかわからないまま頷いた。

「はい」

15

杉並は麻薬取締官事務所の前庭に止めてあった黒のセルシオに乗りこんだ。

「こいつは公用車じゃない。通勤用の俺の車だ。さ、乗んな」

助手席に僕が乗ると、セルシオを発進させた。一見荒っぽい運転をしそうだが、意外に慎重な運転だった。

「どこへいくんです」

僕はセルシオが駒沢《こまざわ》通《どお》りに合流すると訊ねた。

「赤坂だ。Kホテルさ」

「ホテルに？」

「Kホテルは、来日する大物外タレが泊まることで知られている。そこで商売をしている奴がいる」

杉並はセルシオのハンドルを操りながら答えた。深夜の駒沢通りの上り車線は、空車のランプを点けたタクシーばかりが目につく。

「商売っていうとやっぱり――」

「クスリと女さ」

　杉並は僕を見やっていった。

「外国のロックバンドの連中なんかは、日本の税関がドラッグにうるさいことを知っている。日本に入国するときにもっていることがわかれば入国拒否をくらう。呼び屋も最近じゃそれを警戒して、契約のときに厳しく注意するって話だ。せっかく日本に呼んでも税関でひっかかって追いかえされたんじゃ、公演ができなくて大損だからな。ところがロックバンドの中には、一日中クスリ漬けって奴もいて、クスリが切れたら仕事にならないとゴネる手合いがいる。そういう奴のために仕事をしている男だ。もう長年やっていて、向こうの連中には有名なんだ。トウキョウでドラッグが欲しかったらそいつに頼むといい、ってわけさ」

「つまり売人ですか」

「そういうこと」

「わかっていてつかまらないのですか」

「長年やってるってことは、つかまるようなドジはなかなか踏まないって証明だ。正体は誰でも知ってるが、だからといって身体検査をしたところで風邪薬一錠もってやしない」

僕は首をふった。

「まあお互いに、顔馴染《なじみ》の商売敵《がたき》のようなものだな」

セルシオは目黒の麻薬取締官事務所をでてから三十分とたたないうちに、赤坂の高台にあるKホテルに到着した。杉並は車をホテルの地下駐車場に滑りこませた。

「奴は一年三百六十五日、それこそ判で押したようにこの時間は、地下のバーにいる。ホテルのバーは年中無休だから、奴にとっちゃ事務所のようなものさ」

車を降りると、エレベータに向かって歩きながらいった。

「その人に会って、ウラがとれるのですか、父の話の」

長身でなおかつ大股で歩く杉並に遅れまいと、足を早めながら僕はいった。

「それはそいつ次第だがな。俺とそいつは、わりあい友好的な関係なんだ」

杉並は答えた。専用エレベータでロビーにあがると、じきに十二時になることもあって、ロビーは人けがなく閑散としていた。まだ動いているエスカレータに乗りかえ、僕たちはホテルの地下一階へと降りた。

バーは、暗くて細長い、穴倉のような造りだった。入口のところで席に案内しようとしたボーイを断わり、杉並はまっすぐ奥へと向かった。

バーの一番奥まった位置、褐色の壁を背にしたボックスに、ペンシルストライプのスーツを着た男がちょこんと腰かけていた。ちょこんと、と思ったのは男がひどく小柄だったからだ。百六十センチに満たない背丈で、体にぴったりとしたスーツを着け、胸もとには赤いバラをさしている。鼻の下に口ヒゲをたくわえていて、ぴんと背すじをのばし、ガラス玉のような目で近づいてくる僕らを見つめていた。全体に芝居がかった雰囲気で、どこか滑稽なのだが、それでいて不気味でもある。

「よう、パパ」

男のテーブルの前で立ち止まると、杉並はいった。ジーンズのポケットに両手をさしこんでいる。

パパと呼ばれた男は、わざとのようにゆっくりと杉並の顔を見あげた。

「これはこれは。杉並捜査官」

キィキィという響きのある声だった。どこか操り人形を連想させる。

「そういう水くさい呼び方はやめようぜ」

杉並はいって、首をふった。男の前の空いている椅子をひいた。

「あいかわらず、ドライマティィニがお好みか。すわってもいいかい」

パパはキザな仕草で小さな右手を広げた。

「もちろん。こちらのお若い方も」

「ありがとうよ。こちらのお若い方は、俺の友だちでね。カメラマンの絹田さんだ」

ガラス玉の目が動き、立っている僕を見あげた。再び右手が動き、もうひとつの空いている椅子を示した。

「どうぞ」

「どうも。失礼します」

僕はいって、腰をおろした。近よってきたボーイに、杉並はペリエを注文した。僕も同じものを頼んだ。

「どうだい、パパ。景気は」

パパの手がゆっくりとテーブルにおかれていた平べったい罐にのびた。細巻きの葉巻を入れたケースだった。不釣り合いに大きいデュポンのライターがかたわらにある。

「いつもどおりだ。明日を悲観するほどではないが、今日を喜びで満たしてくれることもない」

パパは特徴のある声でさえずるように答えた。杉並は苦笑いをして、首をふった。

「あいかわらずだな、パパは」

「若き友人が私に何の用かな」

パパの首が、まるで音が聞こえてきそうなほどゆっくりと回った。僕を正面から見すえる。ほっそりとした指が口ヒゲに触れた。髪型は今どき珍しいオールバックだった。それもポマードでぺったりとなでつけている。年齢は五十代のどこか。

指先の爪は、マニキュアを施したようにきらきらと光っていた。

「そのとおり。パパ、絹田という彼の名に聞き覚えはないか」

パパの表情に変化はなかった。

「さて……」

「最近の話じゃない。古きよき時代さ。一九七〇年代の後半から八〇年代にかけてだ」

パパの目がわずかに細められた。じっと僕の顔を見つめる。

しかし何もいわなかった。

「ヒントをもうひとつ」

まるでやりとりを楽しんでいるかのように、杉並がいった。

「グラスだ」

パパの目が動いた。僕を離れ、杉並に移る。

「私を試しているのかね。それともこれは何かの罠か?」

杉並は首をふった。バーの中はひっそりとしていた。入口近くにひと組のアベックがいるきりだ。

「罠でもないし、テストでもない。あんたのプロとしての長年の知識に訊ねてる」

パパの指が再び口ヒゲに触れた。そして囁くように言葉を口にした。

「『アイランド・スティック』」

「『アイランド・スティック』?」

杉並が訊きかえした。パパは小さく頷いた。

「あの頃、国産の上物のガンジャスティックがあった。値段も良心的で品物もいい。どこかの島で作られている、という噂だった。我々は『アイランド・スティック』と呼んでいた」

杉並がゆっくり息を吸いこんだ。

「絹田という名前には心あたりがあるんですか」

僕は訊ねた。パパが僕にゆっくりと目を戻した。

「『アイランド・スティック』は、初めの頃きれいな絵に包まれた箱に詰められ、売られていた。その絵を描いたのが、『アイランド・スティック』の産みの親だといわれていた。絵には、KINUTAというサインがあった」

僕は息を吐いた。杉並を見た。

「その箱の絵のことは知っていました?」

杉並はパパを見つめたまま首をふった。

「いや」

「絵を官憲が気にとめることはなかった。なぜならわざわざサインの入った絵でグラスを包んで売る人間がいるとは、官憲の誰もが思わなかったからだ。『アイランド・スティック』の存在に官憲が気づき、その出どころを追いはじめた頃には、絵は消え、箱に詰められることもなくなっていた。だが品質は上等で、値が張らない点はかわらなかった」

「そのキヌタというサインの人物に会ったことはあるのですか」

僕は訊ねた。パパは首をふった。

「いや。『アイランド・スティック』の出現は、当時マリファナを扱っていた他の組織の人間たちをひどく困らせた。安くてよい品を売る者が現われれば、それまでの商売ではたちいかなくなる」

「つまり、やくざ連中には目障りだったということか」

杉並がいった。

「『アイランド・スティック』がどこで作られているかをつきとめようとした人間がいたことは確かだ。そのせいもあって、絵は姿を消した。追う人間にとっては手がかりだからな」

「それはどんな絵柄だったのですか」

僕は訊いた。

「島だよ。海に浮かぶ島の絵だ。だからこそ『アイランド・スティック』と呼ばれたんだ」

僕は思わず身をのりだした。

「どんな島だったんです!?」

パパはいぶかるように僕を見つめた。一瞬だがガラス玉の目におかしげな色が浮かんだ。

「『夢の島』さ。ドリーム・アイランド、そう書いてあった。小さな島いっぱいに、大麻が生え、その周りを天使たちが舞っている。粋な絵だった」

それは島の位置を具体的に特定できるようなものではなかったのだ。もっとも考えてみれば、警察ややくざに、作っている島の位置を知らせる手がかりを与える筈はない。

「『アイランド・スティック』は消えたのだろう」

杉並がいった。パパは小さく頷いた。

「ああ。消えてしまった。もう五年にもなるかもしれない。あるときを境いに、消えた。きれいさっぱり」

杉並は訊ねた。

「誰が卸していたんだ？」

パパは両手を広げた。

「誰にもわからなかった」

「だが流通組織はあった筈だ。そうでなければ市場には出回らない」

「流通を請け負っていたのは暴力団ではなかった。もちろん暴力団にもわずかに商品が流れることはあったが、『アイランド・スティック』はたいていは、ごく決まった顔ぶれの固定ユーザーに郵便で送られていた。今でいえば通信販売のようなものだ」

「郵便を使っていたなら、逆に手がかりが残ったのじゃないか」

杉並の言葉にパパの顔がほころんだ。

「そうかもしれないが、ユーザーはそんなことを喋りはしない。もしお気にいりの『アイランド・スティック』が官憲の手にかかれば、困るのは自分たちなのだからな」

「それはどこから送られてきたんです？」

僕は訊ねた。郵便なら消印が残っている。それさえわかれば島の位置を特定する手がかりになる筈だ。

パパは一瞬、黙りこんだ。僕を見つめ、いった。

「私に訊いているのかね？」

「あなたは『アイランド・スティック』を買っていたのでしょう」

パパの顔が渋面《じゆうめん》にかわった。首をふり、いらだたしげな口調でいった。

「困るな、そういういいがかりは。それでは私がまるで犯罪者のようだ」

「パパ」

杉並がなだめるようにいった。

「俺たちはあんたの知識を借りたいだけだ」

「そうは思えないな。この若者は、君が私にあらぬ疑いを抱くよう仕向けているように思える」

パパの口調は厳しかった。僕は会話を焦りすぎたことに気づいた。

「そんなつもりでいったのじゃありません。もしそうとられたのであればあやまります。そのキヌタというサインのあった絵は、僕の父が描いたものかもしれないのです」

パパに驚いたそぶりはなかった。

「なるほど。では君は自分の父親に訊けばすむことを私に訊いたのか」

「父はもう亡くなりました。亡くなるまでの二十四年間、僕は一度も父に会っていません」

パパの目がわずかにみひらかれた。

「本当かね」

杉並に訊ねた。

「本当らしい」

杉並は答えた。

「それは同情に値する。しかしなぜ、今ごろ『アイランド・スティック』の話を知りたがる？　あれは消えてしまったものだ。すばらしい品だったが、もう存在しない」

「それが存在するんだ」

杉並がいった。

「売られているのかね、また」

パパは眉をひそめた。

「そうじゃない。だがその話をする前に、消印のことを聞かせてくれ。『アイランド・スティック』が郵便小包で送られていたなら、どこの消印があったんだ」

杉並は訊ねた。パパは微笑んだ。

「もちろん誰もがまずそれに目をつける。したがって『アイランド・スティック』のメーカーもそれを予期していた。消印はいつも同じ郵便局とは限らなかった。北海道であったり、秋田であったり、東京や静岡であったりした」

僕はほっと息を吐いた。

父たちはやはりそれほど間抜けではなかったのだ。

「なぜ『アイランド・スティック』は消えたんだ、パパ」

杉並がいった。パパは肩をすくめた。

「誰にもわからない。大麻をとりつくしたのか。何かの事情で栽培がつづけられなくなったのか。あるとき、潮がひくように『アイランド・スティック』は姿を消した」

「金はどうやって払っていた」

「品物が着くと、そこに郵便や銀行の振替や振込口座名が入っていた。消印と同じく、それはいつもちがっていた」

杉並は僕を見た。

「今とちがって、銀行にも架空名義の口座が作れた時代だ」

「今度はそちらの番だ。今でも『アイランド・スティック』が存在するとはどういうことかね」

パパが訊ねた。

「あるならまた、買いたいか、パパ」

杉並がからかうようにいった。

「冗談はやめたまえ、捜査官。私は君たちに協力した筈だ」

パパの顔が赤くなった。

「怒るなよ、パパ。ひょっとしたらあんたも聞いているかもしれないが、島は実在しているんだ。彼の父親が亡くなり、島のことを覚えていた連中が動きだした。絹田という名前と、葉っぱ好きのヒッピーまがいの連中のあいだに伝わる伝説をつないだ奴がいたんだ」

「伝説の島か」

パパは馬鹿にしたようにいった。

「おや、知ってたのか、パパも」

「そこへいけば、上質のグラスがとり放題だというのだろう。そんな島は実在しない」

パパは首をふった。

「だが聞いてみると『夢の島』とぴったり条件が合うじゃないか」

「確かに。だが、それは君、都市伝説のようなものだ。フォークロアだよ。私にいわせればね」

パパはもったいぶった口調になり、新たな葉巻に火をつけた。

「なぜそう思うんだ？『アイランド・スティック』の島と伝説の島なら、話がみごとに符合する」

杉並は訊ねた。

「それは当然だ。なぜなら、伝説の島の噂が流れたのは、『アイランド・スティック』が地上から姿を消してからなのだ。つまり『アイランド・スティック』の消失を惜しむグラス愛好家たちが、その物語を生みだした。そして放浪の好きなバイク乗りや外国人旅行者たちにそれが伝承された。考えてもみたまえ。この狭い日本国内で、そのような無人島が実在したら、官憲の目がいき届く間もなく、やくざやグラス好きの連中が殺到するだろう。かりにあったとしても、今はとうに根こそぎ刈りとられて残ってはいまい。

伝説の島のお話は、あるいはそこに立ち合った誰かが生みだしたのかもしれない。いずれにせよ、そんな島など存在はしない。バブルが弾《はじ》け、儲け口を失った頭の悪いやくざが踊らされているだけのことだ。今にして思えば、『アイランド・スティック』も、本当に島で作られていたのか疑問だ。メーカー側は、官憲や商売敵の目をあざむくためにわざと、島の絵を描いていたのかもしれん」

「なるほど。だがそれをめぐって人が殺されている。あんたも知っているような人物も動いているし」

「誰かね」

「原口さ」

パパは目を閉じた。

「あれは金に目がない男だ。頭もきれる。度胸もいい。だが金になる話には何にでもとびつく。結局、長生きはできん」

「山下はどうだ、やくざの」

パパは目を開いた。

「六本木の近所で事務所をやっている、といっていました」

「八州会《はっしゅうかい》の山下かね？」

僕はいった。パパは頷いた。

「ならばその山下だ。一時、原口とつるんでいたが今は仲違《なかたが》いをしたらしい。バブルのツケで組に大損をさせ、何とか失点をとり戻そうとしている憐《あわ》れな男だ」

そして杉並を見た。

「殺されたというのは、原口か山下なのか」

「そのどちらでもない」

いって杉並は立ちあがった。

「そろそろ失礼しよう。すっかり商売の邪魔をしたようだ」

「待ちたまえ」

いって、パパは僕を見た。

「君は父親が『アイランド・スティック』のメーカーだったといったね」

「かもしれないと思っています」

パパはゆっくり頷いた。

「そしてそのアイランドが実在すると信じている」

「実在すると信じている連中に追いかけまわされているのさ」

杉並がいった。パパの表情は冷静だった。

「それはつまり君が、実在すると信じるに足る証拠をもっているわけだ」

僕はため息を吐いた。

「もっていません。なのに原口さんや山下さんはもっていると信じているんです」

「君がもっていて、気づいていないだけかもしれない」

パパは真剣な口調だった。杉並が割ってはいった。

「おいおい、パパまでこの争奪戦に加わるつもりか」

パパは杉並を見やった。

「捜査官、君は知っている筈だ。本当に有益な情報は、決して金では買うことができない。有益な情報の代価は、やはり情報なのだ」

杉並は立ったまま両手を広げた。

「何をするつもりなんだ、パパ。俺にあんたをパクらせたいのか」

パパは口ヒゲに触れた。じっと僕を見つめている。

「メーカーは何人いたのだ。君のお父さんただひとりか？」

僕は杉並を見た。杉並はあきらめたように頷いた。

「三人いました。父は絵描きで、あとの二人は詩人とミュージシャンだったそうです」

パパの指がテーブルの上に模様を描いた。

「情報の取引をしよう」

パパはいった。

「まだ何か知っていることがあるのか、パパ」

杉並が身をのりだし、すわったままのパパをのぞきこんだ。パパは表情のない目で杉並を見返した。

「そうではない。これから私が調べて手に入れる情報と、この絹田くんのもつ情報を交換しようといっているのだ」

「僕はもうこれ以上何も知りません」

僕はいった。

パパは僕に目を移した。

「そうかな?」

「絵が一枚、あります。父の描いた」

パパは満足げに頷いた。

「君が原口や山下につきまとわれる理由はそれではないのか」

「しかし何の情報にもなりません。島の場所を知る手がかりにはまったくならない」

「君にとってはそうかもしれないが、原口らにとってはちがうかもしれない」

「で、パパはどんな情報を手に入れられるというんだ」

杉並が訊ねた。

「『アイランド・スティック』に関するすべてだ。小さな噂、メーカーのその後。そして原口や山下が何をもとに動きまわっているか」

「僕はあなたに絵をさしあげるわけにはいきません。父の、唯一の形見なんです」

パパは手を広げた。

「見せてもらうだけでかまわない。必要なら一、二日、預からせてもらうこともあるだろうが、必ず返却する。悪い取引ではないと思うが——？」

「結局、パパも『夢の島』を追っかけようというのか」

杉並が呆れたようにいった。パパは一瞬だけ強い視線を杉並に向けた。

「誤解しないでもらいたい。私は原口や山下のような手合いとはちがう。分《ぶん》というものをわきまえているつもりだ。金を手に入れたいだけで、この話をしているわけではない」

「じゃあ何だ」

パパは一瞬、間をおいた。

「夢だよ。『アイランド・スティック』は我々の年代にとって、若き日の自由と幸福の象徴だった。今、再びその名を口にしただけでも、胸のあたりにざわめくものを感じるほどだ。その『アイランド・スティック』を産みだした島が実在するかもしれないと聞けば、在り処を確かめてみたいと感じる。若き日に見た夢の名残りを訪ねて旅にでたいと思うのと同じなのだ」

杉並はパパの顔を見つめていた。

「パパがそんなロマンチストだとは思わなかったよ」

パパは首をふった。

「人は誰でもロマンチストだ。夢の対象が人それぞれにちがうだけで」

「どうする？」

杉並は僕に訊ねた。

「パパの取引にのってみるか」

僕は頷いた。

「お願いします。逃げまわっているだけじゃどうにもならないと思うので」

「よかろう」

パパは頷いた。

「君の連絡先を」

「自宅にはまだ帰れません」

「携帯電話は？」

僕は首をふった。パパの手がテーブルの下に入った。でてきたときは、ジュラルミンのアタッシェケースの把手《とって》をつかんでいた。

パパはアタッシェケースをテーブルにおき、錠前を開いて蓋をもちあげた。中から一台の携帯電話をとりだした。

「君にお預けしよう。これは外国からやってくる私の客のために用意してある一台だ。バッテリーの充電器は、どこでも買える筈だ。私からの連絡はその携帯電話にとることにする」

　僕は携帯電話を受けとった。

「こちらから連絡をとりたいときはどうすればいいのですか」

「その電話に記憶させてある番号がひとつある。私の携帯電話のものだ。それにかけるか、さもなければこのバーで呼びだすといい」

「わかりました。お借りします」

　パパは手をふった。

「急いで返す必要はない。携帯電話など、今はいくらでも手に入る」

「さしあたって、いつパパは彼と会うつもりだ？」

　杉並が訊ねた。

「情報がそろいしだい。明日か、それとも一週間後かはわからない」

　パパは答えた。

「オーケー。あんたのロマンチシズムが彼を助けてやれるといいがな」

　杉並はいって、僕を促した。

「そろそろ帰ろうか」

「よろしくお願いします」

　いって、僕は立ちあがった。パパが思いついたように訊ねた。

「そうだ。君のお父さんのフルネームは何といった？」

「絹田洋介です」

パパはくり返した。表情に変化はなかった。

「絹田洋介」

「連絡をお待ちしています」

パパは小さく頷いた。

杉並とバーの中をよこぎり、出口に近づいたところで、僕はパパの方をふりかえった。パパはずっとかわらない姿勢でそこにいた。背すじをぴんとのばし、宙に目を向けている。その手がゆっくりとドライマティニのグラスにのびるのを見届けて、僕はバーをでていった。


「『アイランド・スティック』か」

セルシオに乗りこみ、スタートさせた杉並がいった。唸るような口調だった。

「これまでに聞いたことはあるかい？」

僕は首をふった。

「一度もありません。原口や山下もそんな言葉は口にしなかった」

「俺も初めて聞いたよ。パパの年代だけに通じる言葉なのかもしれん」

セルシオは快調に深夜の都心部を走りぬけていった。

「さて、と。これからどうするつもりだい？」

「事務所におかせていただいている車をとって、ホテルに戻ります」

「そうか。だがアパートにも帰れない、じゃ苦労するな」

「明日にでも金物屋にいって、別の錠前を買ってきてドアにとりつけます。逃げてばかりいても確かにどうにもならないので」

いってから僕は思いついた。

「そうだ。お願いをしていいですか」

「何だ」

「あの絵を預かっていただけませんか」

「俺が、か」

「杉作さんなら信頼して預けられます。このあいだ襲ってきた連中は、もし僕が絵をもっているのを知ったら、きっと僕を殺していたと思います」

「一度警察にいっておいた方がいいような気もするが、たぶんそいつらは何も証拠を残しちゃいないだろうしな……」

杉並はいって、顎をかいた。

「いいだろう。責任をもって預かる。うちの事務所の証拠品管理用の金庫に入れておこう」

「ありがとうございます」

目黒の麻薬取締官事務所に到着すると、僕は絵を杉並に渡し、トッポに乗りこんだ。

れていた。

パパという人物に知りあえたことで、突破口を開けるかもしれないという希望が生まれていた。

ただし、いつまた原口や山下が襲ってこないとも限らない。用心に越したことはなかった。

僕はホテルに戻ると、ドアロックの上にチェーンをかけ、用心に椅子までドアの前においてベッドに入った。明りを消すと同時に睡魔が襲ってきた。

16

翌朝、ホテルをチェックアウトした僕は、神保町《じんぼうちょう》の金物屋でスライド式の錠前をふたつ買い、西麻布のアパートに向かった。

アパートの前を一度トッポで走りすぎ、怪しい人影がないかを確認して、部屋に入った。

部屋はでていったときのままだった。あのあと誰かに家捜《やさが》しをされた形跡もない。僕は早速、ドアに錠前をとりつけた。もともとドアにつけられているシリンダー錠とちがい、これなら外からは決して開けられない。

他の出入口といえば窓くらいだが、僕の部屋は二階にあって、しかもベランダのない構造なので、かなり長い梯子《はしご》でももってこない限りは窓からは侵入できない。その窓は下の通りに面しているから、たとえ夜中や明け方でもかなり難しいだろう。

それでも僕は用心のために、使っていないカメラの三脚を窓枠にかませることにした。

侵入者に対する防御が固まると、やっと不安が薄らいだ。

電話を見ると、留守録音のメッセージランプが瞬いている。再生ボタンを押した。

全部で三件のメッセージが録音されていた。一件目は、警視庁の刑事の牧瀬からだった。北が殺された事件の捜査でもう少し訊きたいことがある、改めて連絡をする、というのこして切れていた。

二件目は鯉丸からだった。鯉丸です、またかけます、といっただけで切っている。二日酔いがつづいているのか、ひどい声だった。

三件目は無言のまま切れていた。

僕は美加の携帯電話にかけてみた。

美加は寝ていたらしく、眠そうな声で応えた。僕とわかるといった。

「信一？　今どこなの？」

「アパートに帰ってきた」

「大丈夫なの、ひとりでそんなとこにいて」

びっくりしたような声にかわった。

「金物屋で錠前を買ってきてとりつけた。だから今度は大丈夫」

僕はきっぱりといった。

「美加の方はどう?」

「お店にはきのういったけど、原口さんはこなかった」

「そうか……。ごめんな、俺のせいでいろいろ」

「ううん。ねえ、あとで信一の部屋いっていい? 晩ご飯いっしょに食べたい」

ずっと友だちの部屋にいるのも気がひけるのかもしれない。

「いいよ、待ってる。でもくるときには前もって電話してこいよ。アパートのまわりに変な奴がいないか、確かめるから」

「わかった」

僕は電話を切って、ほっと息を吐いた。美加にパパからもらった携帯電話の番号を教えたかったが、自分の番号がわからない。

僕は明るいうちに夕食の材料を買いにいくことにした。外で食べる気はしないし、美加がきてから二人で買物にいき、誰かに襲われたらたいへんだ。

カメラバッグから中身をとりだし、かわりに頑丈な三脚を入れて肩に背負った。もし誰かが襲ってきたら、三脚をすぐにふりまわせる態勢だ。

僕を襲った連中は絵が狙いなのだ。だからいきなり刺したり襲ったりはしないだろう。

そう自分にいいきかせた。

近所のスーパーでオカズになりそうな品を買い、ご飯を炊いた。

美加がくるまでのあいだ、今までに撮った白水プロの写真を整理しようとして、思いだした。

白水にまだお礼をいっていない。仕度金としてもらった十万円のことだ。

僕は白水プロに電話をした。長田はいないということなので、金子白水につないでもらえないかと訊ねてみた。

「お待ち下さい」

受付の人はいって、電話が切りかえられた。

「はい」

白水の声が応えた。

「金子社長ですか。絹田です」

「おや」

「このあいだはありがとうございました。気をつかっていただいて、本当に」

僕はいった。

「そんなことで電話をしてきたのかい」

白水はそっけない口調だった。

「はい」

「で、家族のトラブルってのはどうした？　解決したのかい」

声が少しやさしくなった。

「まだです。でも何とかこれ以上はご迷惑をおかけしないでやっていこうと思ってます」

「引っ越しは？」

「当分無理そうなので、もともとのアパートに戻りました」

「ふーん。大丈夫なの」

「ええ」

「そうか。あんたの写真、わりに気にいってるんだ。まあ何かあるのなら相談してごらん」

「ありがとうございます」

「じゃあまた会社にきたら、顔をだしな」

「はい」

電話を切ったとたん、ベルが鳴った。

「もしもし――」

「あ、絹田さん？　警視庁の牧瀬です」

「どうも。お電話をいただいたようで」

「実はですね、あのあと目撃者がでてきましてね。被害者の北さんともみあっている人間を見たというんですな」

「どんな人間です？」

僕は訊ねた。あの晩アパートに侵入してきた二人組だろうか。そうにちがいない。

「暗がりで顔まではっきり見えなかったらしいのですが、声の感じでは若い男だったというんです。やはり喧嘩の線かなと……」

「喧嘩——」

そうじゃない。北はあの二人組のどちらかに殺されたのだ。僕は思ったが、口にはださなかった。

「喧嘩となると、ゆきずりの犯行なんで、自首してくるのを待つか、地道に聞き込みをつづけるかということになりそうですわ。近所でそういう話は聞きませんか」

「いえ」

「そうですか。何かお聞きになったら連絡をいただけますか」

「はい」

「じゃ、とりあえずそういうことなので、失敬します」

牧瀬はいって、電話を切った。

警察は北の死を、喧嘩による殺人と判断したのだ。盛り場や電車の駅などで、喧嘩がもとで起きる殺人というのはよく耳にする。

考えてみると、喧嘩に見せかけて人を殺すのはすごく簡単なことなのかもしれない。

初めから狙いをつけていた人物にささいなことで因縁をつけ、喧嘩になったと見せかけて殺してしまう。

やった人間がつかまっても、最初から殺そうと考えていたのではなく、かっとなった勢いで殴ったり刺したら、死んでしまったといった方が罪は軽い。

僕は恐ろしくなった。ニュースで聞く、「馬鹿にされたと思った」とか「体がぶつかったから」という小さな動機で人を殺している連中の何割かは、実は最初から相手を殺すつもりで雇われた人間たちなのかもしれないのだ。

お金をもらっても、刑務所に入ったのではわりに合わないと考えるのは、まともな人生を送っている人たちだ。中には人を殺して何年か刑務所に入っても、それで大金がもらえるのなら別にかまわないという人間だっているかもしれない。

殺した人間がつかまらず、動機も不明となれば、警察はあれこれ調べるだろうが、犯人がつかまり動機も喧嘩とわかれば、捜査はそれきりだ。

生きていられてはまずい人間を消してしまうには、スナイパー（狙撃手）のような殺し屋を雇うより、もっと簡単な手段かもしれない。

だが北はなぜ殺されたのだろう。原口や山下にとって、確かに北は、島を捜す上でのライバルであったかもしれないが、それだけでは殺される理由にはならない筈だ。

二人組は、北があの絵をもっていると考えたのだろうか。あるいは島の場所を知る別の手がかりを北がもっていると。ところが北を殺しても何も手がかりが得られなかったので、今度は僕を襲った。

そう考えるのが最もすじが通る。

僕にはわからない。原口はふつうの人間よりははるかに裕福で、満たされた人生を送っているように見える。なのに人殺しをさせてまで、さらに金が欲しいと考えるだろうか。

そうか。僕は気づいた。早坂さんの家に空き巣に入ったのも、あの二人組だったにちがいない。

原口は最初から僕が「アイランド・スティック」の〝メーカー〟の息子であると知っていたのだ。だからこそリエさんを使って、僕に写真を撮らせ、知りあうきっかけを作ろうとした。

しかしリエさんと僕が知りあったのは偶然だ。僕が鯉丸に連れられてリエさんの店にいかなければ、リエさんと出会うことはなかったのだ。

まさか。

僕ははっとした。鯉丸がわざと僕がリエさんと知りあうように仕向けた。

そんな筈はない。第一、鯉丸は、僕がリエさんの写真を撮るといったら反対したのだ。

リエさんやその彼氏にはかかわって欲しくないようなことまでいった。

その鯉丸が原口とグルだったなんてことがある筈がない。

僕は妙に落ちつかない気持になってきた。いけない。人が信じられなくなっている。

鯉丸を疑うなんて、絶対にしちゃいけないことだ。

電話が鳴った。美加だった。すぐ近くまでタクシーできているといった。

僕は三脚入りのバッグをかついで、一階へと降りていった。美加がタクシーから降りると、すぐに二階の部屋にあがって、新しいふたつも含めた三つの錠をかけた。

「すごい。これ信一がつけたの」

美加は目を丸くしていった。

「そうさ。もう寝ているときに包丁をつきつけられるのはごめんだからね」

「でも何もなくてよかった」

美加はいって、大きな旅行用バッグをおろした。ファスナーを開く。

「信一と食べようと思って、途中でサンドイッチ買ってきたんだ」

「俺もご飯炊いた」

いうと、美加は僕を見てくすっと笑った。

「じゃあ今日はずっとここでいっしょだね」

「ああ」

「よかった」

美加は僕に抱きついた。

「すごく心配してたんだ。信一にもし何かあったらどうしようって」

「俺だって美加のことが心配だった」

僕はいって美加にキスした。

「抱いて」

美加が甘えた口調でいった。

「今か？」

「うん。今すぐ」

美加の手が僕のジーンズにかかっていた。

「ほら信一だってしたがってるじゃん」

僕は美加のスカートに手をのばした。


ベッドを出て早めの夕食をすませると、僕は美加に杉並と会ったことを話した。杉並の職業を聞いて美加は素頓狂な声をあげた。

「ええっ。杉作さんて刑事だったの」

「刑事じゃないよ。麻薬取締官。警察とはちがう。厚生労働省のお役人なんだ」

「でも信じられない。あの人がそういう仕事してるなんて。お店の人は誰も知らないいんじゃない？」

「だったら内緒にしておこう。杉作さんに怒られる」

そしてパパの話をした。

「『アイランド・スティック』……」

美加はつぶやいた。

「そんなすごい人だったんだ、信一のお父さんて」

「すごいっていったって、犯罪者だ」

「でもなんだか夢があるじゃない。ただの売人じゃセコいけど、自分で描いた絵を箱に貼って、自分で作ったマリファナ売るなんて、やっぱり芸術家って感じだよ」

「だけどそのせいで俺たちは今こんな目にあってるんだぜ」

「でもそれはお父さんのせいじゃないよ。お父さんはあるときからマリファナを売るのをやめたわけでしょう。だから三島にでてきて、早坂さんと出会ったんだもの」

「それにしたってもしかしたら、仲間割れをして、もうマリファナを売れなくなったからかもしれない」

美加は首をふった。

「売る気だったら、売ってるわ。だって原口さんたちが信一を追っかけまわしているのは、今でも島に大麻が生えてると知っているからでしょ」

「それはわからない。いってみたらもう、一本も生えてないということだってあるかもしれない」

そうなっていてくれた方がいい、と僕は思った。どれほどの宝の山だろうと、僕はもうそれを金にかえることなど思いもよらない。人の血が流されているのだ。だったらいっそ、消えてなくなっていてくれたらどれほど気が楽か。

「そうだ」

僕はいって、パパからもらった携帯電話をとりだした。

「これの番号がわからないんだ。自分でもっていて、自分の番号がわからない。美加は携帯をもっているから使い方知ってるだろう」

「うん」

美加はいって、携帯電話を受けとった。ずっと電源は入っていて、受信可能を示すアンテナマークも表示されている。

美加はボタンをふたつ押した。すると液晶画面に十一桁の番号が表示された。

「これがそう」

「待って――」

僕はいって、メモを捜した。

「馬鹿ね。メモなんかとらないで、こうすればほら、すぐにでるでしょう」

いって、美加はやり方を僕に教えた。そして自分の携帯電話をとりだし、同じ番号を記憶させた。

「これであたしからも、いつでも連絡できるわ」

「そう。そうしてほしかったんだ」

「でも、パパという人が、お父さんのあとの二人の仲間を捜しだしてくれるといいわね」

美加はいった。

「そうすれば島の場所だってすぐにわかるし」

「それほど簡単じゃないと思うな」

僕はいった。

「どうして」

「もし二人が今も生きていて、東京とかにいるのだったら、自分たちの秘密は絶対に守りたい筈だ。過去のこととはいえ、していたのはやっぱり犯罪だし、それに『アイランド・スティック』の〝メーカー〟だったとわかれば、原口のような連中につけねらわれる。きっと名前も何もかもをかえて暮らしているのじゃないかな」

「今でも島にいるとは思わない？」

「今でも？」

「お父さんはでてきてしまったけど、二人は残っているかもしれないでしょ」

「もしそうなら『アイランド・スティック』が売られなくなった理由は？」

「杉作さんがいっていたこと。いってみれば営業担当だったお父さんがいなくなり、マリファナを売れなくなった」

「でもそうしたら暮らしていけない」

「わからないわよ。それなりに貯《たくわ》えてあれば、生活できるでしょ。もともと無人島のようなところに住むくらいだから、贅沢をしたい人たちじゃなかっただろうし」

「そうか……」

だが今でも人が住んでいるのなら、その気になれば捜しだせそうな気もする。

「ひょっとしたら二人のうちのどちらかは女性で、三角関係みたいなことになったのかもしれない」

美加はひどく想像力を働かせたことをいいだした。

「ヒッピーみたいだったら、最初は二対一の関係でうまくいっていたのだろうけど、だんだん歳をとってきてそれがおかしくなった。だから信一のお父さんが島をでていったのだとしたら？　二人がうまくやっていけるように身をひいたのよ」

「そりゃいくらなんでも作りすぎじゃないか」

「そうかな。無人島で三人の人間が暮らしていくからには、男ばかりじゃ難しかった筈よ。むしろ女がいたと考える方が自然だわ」

「そんなの、かえって難しいよ」

「だって信一とあたしと鯉丸くんの関係を考えてみてよ。三人だけど仲がいいし、うまくいってるわ」

「そりゃ、美加が鯉丸にヤキモチを焼かないようにしているからだろ」

「それだけじゃない」

美加は首をふった。

「あたしだって鯉丸くんが好きだもん。信一も鯉丸くんを好きなことも、よくわかってるし」

「そりゃあいつのことを好きだよ。好きっていうか、何だか弟みたいな気持になっちゃうんだ。本当は同じ歳なのに」

「鯉丸くんも信一に対し、同じような気持をもっている。お兄さんみたいに思ってるよ。ちょっとそれ以上のところもあるけれど――」

「うん……」

僕はいい淀んだ。僕が考えていることを美加は察した。

「でも信一が、同じようなことを鯉丸くんに感じない限り、あたしは大丈夫。鯉丸くんには悪いけど、信一を満足させてあげるのはあたしの役目。信一は鯉丸くんが好きでも、それ以上はしないでしょ」

「うん。それはできない。だからときどき鯉丸がかわいそうになる。俺といると、かえってあいつ、つらいのじゃないかって……」

「もし本当につらかったら、鯉丸くんの方から離れていくよ」

僕は美加を見つめた。

「そうかな」

「うん。そして自分の気持に応えてくれる人を捜すと思うな」

「だったらいいのだけど」

僕は息を吐いた。

「信一のそういうやさしいところ大好き」

「なんだか嬉しくないな」

僕はぼやいた。

「どうして?」

「いいんだ」

僕は首をふった。

「それより、さっきの三人の中に女の人がいたって話だけど、北さんはそんなことはいってなかったよ」

「北さんて、殺された人?」

「警察は喧嘩殺人だって考えているみたいなんだけど、絶対にちがう」

「北さんは三人とも男だったといってたの」

「いや。そうはいってない……」

僕は北との会話を思いだしながらいった。絵や詩集を売ったり、弾き語りをして生活費を稼いでいた——そんな話だった。

そのとき美加の携帯電話が鳴りだした。

美加は携帯電話のボタンを押し、

「はい」

と返事をした。とたんに美加の目がみひらかれた。

「——はい」

固い声で美加は再びいった。そして相手の言葉に耳を傾けている。

「信一とはずっと会っていません」

美加がそういったので僕ははっとした。電話をかけてきた人物は、僕を捜しているのだ。

僕は唇だけを動かして「はらぐち?」と訊ねた。美加が小さく頷いた。

「——わかりました。電話をするようにいえばいいんですね。番号を信一は知ってますか?」

美加の問いに原口が答えた。美加が復唱する十一桁の携帯電話の番号を僕は書きとめた。

美加は、じゃあ、とそっけなくいって電話を切った。そして携帯電話の電源を切ってしまった。

「最悪」

つぶやいた。

「俺と連絡をとりたいっていってきたのかい」

「そう。誤解があるみたいだからって。この電話の番号はまどかさんから聞いたって。でるんじゃなかった」

僕はメモした番号を見つめていた。「アイランド・スティック」の話を原口にぶつければ、杉並やパパの話が事実と一致しているかどうかがはっきりする。

「何考えてんの、信一」

美加が不安そうにいった。

「原口と会ってみようかな」

「馬鹿いわないで、相手は人殺しじゃない！」

美加は驚いたようにいった。

「確かにそうだけど、原口は僕らの知らないことをまだまだ知っていそうな気がする」

「そういう問題じゃないでしょう。信一を襲った連中がまたきたらどうするの」

「今度は原口だってそんな簡単にはできないよ。こちらも二度目だから用心しているし」

「そんなことといって、さらわれちゃったら今度こそ何されるかわからないのよ」

美加は恐い顔をしていった。

「駄目！　ぜったいに駄目」

僕は考えていた。パパの話では、原口と山下は仲違いをしている。ここを襲撃してきた男たちのどちらかは、山下ではあったかもしれないが、原口ではなかった。北を殺したのがあの二人組なら、原口は自分が二人組と仲間ではないと、僕に教えたいのかもしれない。それをうまく利用すれば、原口から情報がひきだせる。

「ちょっと信一！」

美加がきつい声でいった。本気で怒りだしそうだ。

「電話ならいいかい」

僕は訊ねた。

「本気なの!?」

信じられないというように美加は眉をひそめた。

「逃げまわっているばかりじゃ、やっぱり駄目だと思うんだ」

美加は顎をひいて僕をにらみつけた。

「本気なのね、信一」

僕は頷いた。

「今ここから電話する気？」

「いや、これを使う」

僕はパパから預かった携帯電話をとりあげた。

「ここからかけると、僕が部屋にいるとばれてしまうかもしれないから」

「その方が賢明ね」

美加はまるで先生のように頷いた。

僕はメモをした番号と送信ボタンを押した。心臓がどきどきする。

少しして呼びだし音が耳に入ってきた。一回、二回、落ちつけ、電話じゃ相手は何もできやしない。

「――はい」

男の声が応えた。携帯電話どうしだからなのか、向こうが電波状況のあまりよくない場所にいるのか、声が割れている。

「原口さんですか」

僕がいうと、少し間をおいて、

「絹田くんか」

訊ねかえしてきた。

「そうです。僕と話したいことがあるそうですね」

僕はわざといって、原口の出方をうかがった。

「先日の話しあいが途中で終わってしまったからね。また会えないものかと思ったんだ」

原口は何ごともなかったかのようにいった。

「会って、どうするんです。また島の話をするのですか」

「それだけじゃない。新聞で読んだが、君は深刻なトラブルに巻きこまれているのではないかね」

僕は黙った。

「君の自宅近くで人が刺し殺された。あの件では警察も君のもとにやってきたと思うが？」

「よく知ってますね」

「もちろん私が犯人ではないことは君もわかっている筈だ。新聞によると、殺人があった時間、私は美加ちゃんや君といっしょにいた」

原口はわざとらしく、新聞によるとを強調した。

「あなたが誰かにやらせたのかもしれないと僕は思っていましたよ」

「冗談ではない。そういう誤った発言をあちこちでしていないだろうね。もしそうであれば、君はひどく後悔することになるよ」

「あの殺人犯はその後、僕の部屋にも押し入ってきましたよ」

「ほう?」

「僕に刃物を押しつけ、あなたも捜しているものをだせといいました。僕も殺されるところだったんです」

「――それも私が指図したと?」

「あなたかもしれない」

「いった筈だ。私は暴力的な人間じゃないと。あの島に関しては、私の他に、暴力的な人間が動きまわっている」

「山下という人ですか。じゃあ僕のアパートの前で人を殺し、僕を襲ったのは山下なのですね」

僕はたたみかけた。

「待ちたまえ。私はそんなことはひと言もいっていない」

「あなたは犯人を知っているのでしょう」

原口は沈黙した。

「知っていて、自分ではないといいはっているんだ」

「会って話そうじゃないか。電話で話せる内容ではない」

「会えばまた誰かが待ちうけているかもしれない。『アイランド・スティック』を狙う誰かが」

一瞬の間をおき、原口はいった。

「君は……つきとめたのか」

やはりそうだった。今度は僕が訊く番だ。

「原口さん、あなたはどうやって、僕と僕の父と、『アイランド・スティック』の関係を知ったのですか」

「それを話そう。だからでてきたまえ」

原口は焦ったようにいった。僕は美加を見た。美加は怒っていた。そっぽを向き、涙ぐんでいる。

「安全に会える手段を考えます。また連絡します」

「待ちたまえ——私は——」

僕は電話を切った。

「やっぱり会う気じゃない！」

美加は涙声でいった。

「信一のバカ。こんなに心配しているのに」

「だから考えるよ。絶対に安全な方法を」

「何いってるの!? ピストルで撃たれちゃったらどうするの。いきなりつかまって車に押しこまれるかもしれないじゃない」

「落ちつけよ、美加。今度は僕もひとりじゃいかない」

「あたり前よ」

「じゃあ手伝ってくれるか」

美加は僕を見つめ、こくりと頷いた。

「何でもするわ」

「美加ひとりじゃ心配だ。鯉丸にも協力を頼もう」

「杉作さんは?」

僕は首をふった。

「まだ早いよ。あの人は警官じゃないけれど似たような立場にいる。変な形でひっぱりこんだら、かえって迷惑をかけてしまう。大丈夫、絵はあの人に預けてあるんだ。あの人がもっている限り、誰も手はだせない」

「あたしと鯉丸くんは何をするの」

僕は考えていた。いっしょに会うのでは意味がない。僕が原口と会うあいだ、どこかから監視してもらえばいいのだ。そして僕の身に何かあれば、すぐに助けを呼んでもらう。そのためには人目の多い場所がいい。

デパート？　駄目だ、人が多すぎて見失うかもしれない。あまり多くの人が出入りする場所はかえって危険だ。

といって交番の前、というわけにもいかない。殺人や大麻の話をするのだ。

危険なのは原口と話を終えたあとだ。別れたところを誘拐されるのが恐い。原口とは別の出口をでて、そこから行先をつきとめられないような場所。

思いついた。駅のホームだ。ホームなら常に誰かがいる。美加と鯉丸には反対側から見張ってもらう。

話を終えたら、僕は原口をそこに残して電車に乗ってしまえばいいのだ。もし原口が誰かを連れてくれれば、ホームならそれを見破ることができる。電車がやってきても乗りこまなければ、怪しい人物だとわかるからだ。

どこの駅がいいだろう。ホームが分かれている方がいい。美加や鯉丸を危険に巻きこまないためだ。

地下鉄六本木駅がぴったりだ。近いし、こちらも何かあっても地理を把握している。時間は混みすぎず、空きすぎていない時間。夕方の少し前か、少し後がいい。

僕は思いついた計画を美加に話した。美加は真剣な表情で聞いていたが、それならば大丈夫かもしれないといってくれた。

つづいて僕は鯉丸にも電話をかけた。時刻は六時過ぎで、鯉丸はまだ店にはでていないだろうと思った。

「──もしもし」

案の定、鯉丸は部屋にいた。

「信一だけど」

「信ちゃん！　今どこにいるの」

「部屋に戻ったところ。鯉丸、力を貸してほしいんだ」

「何？　どうすればいいの」

「明日の夕方、六本木にでてきてくれないか。目立たない格好で」

「いいよ。どうして？」

「原口と会うんだ」

「嘘！　マジで？」

「マジだ。原口と会って、いろいろ訊きだしてやる」

鯉丸は沈黙した。やがていった。

「ヤバくない？　それって」

「だって逃げまわっていてもしょうがないじゃないか。島にあるものの正体もわかったんだ」

「え!?　何だったの」

「お前の大好きなものさ」

「何それ」

「大麻だよ。島には大麻がいっぱい生えているらしいんだ」

「本当に!?」

「だからって、そこへいこうなんて思うなよ。犯罪なのだから」

「いくだけなら罪になんないじゃん」

「お前がいくだけですむわけないだろう。そんなことより協力してくれるか」

「それはするってば。どうすればいいか、具体的に話してよ」

じれったそうに鯉丸はいった。

僕は話した。

17

翌日の午後七時に僕は原口を六本木に呼びだすことにした。それくらいの時間だと、六本木に仕事や遊びでくる人間が、かなりの数地下鉄を乗り降りする。朝や夕方のラッシュほどではないが、人目は常にあるという状態だ。ただし前もって原口に連絡したのでは待ち伏せされる可能性があるので、六時くらいにこちらから呼びだすことにした。

その日僕は、白水プロにでかけることになっていた。撮影ではなく、この前に撮った少年の写真を長田や白水に見てもらうのが目的だ。

現像所でネガと紙焼きを受けとり、トッポで白水プロに向かった。

まず四階にいき、長田と会ってネガと紙焼きを見せた。先日の仕度金の礼もいった。

「ああ、あれ。社長からいわれたんだ。考えてみると絹田さんに何も用意しないで何度もきていただくのは失礼じゃないかって」

長田はいった。やはり仕度金は、金子白水の好意だったのだ。

「金子社長は？」

僕は訊ねた。顔を見てお礼をいった方がいいと思ったのだ。

「今日はでかけているのじゃないかな――」

いって長田は内線電話をとりあげた。秘書と覚しい相手に白水の予定を訊いていたが、

「あっそう。わかった。じゃあそう伝える」

といって、電話を切った。

「やっぱりでかけてるわ。でもじきに戻ってくるらしいから、あなたがきたら社長室に通しておくようにといっていたらしい」

僕は頷いた。

「あのう」

「何？」

長田はもういく度も会っているせいか、打ち解けた口調だった。

「金子社長はどうして僕にこれほど親切にしてくれるのでしょうか」

「さあな……」

　いって、長田は考えこんだ。

「もともと芸能プロというのは、若くて才能のある人を応援するのが商売だからじゃないのかな。歌手やタレントの卵ばかりじゃなくて、あなたみたいな若いカメラマンも放っておけないと考えたとか……」

「僕のことをいいだしたのは、金子社長なのでしょう?」

　長田は頷いた。

「社長にあなたのことを推薦した人がいたらしいね。聞いてない?」

「まるで。心当たりもないんです」

　僕が首をふると、長田も初めて不思議そうな表情を浮かべた。

「今まで芸能関係の写真とか撮ったことないの?」

「まったくありません」

「へー。そりゃ妙だな。でもあなたの写真は、社長も僕もいけると思っているけどね」

「社長にも訊いたのですけど、教えてもらえませんでした」

「そうか……。まあ気紛《きまぐ》れなところがないとはいえない人だから、別の機会だったら教えてくれるかもしれない」

「はい」

「とりあえず六階にあがっていれば」

長田にもまだ仕事があるのだろう。そういわれると、僕は頷く他なかった。

紙焼きとネガをもち、六階にあがった。女性の秘書が社長室に案内してくれる。

「あと四、五分で戻ると連絡がございました。お待ち下さい」

僕は応接セットに腰をおろした。窓からの眺めに目を向けていたが、立ちあがり、壁に飾られたゴールドディスクを観察することにした。初めてこの部屋にきたときも見たものだ。金子白水が作詞したヒット曲の数々だ。

白水のデスクが目に入った。今日はわりに整頓されている。紫檀のデスクの表面が見えるほどだ。中央にメモ用紙がおかれている。

留守中に入った電話を知らせるものらしい。ほとんどがテレビ局やレコード会社の何々様となっている。

ひとつだけ所属のない名前があった。ただの「平堀様」とある。

それを見て、僕はふと奇妙な気分になった。「平堀」という名をどこかで聞いた気がする。

どこで聞いたのだろう。

応接セットに戻り、考えていた。秘書がコーヒーを運んでくる。危なかった。デスクの上をのぞき見していたと思われるところだった。

そのとき思いだした。

父親が死んだすぐあと、美加がアパートにいたときにかけてきた電話の人物だ。僕が絹田洋介の息子であるかどうかを確認し、観光開発を手がけているといった。

――平らなお堀と書いて平堀です
そして、

――絹田さんとは、シマの件で契約を進めようとしておりました
といったのだ。僕がシマに心当たりがなかったので（あのときはそうだった）、平堀は記憶ちがいをしたといって切ってしまった。

まさか。

平堀という名はそう多くはない筈だ。あのときは平堀のいうシマが、「島」のことだとは思わなかった。

僕は背筋が冷たくなるのを感じた。島を狙っている平堀と、白水のデスクのメモにある平堀が同一人物だとしたら。

平堀はその後、一度も僕に接触をしてきてはいない。僕が島のことを知らないとわかったとたん、興味をなくしてしまったかのようだ。

だが再び、僕のことを調べはじめているのだろうか。僕が白水プロの仕事をしていると知り、白水に電話をかけてきたのかもしれない。

それとも白水と平堀はもともと関係があるのか。

いけない。平堀が同一人物とは限っていないのだ。ここで想像をふくらませても、かえって誤解を生むだけだ。

そのとき白水が帰ってきた。

「悪い、悪い。待たせたかい」

扉を押しあけ、ざっくばらんな口調でいいながら入ってきた。僕は立ちあがった。

「いいえ。先日はありがとうございました」

頭を下げた。

「いいんだよ。お礼ならもう、電話で聞いた」

白水は手をふって、老眼鏡をとりだし、僕に歩みよってきた。

「それより写真、見せてごらん」

僕は紙焼きをさしだした。

「ふーん。やっぱりよくないなあ」

見入っていたが、そうつぶやいた。

「駄目でしょうか」

僕はどきっとしていった。

「いや、あんたの写真じゃないよ。写ってる子のこと」

白水は歯切れよくいって、写真をためつすがめつした。

「何ていうか。もうひとつくすんでるな、この子。元気さが溢れてない」

「たまたま体調が悪かったとか」

「あの歳で、ちょっとくらい具合いが悪いからってしなびてるようじゃ、とてもタレントなんかになれやしないよ」

「そうですか……」

「やっぱりおっ母さんかな。よし、今度、おっ母さん抜きでレッスンにこさせよう」

ひとりでつぶやき、決心したように白水はいった。そして老眼鏡を外し、僕を見た。

「ご苦労さん。また頼むよ」

どうやら僕の用は終わったということらしい。

僕はネガをしまい、紙焼きはそのままにして立ちあがった。

「あの……」

「何だい」

「実はお待ちしているあいだ、デスクの上のメモを見ちゃったんです」

「メモ？　ああ電話のね。別にかまやしないよ」

白水は気分を害したようすもなくいった。

「平堀さんとおっしゃるのは、社長のお知りあいですか」

白水の動きが止まった。まじまじと僕を見る。

「なんでそんなこと訊くんだい」

「僕のところにも、一度平堀という人から電話がありました」

「ふーん」

白水はいい、黙った。妙だった。

「その人は観光開発を手がけている、といいました。父の名を僕に確認しました」

「別人だな」

白水はぽつりといった。力のない口調だった。

「あたしの知ってる平堀はそういう仕事はしていないよ」

「そうですか。そうですよね。あまりある名前じゃないので、もしかしたらと思っただけです。すみませんでした」

僕は急いでいった。白水のようすが少しおかしかった。いつもの威勢のよさが消えている。

僕はカメラバッグを手に社長室の扉に向かった。

「どうも失礼しました」

でていこうとすると、白水が訊ねた。

「平堀ってのは、他にあんたに何をいった？」

「シマの件で父と契約を進めようとしていたと」

「シマ？」

「アイランドの島だと思います。父が昔、住んでいた――」

白水の顔に狼狽《ろうばい》の色が走った。だが、

「それで」

とだけしかいわなかった。

「そのときは僕は父の島のことを知りませんでした。だから訊きかえすと、記憶ちがいだったと切られてしまいました」

僕はいって白水の顔を見つめた。

「何かご存じですか」

「いや」

白水は首をふった。ようやく気をとりなおしたように、

「なんであたしが知ってなけりゃいけないの」

と笑った。僕は笑わなかった。

「ですよね。皆が捜しているんです、その島のことを。でも僕にもわからないんです。その島がどこにあるかが」

白水の口もとから笑みが消えた。

「その島を見つけてどうするつもりなんだい」

僕は首をふった。じっと白水が見つめている。

「僕にはどうすることもできません。そこにあるのは、大金にかえられるかもしれないけれど法律に違反するものなんです」

白水の口もとにかすかだが安堵の表情が浮かぶのを僕は見た。

「そ……そうかい。だったらそんなものは忘れて、きちんとした仕事に励むんだね」

「そうしたいと思ってます」

僕はいった。話したいこと訊きたいことがいっぱい浮かんでいた。だが今はまずい――何かが僕を止めていた。

頭を下げ、僕は社長室をでていった。

止めておいたトッポに乗りこんだところで携帯電話が鳴りだした。かけてくるとすれば、美加かパパしかいない。

「――はい」

「絹田さんか」

男の声がいった。パパだった。

「はい」

「いくつか情報が手に入った。会って話せるとよいのだが」

僕は時計を見た。午後三時四十分だった。原口を呼びだすにしてもまだ時間がある。

「今からお会いできますか」

僕は訊ねた。

「どこにいるのだ、あなたは」

「青山です。Kホテルなら、三十分以内には着きます」

「いつものバーはまだ開いていない。二階のカフェテリアにきてくれるかね。奥の窓ぎわの席に私はいる」

「二階のカフェテリア。奥の窓ぎわですね」

僕はいって、電話を切った。車をだした。

金子白水は、やはり僕と父のことを知っていた。メモにあった「平堀」という名は、まちがいなく僕のところに電話をしてきたのと同一人物のものだ。

突然白水プロが僕に仕事を依頼してきた理由もこれでわかった。

が、同時に僕は悲しい気分でもあった。わけはいくつもある。

ひとつ目は、僕自身が金子白水を好きだったからだ。嘘をつかれていた悲しみ、裏切られたような気持。

ふたつ目は、僕を選び、そして僕の写真をほめてくれていたのも、結局は島が目的だったからだという点。初めて公式な形で仕事の依頼を受け、撮った写真を評価されて、僕はとても嬉しかった。だがそれもすべて別の理由があったのだ。

暗い気分でトッポを走らせた。あたり前のことじゃないか。今まで気づかなかったのがおかしいくらいだと、もうひとりの自分がいっている。

あの白水プロが、金子白水が、まったく無名の駆けだしカメラマンに仕事を頼む筈がないのだ。

だが何のために。

たとえ島にどれだけ大麻があろうと、白水はそんなものは望んではいないだろう。お金ならたっぷりもっているし、芸能界は麻薬類に敏感だ。もし白水が大麻を手に入れようとしていたなどというニュースが流れれば、白水プロは大騒ぎになる。

それに白水は、自分からは決して島の話を僕にもちださなかった。

別れぎわに浮かべた安堵の表情も覚えていた。僕が島にあるものをどうすることもできない、と告げたときの表情だ。

ならばなぜ、白水は僕に接触してきたのだ。

わからなかった。白水が島のことを知っていて、僕に仕事を頼んだ。それは、僕が島を捜すのを妨げるのが目的だったのだろうか。

暗い気持は、考えても晴れなかった。たとえ白水が僕に悪意を抱いていないとしても、僕は傷ついた。それだけは確かだ。

パパは奥に細長いカフェテリアの、やはり一番奥の席にいた。二人がけの小さなテーブルでミルクティを飲んでいた。スーツの胸には今日も花がささっている。

僕が向かいに腰をおろすといった。

「『アイランド・スティック』のメーカーについて、いくつかわかった」

「父も含めた三人組ですね」

パパは頷いた。

「画家は君のお父さん、あと詩人とミュージシャンということだったな」

「ええ」

「そのうちのひとりは女性だ。詩人の方だ」

僕は息を呑んだ。

まさか。

「名前は何というのです。その詩人の!?」

僕は勢いこんで訊ねた。

「落ちついて」

パパはいい、ミルクティの入ったカップを口に運んだ。カップを受け皿に戻し、おもむろに話しはじめた。

「『アイランド・スティック』のメーカーについて覚えている人間は決して多くはない。それもそうだろう。もはや二十年も昔のことだからだ。『アイランド・スティック』のユーザーも今では五十歳になろうという年齢だ。『アイランド・スティック』を愛好していた時代とは、立場も社会もかわっている。大半の者にとって、『アイランド・スティック』と自分のかかわりは忘れてしまいたい過去なのだよ」

それはそうだろう。時効は成立しているだろうが、大麻を所持し、吸引していたというのは、犯罪なのだ。

パパはテーブルの上で両手の指を組みあわせた。ガラス玉のような目は僕に向けられていたが、同時にまったく別のものを見つめているようにすら思える。

「だが私の古い知人でカントリーアンドウエスタンの歌手がいてね。彼が一冊の詩集を私に見せてくれた。だいぶ昔、小さな野外コンサートでいっしょになったグループが、共演の記念に、とくれたものだそうだ。表紙には天使が舞う島の絵が描かれていた。その三人は、ギタリストと画家、そして詩人という組みあわせだったそうだ。そしてときおり、自主コンサートを開く他は、田舎《いなか》のどこかの農家で三人で暮らしていると話したらしい」

僕は無言でパパを見つめかえした。

「三人のうちのひとりは女性で、その詩集を書いた人物だった。彼らは互いを渾名《あだな》で呼びあっていた。その名前が何であったか、私の知人は思いだせなかったが、詩集を見ているうちにひとりの名は思いだすことができた。『ネコ』。詩人の女性はそう呼ばれていた。ネコ。キャットの『ネコ』だよ」

ネコ。金子白水。金子。上のカの字を抜けばネコになる。

偶然の一致だろうか。

「顔は？」

僕の問いに首をふった。

「もう二十年も前のことだ。まるで覚えてはいなかった」

僕は息を吐いた。

「他には何が？」

「『アイランド・スティック』のメーカーを捜しだそうという試みは以前にもあった。今から六年ほど前、バブルが弾けた頃、島を捜しだそうとした連中がいた。一攫千金《いっかくせんきん》の夢にとりつかれた、地上げ屋や不動産屋、外車のディーラーなどのグループだ。その連中は、知りあいのやくざやかつての『アイランド・スティック』のユーザーなどを辿って、かなりいいところまでいったらしい」

「島を見つけたのですか」

パパが首をふった。

「資金がつづかなかったのだ。というよりは、あと少しで見つかるというときに、仲違いを起こしたのだな。おそらく獲物の分け前を巡っていさかいになったのだろう。ひとりが殺されて、二人が行方不明になった。噂では、そのうちの片方は、島の場所をつきとめたと周囲にはいっていたそうだ。その男が実際に島に向かったという情報もある」

「だったらもう――」

パパは再び首をふった。

「本当に島が見つかったのなら、『アイランド・スティック』と同じ製品が市場に出回っている筈だ。それがないということは、島を見つけたというのはホラだったのだろう。おそらくそういって、資金を援助してくれる人間を捜していたのだ。そういう者に金をだすのがどんな人種なのか、考えてみたまえ」

「やくざですか」

パパは小さく頷いた。

「でなければ、それに近いような連中だ。ホラ話だったとわかれば、当然、制裁を下す。

いずれにしろ陽の目は見られない」

僕は煙草をとりだした。

「こうして『アイランド・スティック』の伝説がさらに書きくわえられることになった。あるいは原口や山下は、そのグループの生き残りの誰かに乗せられたのかもしれない」

「グループのメンバーの名前を知っていますか」

もしそれがわかるなら、原口と会ったとき、ぶつける材料になるかもしれない。

「それを知ってどうする？」

パパのガラス玉が少し動いた。

「原口が僕に会いたがっているんです。彼がどこから『アイランド・スティック』のことを知ったか、確かめられます」

パパは目を閉じた。

「殺されたのは、今飯田《いまいいだ》という不動産屋だった。青山一丁目の交差点で、深夜、車の外からピストルで撃たれたのだ。あとの二人、地上げ屋の名は村井《むらい》、外車屋は初野《はつの》といったそうだ」

「今飯田、村井、初野ですね」

僕はくり返した。

「島に向かったといわれているのは、村井という男だ。初野はどうなったかわからない」

パパは目を開いた。

「で、君のその絵は、いつ私に渡してもらえるのかな」

「もう少し待って下さい」

パパはじっと僕の目を見つめた。

「私は取引にしたがって動いている。君にも同じことを望む」

「もちろんです。絵は必ずお預けします」

「いつだ？」

パパの口調はおだやかだが、どこか有無をいわせない響きがこもっていた。

「次に会うとき」

「わかった。私もそれまでに新たな情報を集めておこう」

パパは頷いた。僕は立ちあがった。

「ここのコーヒー代は君が払いたまえ。私は相手がどんな人物だろうと、対等のつきあいを好む」

パパの手が伝票を滑らせた。

「わかりました」

僕はいって、伝票を受けとった。原口や山下とはちがうが、パパもまた恐ろしい人間ではないか、という気がした。もし僕が約束を守らなければ、パパは僕に代償を求めるだろう。そしてその代償はきっと、ひどく高くつくにちがいない。

18

Kホテルの駐車場をでたのは、五時半だった。六時になったら原口に電話をしようと僕は決めていた。

美加に電話をした。

「今、パパと会ってきた」

「パパって──ああ、杉作さんが紹介してくれた人ね」

「そう。父親の仲間だった詩人が誰だかわかったかもしれない」

「どういうこと?」

「会ったら話すよ。鯉丸とは連絡がとれてる?」

「六時に六本木の『カフェロード』で会うことになってるの」

「カフェロード」は、六本木の交差点近くにある喫茶店だった。

「わかった。俺もそこにいく」

「ねえ、信一」

「何だい」

「やっぱり杉作さんに話しておくほうがよくない? 原口さんと会うってこと」

「いや。今度だけは、自分たちだけで何とかしようと思う。原口だって、地下鉄のホームじゃ何もできないから」

「それは確かにそうだけど……」

「とにかくあとで会おう」

　僕はいって電話を切った。美加のいうことはまちがってはいない。原口や山下のような連中と、僕や美加、鯉丸が対等に渡りあえる筈はないのだ。パパが口にした、「対等」という言葉は、恐ろしい響きを伴って僕の心に残っていた。

　だが、金子白水までもが、島に関係した人物かもしれないとわかった今、僕は、美加や鯉丸を除く、どんな人間も信用できないという気持だった。

　白水が「ネコ」だとするなら、その目的は決して島を見つけることではない。自分がそこにいたのだから、僕に接触したとしても得る情報は何もない。むしろ白水は、僕が島を見つけないことを望んでいるような気がする。

　が、たとえそうだとしても、島にあるものを誰にも渡したくないという点で、白水の目的は、原口や山下と一致している。白水は今さら「アイランド・スティック」など欲しいとも思わないだろう。といって、他の誰かが島を見つけ、「アイランド・スティック」を手に入れることも望んではいない。

　白水が「ネコ」なら、決して島がどこにあるかを僕に教えることはない。だが僕自身は、島の在り処をつきとめない限り、「アイランド・スティック」を狙う連中につきまとわれることになるのだ。

だからその点で、僕と白水は対立していた。彼女が「ネコ」であると、確かめたい気持はある。だが確かめれば、僕はより苦い思いを味わうだろうし、白水を失望させる結果にもなるだろう。

「アイランド・スティック」を手に入れたいとは、僕はもう思ってはいなかった。だがその在り処を確かめない、あいまいな状態のまま、この先も今までと同じように生きていけるとは思わなかった。

「カフェロード」に到着したのは六時少し前だった。ジーンズをはいた美加が、窓ぎわのテーブルにいて、手をふった。鯉丸の姿はない。

「鯉丸は？」

「まだみたい」

僕は鯉丸の携帯電話にかけてみた。呼びだし音は鳴らず、留守番電話サービスにつながった。電波が届かない場所にいるか、電源を切っているのだ。

「原口さんに電話したの？」

「まだ。これからかける」

僕はいって、原口の携帯電話の番号を押した。

「はい」

原口の声が応えた。

「絹田です」

「会えそうかね」

原口は前に比べ、落ちついた口調でいった。それが妙に僕を不安にさせた。

「ええ。今から一時間で六本木までこられますか」

「一時間。七時、ということかね」

「そうです」

「いけると思うが、君の自宅か」

「いいえ。まず六本木の交差点まできて下さい。七時になったらもう一度、そちらの携帯電話に連絡を入れます」

「なぜそんなにまわりくどい手段をとる？　私は君と話しあいたいだけだ」

「僕が望んでいるのも話しあいだけです。だから用心しているんです。また連絡をします」

僕はいって電話を切った。美加を見やる。美加は無言で見返してきた。

美加の足もとにおかれたバッグの中で、携帯電話の呼びだし音が鳴った。

美加はとりだして返事をした。

「はい――。あ、鯉丸くん？」

僕は電話を受けとった。

「信一？　鯉丸。ごめん、遅れちゃって。まだ家にいるんだけど、これからすぐでる。もし七時に間にあわなかったら、直接駅の方にいくからさ」

鯉丸のあわてた声がいった。

「きのう飲みすぎちゃったのか」

「うん。そんな感じかな。ごめんね」

「とにかく、七時には必ずきてくれよ」

僕はいって、電話を美加に返した。

「じゃあね、バイバイ」

美加がいっている。鯉丸にはまだ僕のもっている携帯電話の番号を教えていなかった。

電話をバッグにしまった美加が訊ねた。

「お父さんの仲間がわかったって本当？」

「まだ確実じゃない。でも、もしかしたら金子白水かもしれない」

美加の目がまん丸くなった。

「嘘！　信じられない」

「パパの話では三人組のひとり、詩人は女性で、『ネコ』という名で呼ばれていたらしい。ネコとカネコ、一字ちがいだ。それに、今日白水プロにいったとき、白水の机の上に『平堀』という名前を書いたメモがあった。平堀というのは、父親が死んだとき、島のことで話がしたいといって電話をしてきた人物と同じ名前なんだ。そのことを白水にいったら、動揺したような雰囲気だった」

「それって……どういう意味？」

「何もかもを知ってて、白水は僕をカメラマンとして雇ったのだと思う。父親が死に、島を捜している連中が動きだした。もしかすると、僕までもがその島を捜しはじめるかもしれない。でも白水は島のことをそっとしておきたかった。自分がかってそこで大麻の栽培をおこなっていたことが明るみにでればたいへんだからだ。そこで、島の位置を知る手がかりを父親から受け継いだかもしれない僕を捜しだし、ちょうどカメラマンだったこともあって、白水プロの仕事を押しつけて忙しくさせ、島捜しに加われなくなるようにしたんだ」

「――なんだかすごく考えすぎのような気もする」

美加はいった。

「でもそう考えると、つじつまが合うんだ。僕のような駆けだしを、なぜ白水プロが突然使う気になったか、まるでわからなかった。僕を使うと決めたのは白水で、それはある人の推薦があったからというのだけれど、それが誰だかは決して教えてくれなかったし……」

美加はじっと僕の顔を見つめた。

「でも本当にそうだとしたら、信一……」

「あんまり嬉しくはないよ、そりゃ。どこかで誰かが僕の仕事を認めてくれてたんだと思っていたら、全然そうじゃなかったってことになったのだから」

美加は黙って頷いた。

「白水の机にあったメモの平堀が、僕に電話をしてきたのと同じ人間なら、白水が『ネコ』だったと知っていることになる。もしかしたら白水は、その平堀に威《おど》されているのかもしれない」

「だったら平堀は島の場所を白水社長から聞いているのじゃない？」

どうだろうか。あの金子白水が簡単に脅迫に屈するとは思えない。

「パパの話では、何年か前にも島の場所を捜そうとしたグループがいたらしい。結局仲間割れを起こして、ひとりが死んで二人が行方不明になったというんだ」

「死んだってどういうこと？」

「撃たれて殺されたって」

美加の顔が青ざめた。

「原口はそのグループの生き残りから島の話を聞いて、僕に狙いをつけたのじゃないかと思うんだ。リエさんの写真を撮りにいったとき偶然、僕と会って、もしかしたらと考えたのかもしれない」

「ねえ信一。お父さんのグループは三人いたのでしょう。絵を描いていたのがお父さんで、詩人は金子白水、あとひとりミュージシャンはどこにいったの」

「わからない」

僕は首をふった。

「そのミュージシャンをつかまえられたら、島がどこにあるのかは、もちろんつきとめられるだろうけど……」

いって時計を見た。じき六時半になる。

「そろそろいこう。原口とこのあたりででくわしたら何にもならない」

美加は地下鉄日比谷《ひびや》線六本木駅の、神谷町、銀座、上野方面いきのホームに降りた。僕は反対側、広尾《ひろお》、中目黒方面いきのホームに立つ。

原口が地下鉄でくるとはまず思わなかった。タクシーか、自分で車を運転してやってくるだろう。

美加は銀座方面いきホームの中央より少し進行方向寄りのベンチに腰をおろしている。僕は中目黒方面いきホームの一番うしろ、六本木交差点寄りの階段を降りた位置に立った。鯉丸は美加のいる側のホームに直接くることになっている。

まだ原口は、ホームに呼ばれることを知らない。だが用心のために、僕らは先にホームまで降りていることにしたのだった。

僕と美加のあいだを、何本もの列車が止まっては、乗客を降ろし、そして吸いこんでいった。乗降客の数では、中目黒方面いきホームの方がやはり多い。

七時になった。僕は線路をはさんでこちらを見つめている美加に手をあげ、改札口へつづく階段を登った。そこにある公衆電話から原口を呼びだすためだ。

鯉丸はまだ現われない。何をやっているんだろうと、じれったい思いが募っていた。

こんなときに二日酔いで遅刻するなんて。

原口の携帯電話につながると僕はいった。

「今、どこにいますか」

「『アマンド』の前に立っている」

頭の上だ。

「ではそこからすぐ横の地下鉄の階段を降りてきて下さい。切符を買って、中目黒方面いきのホームまで降りて」

「中目黒方面だな。わかった」

原口はいって、電話を切った。降りていくとちょうど新たな電車が近づいてきた。僕のいる側のホームにはこれから乗りこもうという人がかなりの数、立っている。唸りをあげて電車がホームに滑りこみ、階段を降りている人たちも乗り遅れまいと早足になった。

僕はホームの端に退き、その人たちの邪魔にならない位置に立った。階段を降りきった場所のうしろになるので、そこからだと降りてくる人たちを観察することもできる。原口の姿が見えた。階段を急いで下る人波に呑まれている。彼がホームに降り、あたりを見回すのを僕は無言で見つめていた。彼の周囲には開いたドアに乗ろうという人々が行列を作っていて、簡単には僕を見つけにくい筈だ。

電車がでていくまで、僕は原口に声をかける気はなかった。ホームの人が減って、こちらに危害を加えそうな人間がいないかを確認するまでは油断ができない。

扉が閉まった。電車が動きだす。乗り遅れた人が何人か、ホームにとり残された。

僕はそれらの人々を見つめていた。サラリーマンや学生風の若者。山下のようなやくざタイプの人間はいない。ホームの中央部にはほとんど人が残っていない。

僕は原口に歩みよっていった。原口が今度は僕に気づいた。近よろうとするのを手で制し、僕はホーム中央部に近いベンチを指さした。

「あっちへいきましょう」

原口は無言で頷き、僕の先に立って歩きだした。そのすきに僕は反対側のホームを見た。ちょうど電車が滑りこんできたところだった。美加の姿は確認できなかった。

原口は空いていたベンチに腰をおろした。こちら側のホームには、また立つ人が増えはじめていた。僕は原口の前に立った。

原口は淡いグレイのジャケットにチェックのスラックスをはき、白く光沢のあるシャツの襟もとからスカーフをのぞかせていた。

「地下鉄のホームとは考えたな」

にやりと笑っていった。

「ただし問題はひとつあるが」

「何です」

背後で電車が走りだす音が聞こえた。僕はふりむきたいのを我慢した。ふりむけば、美加が向かいのホームにいることを原口に気づかれるかもしれない。だからこそ並んですわることもしなかったのだ。

「煙草が吸えない」

原口は答えた。

「そんなに長く話す気はありませんから」

僕はいって、左右に目をやった。こちらのようすをうかがっているような怪しい人物はいない。

原口の笑みは消えなかった。皮肉げな笑みだ。

「北さんを殺したのは誰です」

僕は単刀直入に訊ねた。

「私ではない」

原口は答えた。

「山下ですか」

原口は目をあげ、僕を見すえた。

「あの男と私はもう組んではいない。ああいう頭の悪い連中とはとてもやっていけないのでね」

「僕を襲わせたのはあなたですか」

「山下も愚かではあるが、すぐに人を殺すほど馬鹿ではない。だが君を襲うくらいのことはしてもおかしくないだろうな」

　僕は混乱した。原口は、北を殺したのは山下ではないといっているようだ。だがアパートの部屋に押し入ってきたのは山下かもしれないといっている。

「いいかね。人を殺せばおおごとだ。もちろん警察も動きだす。島にあるもののことを考えれば、警察が動くのは最も望ましくないのではないかね」

「『アイランド・スティック』をめぐっては、何年か前にも人が死んでいますね。今飯田という不動産屋が――」

　こちらのホームに電車が滑りこんできた。

　原口の表情がわずかだがこわばった。

「君は――。君は、どこでそれを知った」

「僕だって自分を守ろうと、けんめいなんです」

　原口は沈黙した。以前にも見たことのある表情だった。いったいどこまで僕に話すべきかを考えているのだ。

「初野という男を、山下が私に紹介した。もとは外車のディーラーだったようだが、今は金融会社の使い走りをさせられている人間だ。私はその初野から『アイランド・スティック』のことを聞かされた。山下が乗るので、資金をださないかと誘われたのだ」

「もうひとり、村井という男がいた筈です。村井は島を見つけた、といっていた」

「詳しいな」

表情をかえず、原口はいった。

「確かに村井のことも初野から聞いた。だが村井は、島にいったきり、戻ってこなかった」

「島にいった？」

「そうだ。村井は確かに島の在り処をつきとめていたようなのだ。だがそれきりだった。『アイランド・スティック』を発見したという話もなく、また『アイランド・スティック』と同じものが市場に出回ることもなかった」

パパと同じことを原口はいった。

「じゃあ村井はどうなったのです？」

「結局殺されたのだと私は思っている。その三人は、当時、今飯田がつながりのある暴力団の幹部から金を借りていた。今飯田には他に博打《ばくち》の借金があり、それが原因で殺されたのだ」

「村井を殺したのは誰です？」

「私が知る筈がない。初野も村井を殺す人間には心当たりがないといっていた」

「初野はあなたの仲間なんですね」

「奴は今、山下とつるんでいるよ。山下のいる組に借りがあるので、奴のために働かざるをえないのだ」

すると僕を襲ったのは、山下と初野なのだろうか。あるいは村井が誰か別の人間を仲

ったというわけだ」

「初野は君のお父さんのことを知っていた。『アイランド・スティック』を作っていた人間たちで本名が表にでていたのは、君のお父さんだけだったからだ。キヌタという名はそう多くはない。しかも絵を描いていたということであれば、調べるのはそれほど難しくなかった。だが御本人がどこにいるのかをつきとめられないうちに亡くなってしまったというわけだ」

「そこにたまたま僕が現われた――」

原口はおかしそうに僕を見つめ、頷いた。キザな仕草だった。

「改めて君に頼もう。私と組まないか」

「お断わりした筈です」

原口は息を吐いた。理屈の通じない子供に話を聞かせようとする大人のようなそぶりだった。腹立たしくなる。

「いいかね。山下は初野と組み、何としても島を見つけだす気でいる。奴はもうあとがないんだ。組に莫大な借金があって、それは指を詰めるくらいではとうていすまない額なのだ。島を見つけられるなら、いざとなれば本当に人を殺すくらいのことをするだろう。君が今、何を考えているかは知らないが、君ひとりでは決して山下には対抗できない。結局君は、奴に傷つけられるか、殺されるかして、すべてを失くす結果になる。そうならないためには、君にはできないことができる人間と組む他ないんだ」

「それがあなただというのですか」

「そうだ。君が、君だけが、島を見つけだす手がかりを握っている。しかし君ひとりではそれはどうにもならない」

「僕が島を見つける気などない、としたら？」

「無意味だよ。山下らにとっては、君の意思など関係がない。君は奴らが欲しがるキャンディを手にもっていて、今は食べる気がない、といっているのと同じだ。奴らは手をのばし、キャンディを奪う」

「僕だってひとりではありません」

原口は苦笑した。

「確かにひとりじゃない。かわいい女の子と、オネエがいっしょか。だがそれでどうなる？」

背すじがぞっとした。原口は、僕が美加だけでなく鯉丸と組んでいることも知っている。

僕はさっとうしろをふりかえった。ま向かいのホームに鯉丸がいた。だが僕の視線に気づくと、どうしてよいかわからないというように手を広げ、首をすくめた。

ベンチを見た。美加の姿がなかった。

僕は血の気がひくのを感じた。向かいのホームの端から端まで目をこらしたが、美加の姿はなかった。

「――だから君は素人だというのさ」

原口の言葉が胸に刺さった。僕は原口をふりむいた。

「美加に何かしたら許さない！」

「わかっているとも。私は女性に暴力をふるったり傷つけるのは好まない。彼女と絵を交換しよう」

僕は足もとが崩れるようなショックを味わった。

「絵は今、もってない」

「いっしょにとりにいこう。どこにある？」

僕は原口の顔を見つめた。

「関東信越地区麻薬取締官事務所」

原口の目が広がった。初めて驚いた表情を見せた。

「何だと――」

「僕は麻薬取締官に相談したんだ」

「馬鹿なことを……」

原口は吐きだした。

「その人はあなたのことも、山下のこともすべて知っている。もちろん『アイランド・スティック』のことも。だから絵をとりにいけば、あなたが何をしたかすべて警察に伝わるだろう」

原口は無言で僕を見つめていたが、深々と息を吸い、吐きだした。

「なるほど」

投げだすようにいった。

原口はしばらく無言で足もとを見つめていたが、やがて目を上げいった。

「では君がひとりで絵をとりにいく他はないな。暴力は好まないといったが、君が不必要な人間をこの取引に巻きこめば、その暴力を私も使わざるをえない」

「これは取引なんかじゃない、脅迫だ。あなたはもう犯罪をおかしている」

「冗談ではない。君は私が彼女を誘拐したと考えているのかね」

「ちがうのか」

原口は向かいのホームを見やり、深々と息を吐いた。その視線の先には、不安げな表情の鯉丸がいた。

「――とにかく、絵をもってきてもらおうか。君ひとりでだ。もし麻薬取締官などという馬鹿げた者を連れてくれば、彼女のことを一生後悔する羽目になるぞ」

ここで負けてはいけない。

「断わる」

僕はいった。

「あなたのすることはひとつだけだ。今すぐ美加を返せ。さもなければ、あなたは犯罪者としてつかまることになるんだ」

原口はさっと僕をふりかえった。恐ろしい表情になっていた。

「馬鹿者が。私がそんなことを恐がると思うか。警察につかまるのがどうだというんだ。それともお前は、自分の恋人がどんなひどい目にあってもいいというんだな」

「そんなことをしたら絶対に許さない」

僕は低い声で吐きだした。恐ろしさが心の中に広がりはじめていた。原口はついに本性を現わしたのだ。

「お前に何ができる。私を殺すか？　殺したところで恋人は帰ってきはしない。一生お前は恋人に対する後悔で苦しむんだ。いいか――」

原口はさっと僕に顔をつきつけた。甘ったるい香りが鼻にさしこんだ。

「あれをお前がいらないというなら、黙ってこちらに渡せばいいんだ。つまらん意地を張るんじゃない。誰かが傷つくとすれば、それはすべてお前のせいなんだ」

「ちがう！」

僕は叫んでいた。腹の底が熱くなり、恐怖を忘れるほどの怒りがこみあげていた。

「あんたが、あんたたちが、僕の生活に土足で踏みこんできたんだ。僕は誰も傷つけたくはないし、何かを欲しいと思っているわけでもない。欲しければ僕をほっといて、なぜ勝手にもっていかない!?」

「わからんのか。島の在り処は、お前の親父の絵に記されているんだ。それ以外に在り処を知る手がかりは――」

「ない！」

僕は叩きつけるようにいった。

「絵には地図もついていなければ、字も書いてない。あの絵をどれだけ調べたって、島の場所なんかわかりはしないんだ！　あんたたちはありもしないもののために人を傷つけている。それがわからないのか？」

原口は目をみひらいた。ショックを受けたような表情だった。

「あんなことが散々あって、僕があの絵を調べなかったと思うか。調べたさ、表も裏も。だが島の位置を示す手がかりなんて、どこにも、何ひとつ、なかったんだ」

僕は荒々しくいってやった。原口は目を細めた。

「ならばなぜ、あっさりと渡さなかった」

「人に威されて何かをするのは大嫌いなんだ。それと！　あれは、僕の父親のたったひとつの形見なんだ」

原口は少し落ちつきをとり戻したようだった。

「絵を見るまでは信用できん」

「見たければいっしょに麻薬取締官事務所までくればいいさ」

「ふざけるな。お前は指図できる立場か」

僕はいきなり両手で原口の喉をつかんだ。原口は不意を衝《つ》かれ、僕にひきよせられた。

「いいか。僕は本気だ。今すぐ美加を返さなければ、このままあんたをホームにつき落としてやる！」

原口の顔が蒼白《そうはく》になった。僕は両手に力をこめた。原口がふりほどこうと僕の腕をつかんだが、僕の力の方が勝っていた。

「ちょっと！　あんた、何してんの!?　危ないじゃないか」

誰かの叫び声が聞こえ、地下鉄の職員の制服が視界の隅に見えた。

「離しなさい、その手を！　警察を呼ぶよ！」

「呼んで下さい」

僕は原口の喉を絞めあげたままいった。

「この男は僕の恋人をさらったんだ」

「何いってんだ、君！　ほらっ」

いきなり僕はうしろから羽交《はが》い締めにされた。別の職員も走ってくる姿が見えた。

「離すんだっ、離しなさい！」

原口の顔色が赤くなっていた。僕は知らぬ間にどんどん絞めあげていたのだ。さらに別の地下鉄職員が僕の手をつかみ、原口の喉からひきはがそうとした。僕は三人の地下鉄職員におさえられ、ついに原口の喉から手を離した。

自由になったとたん原口は大きな喘《あえ》ぎ声を立て、うずくまった。

「わかった、わかったから離して下さい！」

僕はいった。だがまだひとりの職員が僕の肩をつかんでいた。

原口は大きな息を何度も吐き、呆れたように首をふった。

「驚いた。君がこんなことをするとは……」

言葉づかいが元に戻っていた。地下鉄職員の目を意識したにちがいなかった。

「──私はもう、ひきあげるとしよう。改めて連絡する」

「待てよ、美加をどうする気だ」

僕が前へでようとするとひきとめられた。そのときこちらのホームに新たな電車が滑りこんできた。原口はそれを見やり、いった。

「君が冷静に話しあえるときまで、保護しておく」

「ふざけるな！　離せっ」

僕が叫ぶと、職員がいった。

「今、お巡りさんを呼んでいます。あなたも残って下さい」

あとの言葉は原口に向けられたものだった。だが原口は聞こえたそぶりも見せず、

「絵はとり返しておけよ」

とだけ僕にいって、扉を開いていた車両に乗りこんだ。

「ちょっと、あなたも待って下さいよ」

あわてたように職員がいったがとりあわなかった。扉が閉まり、地下鉄が動きだした。

僕はガラス窓ごしに原口をにらみつけた。原口は何もなかったように上衣の襟を直し、僕をにらみかえした。指を一本立て、そして僕につきつけた。地下鉄は暗いトンネルの

中に走りこんでいった。

19

結局、警察がくる前に僕は解放された。地下鉄の職員からは、僕らの姿は喧嘩としか見えなかったからだ。相手が逃げだしてしまった以上、僕をつかまえておく理由はない。

改札口をでた僕を鯉丸が待っていた。

「信ちゃん――」

「何やってんだ、馬鹿っ」

僕は鯉丸を怒鳴りつけた。腹が立ち、情けない。半分は自分自身に対する気持だった。

「お前が遅刻するから、美加がさらわれちゃったじゃないか」

僕の言葉に通行人が立ち止まった。

「嘘！」

鯉丸は立ちすくんだ。

「いいからこっちにこいよ！」

僕は鯉丸の腕をつかんで、地上へとあがる階段の方へひっぱっていった。

六本木交差点へでると、待ち合わせをする人がおおぜい立つ誠志堂《せいしどう》ビルの前をつっきり、人通りの減るミッドタウンの方向へと歩いていく。

ただ闇雲に歩く僕を鯉丸はあわてて追いかけてきた。

「信ちゃん、信ちゃんてば――」

僕は歩きながらけんめいに考えていた。もう駄目だ。状況は僕などではどうにもならないほど悪化している。僕が馬鹿な計画を思いついたばかりに、またもや美加を人質にされてしまった。あとは杉並に助けを求める他ない。

僕は立ち止まり、携帯電話をひっぱりだした。鯉丸が驚いたようにいった。

「信ちゃん、電話もったんだ」

「これは借り物だ」

財布を開き、杉並の携帯電話の番号を捜した。

「どこにかけるの」

鯉丸が訊ねた。

「杉作さんとこだよ。全部話して助けてもらう」

「杉作さんに？」

あっけにとられたように鯉丸はいった。鯉丸は杉並の仕事を知らないのだ。

「杉作さんは麻薬取締官なんだ」

鯉丸の目がまん丸になった。

「嘘！」

「本当さ。俺は杉作さんに会いに目黒の麻薬取締官事務所までいった」

鯉丸の手が口をおさえた。

「信じらんない……」

電話番号を捜しだした僕は、携帯電話のボタンを押した。

「待って、待って！」

あわてたように鯉丸がいった。僕はかまわず電話を耳に当てた。

「駄目だよ、信ちゃん、駄目だよ！」

鯉丸が首をふっている。

「何が駄目なんだ」

電話がつながるのを待ちながら僕はいいかえした。

「杉作さんは駄目だって」

鯉丸は泣きそうな顔になっていた。

「なぜ駄目なんだよ」

「だって知らなかったんだよ……杉作さんが麻薬取締官なんて……」

「そりゃそうさ。自分からぺらぺら正体を喋るような仕事じゃない」

留守番電話サービスにおつなぎします――というテープの声が聞こえた。僕はくそ、とつぶやいて目を閉じた。杉並はきっと仕事中で、携帯電話の電源を切っているのだ。

留守番電話に携帯電話の番号を告げ、連絡を下さいと吹きこんだ。

「――にやらせて」

鯉丸がいっていた。

「何?」

「僕にやらせて、信ちゃん。お願い」

「何を」

「美加ちゃんを助ける」

「どうやって」

僕は驚いていった。

「原口のことをよく知ってるお店の先輩がいるんだ。その人に訊けば、原口の居場所がわかるかもしれない」

「わかったって美加を助けなければ意味がないんだ」

僕は腹立たしくなっていった。鯉丸は頷いた。

「大丈夫。その人なら原口にかわいがられているから、きっと美加ちゃんがどこにいるかつきとめられるし、助ける方法も知ってるよ」

「なんでお前にそんなことがわかるんだよ」

不意に僕は恐ろしい疑問にとらわれていた。

鯉丸が遅刻して、美加がさらわれた。美加と鯉丸はいつのまにか入れかわっていた。

原口は、反対側のホームに美加がいることをどうして嗅ぎつけたのだろうか。

鯉丸の顔がこわばった。

「なんでって……だからお店の先輩だっていってるじゃん」

「その人が原口の仲間だってことか」

鯉丸は激しく首をふった。

「わかんないよ。でも……わかるかもしれない……」

「はっきりいえよ！　原口の仲間なのか!?」

「だからわかんないって！」

鯉丸は後退りしていった。

本当はお店の先輩なんかじゃなく、お前がそうなのじゃないか、という言葉が喉もとにこみあげていた。だがそれを口にすることはできなかった。もしいえば、それが当たっていようが外れていようが、僕と鯉丸の友情は終わってしまう——予感があった。

「——携帯の番号教えて！」

決心したように鯉丸はいった。

「何とかやってみるから。お願い！　信ちゃん、僕を信じて」

僕は深呼吸した。鯉丸を信じられなくなっている。だが今にも泣きだしそうな真剣な表情の鯉丸は嘘をついているようには見えなかった。

それに——。

鯉丸がもし原口の仲間だとしたら、僕にはもう何も失くすものはない。

「美加はどこにいるっていうんだ」

「だからそれを捜すんだよ。僕にやらせて」

鯉丸は祈るように手を合わせた。僕は唇を噛んだ。

「俺もいく」

「駄目。信ちゃんがきたら、原口の思うツボじゃない。僕にやらせて」

「わかった……」

携帯電話の番号をいった。鯉丸はそれを自分の携帯電話に記憶させた。

「僕、これから直接その人の部屋にいってみる」

鯉丸はいって、通りがかったタクシーに手をあげた。

「待てよ」

今度は僕があわてる番だった。鯉丸の顔は蒼《あお》ざめていて、切羽詰まった表情を浮かべている。

「いいから任せて!」

急停止したタクシーがドアを開くと、鯉丸は叫ぶようにいって乗りこんだ。

「鯉丸!」

タクシーはドアを閉じ、発車した。僕はひとり路上に残された。

どうなってる。鯉丸はいったいどうしようというのだ。

鯉丸は原口とグルなのか。ならばなぜ、美加を何とかする、といいだしたのか。

僕は携帯電話を握りしめたままだった。もう一度原口に電話をしようか。そう思い、ボタンに手をのばしたが、思い止《とど》まった。

電話がつながったとしても、どうにもならない。原口は絵をよこせというだけだ。

いっそ絵を渡してしまおうか。僕は思いかけた。

だがその絵は今、目黒の麻薬取締官事務所にある。杉並と連絡がつかない限り、僕ひとりではもちだすことはできない。

どうすればいい。美加を助ける方法は他にないのか。

原口は、島の在り処を知りたがっているのだ。絵はその方法にすぎない。ならば直接、島の在り処を教えてやれば、美加を返すかもしれない。島の在り処は――。

金子白水が知っている。

僕は息を吐いた。こうなったら白水を問いつめる他ない。

全部を話し、恋人を助けるためだといえば、白水は教えてくれるような気がした。警察が介入するような事態は、白水も望んではいない筈だ。

だが、白水と連絡がつくかどうかだ。

僕は白水プロの長田にもらった名刺をとりだした。まず白水プロの代表電話番号を押す。時刻は午後八時を回っていた。

「――本日の当社の業務は終了させていただきました。明日、午前九時より――」

女性の録音された声が流れでた。

名刺には、長田の携帯電話の番号も印刷されている。その番号を押した。

呼びだし音が聞こえた。

「はい」

長田の声が応えた。

「長田さんですか。絹田です」

「さっきはお疲れさまでした——」

長田の声の向こうはにぎやかだった。飲食店にいるようだ。

「あの——」

「はい、はい」

「金子社長に緊急で連絡をとりたいんです。できますか」

「社長に？　僕じゃ駄目なの」

長田はとまどったようにいった。

「すみません。個人的なことなんです」

「あなたの？　社長の？」

「両方です。すごく急いでます」

「——困ったなあ。社長がどこにいるかわからないんだよね」

「お願いします。人の命がかかっています」

「ええっ」

長田は驚いたような声をたてた。

「わかった。あなたの連絡先を教えてくれる？」

僕は携帯電話の番号を教えた。

「何とか調べられないか、やってみるよ」

「すみません、本当に。お願いします」

喋りながら、僕はトッポを路上駐車した場所に向け歩いていた。

電話を切ると、僕はトッポに乗りこんだ。もし白水と会って、島の在り処を訊きだすことができれば、美加をとりかえせる。

美加のことが心配でたまらなかった。だが原口もすぐには美加に何もしない筈だ、と自分にいい聞かせた。いくら警察につかまることを恐れていないとはいえ、美加を傷つけるのは原口にとって何の益もない。それに麻薬取締官事務所が関係していると知った以上、むやみに自分の罪を重くする愚はおかさないと信じたい。

電話が鳴った。

「はい！」

長田だった。

「社長をつかまえられたよ。新宿のＰホテルでパーティにでている。あなたの話をしたら、会うそうだ。どれくらいでそこにいける？」

「一時間はかからないと思います。三十分か四十分」

「わかった。また連絡する」

僕はトッポのエンジンをかけた。焦る気持をけんめいにおさえた。今ここで事故でも起こしたら、すべてが滅茶苦茶《めちゃくちゃ》になる。

新宿に向かう途中、長田から電話が入った。僕がPホテルに着く頃、白水は二階の宴会場の外で待っている、といった。

ホテルの駐車場に車を止め、僕は宴会場へと向かった。テレビ局と広告代理店が主催するパーティがおこなわれているようだ。

宴会場へつづくエスカレータを走って昇ると、受付があり、スーツを着た華やかな雰囲気の女性が並んでいた。大きく開かれた宴会場の出入口の方からは、テレビで聞いたことのあるアナウンサーの声がざわめきや音楽といっしょに流れでていた。

宴会場をつなぐ絨毯をしきつめた通路の壁ぎわに、ソファが何組かおかれていた。僕がエスカレータを降りると、そのうちのひとつに白水がすわっているのが見えた。

僕の姿に気づくと、白水は立ちあがった。僕はまっすぐに歩みよっていった。白水は、午後会社で会ったときとはちがうスーツ姿だった。手に煙草をはさんでいる。

「すみません。突然、お邪魔して」

僕はいった。自分でもわかるほど固い声だった。白水はじっと僕を見つめ、向かいあったひとりがけのソファをさした。

「すわんな」

会場からネクタイ姿の二人組がでてきて、白水に声をかけた。

「社長、じゃお先に失礼します」

白水は頭を下げ、にこやかに微笑んだ。

「お疲れさまでした」

「来期もまたよろしくお願いします」

「こちらこそ」

というやりとりを交す。

白水が腰をおろすのを待って、僕はいった。

「『夢の島』を狙っている人間が、僕の恋人を誘拐しました。島の在り処を教えなければ、彼女を傷つけるといっているんです」

「何のこと？」

白水は首を傾げた。

「あなたが昔、『ネコ』というペンネームで詩を書いていた頃、住んでいた島です」

いちかばちかだった。白水の顔がこわばった。僕はつづけた。

「父といっしょに『アイランド・スティック』を作っていた島」

白水は無言で煙草を灰皿に押しつけた。

「お願いです。僕は『アイランド・スティック』なんか欲しくはない。ただ無傷で彼女をとりかえしたいだけなんです」

「恋人っていうのは誰なの」

白水が訊ねた。やさしい声だった。

「美加といいます。今は銀座のクラブで働いています」

白水は頷いた。

「で、誘拐したのは？　やくざ？」

「原口という男です。カジノバーを赤坂でやっているという話です。八州会の山下というやくざと組んでいましたが、今は仲違いをしているそうです。山下と原口のところに初野という元外車のディーラーが島の話をもちこんだそうです」

白水は目を閉じた。

「初野、初野……。覚えている。不動産屋なんかと組んで何年か前に嗅ぎまわっていたわね」

僕は息を吸いこんだ。やはり白水は「ネコ」だったのだ。

目を開いた。

「で、どうして欲しいの」

「島の場所を教えて下さい。それを原口に教えて美加をとりかえします。あなたのことは誰にもいいません」

「できないわ」

はっとするほど厳しい声だった。気さくなおばさんという上辺《うわべ》の表情が消え、固く険しい顔で白水は僕を見つめていた。

「あの島のことは誰にも教えられない。そっとしておくのよ。あれは永久にあのままなの」

「金子社長――」

「あなたの恋人のことはあたしが何とかしてやれる。八州会にも知りあいはいるし、金でカタがつくことなら、どうにでもなるわ。でもあの島の話は誰にもできない。死ぬまで、その場所は教えられない」

白水は厳しい声でいった。

「平堀という人はやはり、金子社長の知りあいだったんですね」

「あなたのことを調べさせたの。お父さんが亡くなったのがわかったので。あなたがお父さんの遺書か何かを受けとって、馬鹿な気を起こしていないかどうかを確かめたくて」

「僕に仕事をさせたのもそのためですか」

白水は悲しげに微笑んだ。

「そうよ。でもそんなに悪くはなかった。あなたがその気なら、あの仕事はずっとつづけてもらってもかまわない」

僕は言葉を失った。嬉しさと惨めさの混じった複雑な気分だった。

「どう、納得した？　お父さんの話は、いずれ別のときにしてあげられるわ」

納得はできない。できる筈がない。だがどういおうと金子白水の気持をかえられそうになかった。

そのとき僕の携帯電話が鳴りだした。

「すみません」

僕は断わってボタンを押し、耳にあてた。

「もしもし」

「信一!? あたし、美加」

「美加! 今どこにいるんだ!?」

「あたしは——。あたしのことは大丈夫。今、麻布にいるの」

「麻布?」

「そう。待って——」

電話が誰かに手渡される気配があった。

「信ちゃん——」

鯉丸の声が耳に流れこんだ。

「鯉丸! お前、どうやって——」

「それは訊かないで。もう大丈夫だから。原口はもう信ちゃんにつきまとったりしないよ」

鯉丸の声は、暗く沈んでいた。

「どういうことだよ、鯉丸」

「いいから。これから美加ちゃんを信ちゃんとこへ向かわせる。どこにいけばいい？」

「原口はどうしたんだ」

「原口は……」

　鯉丸の声がふるえた。

「原口はどこかへいっちゃったよ」

「どういうことだよ。ちゃんと説明しろよ」

「原口は……原口は……とにかく、どこかへいっちゃったんだよ。いいから美加ちゃんを何とかしてあげて」

「わかった。美加にかわれ」

　美加がでると僕はいった。

「今、新宿にいるんだ――」

「ここへ呼びなさい」

　不意に白水がいった。僕は白水の顔を見つめた。

「ここへ呼びなさい。あたしが守ってあげる」

「大丈夫です。僕がいっしょにいれば――」

「あなたもよ。あなたもその子も、あたしのそばにいるの」

　有無をいわせない口調だった。

「とにかくここへ呼ぶのよ。あたしといる限り、誰も手だしできない」

僕は美加にいった。

「今いるのは新宿のPホテルなんだ。ここへこられるかい」

「タクシーに乗るわ。鯉丸くんもいっしょに」

「わかった――」

「ここの二十八階に部屋がとってある。二八〇一よ。そこにこさせなさい」

白水がいった。

「二八〇一だ。部屋にいる」

「二八〇一ね。これからいく」

「気をつけてくるんだぞ」

電話は切れた。電話をおろした僕は白水を見つめた。白水は無言で片手をあげた。いつのまにか男がひとり、僕らのかたわらに立っていた。四十くらいでスーツを着た長身の、無表情な男だった。その男に白水がいった。

「岡倉《おかくら》先生に連絡をとって」

「はい」

「あたしは上の部屋にいる。あとは任せた」

「承知しました」

男が頷くと、白水は立ちあがった。

僕を見おろし、いった。

「いこう。その子がくれば、もうあんたは安心な筈だ」

そうじゃない。美加が戻ってきたところで何もかわりはしない。だがここで白水といいあらそっても意味はない。少なくとも白水は、僕や僕の仲間に暴力をふるうようなことはしないだろう。

僕は頷くと立ちあがった。

20

二八〇一号室は、僕が今まで見たこともない豪華なスイートルームだった。新宿副都心の夜景を見おろす広々としたリビングとベッドルームのふたつがドアでつながっている。

部屋に入ると白水はいった。

「あんた何も食べてないのだろう。ルームサービスで何かとるから」

僕は無言で首をふった。食欲など、まるでなかった。

美加が無事らしいのは嬉しかったが、今度は鯉丸のあの暗い声が気になっていた。僕は
白水はサンドイッチとスープ、それにコーヒーをルームサービスでとりよせた。僕はスープだけをもらって飲んだ。白水は電話をかけるから、とベッドルームに入ってしま

った。

二十分後、部屋のチャイムが鳴った。ドアを開けると、美加が立っていた。

「美加！」

僕は思わず美加を抱きしめた。美加はひとりだった。不安がこみあげた。

「鯉丸は!?」

「それが、麻布をでようとしたら、あの、前に六本木で会ったやくざみたいな人たちがやってきて――」

美加は蒼ざめた顔でいった。

「やくざみたいなって、山下のこと？」

僕の問いに美加は頷いた。

「鯉丸くんをむりやり連れていったの」

「いったいどうなってる。何があったんだ」

美加が答えて話しはじめようとしたとき、白水がこちら側の部屋に現われた。美加は白水を見つめた。

「いいから話をつづけなさい。あたしは黙って聞いてる」

白水は手をふった。美加はこっくりと頷き、白水に小さく頭を下げた。

「信一と打ち合わせたとおり、六本木のホームにいて、鯉丸くんがくるのを待っていたわ。そうしたらリエさんが現われたの。すごく恐かった。リエさんは、ハンドバッグの中にピストルをもってた。同じものを原口さんももってるっていったわ。あたしがリエさんのいうことを聞かなかったら、原口さんは信一を撃つかもしれないって、リエさんがいったの」

「なぜ大声をだして、僕に知らせなかった」

「ちょうど電車が入ってきたの、あなたの方のホームに。それでどうしようかと思っていたら、こちらのホームにも電車が入ってきて、リエさんがあたしの腕をつかんであっというまにその電車に乗せられちゃったのよ」

リエは隣りの神谷町駅で美加を降ろすとタクシーを拾い、麻布十番のマンションへと連れていったのだった。美加が逃げたり、僕に連絡しようとすれば、原口が何をするかわからないと威したという。リエは、原口が追い詰められていて、思いどおりにことが運ばなかった場合、本当に危ない真似《まね》をしかねないのだと美加にいった。

僕は美加を見つめて話を聞いていた。美加に何もなくてよかったと、心の底から思った。

美加がリエのマンションに軟禁されてしばらくすると、原口が現われた。ひどく腹を立てていて、そのようすは確かに恐ろしかったと美加はいった。だがリエの手前もあってか、原口は美加に暴力はふるわなかった。やがて原口の携帯電話が鳴り、原口は呼びだされたようすで、でかけていった。

少しして、鯉丸がリエのマンションに現われたのだった。

「原口さんに彼女を連れてこいといわれました」

鯉丸はリエにそう告げたという。リエは疑うようすもなく、美加を鯉丸に預けた。

「リエさんも恐がってた。あたしを自分のマンションにいさせたら、何かのときに警察につかまるかもしれないって。だから鯉丸くんがあたしを迎えにきたときはほっとしたみたいだった」

リエのマンションをでた鯉丸はすぐに僕に電話をかけた。美加が僕と話し、電話を切ると、鯉丸は通りがかりのタクシーを止めた。

「鯉丸くんはあたしだけを乗せて、先に新宿にいっててっていったの。あたしがいっしょにいこうよって誘っても、黙って首をふってた。何となくようすが変なんで、タクシーが走りだしてもうしろをふりかえっていたら、鯉丸くんの横にベンツが急停止するのが見えた。中からあの山下がでてきたの。鯉丸くんの腕をつかんでた――」

僕はすぐに携帯電話をとりだし、鯉丸の携帯の番号を押した。だが耳にあて待っていても呼びだし音は鳴らなかった。かわりに聞こえてきたのは「留守番電話サービスにおつなぎします」という機械的なメッセージだった。

僕はため息を吐いた。僕の疑問は当たっていたのか――悲しい気持だった。鯉丸がまっすぐにリエのマンションに現われ、美加を連れだしたというのは、鯉丸と原口とのあいだに何か関係があったことの証明だろう。

山下が鯉丸を連れていったのも、原口との関係を知っていたからにちがいない。

「鯉丸はいったいいつから……」

僕はいいかけ、黙った。

父親が死んだと知らされた晩、鯉丸は電話をかけてきて、リエが勤める六本木のクラブへいこうと誘った。そこで初めて会ったリエは、僕がカメラマンだと知ると、ヌードを撮ってくれと飛びついてきた。

そして僕はリエのマンションを訪ね、原口と出会った。

だがあの晩、鯉丸は僕がリエの撮影を了承したとき、怒っていた。

――なんであんな仕事、受けたんだよ
――寝るなよ
――ヤバい筋のハゲがいるって話だからさ
すべてを知って、鯉丸はあんなことをいったのだろうか。僕と原口をひき合わせるための芝居を鯉丸はしていたのか。

だがあの時点で僕は「アイランド・スティック」のことなど何ひとつ知らなかったのだ。

原口は知っていたのか。

知っていたのだろう。

「――どうしたんだ」

白水が口を開いた。僕は白水を見やり、首をふった。

「何だか人が信じられなくなってしまって」

白水は僕と美加が隣りあってすわっている長椅子まで歩みよってくると、向かいのソファに腰をおろした。

「彼女かい」

美加に目を向けて訊ねた。

「草薙《くさなぎ》美加です」

美加がいって頭を下げた。白水はじっと美加を見つめた。

「金子白水だ」

美加は頷いた。

「お噂は信一からいつもうかがっています。お世話になっています」

白水はにっこりと笑った。

「いい子だ。挨拶もちゃんとできる」

「そんな――」

美加が笑った。僕は何もいう気になれず、黙っていた。

白水が僕に目を向けた。

「八州会の山下がどうしたんだい」

僕は白水を見つめかえした。

「僕の友だちを連れていったんです。そいつは彼女を助けるために、原口のところへいってくれたのですが、そのすぐあとに山下が現われて――」

「友だちというのは？」

「学校の同級生で鯉丸という奴です。ふだんは六本木のサパーで働いています」

僕は答え、息を吸いこんだ。それ以上のことはいえなかった。鯉丸が遅刻して、リエが六本木の反対側のホームに現われたのはなぜか。

原口は、美加がそこにいるのを知っていて、リエを向かわせたのだ。

誰かが原口にそれを教えた。

「山下にさらわれたんだね」

白水が確認するようにいった。僕は頷いた。

「原口はどこにいる？」

僕は首をふった。

「鯉丸が原口を呼びだしたようなのですが、どこにいるかはわかりません」

白水は考えていた。

「――でも鯉丸くんを連れていってどうするのだろう」

美加がつぶやいた。

僕は黙っていた。山下が鯉丸をさらったのは、鯉丸が原口とグルだったからだとはいえなかった。

「その子は、あんたがいる場所を知っていたのかい」

美加は頷き、僕に目を向けた。

「信一が教えたの？」

僕は首をふった。

「鯉丸は店の先輩が原口にかわいがられている。その人に訊けば、美加がどこにいるかわかるって——」

美加は怪訝《けげん》な表情になった。

「でも鯉丸くんはひとりできたんだよ」

そのとき僕の携帯電話が鳴りだした。僕ははっとして電話をとった。鯉丸かもしれない。

「——はい」

「絹田くんか」

杉並だった。

「杉作さん！」

「今、どこにいる？」

杉並が訊ねた。

「新宿です。どうしたんですか」

「実は今、別の仕事で麻布署にきているんだがな——」

いって、杉並は言葉を切った。厳しい声だった。

「麻布警察署ですか」

「そうだ。少し前、麻布十番の裏通りに止めた車の中で、男の死体が見つかった」

僕は電話機を握りしめた。まさか。

「死体――」

「それが原口だ」

「えっ」

僕は絶句した。

「原口はナイフで刺し殺されていたようだ。絹田くん、心当たりないか」

僕は全身の力が抜けるのを感じた。嘘だ、そんな――。叫びだしたい気持だった。

ようやくいった。

「いえ……心当たりは別に――」

「そうか。まあ殺しは警察の仕事だから、俺なんかのでる幕じゃないんだが、気になったので電話してみた」

「僕も電話したんです、杉作さんに、夜」

「どうしたんだ」

「例の絵を、パパに渡さなければいけないと思って――」

「奴は何か使える情報をよこしたかい」

僕の目は自然、白水の方を向いた。

「そうか。急ぐのだったら、事務所の方に連絡をして、君がとりにきたら渡せるようにしておく。まあ、パパと会うときには俺がいた方がいいかもしれないと思うが」

「ええ。まあ……」

「杉作さんは忙しいんですか」

「うん。今ちょっとヤマにさしかかっていてね。一、二日すれば片がつくと思う」

「そうですか。じゃあ、絵をとりにいけるようにしておいていただけると助かります」

僕はいった。

「わかった。また連絡するよ」

杉並はいって、電話を切った。美加が青ざめた顔でいった。

「信一、死体って――」

「鯉丸じゃない。原口だ。刺し殺されてたって」

「嘘！」

美加が手で口をおおった。白水が無言で立ちあがり、ライティングテーブルの上の電話機をとった。ボタンを押し、受話器を耳にあてた。

「――もしもし、金子でございます」

でた相手にいった。わずかの間をおいて、

「あ、金子です、先生」

別の相手らしき人物に名乗った。

いいかけ、相手の言葉に耳をすませた。

「――そうですか。じゃあ居どころは――」

相手が喋っている。

「すると八州会全体としてはかかわっていない、ということなのですね」

僕は煙草に火をつけた。原口を殺したのが鯉丸とは決まっていない。山下だという可能性もあるのだ。

だが、原口のことを話した鯉丸の声は暗く沈んでいた。

――原口はもう信ちゃんにつきまとったりしないよ

――原口はどこかへいっちゃったよ

僕は深々と煙を吸い、目を閉じた。なぜこんなことになってしまったのだろう。いったいどうして。

いつのまにか白水が電話を終えていた。ソファに戻ってきていった。

「山下はきのう付で八州会を破門になってるよ。クビさ。あの男のやることに八州会はいっさい関知しない」

「つまり追いつめられているんですね」

白水は頷いた。

「居どころを捜させてみたけれど、わからないらしい。携帯電話にも返事がないようなんだ」

「──島に向かったんだ」

僕はつぶやいた。

「それはないね」

白水がすぐにいった。

「山下にはとうていつきとめられない」

「でも初野がいます」

「初野がもしつきとめていたら、とっくに『アイランド・スティック』がまた市場に出回ってる」

僕は白水を見つめた。

「今でもあの島には大麻が生えているんですか」

白水は無言だった。黙っていることが肯定だった。

「鯉丸は島の絵を見ている」

僕はいった。

「もし初野が、島についてあるていど絞りこみができているなら、鯉丸を連れていけば、どれがその島かわかるかもしれない」

「絵？」

白水が訊きかえした。僕は気づいた。白水は父親の遺した絵のことを知らない。

「死んだ父親が最後に描いていた絵です。どこかの岸辺から見た島の絵でした。原口は、その絵に島の位置を示す手がかりがあると信じて、僕に再三渡すよう迫っていたんです」

白水は目をみひらいた。

「で、その絵は今どこにある?」

「知りあいの麻薬取締官に預かってもらいました。『アイランド・スティック』のことを僕が知ったのもその人のおかげです」

「麻薬取締官——」

白水はつぶやいた。

「その人と知りあったのは偶然でした。鯉丸が紹介してくれたんです。鯉丸も職業を知らなくてびっくりしていました」

「で、どんな絵なんだい」

僕は立ちあがった。

「今からとりにいってきます」

卑怯かもしれないが、杉並と顔を合わせるのが恐かった。今すべてを話したら、原口を殺した犯人は鯉丸ということになってしまうだろう。たとえ事実だとしても、それを告げる勇気が僕にはまだなかった。

「その麻薬取締官に会うのかい」

白水が訊ねた。僕は首をふった。

「その人は仕事が忙しくて動けないといっています。絵は麻薬取締官事務所においてあるので、僕がいけば渡してくれるそうです」

白水は頷いた。安心したようにも見えた。白水の立場では、杉並が問題にからんできたらひどく厄介なことになる筈だ。

「信一ひとりでいくの」

美加が不安そうにいった。

「あたしの運転手をつけてやる。その車でいくといい」

白水があっさりといった。

「でも――」

いいかけた僕の声を遮った。

「遠慮はなしだ。あたしだってただ親切でやっているわけじゃないことはわかるだろう」

僕は頷いた。

「下の駐車場にグリーンのジャガーが止まってる。あんたが降りていったら乗せるよう、車に電話をしておくから。絵をとったらまっすぐここに帰ってきて、あたしに見せてちょうだい」

白水はいった。

「美加は――」

「あたしとここにいる。ここにいる限り、誰も手をだせない」

白水はきっぱりといった。そのとおりだと思った。白水がさっき電話をかけた「先生」という人物はきっと裏の世界の大物なのだろう。

「待ってろよ」

僕は美加にいってホテルの部屋をでていった。

僕は絵を杉並に預けることで、トラブルから逃げられるかもしれないとどこかで思っていた。

だがそれはちがった。「夢の島」の在り処が見つからぬ限り、トラブルは決して終わらない。

むしろどんどん悪くなっている。

21

白水の運転手つきのジャガーで、僕は新宿のホテルと目黒の麻薬取締官事務所のあいだを往復した。

目黒には杉並の後輩、天草がいて、僕が訪ねると紙袋に入れた父親の絵を渡してくれた。

僕がホテルに戻ったのは十時過ぎだった。

僕のノックに応え、パーティ会場の外で白水のかたわらに立っていた男が現われた。おそらく秘書かボディガードのような立場の人物なのだろうが、青山の白水プロでは今まで一度も見かけたことのない人物だ。

「どうぞ」

男は僕を認めると無表情にいって、扉を大きく開いた。中では白水と美加が向かいあってすわっていた。

僕は美加のかたわらにすわると、紙袋の中から絵をとりだし、白水に手渡した。

白水は受けとり、無言で見つめた。ふと立ちあがると、巨大なハンドバッグから眼鏡ケースをとりだして中の眼鏡をかけ、再び見つめた。

およそ五分近く、黙って見つめていた。やがて眼鏡を外し、顔を上げた。

「まちがいない。あの島だよ」

「でもこの絵だけじゃ、それがどこにあるかなんてわからなかった」

僕はいった。

「だけど近くまでいけばわかるんだ」

「どうしてです?」

白水は手の中にもった、畳んだ眼鏡で絵を示した。

「ここ。絵のこの部分、島の端の岩が描いてあるだろう」

「ええ」

それは断崖の上から見おろした島の、こちら寄りの岩場のことだった。絵の中では青い海面の表面が打ち寄せる波で白っぽくなっている。

「T字形の岩がつきでている」

僕は頷いた。それは初めて見たときから気づいていた部分だった。海底ではつながっているのだろうが、海面下に地つづきの部分が隠れ、島からは少し離れた位置に岩がつきでている。波の浸食でつけ根の部分が細く削られ、まるでキノコのような形をしているのだった。

「『キノコ岩』さ」

僕が感じたのとまるで同じ言葉を白水は口にした。

「この岩があるせいで、地元ではこの島を『キノコ島』と呼んでいるんだ」

「『キノコ島』……」

僕はつぶやいた。

白水は絵を見おろした。

「ここであたしたちは暮らしていた。本土との行き来は、初め地元の漁師に頼んでね。漁師はあたしたちがそこで何をしているかは知らなかった……」

「もともとの無人島だったのですか」

白水は首をふった。

「大正時代の終わり頃までは、何世帯かの住人がいた。その後、島をでていったり、年老いて亡くなったりして、無人島になったんだ。もちろん電気なんかない。ただし井戸はあったから暮らそうと思えば暮らせた。作られてから五十年以上もたった家を改造して、あたしたちは住めるようにしたのさ」

「地元の人は何も？」

「まだのんびりとした時代だったからね。それに本土と行き来するときは漁師にちゃんとお礼をしていた。島でとれた野菜や飼っている鶏が生んだ卵、それにたまには現金も。あたしたちのことを変わり者とは思ったろうが、それだけだった。そのうちに『アイランド・スティック』で稼いだ金で、小さなモーターボートを買って、それで本土とも自由に行き来できるようになった」

僕は深々と息を吸いこんだ。

「なぜ『アイランド・スティック』を――？」

白水は苦笑した。

「最初は自分たちのためだ。大麻はあの当時、体制への反発の象徴であると同時に、自分たちの創造力への刺激でもあった。疑問はなかったね。誰かに迷惑をかけるわけじゃない。心を自由にして想像の世界を飛びまわる。そこから芸術が生まれると信じていたから」

「でもそれを商売にしたでしょう」

白水はつかのま黙った。

「――現金が必要になった」

ぽつりといった。

「現金が？」

白水は僕を見た。

「今だし、あんただから話す。あたしが妊娠したんだ。島での暮らしを、あたしたちは本当に気にいっていた。だが子供が生まれてくるとなればちがう。生まれたての赤ん坊を、あたしたちだけで育てていく勇気なんて誰にもなかった。堕《おろ》すしかない――あたしたち皆がわかっていた。でも病院の費用がなかった。ほうっておけば、あたしのお腹はどんどん大きくなる。そんなとき、あんたのお父さんが、島で育てていた大麻を売りにいったんだ」

白水と父親、そしてもうひとりの〝ミュージシャン〟は、白水の妊娠がわかったときから重苦しい日々を過していたという。

ある朝、父親がひとりで島をでていった。島の近くで操業していた知りあいの漁師の船に乗せてもらい、本土に渡ったのだった。島の〝畑〟で栽培した大麻の束が消えていた。

三日後、父親は島に戻ってくると、手術費用にあたる現金を手にしていた。

「――その子供の父親というのは――」

僕はためらいながらいった。白水は首をふった。

「どっちなのだか……」

息を吐いた。

「あたしは二人とも愛していた。ふつうの愛とはちょっとちがうかもしれないが、確かに愛していた。あたしたちは三人でひと組の夫婦のようなものだった。もちろん、世間でいう夫婦じゃない。そんな世俗的なものは、最も馬鹿にしていた。そこでの暮らしも含めて、あたしたちは芸術の世界に生きているつもりだった……」

大麻が金にかえられることを知ったとき、その芸術活動にかかわるもうひとつの問題も解消されたのだ、と白水はいった。

三人だけで暮らし、絵を描き、曲を作り、詩を書く――その暮らしは確かに芸術的ではあったかもしれないが、外へ向かうものではなかった。自分たち以外の人々に、芸術を送りだすこと、理解され感動を与えることは不可能な暮らしだった。

どれほど作品を作りだしても、島をでて発表しない限り、それは存在しないのと同じだった。だが島をでて、人々に作品を発表することにもまた、現実的な問題として、費用が必要だった。

その費用を作る手段をも、大麻はもたらしたのだ。

「あんたのお父さんだけは、少しちがっていた。絵を描きつづけたいとは思っていたが、マスコミや画壇に評価されたいという欲はなかった。お父さんは一度脚光を浴び、そしてそこから姿を消したという経験をもっていた。だから冷めていたのかもしれない。大麻を資金にして中央に打ってでるなんてことはまるで考えてなかった。もっと地道な、それこそ草の根のような芸術活動をしたいと願っていた」

「それで小さな自主コンサートや詩集の販売を？」

白水は頷いた。

「それはそれで充分価値のあることだった。あたしたちの活動は注目こそされなかったけれど、仲間の輪を作り、広げるという点では、充実したものだった。それに旅をつづけることで『アイランド・スティック』のメーカーがどこにあるのか、お客たちにわからせないというメリットもあった。あたしたちはやはり、警察だけは恐れていたからね」

僕は息を吐いた。男二人女ひとりのユートピア。芸術論を戦わせ、創作活動に励み、そして大麻の夢に酔う。小さなフリーセックスゾーン。権力も権威も存在せず、生活と芸術が密着した暮らし。

楽しいかもしれない。だが永久につづけられるとは、とうてい思えない。

「でも終わりがきた」

僕はいった。

白水は頷いた。

「あたしが終わらせたんだ」

「あなたが？」

「あたしが一番の俗物だった。画家とミュージシャンの二人と暮らし、ある意味では女王さまのように生きていたにもかかわらず、あたしは物足りなかった。有名になりたい、成功したい、という気持がいつからかふくらんでいった。あるとき、レコード会社が主催する作詞コンテストに応募し、あたしは入賞した。そのあといくつかの詞をたてつづけに送って、そのうちの何曲かがレコードになり、ヒットした。フォークソングめいた詞だったけど、レコード会社はより大人びた、歌謡曲らしい詞をあたしに欲しがった。だけど島で生きている限り、あたしにはそんな詞は書けない。金は入ってきた。覆面作詞家というか、男名前のペンネームで書いた詞だったけどね。あたしの詞がお金になるにしたがい、『アイランド・スティック』の出荷は減っていった。現金を稼ぐ手段ができたのだから。それにいつまでもつづけられるわけはないことはわかっていた……」

白水が島での生活に終止符を打ちたいと口にしたとき、夢の暮らしは終わった。白水がいなくなれば、理想の関係は消えてしまう。

「あたしがまず島をでた。そのあとがあんたのお父さんだった。お父さんは、あたしたちと最初に出会ったときのように、またひとりで放浪の生活に戻ったようだ。あたしは東京に戻り、レコード会社の紹介でアパートを借り、詞を書いた。何年かぶりで戻ってきた東京は刺激に満ち満ちていたから、いくらでも詞は浮かんできた。もう詩人じゃなく、作詞家だった。芸術家ではなくて、注文をこなす職人になったのさ」

白水は寂しげに笑った。

「結婚をしようとは思わなかったのですか」

美加が訊ねた。

「誰と？」

白水は訊きかえした。

「恋愛はあった、確かに。だけど誰かと暮らすことを考えると、島での暮らしを超えられるような充実がそこにあるとは思えなかった。あたしはあれを若い頃の冒険だとか、ましてや過ちだなんて思う気は毛頭ない。あれは、ごく少しだけの人間だけが巡り会える理想の恋愛だった。生活をしていながら日常に縛られず、刺激と安心の両方を手に入れられたんだ。都会の恋愛にそんなものはない。刺激に満ちた恋なら、安心なんて、ないだろ？」

美加は頷いた。

「かわりにあたしはお金を選んだ。詞を書きながらタレントを育てる。芸術とは正反対。大量消費の娯楽。それもまた楽しかった」

「ひとつ訊きたいことがあります」

僕はいった。

「何だい」

「あなたがそうやって島をでると決めたとき、父親やもうひとりの人は反対しなかったトラブル。仲間割れ。理想の関係が、理想であればあるほど、その終焉《しゅうえん》には痛みが伴う筈だ。

しかし今、目の前の小太りで、女性的な魅力からわざと遠ざかっているような金子白水の姿からは想像もできない過去だった。

白水はつかのま黙った。

「話しあったよ、いく日もね。最後にあたしは卑怯な手を使った。妊娠のことをもちだしたのさ――」

僕と美加は黙って白水を見つめた。

「妊娠してつらい思いをし、そして体を傷つけたのはあたしだ。その点において、男二人は、あたしに何もいえない。いわば、あたしだけが島での暮らしの負の部分を背負うことになった。妊娠こそが現実だった。妊娠したことで、あたしは夢から醒めた――そう二人にいったのさ。実際はちがったよ。あたしは古い夢から新しい夢にのりかえたにすぎない。醒めたふりをしていながら、その実は次の夢に酔っていたんだ。有名になる、という夢に」

白水の口調は苦かった。僕は気づいた。白水は島を捨てた自分を責めているのだ。

「――誰もあなたを責めることはできないと思います」

同じことを思ったのか、美加がいった。白水は苦笑した。

「そのとおりさ。あたしを責める権利はあたしにしかない。東京に戻ってからのあたしが後悔したと思うかい。一度も後悔なんてしやしない。お金がいっぱい入ってきて贅沢を覚え、海外旅行にもでかけられる。あたしは大人になった、そう思っただけさ。島での暮らしは子供の夢。大人の暮らしは、子供の夢よりはるかに楽しかった……。

でもね」

そこで白水は言葉を切った。

「甘ったるい感傷だとは思うけど、こうしてお金にも不自由しなくなり、業界で大きな顔ができるようになると、ふっとあの島での暮らしを懐しく思いだすよ。あのままなんて生きていけっこなかったろうけど、もしあのままだったら、どうなっていたのだろうって」

僕を見やった。

「大人になってみりゃ、あたしたちは大悪人にまつりあげられる一歩手前のところを歩いていたんだとわかる。もし警察が島に踏みこんだら、夢の暮らしどころか、格好の週刊誌のネタにされていたろうね。大麻とフリーセックスにおかされたマリファナ密売グループなんて書かれてね。三人とも刑務所に入れられて、悲惨な人生を送っていたにちがいない。あのビルも会社も、今のあたしの暮らしはカケラも手に入らなかったろうって」

「だから島のことを秘密にしておきたかったのですか」

僕はいった。白水は大きなため息を吐いた。

「一番の理由はね。でもそれだけじゃない。島でのことは、やはりあたしにとってはいい思い出なんだ。他人に説明したってわかってもらえるとは思わないよ。ほめられるようなことは何ひとつしちゃいないのだからね。けれどあの暮らしがあったから、今の自分がある。でもそれを公《おおや》けには決して認めることはできない。人にわかってもらえないものは、そっとしておくしかないだろう」

「でも、もうそれはできない」

白水は僕を見つめた。

「人が何人も死にました。山下は鯉丸を連れて、島に向かっています。鯉丸もこの絵を見ています。そこに初野がいれば、本当の島の在り処をつきとめることができるかもしれない」

白水は天井に目を向けた。

「あんたはどうしたいんだい。警察を巻きこんで、あんたの父さんやあたしたちがしてきたことを全部ぶちまける?」

僕は黙っていた。答えない僕に美加が不安そうな目を向けた。

「そんなことは考えていません」

僕はいった。

「ただ、鯉丸を助けてやりたいんです。それに――」

「それに？」

僕は白水をまっすぐ見つめた。

「島に大麻がある限り、同じことはまたきっと起こります。『アイランド・スティック』の噂が勝手にひとり歩きし、それで金を儲けようという人間が現われる。そのたびに僕は巻きこまれつづけることになる。あなたにはお金も地位もあるから、自分を守ることができる。でも僕にはそんなものはない。現に美加だって何度も恐い思いをしているんです」

白水は深く息を吐いた。

「じゃあどうすればいいと？」

僕は首をふった。

「よくわからないんです。警察が介入してくれればそれで終わりでしょう。でもそうなったら、あなたにも迷惑がかかるし……。だから……島から大麻がなくなるのが一番だと思うんです」

「どうやって？」

「燃やしてしまうとか……」

白水は考えるように僕を見つめた。

「誰がそれをする？」

「――僕がいきます」

口が勝手に動いていた。

「駄目よ、駄目よ、信一！」

美加がいった。僕は美加に顔を向けた。

「鯉丸を助けなきゃ」

「だってどうやって信一が助けられるの。相手はやくざでしょう」

「先回りして島にいって、焼き払ってしまえばいいんだ。そうすれば山下もどうすることもできない」

「そんな……無茶よ！」

「初野は、島の場所をはっきりとは知らないんだ。だから山下は鯉丸を連れていった。だけどそう簡単にはつきとめられないだろう。先回りするのはそんなに難しくない筈だ」

美加が首をふった。

「でもなんでそんなことを信一がしなけりゃいけないの？」

僕は大きく息を吸いこんだ。

鯉丸のため？　ちがう。自分のため？　それもある。だけどもうひとつ大きな理由がある。父親だ。この島の問題は、僕の父親が播いた種なのだ。文字どおりそれを刈りとるのは、父親が死んだ今、息子である僕の仕事だ。

でもそれをうまく美加に説明する自信はなかった。

「やめて、信一。絶対に」

白水が低い声でいった。

「——あんたがそうしてくれるなら、島の場所を教える」

「そんな！」

美加が悲鳴のような声をだした。

「そんなのあんまり無責任です。どうして自分たちの若いときの後始末を無関係な信一に押しつけるんですか」

「無関係じゃないよ、美加」

「え？」

「無関係じゃない。『夢の島』を作ったのは、僕の父親なんだ」

美加は激しくかぶりをふった。

「父親だって関係ないじゃない」

「このままにはしておけないんだ！」

「だったら警察にいえばいいでしょう。あなたは何も悪いことをしていないのだから」

「でもそんなことをしたらスキャンダルになる。金子社長だけじゃなくて俺だって、もしかすると美加だってテレビや雑誌に追っかけまわされる」

「大昔の話じゃない」

「人が死んでる」

「あなたが殺したわけじゃないわ」

「でも俺や美加を助けるために殺したんだ」

美加が息を呑んだ。

「嘘、それじゃ――」

僕は頷いた。

「原口を殺したのは鯉丸じゃないかって思うんだ」

「そんな――」

美加は泣きそうな顔になった。そして僕はもうひとつ恐ろしい可能性にも思いあたっていた。

北だ。北を殺したのも鯉丸だったのではないだろうか。六本木駅のホームで会ったとき、原口は、北を殺したのは山下ではないようなことをほのめかした。原口は鯉丸から僕の計画を聞いていた。つまり鯉丸と原口はグルだったのだ。なぜそんなことを鯉丸がしたのかはわからない。脅迫されたのか、金に目がくらんだのか。それとも――。

僕は鯉丸のドラッグ好きを思いだしていた。山のような大麻。原口からそんな話を聞かされて、鯉丸は酔ってしまったのではないだろうか。

鯉丸には北を殺す理由なんかない。だが、べろべろになって突然僕のアパートに現われた鯉丸は、ようすがおかしかった。あれは北が殺された翌日の晩だ。

「信一――」

美加が呼びかけた。

「とにかく鯉丸に会わなきゃ」

僕はいった。

そのとき携帯電話が鳴りはじめた。僕のだ。美加ははっと息を呑んだ。

「――はい」

僕は応えた。

「絹田くんかね」

パパだった。

「そうです」

「絵はどうなった？」

「手もとにあります」

「では預けてもらえるかね」

僕は白水を見やった。

「かまいません」

白水が島の場所を教えてくれるなら、しばらくはこの絵に用はない。

「でも必ず返してくれますか」

「もちろんだ。私は人の大切にしているものを勝手に奪ったりはしない」

「ではこれからもっていきます」

「わかった。私は最初に君と会った場所にいる」

電話を切った。

「誰だい？」

白水が訊ねた。

「僕に『アイランド・スティック』のことを教えてくれた人です。情報とひきかえにこの絵をしばらく預けるという約束をしました」

白水はじっと絵を見つめた。

「やくざかい」

「ちがいます」

それ以上は白水にも話せないと思った。パパと僕の約束は、白水とは無関係だ。パパは決して僕を傷つけたり威そうとはしていない。今のところは。

「これから絵を届けにいってきます」

僕はいって、絵を紙袋にしまった。

「あんたが島にいってくれるなら、あたしはその用意をしておく」

白水がいった。

「用意？」

白水は頷いた。

「今でもあの島に渡るには船がいる。口の固い船頭を捜さなけりゃならないだろ。それに飛行機の切符も手配しなけりゃならないし」

「遠い場所なんですね」

「あんたが戻ってきたら話すよ」

用心したのか、白水はいった。

「わかりました」

「あたしもいっちゃ駄目？」

美加がいった。

僕は首をふった。

「美加をもうこれ以上巻きこみたくない。美加を頼みます」

僕は白水にいって、部屋をでていった。

22

パパはKホテルの地下のバーにいた。一番奥まった席にスーツ姿ですわり、僕を待っていた。前にはドライマティニのグラスがあった。

「もってきたかね」

僕がテーブルの前に立つと前置きもなくそう訊ねた。ガラス玉の視線が容赦なく注がれた。

「ここにあります」

僕は紙袋を示した。

「拝見しよう」

パパはいい、僕は絵をとりだした。

パパはまず絵の表をちらっと見たあと、裏返してキャンバスの裏地に目を落とした。絵そのものに何が描かれているかには、まったく興味を感じていないようだ。

再び絵を表に向けた。その間、僕が目の前にいることなど忘れてしまったかのように視線を集中させている。

「その絵の島と『アイランド・スティック』の箱に描かれていた島は同じですか」

僕は訊ねた。パパは無言で僕を見あげた。

「――まったくちがう」

やがて応えた。

『アイランド・スティック』の箱に描かれていたのは天使が楽園のような島の上空を飛びかう、ポップな絵柄だった。この油絵は、暗く、むしろ陰鬱といってもよい。タッチがまるで別人のようだ」

「では手がかりにはなりませんね」

僕は内心ほっとして答えた。パパが僕らの気づかなかった、島の位置を知るまったく別の手がかりを絵から得れば、また新たに島へ向かう人間が増えることになる。

「それはわからない」

重々しくパパはいった。

「私はこの絵をエックス線を含めたあらゆる検査にかけるつもりだ。もちろん壊してしまうようなことはしないが。そこから何か手がかりを得られるかもしれない」

言葉を切って、僕を見つめた。

「一週間、預らせてもらえるかな」

僕は頷いた。もうパパから新たな情報がもらえるとは思わなかった。

「ところで――」

パパはいって、細巻きの葉巻を罐からとりだした。

「原口はどうしている？　まだ君につきまとっているかね」

「彼は――」

僕はいって息を吸いこんだ。首をふった。

「いえ」

「いえ、とは？」

パパは僕を見つめた。

「原口は、誰かに殺されました」

パパの表情は動かなかった。低く、ほう、とつぶやいただけだ。

「山下か」

「わかりません」

「私に入ってきた噂によれば、先日話した三人組の生き残り、初野が山下と組んでいるらしい。初野は消息を絶った村井と親しく、島の位置をあてていど絞りこめるだけの情報を得ていたようだ」

僕はパパの顔を見かえした。パパは平然といった。

「こういう話で人が死ぬときというのは、皆が捜している宝の位置がはっきりした場合が多い。場所がわからず右往左往しているあいだは、いさかいも起きることはない。だが目標が定まったとたん、欲が湧く」

いってにやりと笑った。

「そうだろう。あるかどうかもわからない宝を捜しているあいだは、争っても意味がない。が、確かに手に入るとわかれば分け前は少しでも多い方がいい」

どうやらパパは、原口が分け前をめぐるトラブルで殺されたと考えているようだった。

「だがもしそうならば、私もぐずぐずはできないな」

ひとり言のようにパパはつぶやいた。

「そのことを杉並取締官は知っているのかね」

「杉並さんが知らせてくれたんです」

「妙だな。麻取は殺人にはかかわらない筈だが」

「偶然知ったようでした」

「なるほど。偶然ね」

パパは意味深ないい方をした。

「ちがうと思うのですか」

「麻薬取締官というのは奇妙な職業だ。ふつうの警察官にとって任務とは、犯罪者を捕えることだ。だが麻薬取締官は少しばかりちがうのだよ」

「何がちがうのです？」

「彼らも無論、容疑者を捕える。だが最も重要なのは、人ではなく物《ブツ》なのだ」

「つまり麻薬ということですね」

パパは頷いた。

「何を何グラム挙げるか、が彼らにとっての任務の目的なのだ。早い話が、連続殺人犯を捕えることより、一グラムでも物《ブツ》を挙げる方が、彼らにとっては重要だ」

僕はパパを思わず見なおした。パパは鯉丸のことをいっているのだろうか。

だがそれは比喩の意味で使われたようだった。

「『アイランド・スティック』は杉並取締官にとっても宝の山だ。二十年以上も前、先輩たちが追いかけ、ついに見つけだせなかった大量の大麻を発見できるのだからな」

「でもそれが仕事なのでしょう」

「そのとおりだ。つまりそれ以外には彼は何の興味ももたない――」

パパは何がいいたいのだろうか。杉並が手柄のために僕を利用するとでもいうのか。

「君は個人的な友情から杉並取締官に父親の件を相談し、私を紹介された。そう考えているだろう」

「ちがうのですか」

「始まりはそのとおりだ。しかし『アイランド・スティック』とそれが作られた島が今も実在するとなれば、状況はいささかかわってくる」

「それはそうでしょう。現実に人が殺されたりしているのです」

「では君は、島をめぐるもろもろのできごとが、君の父親の話を含むすべてが、世の中に公表されてもかまわないと思うのかね」

「いえ」

僕は首をふった。

「杉並取締官が島を発見すれば、そうなる事態は避けられない。たとえ現在は野生化していても、大麻は刈りとられ焼却処分をされる。それだけの量の大麻が見つかれば、当然ニュースになるだろう。同時に杉並取締官も注目を浴びることになる。君は杉並取締官の実家を知っているかね」

「ええ、聞きました。でも自分には関係ないと――」

パパは僕の言葉を手ぶりで遮った。

「金には苦労しない、それだけはまちがいない」

僕は頷いた。

「えてしてそういう人間は、職場で人一倍評価を受けたいと願うものだ。彼は捜査費ではなく身銭《みぜに》を切って、さまざまな場所に出入りし、情報を集めている。彼でなければできないことだ。ただの仕事熱心ではそこまではすまい。一グラムでも他の取締官より多くの物《ブツ》を挙げ、金持のぼんぼんの道楽ではないことを証明したいのだ。この島の件は、そういう彼にとっては格好のチャンスとなる」

パパはこれ以上杉並が介入してくることを恐れているのだ――僕は気づいた。

「あなたはその絵から島の場所がつきとめられると思っているのですね」

「もちろんだ。この絵が『夢の島』を描いたものである限り、必ず手がかりが隠されている」

パパはきっぱりといった。

「だから杉並さんが島を見つけては困るのでしょう」

「当然だよ。焼却された大麻には一文の価値もない」

僕は口をつぐんだ。杉並がしなくとも、僕がこれからそれをするのだという言葉が喉につかえていた。だがそんなことを口にすれば、新たな敵を増やすだけだ。それに絵に島の在り処を示す手がかりがあるというパパの言葉は半分当たり、半分まちがっている。

「キノコ岩」だけで、島の位置を知るのは困難だ。

「――わかりました。絵を調べるのはあなたの自由です。約束でしたから」

僕はそれだけを告げ、立ちあがった。

「電話はいつ返せば――」

「絵との交換にしよう」

パパはいった。

「絵を君に返すとき、返してもらう」

内心僕はほっとした。この電話は、僕と鯉丸をつなぐ最後の糸だ。

パパは不意に右手をさしだした。

「君が約束を守ってくれてよかった」

僕はうしろめたい気分でその手を握った。

「いえ」

「杉並取締官のことは忠告だ。たとえ彼と君のあいだにある友情が本物であっても、立場のちがいというものはどうにもならないときがある」

僕は無言で頷いた。

「一週間後、連絡をしよう」

パパはいい、僕はバーをでていった。

ホテルに戻ると白水の姿はなく、美加だけが広い部屋にひとりで待っていた。

「金子社長は?」

「準備があるから帰って、明日の朝、ここに電話をしてくるって。それまではずっといていって——」

「美加を頼みますっていったのに」

僕は少し不満だった。

「ここにいれば安全だからって、いってた。誰も信一やあたしには手だしできないようにしてあるからって」

僕はソファに腰をおろし、息を吐いた。何だか急激に大人になってしまったような気分だった。突然父親が死んだと電話を受け、それからいろいろなできごとがあまりにたてつづけに起きた。

「疲れたでしょう」

美加がかたわらにきて、僕の肩をもんだ。

「信一、参っちゃったって顔してるよ」

僕は黙って首をふった。

「鯉丸くんのこと考えてるのね」

「ああ……」

今は無事だが、美加がリエにさらわれたことだって、鯉丸の〝裏切り〟が原因だったのだ。しかし、美加をとりかえすために鯉丸が人殺しまでしたのだとしたら——僕は鯉丸をどう考えたらよいのかわからなかった。

「——あいつは弱い奴なんだ。だからきっと、原口の片棒を担がされる羽目になったんだ。なのに、いったいなんで……」

そこから先は言葉にならなかった。元を正せば、すべては僕の父親から始まっていたのだ。

「駄目。今はそんなこと考えちゃ」

美加がいって、僕の唇を唇で塞いだ。

「鯉丸くんとはまたきっと会えるよ。そのときちんと話せば？」

僕は頷いた。目を転じると、新宿の夜景がとびこんでくる。

「こんなすごい部屋、初めて」

「そうだな」

「でも世の中って不公平だなって思っちゃった」

美加はいって窓辺に歩みよった。豆粒のような明りが見渡す限りつづいている。

「何が？」

「同じように島で暮らして、信一のお父さんは放浪の末、三島で油絵を描きつづけて亡くなった。金子社長は大金持になって、誰でも知らない人はいないくらいの有名人だわ」

「才能の違いだろ」

僕はいった。

「僕の父親は、注目を浴びてもそれに応えきれず逃げだしたんだ」

「それじゃ弱い人だといってるみたい」

「そうじゃないよ。そういうプレッシャーを受けつづける暮らしができない人だったんだ」

僕は答え、父親のことを思った。人は何のために成功をめざすのだろう。お金のため、地位のため、家族のため……。少なくとも父親にとっては家族は動機にならなかった。父親がしたかったのは、自由気ままな暮らしだった。お金や地位とひきかえに、縛られたり望まない創作を強いられる暮らしから、逃げだしたいと願ったのだ。

きれいすぎるだろうか。

そういえば、僕は白水に、父親がどんな人間だったかをまるで訊いていなかった。ともに暮らし、もしかしたら父親の子を身ごもっていた白水は、僕などよりはるかに父親のことを知っているのだ。

「金子社長は強い人って感じがするものね。それとも女だから？」

美加はいった。

「さあ」

僕は首をふった。

「島をでていったことについて、自分を悪者みたいにいってたけど、もしかしたら別の理由もあったのかもしれない。たとえば男のどちらかが金子社長をひとり占めしたいと考えたとか」

「信一はそういうのってどう思う。三人で暮らしていくのって」

僕は息を吸いこんだ。

「わからないな」

「あのね、ちょっと思ったの。形はちがうけど、信一とわたしと鯉丸くんみたいだって」

僕は美加を見つめた。

「でも鯉丸くんはかわいそうだった。わたしと信一はうまくいってる。でも鯉丸くんはどんなに信一のことが好きでも恋人にはなれない。それってつらいだろうなって」

僕は無言だった。

だから鯉丸は――。いや、そんなことは思いたくない。ただ美加のいうとおり、僕と鯉丸が「いい友だち」であればあるほど、鯉丸の心は傷ついていたのかもしれない。

美加が壁ぎわにある照明のスイッチを切った。部屋が暗くなり、夜景がいっそうきれいになった。絵が立体化したような変化だった。

僕は美加のかたわらに歩みより、肩に手を回した。美加が僕の手と指を組みあわせた。

「いかないでっていったけど――」

美加がつぶやいた。

「鯉丸くんを助けてあげられるのは、やっぱり信一しかいないかもしれない」

「杉作さんには黙っているしかないかな……」

もし鯉丸が本当に殺人犯だったら僕はどうするだろう。

逃げろというか、自首を勧めるのか。

僕と美加のために殺人をおかしたのだ。

「──何でこうなっちゃったんだろう」

僕はいって、眼下の夜景から夜空に目を移した。新宿の光の上空には星ひとつ見えない。下界とはまるで対照的だ。

「でもお願いだから危ないことはしないでね」

僕の手を強く握りしめて美加がいった。

「もちろん」

美加の横顔にキスすると、美加は両腕を僕の首に回した。

「ごめんな」

「何が？」

「恐い思い、嫌な思い、不安な思いばかりさせて」

「だって信一のせいじゃないでしょ」

「でも美加にとっては俺のせいさ」

美加は首をふった。

「わたし思ったことがあるの。信一にはご両親がいないでしょ。でもそんなことはまったく気にしてないように見えて。ああ、人ってのは親とか兄弟とは、まるで関係なくても生きていけるんだって。

でもちがうんだよね。信一が今こうしているのも、結局、お父さんのことがあるから。ほとんど会ったことのないお父さんでも、信一にとってはやっぱりお父さんなんだよね」

「そうかもしれない。恨んだときもあったよ。家をでていったことより、今度のことの方がよほど恨みたくなった」

「でも逃げないし、知らんふりもしなかった」

「させてくれなかった」

「大好き。そういう信一が」

僕は美加を抱きしめた。まだ朝まで時間はある。

「ベッドいこう」

美加が囁いた。

23

白水から電話がかかってきたのは、翌朝の八時だった。

「眠れたかい」

「ええ」

僕と美加は電話で起こされるまで、熟睡していた。

「もう少ししたらそちらへ向かう。ルームサービスで食事でもとって、しゃっきり目を覚ましておくんだね」

「わかりました」

いって僕は電話を切り、ベッドからはね起きた。バスルームへいき、シャワーを浴びる。

いよいよ、「夢の島」へ向かうときがきたのだ。父親が暮らした島。今回のできごとのすべての始まりとなった島。

決して胸がわくわくしているというわけではなかった。しかし適切な行動さえとれば、この悪夢のようなできごとのすべてに終止符を打つことができる。

恐ろしい思いも、もしかしたらするかもしれない。だが怯えて逃げまわるのは、もうたくさんだ。「アイランド・スティック」は、焼き払われるべき過去の遺産なのだ。過去の遺産のために人が死ぬなんて馬鹿げている。二度と、そのために人が死ぬことがないよう、きれいさっぱり消去してしまわなければならない。

タオルを体に巻き、バスルームをでた僕は、まだ眠っている美加に近づき、キスをした。美加は目を閉じたまま微笑んで僕の肩に手を回し、

「冷たい」

と、シャワーの滴に気づいた。

「さ、ルームサービスをとるぞ。何を食べる?」

僕はいって、メニューをベッドに広げた。

「信一」

驚いたように美加は僕を見つめた。

「お腹いっぱい食べて、さっと島にいって用事をすませ、さっと美加のところに帰ってくるんだ。そうしたらもう、僕らは誰にも邪魔されない」

美加は僕の目をのぞきこみ、頷いた。

「しばらく会えないね」

「二、三日さ。すぐ帰ってくる」

美加は僕から顔をそむけた。しばらくじっとそうしていたが、

「よし!」

と明るい声でいってメニューをひきよせた。

「いっぱい食べてやる。白水プロの奢りだもんね」

十時少し前、白水は現われた。鮮やかなグリーンのパンツスーツを着けている。昨夜も伴っていた無表情な男がいっしょだった。

僕らはリビングルームのテーブルで向かいあった。

「午後一時の飛行機をとった。一時間半で向こうに着く。空港でレンタカーを借りると

いい」

白水はいって、男をふりかえった。男は手にしていたアタッシェケースを開けた。航空券などの入った封筒と地図がとりだされた。

地図はS県のものだった。S県は日本海に面している。

「地図に島がでているんですか」

僕の問いに白水は首をふった。

「でちゃいない。これは空港から港までの道をあんたに教えるためにもってきた」

僕は地図を広げた。S県には空港がひとつしかなかった。海までは少し距離がある。

白水は、ボールペンで、地図の一ヵ所を囲んだ。

「ここに泊岩《とまりいわ》という港がある。漁港だ。小さいから見落とさないように、海岸線を走っていくといい。泊岩港を見つけたら、漁協で『第二橋本丸《はしもとまる》』という船を捜すんだ。その『橋本丸』が、あんたを島まで運んでくれることになっている」

僕は頷いた。

「この地図に電話番号を書いておいたから、近くまでいったら連絡するといい。話はもうついている。あんたはこの謝礼を渡すだけでいい」

白水はいって、別の封筒をバッグからとりだした。

「でも東京にいて、どうやって話をつけたんです？」

僕は訊ねた。

『橋本丸』の船長の父親というのが、あたしたちを運んでくれていた漁師なのさ。親父さんは亡くなったけど、伜があとを継いだんだ。その伜が子供の頃、あたしたちはよくオモチャやお菓子をあげていた。だから今でもあたしのことを覚えていたというわけだ。懐しがっていたよ、とてもね」

「その人は『アイランド・スティック』のことを――？」

白水は首をふった。

「いや。もちろん何も知らない」

「そうですか……」

僕が頷くと、白水はいった。

「だけど、泊岩にいく前に、あんたがしなけりゃいけないことがある」

「何です？」

「ガソリンスタンドに寄って、灯油を買うんだ。ポリタンクをいっしょに買って中に詰めてもらえばいい。麻ってのはね、とても生命力が強い植物なんだ。だから焼き尽すにはライターで火をつけたくらいじゃ足りない。灯油をかけなけりゃ駄目だ」

「いったいどれくらいの量が生えているんです？」

僕は少し不安になり訊ねた。白水は軽く目を閉じ、答えた。

「あたしが島をでていったときには、大麻畑は百坪から百二十坪くらいの広さがあった。今は増えているのか減っているのか、見当もつかない。もしかしたら倍以上の広さになっているかもしれない」

「それじゃかなり大量の灯油がいりますよ。それに雨が降っていたら――」

白水は首をふった。

「天気予報で調べた限り、現地は今日、明日と天気がつづく。明後日の後半から天気は崩れるそうだ。だから遅くとも明日中には燃やさなけりゃならない」

「――人はもう住んでいないのでしょうね」

僕は念を押した。そんな広い範囲で火を燃やして、人が住んでいればたいへんなことになる。

「それについちゃ、『橋本丸』の船長に確認した。今はまったくの無人島だ」

白水はきっぱりといった。

「島の大きさは？」

僕は訊ねた。

「けっこう大きい。だから地図を書いておいた」

白水はいって、別の紙を広げた。

「これは大雑把な地図だけど、たぶん船長は『キノコ岩』を回りこむ形で島に近づく。人が住んでいた頃の古い桟橋が残っているんだ。かなり傷んでいるだろうから、乗り移るときは気をつけた方がいい」

島の地図というのは、『キノコ岩』と桟橋、それに島の中心部へと向かう道などが記された簡単なものだった。

「桟橋から、島の中心に向かって、岩と岩のすきまを抜けるような道がある。一本道だからまちがえることはない。だらだらの登り坂だ。それを登っていくと、湧き水のある窪地《くぼち》にでる。この水は真水で飲める。大麻畑はその先、あたしたちが住んでいた家とのあいだにあった」

「大麻ってどんな形をしているんですか？」

「細長くて、先の方に葉がかたまって生えているからすぐにわかる。近づくと嫌な匂いがする。高さは――そうだね、人の背丈か、それより高いくらいだ。簡単に確かめるには茎を見るといい。茎が四角くて、折って中が空洞なら、それが大麻さ」

僕は頷いた。

「できたらカメラをもっていって、写真を撮ってきて欲しい」

白水がいったので、僕は白水を見つめた。

「懐しいんだ――」

白水はつぶやき、目を伏せた。

「わかりました。写真なら仕事です。撮ってきますよ」

「ありがとう。これは、向こうでいろいろかかる費用にあてなさい」

別の分厚い封筒を白水はさしだした。受けとった瞬間、かなりの大金が入っているとわかった。十万や二十万ではなさそうだ。

無言で白水を見かえすと、

「何が起こるかわからないんだ。必要なものがあれば買いなさい」

僕は頷き、

「余ったらお返しします」

といって封筒をしまった。

「レンタカーは空港で借りられる。航空券とパックになったものを用意した。空港から泊岩までは、だいたい五十キロくらいだったと思う」

「途中のスタンドで灯油を買います」

「——何か他に知りたいことはあるかい」

白水がいった。僕はずっと心にあった疑問を口にした。

「三人組の最後のひとり、ミュージシャンの人はどうなったのです？」

白水は息を吐いた。

「行方がわからない。彼の名はマル。丸山《まるやま》というのだけど、大好きなピアニストの名前を真似て、自分をマルと呼んでた。マルが最後まで島に残ったことは確かだ。だけどあんたのお父さんが島をでていったあとどうなったのかは、まるでわからない」

「今でも島にいるとか——」

美加がいった。

「それはないと思うね。ひとりではいくら何でも生きてはいけない。もう若くはないのだからね。おそらく、お父さんの少しあとに島をでて、ずっといきたがっていたアメリカに渡ったのじゃないかと思う。ニューヨークで暮らしたいといっていたからね」

「ニューヨーク……」

「たぶんニューヨークで暮らしているだろう。気になって、捜そうかと思ったことはあるんだが……」

白水の言葉は尻切れトンボになった。僕は時計を見た。一時の飛行機に乗るために準備を整えるなら、あまり余裕はない。

「わかりました。僕が戻ってくるまで美加を預かってもらえますか」

美加が驚いたように目をみひらいた。

「信一――」

「そうしなきゃ駄目だ」

僕はいった。

「大麻が燃やされれば、先回りして火をつけたのが僕だと、山下にはすぐにわかってしまう。腹を立てて何をするかわからない」

それに鯉丸のこともある。ひとつでも心配の種はとり除いておきたかった。

「あんたさえいいなら、この部屋にずっと泊まっていてくれてかまわない」

白水は美加にいった。

「でもそんな――」

白水は美加を見つめ、低い声でいった。

「あたしができることはたいしてないんだ。そうしてくれないか」

美加は瞬きし、目をそらした。

「――わかりました。信一が帰ってくるまでここにいます」

「携帯がつながるなら電話を入れるから」

僕は美加にいった。美加は頷いた。

「わかった。待ってる」

「アパートにも寄りたいだろ。この村上《むらかみ》が乗せていく。準備ができたら、空港へも送らせるから」

白水はかたわらに立つ男を示した。

僕が土壇場で逃げだしたりしないよう、監視役もつとめさせる気のようだ。

「ではいってきます」

僕はいい、立ちあがった。


村上はホテルの駐車場にベンツを止めていた。やくざが乗るような、窓にまっ黒のシールが貼られたベンツだ。

僕をうしろにすわらせ、

「まず、どこへ？」

村上は訊ねた。

「西麻布へいって下さい」

僕はいった。カメラバッグはもち歩いているが、島に渡るとなれば、服装はかえなければならない。

アパートにベンツが着くと、

「待っていて下さい」

といって、僕は降りた。部屋はでてきたときのままだった。ジーンズにはきかえ、防水のフード付コートをカメラバッグに押しこんだ。準備といっても、他に何をもっていっていいのかは思いつかない。火をつけるのは、ライターがあればすむ。

カメラバッグには、モノクロではなくカラーのフィルムを入れた。白水は島の写真をカラーで見たがるだろう。三脚も詰めた。いざとなれば、棍棒《こんぼう》の代わりくらいの役には立つ。

アパートをでると、ベンツに乗りこんだ。

「じゃ、羽田《はねだ》にいって下さい」

村上は無言でベンツをスタートさせた。

24

空港に着陸する少し前、飛行機の窓から日本海が見えた。天気は快晴ではないが薄曇りで、海面は鈍色《にびいろ》の輝きを放っている。

海が見えたと思った瞬間、飛行機は大きく旋回した。機体が傾き、着陸態勢に入った。機内ががら空きだったので、僕はカメラバッグをずっと隣りの空席においていた。山下たちが同じ飛行機に乗りこんでくるかもしれないと思っていたが、機内にはそれらしい姿はなかった。

山下はきのうのうちにS県に向かったのだろうか。飛行機ではなく列車を乗り継ぐとすれば、かなりの時間がかかる。車だったらなおさらだ。

だが鯉丸をむりやり連れていったのだから、列車や飛行機は使えない。やはり車で向かったのだろう。

飛行機を降りた僕は、空港内にあるレンタカーのカウンターに歩みよった。清潔でまあたらしい空港の建物内は閑散としていた。表のロータリーに客待ちのタクシーが連らなっているのが見える。

二千ccのワゴンを借りる手続きをした。何が起こるかわからない以上、多少馬力のある車にした方がいいと考えたからだ。

助手席にカメラバッグをおき、空港を出発した。空港は国道から少し外れた位置にある。舗装の新しい道路を二、三キロ走ると、国道につきあたった。

地図にしたがって国道を左に折れた。国道は海岸線と平行に走ってはいるが、海が見えるほど近くではない。北寄りにもう一本、海岸線のすぐそばを走る県道があり、少し走ったらその道に移った方がいいだろう、と僕は思った。あえて最初に国道を選んだのは、ガソリンスタンドを捜すためだった。

走りだしてすぐ、左手にガソリンスタンドを見つけた。ウインカーを点し、ハンドルを切って、スタンドに進入する。

でてきた店員に灯油とポリタンクを売ってくれと頼むと、ポリタンクの在庫がないと断わられた。

僕は再び国道に戻った。

国道と平行して鉄道の線路が走っていた。空港から遠ざかるにつれ、国道沿いの建物がまばらになり、田畑や雑木林が多くなった。

十キロほど走ったところで、ようやく二番めのガソリンスタンドを見つけた。道の反対側だったが右折して入る。

そこはポリタンクもおいていた。十リットル入りのポリタンクふたつを買い、灯油を満タンにしてもらう。レンタカーを乗りつけ、灯油を買っていく客に不審を感じないだろうかと少し不安だった。だが暴走族あがり風の、髪を染めた店員は何も疑問を口にしなかった。

ほっとしてガソリンスタンドをでた僕は、県道へつながる道を今度は捜した。線路が途中にあるため、踏切を越えなければならない。

七、八キロほど走ったところに、右折できる道があった。無人の踏切を渡り、北に進むと、あたりはまったく人けのない地帯になった。
平日の午後だというのに、すれちがう車もほとんどない。左右に見かける田畑にも、農作業をしているらしい人の姿はまるでなかった。

こんなに人の少ない土地で、さらに沖合いの小さな島であれば、確かに何をしていても知られることはなかっただろう、と僕は思った。しかし一方で、そんな土地柄であれば、ヒッピーのような三人組の共同生活が人々の噂にならない筈もない、とも思いなおす。

噂はやがて、役場や警察にも届いたにちがいない。それなのに何年間も、干渉を受けない生活がつづけられたというのは、よほどのんびりとした土地か時代だったのだ。

北へ向かう道を四キロほど走ると、正面に海が見えてきた。沖には岩礁も含め、大小いくつもの島が点在している。海岸のすぐかたわらを県道は走っていた。海が荒れれば、波をかぶりそうなほどの近くだ。

だが今の日本海は、まるで湖のようにおだやかに凪《な》いでいる。

海岸には人っ子ひとりいなかった。僕は運転しながらも、思わず静かな海の景色に見とれていた。

県道をしばらく走ったところで、右手に港が見えた。小さな港で、船も五艘《そう》くらいしか係留されていない。どれもが漁船だった。泊岩港かと思ったが、そうではなかった。

地図で確認すると、泊岩のひとつ手前に位置する漁港のようだ。港のかたわらを走りすぎるとき、壁のない屋根だけの漁協らしき建物の中に、ようやく複数の人の姿を見かけた。

県道は、海岸線の変化に応じるようにカーブしながらつづいている。漁港をすぎると再び人家は姿を消し、たまに海水浴場らしい砂浜が広がるあたりに、ぽつぽつと建物を見かける。

僕はレンタカーの走行距離計に目をやった。空港をでてから五十二キロを走っている。じきに泊岩港が見えてきていい頃だ。

目を前に戻し、大きく海につきでた左カーブを曲がったところで港が目に入った。さっきの港とさほどかわらない大きさの漁港だった。二本の短い堤防が沖に向かってのびている。

僕はスピードを落とした。いきなり港に乗りつけるのは考えものかもしれない。左の路肩にハザードを点けた車を寄せ、携帯電話をとりだした。

白水が地図に書いた電話番号は、自宅らしきものと携帯電話のふたつだった。僕は携帯電話の番号を押した。

呼びだし音が鳴り、それが八回ほどつづいたところで、しゃがれ声が応えた。

「はぁい」

のんびりとした声だった。

「あの、『橋本丸』さんですか」

「はぁい、そうだけど……」

「私、東京の金子さんから——」

「ああ。今どこかねえ」

電話にでた男は、すぐに用件がわかったようだった。間のびする訛りがある。

「もう、泊岩港のすぐ近くにきています」

「そうか。それじゃ、港ん中に入ってきてくんねえかぁ。漁協の前の船ん中で今、作業してっから……」

「わかりました。直接うかがってしまってよろしいんですね」

「いいよ。おいでぇ」

僕はほっとして電話を切った。電話にでた男の口調には、うしろ暗さや緊張を感じさせるものが何もなかったからだ。

車を発進させ、泊岩港に向かった。

港に入るには、斜めにのびる下り坂を降りる格好になった。下り坂の先には、給油用のドラム罐が積まれている。

その少し手前に軽トラックが何台か止まっていた。それに並ぶようにして、僕はレンタカーを止めた。

網干し場が左側の漁協とのあいだにあった。小さな倉庫のような漁具小屋が軒を並べ、その前で竹ベラに似た道具を手にした漁師が何人か網の手入れをしている。

僕が車を降り立つと、全員がまっ黒に日焼けした顔をこっちに向けた。

「おーい、こっちだよう」

声が聞こえた。ふりかえると、漁協の正面に係留された船の舳先《へさき》で、頭にタオルを巻いた男が手をふっていた。

「知りあいの親戚だよう。東京からきたんだ」

男は僕に視線を向けている漁師たちに聞こえるように叫んだ。

東京から……、というつぶやき声が洩《も》れた。僕は誰にともなく、どうもと頭を下げ、船に向かって歩きだした。

男は太い柄のついたたも網をもって、僕を待っていた。小柄だががっしりとした体つきで、ハイネックのシャツにジーンズとゴム長をはいている。

僕はぺこりと頭を下げた。

「絹田です」

「橋本《はしもと》だよう。よおくきたな」

男は頷いた。

「あの、いつ――」

僕はいった。

「もう日が暮れっからな」

男はいって、目を細め、海をふりかえった。朱色に水平線が染まっていた。

「日が暮れっと、あのあたりは浅《あせ》えから近づけんのよ。明日の朝、沖から戻ったら連れてってやるよう。いいかい、それで」

僕は頷いた。夜には地元の漁師も近づけないというなら、山下たちだって近づけない。それに山下たちはまだ「キノコ島」の位置をつきとめていないかもしれない。

「わかりました。この近くに、旅館か民宿のようなところはありますか」

男の口もとがほころび、まっ白な歯がのぞいた。笑顔を見て、かなり年上だと思っていた男が意外に若いことに気づいた。

「そんなものないよう。おらんとこ泊まればいいや」

「でも……」

「いいよう。金子さんにはずいぶんとかわいがってもらったから」

「じゃ、お願いします」

僕は頭を下げた。

「おうよ。じゃ、ちょっくら待っててくれよ。仕事終わらせっから」

男はいって、腰をかがめ、手にしたたも網を船に備えつけられたイケスの中にさしこんだ。

橋本の家は港から車で五、六分ほどの集落にあった。立派な二階建てで、まっ黒の瓦屋根がまだ新しい。

家族は、橋本の母親らしいお婆《ばあ》さんがひとりいるきりだった。僕の突然の訪問に、お婆さんは驚いたようすもなく、にこやかに迎え入れてくれた。

橋本が早口で事情をお婆さんに説明した。訛りが強く、何をいっているのかはほとんどわからない。お婆さんは、

「そうかい、そうかい」

と頷き、

「何ぁんにもないけど、ゆっくりしてらっせぇよ」

「ありがとうございます」

僕に笑いかけた。

「いいよう。父ちゃんが死んでこっち、お客さんはめったにこねえから。まあ珍しいこってさぁ」

「じゃ、こっちぃきて」

さらに何か喋ろうとするお婆さんの口を封じるように、橋本は僕を家の奥へと誘った。

「二階の空いた部屋に布団ひかせっから。風呂入って、飯さ食って、ゆっくり寝るといいよう。おらは四時に漁でて、帰ってくっから、朝飯いっしょに食ってでかけるよう」

「はい」

「じゃ、二階あがってなよう」

「あの、これ――」

僕は白水から預かった謝礼の封筒をさしだした。橋本は、あ、といって封筒を見つめた。それから押しいただくように受けとった。

「すまねえなぁ。こんな気ぃつかってもらってぇ」

僕は無言で首をふった。

二階にあがると、そこはほとんど使われたようすのない和室の客間だった。車から運んできたカメラバッグをおろし、僕は息を吐いた。

携帯電話をとりだし、美加にかけた。

「――はい」

「俺。今、お世話になる漁師さんのお宅についたところ。今夜は泊めてもらって、明日の朝、島にいってくる」

「そう。じゃ何もなかったんだね」

「ああ。まるで大丈夫だよ。誰とも会ってない、こっちにきてから」

「それならすぐ帰ってこれそうだね」

心配そうだった美加の声が弾んだ。

「うん。早けりゃ、明日の夜は東京に向かってる」

「よかった。早く帰ってきてね」

おーい、という橋本の声が聞こえた。僕を呼んでいるようだ。

「はい！」

「風呂へえってるよう。入んなよう」

「ありがとうございます」

僕は叫びかえし、

「また電話する」

といって、電話を切った。

風呂からあがると、夕食の仕度が整っていた。刺身と煮魚、野菜の煮物などが並んでいる。お婆さんの姿がなかった。

「酒はどうすっかよう」

あぐらをかいた橋本が訊ねた。ジャージ姿に着替えている。茶の間のテレビが点き、ＮＨＫの天気予報が流れていた。

あまり飲みすぎてもまずいが、このままでは眠れそうもなかった。

「じゃあ少しだけ」

橋本が嬉しそうに笑った。一升壜とコップが卓袱台《ちゃぶだい》に並べられた。地酒のようだ。注がれたコップを僕が手にすると、橋本が自分のコップを掲げた。

「遠いとこ、よくきたなぁ」

「お世話になります」

「いいや。いいよう、でも今頃、なんでまたいく気になったのかよう」

橋本は訊ねた。僕は言葉に詰まった。写真を撮りにきたという嘘をついても、灯油の入ったポリタンクを船に積みこめばバレてしまう。朴訥《ぼくとつ》で親切なこの漁師に、そんなあからさまな嘘をつきたくはなかった。

といって、真実を告げるわけにはいかない。僕がこれからしようとしていることは犯罪ではない。だが過去の犯罪にはつながっている。

「すまねぇ」

不意に橋本がいったので、僕は驚いて顔をあげた。

「よけいなこと訊いちまったよう。忘れてくれよ」

橋本は笑顔になっていた。僕は何といってよいかわからずに頭を下げた。

「すみません」

「あやまんないでくれよう。立ちいったこと訊いたのは、おらの方だからよう」

あわてたように橋本はいった。そして口調を改めた。

「でもひとつだけ教えてくれないかよう。あんたさっき、絹田っつったよな」

「はい」

「ひょっとして金子さんといっしょにいた絹田さんは――」

「父です」

橋本の笑みが大きくなった。

「そうかい。やっぱりよう。そうだったかい……」

「似てますか」

僕は橋本に訊ねた。なぜか同じ問いを白水には向けられずにいた。

だが橋本はにこにこ笑いながら、首を横にふった。

「覚えてねえよ。なにせ昔だし、おらも子供だったからよう」

「そうですね」

「お父《と》っつぁんとは会ってなかったのかい」

「ええ。僕がまだ小さい頃、両親は離婚したので……」

「そうかい。悪いこと訊いたなぁ」

「いいんですよ。この辺りは、どんな魚が獲れるんです」

僕は話をかえるつもりで訊ねた。

「そうなぁ。魚だったら、鯛《たい》やブリ、貝ならアワビ、サザエってところかな」

「高級な魚ばかりですね」

「太平洋側より、魚は多いわ。けど、漁期が限られてるからな。冬は全然駄目よ」

「雪ですか」

「雪はいいんだよ。海が時化《しけ》ちまうのさ。冬になっと、北の風が吹くっから、大波ががんがん立ってな。船だせねえ」

「じゃあ僕の父親や金子さんたちも冬は島に閉じこめられることが多かったのでしょうね」

「そうなぁ。でも親父は、腕がよかったからな。まあ、三日にいっぺんか、四日にいっぺんは、船をつけられたのじゃねえかな……」

懐しそうに目をしばたきながら、橋本は答えた。

「で、今はもう誰も島には住んでないのですか」

「住んでないよ。もう住めねえだろう。あんたのお父っつぁんたちがきたときも、みんな住めねえんじゃねえかっていってたもの」

「みんな……、ということは、このあたりの人たちは皆さん、父親たちのことをご存じだったのですか」

「ああ、知ってたよう。そりゃ、あたり前だぁね。狭い土地だもんさ。けど、誰ぁれも文句はいわんかったよう。もとが誰も住んどらん島だから、誰が住もうとかわりゃせんてことだよ。それに親父がいけんときは、他にいく者がおったから。あんたのお父っつぁんたちは、油代ようけくれたから、みんな喜んどったよ」

「役所の人とかは何も――?」

「面倒やったんやろな。そりゃ本当なら、役所や警察も何んか調べな、いけんのやろうが、駐在も年寄りやし、面倒やったんやろうな。別に悪さするわけやないし、自分らで畑たがやしてやっとるやから……。それとおらの親父は、漁協の組合長やったから、あんまり文句もいえんやったんやないかよう」

「橋本さんのお父さんはどういうきっかけで父親たちを運ぶようになったのでしょう

か」

「何やろなぁ。中泊《なかどまり》の誰ぞに紹介されたんじゃなかったかなぁ」

「中泊？」

「中泊いうんは、この先の港だよう。たぶん漁協どうしのつきあいがあって、誰か島に渡してくれる者おらんかって訊かれたんやろうね」

つまり父親たちは、まったくのいきあたりばったりで島を選んだわけではなかったのだ。今さら知ってどうなることでもないが、それを聞いた僕は思った。父親たちが島に渡ったのは、自給自足の生活が目的だったのか、誰にも邪魔されず大麻を栽培するのが目的だったのか、どちらなのだろう。

次に僕の頭に湧いた疑問はそのことだった。だがそれをもちろん橋本に訊くわけにはいかない。

「橋本さんやお父さんは、島にいかれたことはあるのですか」

「『キノコ島』かい？」

「ええ」

「俺は小せえ頃、いったことあるよ。あんたのお父っつぁんたちが泊まりにこいこいっていうから。なんか珍しいもんいっぱい食わせてもらったよう。スパゲティなんて、この辺じゃ罐詰のミートソースしかなかった頃、金子さんが作ってくれたよう。なんかしよっぱいばっかりで、あんまりうまいとは思わなかったけどな」

「その頃はどんな風でした？」

「鶏はいたよ。豚はいなかったな。でっけえアメリカ製の発電機があって、親父が運ぶ油で動かしてたなぁ。テレビがねえんで参ったよ。二晩泊まる筈が、テレビがねえんで、ひと晩で帰ってきちまった」

　思いだし笑いをしながら橋本はいった。その目が壁の時計を見た。

「おお、もうこんな時間かよう」

　午後八時を回っていた。

「早《はえ》ぇとこ飯かっこんで寝ねえと」

　漁は四時からといっても準備の時間などを考えれば、三時には起きなければならないのだろう。冬の間は漁にでられないとすれば、なおさら時間は貴重だ。

「どうもごちそうさまでした」

　僕はいった。

「いやあ、まだ起きてていいよう。おらは寝るけど、都会の人には宵の口だろう」

「ええ。でも僕も今日は早起きでしたから……」

　それが八時だといったら、笑われるどころか叱られてしまうだろう。

「そうかい」

　橋本は頷き、それ以上ひきとめようとしなかった。僕はお婆さんにも礼をいって、二階にあがった。

和室には布団がしかれていた。ノリのきいた浴衣《ゆかた》が枕もとにおかれている。食事のあいだにお婆さんが用意しておいてくれたにちがいなかった。

ありがたく浴衣を使わせていただくことにして、僕は着替えると布団の上にあぐらをかいた。

網戸のはまった二階の窓が細目に開かれていた。リー、リーという虫の音《ね》が聞こえてくる。少しだけ酔っていた。目を閉じ、虫の鳴き声に耳をすませた。

泊まっていけといわれたとき、もっと落ちつかない状況になるのではないかと不安を感じた。だが実際はまるでちがった。

僕は興奮と安らぎを同時に感じていた。

子供の頃、両親の実家、いわゆる「田舎」に遊びにいける友だちをうらやましいと思ったことがあった。そこにはたいてい大きな家があって、やさしいお爺《じい》ちゃんやお婆ちゃんがいて、虫や魚を好きなだけ追いまわせる自然があるのだ。

僕は一度もそんな「田舎」にいったことはない。母親は東京出身だったし、父親はどこの出身であるかすら知らない。

奇妙だが、「キノコ島」とその周辺は、父親の「田舎」であるような気すら、僕にはしていた。そうさせたのは、父親たちを懐しむ橋本の言葉や、この家の温《ぬく》もりのせいだろう。

東京にいるあいだ、ずっと消えなかった緊張や不安がなくなっている。

同時に、大麻を焼く目的とはまるで別に、島をこの目で見たい、という強い気持が湧くのを、僕は感じていた。

25

七時少し前に目が覚めた。布団を畳み、部屋の隅に重ねると、僕は一階に降りていった。お婆さんが居間でテレビを眺めていた。

「おはようございます」

「おはようございます。ゆっくり眠れたかい」

「はい。ぐっすり寝ました、ありがとうございます」

「そうかい。よかったよう。じき、倅が帰ってくるから、顔でも洗ってて下さいよう」

洗面所を借りて、歯をみがき、顔を洗った。一時間ほどで、橋本が帰ってきた。

「どうだったい」

お婆さんの問いに、

「まずまずだな。ブリが入《へ》ぇったよ」

そう答えて、僕を見た。

「おはよう。眠れたかよう」

「はい」

「よし。じゃ飯食おうや」

鯵《あじ》の干物と目玉焼の朝食が用意された。ご飯といっしょにでたぬか漬がおいしく、僕は二度もおかわりをした。

食べおえたあと、煙草をくゆらしながらテレビを観ていた橋本は十時になると立ちあがった。

「ようし、じゃいくか」

「はい。どうもお世話になりました」

僕はお婆さんに頭を下げた。お婆さんは顔をくしゃくしゃにして笑った。

「またおいでよ」

「はい」

家をでると、橋本は前に止めていた軽トラックに乗りこんだ。

「そんじゃついてきてくれよう」

僕は頷き、ワゴンに乗った。港まで走った橋本は、船のま横に軽トラックを止めた。ワゴンをそのうしろにつけた。

「荷物多いんか」

身軽な動作で軽トラックを降りてきた橋本が、荷物室のドアを開ける僕に訊ねた。

「これをもっていきたいんです」

僕は緊張しながらポリタンクを示した。

「油か」

「はい」

「なんだい、島で暮らすのかい」

橋本は灯油を発電機を動かすためのものと思いこんだようだった。

「そういうわけじゃないんですけど……」

僕は言葉を濁した。

「まあ腐るもんじゃねえから、おいときゃいいんか」

橋本はつぶやいた。僕はほっとして頷いた。橋本は船尾に乗り移った。

「そんじゃ渡してくれや」

ふたつのポリタンクは、橋本丸の船尾におかれた。周囲には、束ねた網やはえ縄のような漁具がおかれている。強い魚の匂いとディーゼル臭が混じっていた。

「車、ここにおいといてまずくないですか」

「そうだなぁ。すぐに帰らないんだったら、タンクのとこにでも動かしといてくれや」

「わかりました。キィもつけておきます」

僕はいって、きのう最初に車を止めた場所にレンタカーを止めた。

助手席においていたカメラバッグを背負って船まで戻った。

橋本丸には小さな操舵室《そうだしつ》がついていた。人ひとりが立つといっぱいのその空間に、小型のモニターが二台とりつけられている。僕は操舵室の前に立った。

「前は駄目だよう。走ると潮かぶっから、うしろにいなよ」

操舵室からいわれ、船尾に移動した。それを見はからって、橋本は船のエンジンを始動した。黒い煙が操舵室のすぐうしろにつけられた煙突から吐きだされ、強いディーゼル臭が漂った。

船を岸壁から数メートル離したところで橋本が操舵室からでてきた。船の右側、岸壁と船体とのあいだにクッションとして吊るしていた白いボールを中にとりこむ。

「立ってちゃ危ないから、何んかにつかまってるか、すわってなよう」

「はい」

僕はいって、たも網や長い柄のついたギャフがさしこまれた木枠に手をかけた。

「どれくらい走るんですか」

「三十分くらいだよう」

いって橋本はエンジンの回転をあげた。船はスピードを増し、堤防と堤防のあいだをすり抜けた。

港をでたとたんに、思ったより強い波が船を揺らした。揺れはスピードとも関係していて、さらにスピードがあがると、でこぼこの上を乗り越えるように、船は激しく上下動する。いわれたとおり、何かにつかまっていないととても立っていられない。波をつっ切るたびに大きな水しぶきがざあっと船体の中間あたりであがる。それは横からも上からも降ってくるようで、僕の頭や顔も濡らし、視界をぼやけさせた。

港をでてしばらく走ったところで橋本丸は向きをかえた。右方向に大きく旋回して、さらに沖へと進んでいく。

木枠を強く握りしめながら操舵室をのぞいた。橋本は両足を開いてふんばるような姿勢で舵《かじ》をとっていた。ときおり足もとの液晶モニターをのぞいている。

そのモニターには船の航跡らしき線が刻々と現われていた。

船の右手に陸地が見えた。どれくらい離れているだろう。直線で三、四キロといったところだろうか。

左前方に小さな、島とも呼べないような岩礁群が見えてきた。小さなものはそれこそ、一坪ていどのものから、大きくてもマイクロバスくらいの、黒っぽい岩のかたまりが青い水に洗われている。

それを迂回《うかい》するように、さらに船は右へと舵を切った。岩礁と岩礁のあいだは、底が浅くなっていて座礁の危険があるのだろう。

岩礁群をやりすごすと今度はもう少し大きな、島と呼んでいい隆起が見えてきた。岩だけでなく土もあり、緑も生えている。

なにげなく陸の方を見て、僕ははっとした。車で走ったときには気づかなかった断崖があった。道路は断崖のすぐ下を走っている。

あの絵を思いだした。断崖から見おろした島の絵だ。絵はあの断崖のどこからか海を描いた構図だったのではないか。

ひとつ目の島のかたわらを船は走りすぎた。その島は家一軒ほどの大きさしかない。似たような島がいくつか点在している。再び船は向きをかえた。沖に向かい、島と島のあいだを抜けるような航路を辿っていく。

「もう、じきだよう」

橋本がうしろをふりかえって叫んだ。僕は無言で頷いた。

船の速度が落ちた。橋本は操舵室からのびあがるように前方を眺め、舵を切っている。小さな島が前後左右にあった。だがそのどれにも近づくことはなく、船はさらに沖へと向かっている。

スピードが下がったことで、木枠につかまらなくても立っていられるようになった僕は、右の船べりに近づいて前方を見た。

少し先に大きな島が見えた。大きい、といっても今まで見てきた島に比べてという意味だ。だが高さもあって、濃い松が周囲を囲んでいる。今までの島とは離れた位置にぽつんとあった。

「見なよう」

橋本がさほど声をはりあげることなくいった。

「岩が見えるだよう」

僕は目をこらした。それらしいものを見つけることはできない。

「どこですか」

「潮があげてっから、見にくいかよ」

船はさらに進んでいった。

僕は突然、橋本のいった〝岩〟がわかった。海面の一角に泡立つ隆起があったのだ。

「あれですか」

そのとき波がひき、隆起が上半分の姿を現わした。僕は息を呑んだ。「キノコ岩」だ。まさしく、笠《かさ》の広がったキノコの形をした岩が海面からそそり立っている。

「着いたよう。今、回るから見てろよう」

橋本はいって舵を切った。船は「キノコ岩」を左側から回りこんだ。「キノコ岩」と島のあいだは五十メートルほど離れていた。僕は海面をのぞきこんだ。

水の色がかわっていた。濃い紺から、薄い青になっている。しかもその奥に黒々とした海底も確認できた。

浅瀬を通れば座礁の危険がある。橋本は、島と「キノコ岩」のあいだの、深場を選んで船を進めているのだった。真剣な表情で、前方と足もとのモニターを交互に見つめている。

島はゆっくりと角度をかえ、今まで見えなかった側面を僕の前に現わした。

横に回って初めて、僕は島の全体像をつかむことができた。沖に向かって縦長の、楕円形をしている。ただ中央部分にくびれがあって、ひょうたん形とまではいえないまでも、狭まっている箇所もあるようだ。

島の手前部分、つまり陸地寄りは高さがあった。沖側に向かうにつれ、隆起はなだらかになっている。松も高さのある場所ほど濃く生えていた。

「まだあっただよう」

橋本がいった。島のくびれの部分は小さな砂浜で、かたわらに木でできた桟橋があった。だが遠目に見てもかなり浸食され傷んでいる。

「乗れっかなぁ」

橋本はいった。

「いってみて下さい」

「おうよ。あそこからでねえと、この船はつけらんねえ」

橋本は慎重に操船して、桟橋に船を近づけていった。

板を組んだ桟橋は、橋脚こそまだ残っていたものの、橋桁はところどころ腐って穴があいていた。特に桟橋の先端部ほど傷みが激しい。波と風雨に洗われ、まるで白骨のような色と形をしている。

船はさらにスピードを落とした。桟橋との距離が縮まっていく。

「先っぽは無理だぁ。乗ったら踏み外しちまうよう」

僕は頷いた。欠けたあばら骨のような桟橋の先端には、安心して乗り移れそうな場所はない。が、桟橋のつけ根に近づけば近づくほど水深は浅くなり、座礁の危険がある。

「――どんくらい、いるんだよ、島によう」

初めて橋本が訊ねた。僕はすばやく計算した。写真を撮り、大麻畑の位置を確認して、灯油を撒《ま》いて火をつける。一時間では難しいだろう。二時間から三時間といったところだ。

「二、三時間はかかると思います」

「そんじゃアンカーはうたねえ。あんた降ろしたら一回、港に戻るよう。電話くれたら迎えにくるから……」

橋本にいわれ、僕は携帯電話をとりだした。驚いたことに、こんな海の上だというのに、受信可能を示すアンテナマークが三本も立っている。障害物のない海上では、むしろ電波は遠くまで届くのだろうか。

「荷物もって、舳《みよし》に回んなよう」

僕は頷き、カメラバッグを肩に船べりを渡っていった。橋本は船首の部分を栈橋に押しつけるつもりのようだ。

まずカメラバッグを船首の高くなった場所におき、つづいてふたつのポリタンクを前に移動した。

「ようし。つけっからよう。あわてなくていいから、気をつけて渡ってくれよう」

僕は舳先に立った。栈橋が近づいてくる。砂地というよりは、小砂利をしきつめたような海底がはっきり見えた。

軽い衝撃とともに、古タイヤを固定した船首が栈橋に押しつけられた。橋本は栈橋と船の距離を空けないように、小刻みにエンジンを吹かしている。

橋本が操舵室をでられない以上、荷物はすべて僕ひとりで栈橋に渡さなければならない。幸いに、船首の方が栈橋よりは高い。

僕はまずカメラバッグを栈橋におろした。比較的安全に見える、頑丈そうな板の部分を選んでおろす。

古び、浸食はされているが、橋脚はまだしっかりとしている。栈橋全体がぐらぐらと揺れることはなさそうだ。

つづいてポリタンクをおろした。十リットル入りのタンクは片手で持つにはけっこう重く、バランスを崩して舳先から転げ落ちないよう、慎重に移さなければならなかった。

タンクふたつを移しおえると、今度は僕が乗り移る番だった。バッグやタンクよりははるかに僕の方が重い。乗った瞬間、踏み板が折れる危険もある。

橋脚の部分につかまり、そろそろと片足をかけた。足の下でかすかに板のたわむ感触があり、すぐ別の板に足を踏みかえた。

橋本は不安げにこちらを注視していた。

栈橋に立った。

僕はほっと息を吐き、橋本に手をふった。橋本の口からも白い歯がこぼれた。

「今日中に帰るんだったら、四時までに電話をくれよう」

橋本が叫んだ。

僕は腕時計を見た。十一時になったところだ。五時間もあれば充分だろう。

「わかりました。どうもすみませんっ。ありがとう！」

叫んでもう一度手をふった。

橋本は頷き、船を後退させた。黒煙が船の上を横切って、こちらに流れてくる。

桟橋から離れた位置で向きをかえた橋本丸はスピードをあげた。エンジン音とともに、その姿が遠ざかっていく。

僕は桟橋のつけ根をふりかえった。つけ根の部分は岩場に固定するように、セメントで塗り固められている。

まずはその場所まで荷物を運ばなければならない。

カメラバッグを肩にかけ、踏み板の安全を確かめながら桟橋を渡っていった。

平らに塗り固められた岩場に到着すると、バッグをおろし、今度はポリタンクを運んだ。

荷物を運びおえた時点で、ほっとして腰をおろした。煙草に火をつける。

波の音をのぞけば、まったく音のしない世界だった。空は、港をでるときは晴れていたのが、今は薄曇りになっている。が、すぐに天気が崩れるような気配はない。

カメラバッグの中からミネラルウォーターのペットボトルをだした。万一の用意に、ミネラルウォーターとカロリーメイトを羽田空港で買っておいたのだ。

水をひと口飲み、煙草を吸った。

これからの計画を立てた。

まずカメラバッグだけをもって、島を探検する。第一の目的は大麻畑を見つけることだ。次に、父親たちが暮らしていた場所の写真を撮る。

僕はカメラをとりだした。フィルムが入っていることを確認し、桟橋の中央部まで戻った。ワイドレンズを使って、桟橋と島の中心部の遠景を撮影する。

ファインダーの中の島は、人けがなく穏やかで、リゾート地の観光写真のような趣きすらあった。

写真を撮りおえると出発することにした。ポリタンクはとりあえず、ここに残していく。桟橋のつけ根なら、潮が満ちてきても波に洗われる心配はないと思ったからだ。

桟橋のつけ根からやや左に向かったところに、島の中心部へと向かう道があった。そこだけ下草が短く、踏み固められている。道幅は一メートルそこそこしかない。両側は斜面に岩肌が露出した、ゆるやかな登り坂だ。

僕はその坂を登っていった。両側を閉ざされた坂道に入ると、視界が暗くなる。斜面は五メートル近い高さがあり、松の枝が頭上に張りだして光を遮っているのだ。

ときおり立ち止まり、写真を撮った。

だらだら登りの坂は、ゆるやかに右カーブをしていた。波の音が聞こえなくなると、今度は虫の音だけが聞こえるようになった。

鳥の鳴き声すらない。

坂の長さは百メートルくらいだろうか。意外に長く、息も切れた。

坂道の頂上は、白水の言葉どおり、窪地の端にあたっていた。

海草とはちがう、水草の茂った窪地があった。ところどころ岩肌が地面から顔をのぞかせ、澄んだ水が表面を伝わっている。

僕は傾斜を降りると、湧き水に歩み寄った。湿地は、湧き水の片側だけだ。反対側は岩盤になっている。

岩肌を伝う水に指をひたし、口に運んだ。

白水のいったように、真水だった。冷んやりとしている。海底から湧きでているのだろうか。

もっとも真水が湧いていなければ、とうていこの島で暮らしていくことなどできなかった筈だ。

口を近づけ、湧き水を吸いこんだ。ぬるまったミネラルウォーターなどよりはるかにおいしい。

喉を鳴らして飲んだ。顔を離そうとして、僕はどきっとした。

岩盤に白いものが落ちている。ひねり潰された煙草の吸い殻だった。目につくほどの白さだから、まだまあたらしい。

自分が目にしているものが信じられず、しばらくじっと見つめていた。

それからようやく手をのばした。

折れた吸い殻を拾い、のばして銘柄を見た。マルボロライトだった。マルボロライト。父親たちが暮らしていた頃には、なかった銘柄だ。つまり、父親たちがここをでていったあと、それもごく最近に、この島を訪れた人間がいるのだ。

忘れていた緊張が不意にこみあげた。

落ちつけ、と自分にいい聞かせる。これはたまたま、真水を補給しにこの島を訪れた地元の漁師が捨てていったものかもしれない。

体を起こし、深呼吸した。あたりを見回す。降りてきた斜面、岩盤の先にある、まだ進んでいない道。

人の気配はあいかわらずない。

カメラを手に、あたりの写真を撮った。

もし先乗りしている人間がいるとすれば、それは山下たち以外考えられない。

一瞬、白水に電話をしようかと思った。だが電話をしたところで状況は何ひとつかわらない。むしろ一刻も早く、大麻を焼き払えといわれるだけだ。

僕は今きた道をふりかえった。桟橋のつけ根にある赤いポリタンクは人目につく。どこかに隠しておいた方がいいのではないか。万一、山下たちが今、すでにこの島にいるとしたら、ポリタンクを発見されたが最後、僕の存在を知られてしまう。

迷った末、もう少し先までいってみることにした。白水の話では、大麻畑はこの窪地の先、居住区の手前にあったという。

大きな音をたてないよう、用心して岩盤を渡った。再び下草が踏み固められた小道にでる。

道を辿っていくと、松林にでた。下り勾配になった松林だった。その先に拓《ひら》けた地面がある。足もとは降り積もった松葉でふかふかの絨毯のようだった。

何歩か進んでは足を止め、耳をすませた。人の話し声や物音がしないか、注意を払った。

何もしない。

やはり杞憂《きゆう》だったのだろうか。

松林を抜けた。

平坦《へいたん》な土地が広がっていた。大きさは、二百メートル四方くらいあるだろうか。その向こうに上り斜面があり、何軒かの建物が見えた。瓦屋根や金網を張った鶏舎のような小屋もある。

手前側はうっそうとした笹林《ささばやし》だった。

笹。

笹ではなかった。尖った細長い葉は笹に似ているが、よく見ると葉がヤツデのように広がっている。しかもむっとするような嫌な匂いがあたりに漂っていた。

大麻だ。

高さは二メートル以上あるだろうか。一本道をはさむように両側にびっしりと密生している。一本一本のすきまは十センチあるかどうかだ。

これが「アイランド・スティック」の原料なのだ。僕は呆然と見つめた。

何本あるだろう。千、いや、万のオーダーだ。道をのぞく平地いっぱいを大麻はおおいつくし、さらに斜面までを侵食して細長い茎をのばしている。

何万本という大麻が目の前にはあるのだった。

これをすべて刈りとり、大麻樹脂やマリファナ煙草にしたらいったいどれくらいの量になるのだろうか。

見当もつかない。

もし金にかえたら――。

マリファナ煙草を買った経験はない。だが鯉丸が以前、イラン人の売人から買ったと見せてくれた細い手巻きの煙草は、一本が二千円くらいした筈だ。それがこのヤツデに似た大麻の葉を乾かして巻いたものなら、一本の草から何十本というマリファナ煙草が作れることになる。

つまり一本の大麻草が何万円という価値になるのだ。ここに生えている大麻をすべて〝商品〟にしたら、とほうもない金額――何億円、ことによると何十億円になる。

僕はしばらくそこに立ちつくし、大麻の林を見つめていた。悪臭を嗅がないように、口だけで息をしていた。

我に返り、カメラを手にした。この大麻畑を撮影しておこうと思ったのだ。だが近くからでは畑の全体はとうていフレームにおさまらない。

きた方角に退いては無理だ。少し高い位置、畑の向こうの建物がある斜面から撮った方がいい。

僕は畑を迂回するように歩きだした。この大麻畑をつき抜けることは考えなかった。口だけで息をしていても、あまりの匂いに頭がくらくらするような気分だった。まっすぐ畑に踏み入れば、頭痛が起きそうだ。

しかし大麻はどこまで横に進んでも、生えていた。平坦な土地いっぱいに大麻は生え広がっている。人の手で植えられたものだったとしても、今はまったくその痕跡がない。なぜなら、斜面から生えていたり、高さがまちまちだったりするのだ。

おそらく父親たちの大麻畑は、平坦な土地の中心部に作られていたのだろう。だが長年の放置の間に、大麻は平地全体を侵食していき、ついにはすべてをおおいつくしたのだ。

僕は平地の端、松が海を見おろすように斜めにつきでた場所にいきあたった。ちょうどそこは島の胴体がもっともくびれた位置だった。土よりも岩が多くなる外周部分にまではさすがに、大麻の侵食は及んでいなかった。

松の幹のすきまから海が見えた。高さは十四、五メートルくらいある。切りたった岩場の、ほんのわずかなすきまから幹をのばす松の生命力も、大麻に劣らず強い。

斜面から海まで転げ落ちたら、とうてい自力では登れそうになかった。僕は用心して進んだ。大麻の侵食を阻んでいるのは岩で、そのごつごつとした岩と岩のあいだから今度は松がのびているのだ。

この松たちが平地をおおってしまえば、大麻はあそこまで傍若無人に繁殖しなかっただろう。

ようやく大麻畑を迂回した僕は反対側にでた。開墾されたと覚しい平地が途切れ、土と岩の混じった傾斜地になっている。その半ばに二軒の建物があった。

実際はもっと多くの建物があったのだが、残っているのが二軒というべきかもしれない。解体されたり、棄《す》ておかれるままに朽ちた廃屋がもう何軒かはあるようだ。

それらは父親たちが移り住むもっと昔からそこにあった建物のようだった。傾斜地は一本の登り坂をはさみ、階段状に仕切られ、そこに建物が建てられているという状態だ。なぜ平地ではなく、こんな傾斜地に住居を作ったのだろうか。僕はその情景をすばやく写真に撮りながら考えていた。

まずひとつは、平地が貴重な存在だったからだ。岩場は開墾に適さない。生きていくために必要な作物を植えるためには土のある平地が必要不可欠だ。人間が住む家は岩場や傾斜地に建てられても、作物はそうした場所では育たない。

もうひとつはここが南側の斜面にあたるという点だ。傾斜地の向こうは、沖の海に面した島の外側だ。冬になれば北からの風をもろに受ける。つまり家は傾斜を背にして、風を遮る位置にある。平地に家を建てれば風の影響をより強く受けることになるだろう。かつてこの島に住んでいた人々は、その自然条件を受け入れる形で傾斜地に集落を作った。無人島になったあと移り住んだ父親たちも、先人の知恵と遺産を受け継いだのだろう。

僕はカメラバッグをおろし、ひと息吐いた。傾斜地の中心部にのびる坂は長いこと人が辿っていないらしく雑草がのび盛っている。

ふりかえると視界をおおいつくした大麻畑があった。煙草に火をつけ、ペットボトルのミネラルウォーターを飲んだ。

家としての原形を保っている建物はどれも平屋で、窓をこちら側に向けていた。ガラスも汚れてはいたがまだはまっている。それぞれの家の前には金網を張った小さな鶏小屋があるが、さすがに生き物の影はない。

僕は腕時計を見た。早くも昼を回っていた。空腹感はまだない。

煙草を踏み消すと、僕は坂道へと歩きだした。中腹に位置する家のどこかで父親たちが暮らしていたのだ。あるいは当時の名残りを示すものが何か残されているかもしれない。

坂道のふもとから上を見あげると、朽ちた家が一軒、目に入った。屋根が傾《かし》ぎ、土壁が崩れて雑草におおわれている。だが地方で目にする廃屋のような荒《すさ》んだ印象は不思議となかった。ここでは人工物である家すらが、自然に吸収されていくようだ。

坂道を数歩登ったときだった。何かの気配を感じ、僕は頭上をふり仰いだ。右手前と左上方に一軒ずつ、形を留めた家がある。

左上の家の狭い庭先、鶏小屋のおかれた空間に人が立っていた。こちらを見おろしている。

僕は凍りついた。

26

長くのばし、肩までかかった白髪が目についた。額のオレンジ色のバンダナでその髪を留めている。色あせたジーンズの上下を着け、左手に鍬《くわ》のような柄のついた道具をつかんでいた。

僕が瞬きもせずその人物を見つめていると、相手も同じように僕を見つめた。驚いたのは僕だけではなかったようだ。身じろぎもせず、こちらを見おろしている。

「――こんにちは」

僕はいった。男は無言だった。

何者だろうか。風貌から想像すると、山下の仲間ではなさそうだ。年齢も六十歳くらいに見える。

「写真を――」

男がいった。少しかすれているが深みのある声だった。

「撮っているのかね」

「ええ」

僕は頷いた。この男が何者で、何のためにこの島にいるのかを知るまでは、そう答えておいた方がいいような気がしたのだ。

「あなたは？」

男は答えなかった。その目が僕を離れ、南の陸地の方に向けられた。

「どうやってここにきた？」

男が訊ねた。

「地元の漁師さんに渡してもらいました――」

「ひとりできたのか」

「そうです。無人島だと聞いていたので」

男は小さく頷いた。鍬をそこに置き、下り坂を降りてくる。見かけより若々しい動作だった。

僕は坂を少し登り、男と向かいあった。

近くで見ると、男は陽に焼けてひきしまった体つきをしていた。土の匂いがした。

「何を撮ったんだ？」

「いろいろです。海や林……」

「どこからきた？」

矢継ぎ早の質問だった。僕は男の顔を見なおした。抗議の意思の表われと受けとったようだ。男は少し身じろぎし、いった。

「ここに人がいるのを見るのは初めてだからな。驚いたんだ」

「あなたはよくこられるんですか」

「煙草をもってるか。切らしてしまってね」

また僕の問いには答えず、男はいった。僕は自分の煙草をさしだした。男は一本抜くと、ジーンズのポケットに入れていたジッポで火をつけた。

深々と煙を吸いこみ、目を細めた。近くで見ると危険な人間には思えなかった。ただ変人ではあるようだ。

「――この島に近い本土に住んでいる。ときどき、キャンプをしにくるんだ」

それが僕への答だった。

「泊岩の方ですか」

僕をつかのま見た。

「中泊の方が近い」

そっけなく答えた。

「いいところですね、静かで」

僕はいってさりげなくカメラをもちあげた。男の顔に警戒したような表情が浮かんだ。

「東京からきました」

僕はいった。カメラのレンズから逃れるように男が二、三歩退いた。僕は体を回し、大麻畑の方角にレンズを向けた。広角レンズが必要だった。だがとりあえず三回シャッターを切った。

「東京の人には珍しいかね」

男が話しかけてきた。

「何がです？」

僕はふりかえった。男の顔に動揺が浮かんだ。

「いや……この島が——」

「そうですね。無人島なんてめったにありませんから。ここにはいつ頃まで人が住んでいたんでしょうか」

「さあ……昭和の初めか、もう少しあとまでか……」

男は首をあいまいにふった。

「もっと最近までいたような気がするな」

僕はいってかがみこみ、カメラに広角レンズをとりつけた。

「君は……プロのカメラマンなのか」

「ええ、駆けだしですけど」

「どうりで手つきが慣れている。私も写真をやりたいと思ったことがあったが、機械が苦手でね……」

「そんなに難しくありませんよ」

立ちあがり、再び大麻畑を撮った。今度はフレームの中にすべてがおさまった。

カメラをおろし、男をふりかえった。

「家の中ってどうなっているんです？」

「どうって……空き家だ」

「中も見て大丈夫ですよね」

男はまじまじと僕を見つめた。本当は断わりたいのだがその理由が見つからない、という表情だった。

「それは……まあ、勝手だろう」

「ですよね。空き家なのだから」

僕はいって、坂を登りはじめた。男は無言でついてきた。

まず右手前の家に歩みよった。近くで見ると、原形を留めているといっても、かなり傷んでいた。ガラス戸の向こうは畳がなく、板がむきだしになっている。壁や板は黒ずんで元の色がわからないほどだ。屋根瓦もはげ落ちているところがあって、雨漏りがするにちがいない。

ガラス戸の手前には縁側がついていた。ただし乗ると、踏み抜いてしまいそうだ。

僕は手だけをのばし、ガラス戸をひこうと試みた。鍵がかかっているのか、それとも框《かまち》に食いこんでいるのか、びくともしない。

「入るんなら玄関からがいい」

少し離れたところで見守っていた男がいった。僕はふりかえり、

「どうも」

と答えた。

玄関はガラス戸の右手、少しひっこんだ位置にあった。反った板の扉に緑色に変色したノブがついている。雑草は腰の高さまでのびていた。

ノブをつかみ、ひっぱった。きちんと閉まっていなかったのか、扉はあっけないほど抵抗なく開いた。

土間が見えた。タイルを貼った自立式の流しがあり、その奥に竈《かまど》がある。並んで、すすけた桶《おけ》や甕《かめ》がおかれていた。そこから一段高くなって板の間がある。板の間には筵《むしろ》のようなものがしかれていたが、ほとんどが腐っていた。

カビ臭さとほこり、それに草いきれの混じった匂いが鼻にさしこんだ。家の中は暗く、不気味な感じだった。

僕はカメラを手に土間に足を踏み入れた。ゴキブリやネズミの巣窟になっていそうに見える。

が、考えてみればここは沖の無人島なのだ。ゴキブリやネズミが住みつく筈はない。

カメラのストロボを起こし、土間から板の間にかけての眺めを撮影した。

板の間の奥は、倒れたり破れた障子で隔てられて、和室がつづいていた。

家具らしい家具は何も残されていない。

父親たちはここで暮らしていたのだろうか。「夢の島」や「アイランド・スティック」という言葉から思いつくイメージとはあまりにかけ離れた、ひなびた古い家屋でしかない。

カメラをおろした僕はぼんやりと土間に立ちつくした。こんな家で共同生活を送っていたとすれば、それはひどく侘《わび》しく、「夢」のない暮らしであったような気がする。

僕が漠然と想像していたのは、もっと明るくて乾いたイメージの世界だった。手作りの家具や瞑想《めいそう》にふさわしいような空間があり、思索や創作にふけるのに適した部屋がある。

これでは単なる「田舎暮らし」だ。それもひどく不便で、明りだって——。

僕ははっとした。この家には電灯の設備がない。島には発電機があった筈だ。ならばこの家は生活の場としては使われていなかったことになる。

もう一軒の家の方だ。

玄関をくぐると、たたずんでいた男が声をかけてきた。

「何かおもしろいものでも見つけたかね」

僕は首をふった。

「ただの空き家です。それもすごく古い——」

男は頷いた。僕は左手上方にある家を見やった。

「あそこで寝泊まりするのですか、キャンプのときには」

「ああ」

「あそこもここと似たようなものかな」

発電機がおかれているにしても、見える位置にはなかった。家の裏手かもしれない。

男は答えなかった。僕は男を見た。男は無言で僕を見かえしてきた。

「――東京から何をしに？　写真だけを撮りにきたのか」

男がいった。

「でなければ他に何があるのです？」

僕は緊張しながらいった。お互いに芝居は通じなくなってきた。

男の目が僕をそれ、坂のふもとの大麻畑に向けられた。

「君はあれをやたらに写真に撮っていた」

僕は頷いた。

「何だか知っているのだろう」

「ええ」

「――好きなのか」

「好き？　いいえ。興味はありません」

男の目が鋭くなった。

「本当に？　じゃあなぜここにきた？」

「あれをなくさない限り、迷惑をする人がいます」

「どうやってなくす？」

「焼き払います」

男は空を見あげた。しばらくそうしていたが、いった。

「――まだ捜している人間たちがいるということか」

「ええ。殺された人までいる」

「君は――。いや、いい。君のことなど訊いてもしかたがない。君が警官なら、とっくに焼き払っているだろう」

「警官じゃありません」

男は小さく頷いた。そして左上の家を見あげた。

「この家は倉庫がわりに使われていた。ふだん暮らしていたのはあちらの家だ」

やはり、そうか。僕は男を強く見つめた。彼は、三人組の最後のひとり、ミュージシャンだ。名前は丸山、通称マル、と呼ばれていた。

僕がその名を口にしようとしたときだった。人の叫び声がかすかに聞こえた。僕が上陸した桟橋の方からだ。松林に遮られ、そちらのようすは見えない。

男はさっと僕を見た。

「ひとりできたといったな」

「この島を捜していたやくざがいます。場所の見当をつけていたんです――」

山下だろうか。もしそうなら、鯉丸もいっしょだ。

男の表情が一変した。

「くるんだ」

いうが早いか、坂を急ぎ足で登りはじめた。

「どこへ」

「上の家だ。とりあえず中に入ってようすをうかがおう」

僕は無言であとに従った。男は坂を登ると、二軒目の家の玄関に駆け寄った。下の家とはまるでちがう。扉は白く塗られ、そこに天使の絵が描かれていた。サイケデリックと呼ばれる色調だ。下からは見えなかった。

僕は思わず立ち止まった。僕の父親が描いたものにちがいない。遺していった油絵とはまるでちがう雰囲気だ。長年の風雨で薄れてはいるが、さっきの空き家とはまるで異なる、明るい雰囲気をこの家の玄関に与えている。

男は僕にかまわず、扉を開いた。

家の中は白一色だった。床も壁も白く塗られている。そしてそのところどころに、詩やイラストが書かれていた。多くは天使たちの絵で、天使をモチーフにした詩だ。

ようこそ！　天使たち

その羽のひそやかなはばたきに、
わたしたちは新たな一日を知る
憎しみも争いも、この島には無縁
愛だけを実らせる、豊かな作物が
わたしたちの心を満たしてくれる

NEKO、という筆記体のサインが記されていた。僕はカメラをもちあげた。

「駄目だ」

男がいった。

「フラッシュが外に洩れる」

僕はシャッターを押さずにカメラをおろした。

「どうするんです？　あれを見つけたら、連中は根こそぎもっていく気だ」

男は答えず、家の奥へと移動した。三和土《たたき》はなく、靴を脱がずに暮らしていたようだ。窓に面して廊下があった。天井から、木で作られたさまざまなオブジェが吊り下げられている。流木を拾い集め、それに色を塗ったり、接着したものだ。

廊下にそうしたオブジェのいくつかがおかれていた。吊るしていた糸が切れ、落下して壊れたりしたもののようだ。接着剤や吊り糸、ナイフなどがいっしょにある。修理の道具だ。

だが男はそれらも無視し、窓に歩みよった。一枚だけホコリをきれいにぬぐった窓ガラスがある。そこから外のようすを見渡せるのだ。

瞬きもせず、外のようすを眺めていたが、突然僕をふりかえった。

「どうしてこの島のことがわかった？」

「聞いたんです」

「誰から？」

「いろんな人たちから。この島を見つけ、大麻で大儲けしようとする人間が何人もいました」

男の表情が険しくなった。

「この島のことは『伝説』になっているのだと、ある人はいいました」

僕はいった。

男の目が再び外に向けられた。

「あれはもう誰のものでもない」

「なぜ処分してしまわなかったんです？」

「そんな必要がどこにある？　誰もこの島のことを知らない筈だったのに……」

「だけどこの島で暮らした人は知っている」

男は再び僕をふりかえった。

「君は……誰からこの島の場所を聞いた？」

「誰だと思います？」

僕は男を見つめかえし、いった。

「――ネコか。ネコだな。ネコが君に教えたんだな！　あの女は、自分の過去を消したがっている。そうだろ。だからあれを焼き払おうと、君を雇ったんだな」

男の目に怒りの表情があった。

「そんな権利はあいつひとりにはない。もともとは全員のためのものだったんだ。たったひとりで処分してしまう権利なんかない」

「三人のうちの二人が賛成したら？」

僕は訊きかえした。

「二人？　どういうことだ」

「三人のうち、ひとりは死にました」

「知ってる」

男は早口でいった。

「そのひとりの息子は、僕です」

「何だと!?」

あっけにとられたように僕を見つめた。

「父が死に、この島の場所を僕あてに遺したと考えた人間が大勢押しかけてきました。中には僕を威したり、友人を誘拐した奴までいた」

男は激しく瞬きした。

「君はお父さんからこの島のことを聞いたのか」

僕は首をふった。

「いえ。父は何ひとつ僕には教えなかった。死んだことすら、僕はあとになって教えられたんです」

「じゃあなぜ、君が威されたりしなきゃならないんだ」

「三人の中で父の名だけが、裏社会の連中に知られていたからです。絹田洋介――『アイランド・スティック』のパッケージのイラストレーターとして」

男は驚愕《きょうがく》したように身をこわばらせた。口を大きく開け、僕を凝視した。唇がわないたが、声はでてこなかった。

「――伜なのか……」

ようやく言葉が口を突いてでた。

「そうですよ。絹田信一。僕は絹田洋介の息子です」

男は大きく息を吸いこんだ。

「父は静岡県の三島でひと月前に死にました。死んだことを知らせてくれたのは、いっしょに住んでいた女性です。僕は二十四年間、父とは音信不通でした。ただ父の遺したノートに僕の名前や住所があったので知らせてくれたのです。そしてそれからです。いろんなことが次々と起きて……」

「ネ、ネコも君に連絡をとってきたのか」

「あの人だけが僕を、最初この島から遠ざけようとした。でも手遅れで、僕はもう島を捜す人間たちの騒ぎに巻きこまれてしまっていた」

男は目を閉じた。

「何てことだ——」

呻くようにいった。

「僕と金子さんは話しあって、ここの大麻をすべて焼き払ってしまうことで同意しました。大麻さえなくなれば、もうこんな馬鹿げた騒ぎは起きない」

あったぞーっ、という叫び声がはっきりと聞こえた。僕と男ははっとして窓の方をふりかえった。

四人の人影が大麻畑の向こうに見えた。僕は窓ガラスに顔を近づけた。

鯉丸がいた。山下と、見知らぬ二人の男にはさまれて立つ鯉丸の姿があった。

四人は僕がそうであったように、呆然と大麻畑を見つめていた。あまりの量の多さにあっけにとられているようだ。

「どうしたんだ……」

だがしばらくすると、急にあたりを気にしはじめた。何かを捜しているようだ。

男がつぶやいた。

「何を捜している」

「たいへんだ」

僕はいった。ちょうどそのとき、男たちのひとりがこちらを指さした。

「あの大麻を燃やすつもりでもってきた灯油を桟橋においてきたんです。見つかったにちがいない」

男は僕をさっと見た。

四人はこちら側に抜ける道を捜しているようだった。鯉丸を除く三人は、戦闘服のような迷彩色の上下を着けている。

「すると奴らは必ず君を捜そうとするな」

「ええ。見つかったら何をされるかわからない」

こんなに早く、山下たちがここに辿りつくとは思わなかった。僕はかがみこんでカメラバッグを探った。

「何をしてる?」

「携帯電話です。こうなったら警察を呼ぶしか――」

とりだした携帯電話を見て、僕は口をつぐんだ。「圏外」の表示が液晶板に表われている。つながらない。

「どうして――」

つぶやいた僕に男がいった。

「この島で電話がつながるのは、桟橋の近辺だけだ。上陸してこちら側にくると、極端に電波状態は悪くなる」

「なんてことだ……」

「見ろ」

男がいった。

僕は立ちあがって窓の外を見た。

「奴ら、つっ切る気だ」

四人はまっすぐ大麻畑に分け入っていた。反対側に向かっている。

「どうします?」

「今のうちだ。ここをでて逃げよう。畑の中にいるあいだは、こちらが見えない」

僕は頷いた。男といっしょに玄関に向かった。玄関をでたときに、扉にカメラを向けた。

「何をしてる!?」

「待って下さい。この絵は、僕の父親が描いたんです」

たてつづけにシャッターを切った。

「急げ。連中が畑を抜けたらこっちは丸見えだ」

カメラをおろし、坂の下を見おろした。密生する大麻の畑が中を抜ける四人の動きに合わせて、ごそごそと揺れうごいている。

「どこへいくんです?」

「島の反対側だ。ここを登りきると、反対側へ降りる道がある」

男はいい、坂の頂上めざして進んでいった。僕はあとを追った。

岩だらけのごつごつとした急坂を急いで登った。頂上は濃い松林になっている。すぐに男に追いついた。さすがに息を切らせている。バンダナに汗が染みていた。ようやく頂上に達すると、うしろをふりかえった。大麻畑の揺れは、もうこちら側の出口にまで近づいていた。

松林の中に、獣道のような細い下り坂があった。坂といっても本当に、足を踏み外せばまっさかさまに転げ落ちるような急斜面だ。ジグザグに海の方へと下っている。せりだした岩と松に阻まれ、道の先がどうなっているかは見通せない。

男は肩で息をしながら、その道を下った。腰を落とし、岩や松の枝につかまりながら降りていく。僕もそれに倣った。

海面までの高さは三十メートルくらいあるだろうか。島の反対側とちがって砂浜はなく、水深のありそうな紺色の海面が見えている。斜面を下っていくあいだに靴の下からパラパラと小石が、その海面に向け落下していった。

大きくつきでた岩を回りこむ道があった。そこだけ少し広くなっている。男が無言で手をあげた。止まれ、という合図だった。

僕が足を止めると、男はうずくまった。息が切れたようだ。僕もそのかたわらにしゃがんだ。

頭上を見あげた。大きな岩に視界を遮られている。ここなら山下たちが追ってきても、こちらの姿が見つからないですむ。

「この下はどうなっているんです？」

僕は男に囁いた。男は荒い呼吸をくり返しながら答えた。

「ずっと降りていくと、小さな浜がある。潮が満ちてくるとなくなってしまうほど狭い浜だ」

「そこから島の向こう側まで伝っていくことはできるのですか」

男は首をふった。

「できない。切りたった崖でつかまるところもない」

つまり隠れることはできても逃げられはしないのだ。

僕は再び頭上を仰いだ。ここにずっと隠れていれば山下たちの目は逃れられるかもしれない。だがそれだけだ。

鯉丸を助けることも、大麻を燃やすこともできない。

電話さえ通じる場所にいければ、警察を呼ぶことだってできる。

この島に山下たちが上陸してきたのは、最悪の事態だった。もし連中に見つかれば、まちがいなく殺されてしまうだろう。大麻を手に入れ、口を封じるには、願ってもない条件がそろっている。本土とちがい、死体は埋めてしまえば片がつくのだ。

僕は腕時計を見た。二時少し前だった。連絡がないことを橋本が不審に思うにしても、まだ早すぎる。

どうすればいいのだ。

僕は自分に落ちつけ、といい聞かせた。ここでパニックを起こせば、本当におしまいだ。

僕は無言でいる男に訊ねた。

「あなたはどうやってこの島にきたんですか」

「渡してもらったんだ。今日で三日めになる。迎えはあと二日こない」

男は低い声でいった。僕は目を閉じた。

「君は？」

男が訊ねた。

「同じです。でも今日中には迎えにきてもらうことになっています。電話をして――」

「誰がくる？」

「泊岩の漁師で橋本さんという人です」

「ああ……」

男はつぶやいた。

「それであいつらは何者なんだ」

「やくざです。ずっとこの島のことを追いかけていて、僕を見つけたら殺す気です」

「君が絹田の息子だと知っているのか」

「ええ」

男はほっと息を吐いた。

「──灯油を桟橋においてきたといったな」

「赤いポリタンクなので目立ちます。きっと見つかっています」

「他には?」

「他?」

「他に何か、君がきたとわかるようなものはあるのか」

男は僕の顔をのぞきこみ、いった。

「ありません」

「じゃあ君がきたとまではわからないわけだ。そいつらが橋本にでも訊かない限り」

「誰かがいる、とはわかっています」

「それはそうだろう。だが君でなければ、いきなり乱暴はしないかもしれん」

「でもあいつらは大麻をもって帰るつもりです。誰かいれば邪魔になる」

男はふっと笑みを浮かべた。

「あれだけの量の麻を刈るのはたいへんなことだ。だいの大人が四人でかかっても、一日や二日では無理だ。まして道具もないのに、できっこない。上の家には古い鎌があるが、研いでいないので使いものにならないし」

「じゃあ、でなおしてくるのかな」

僕はいった。

「連中がキャンプの用意でもしてきているなら別だが、そうする他ないだろう。それに、あの麻を全部刈りとったら、もっていき場に困る筈だ。本気で商売にするつもりなら、必要な量だけを刈りとって、あとは伸ばしておくしかない」

「そうか……」

少しほっとして、僕は息を吐いた。

考えてみればそのとおりだ。連中には、ここが「夢の島」だという確信はなかった筈だ。

まずこの島を見つけるのが先だった以上、いきなり〝収穫〟することまでは考えていなかったにちがいない。

つまり隠れているあいだに、大麻がすべて刈りとられてしまう心配はない、というわけだ。

「おそらく誰かをここに残し、人手や運ぶ船を手配しに、一度は本土に戻るだろう。ただ問題は、君がおいたというポリタンクだ。そういう奴らなら、島に他に人がいないかどうかを確かめる筈だ」

僕は再び息が早くなってきた。男は僕を見た。

「私がでていこう」

「あなたが!?」

男は頷いた。

「私はもともとこの島にいた人間だ。私がでていっても、君ほどは警戒されないだろう。ポリタンクは、発電機用に私がもってきたといえばいい。実際、発電機は今でも動く」

「でも何をするかわからない連中です」

「いきなり私を殺すと思うのか？　私に仲間がいるかどうかもわからないのに、そんな無茶はしない。それに私は連中に麻のことを教えてやれる。刈りとった麻を、どう商品にするのか。連中も聞きたがるだろう」

僕は無言だった。

「ここにずっと隠れていても、もし連中が徹底的にこの島を捜す気になれば見つかってしまう。だったら先に私がでていけば、君に逃げるチャンスがある」

男は上を見た。

「連中を家に案内して安心させる。暗くなるのを待って、君は上に登ればいい。夜になればここはまっ暗だ。桟橋まで抜けて、電話で助けを呼べる」

「でもその前にあなたを殺そうとするかもしれません」

「ここで待っていても、見つかれば殺される。まして君といっしょに見つかれば尚更《なおさら》だ。お互い、少しでも生きのびるチャンスを増やすには、私がでていくのが一番だ」

そうかもしれない。僕は頷いた。

「四人の中に、ひとり若い、鯉丸という男がいます。そいつは無理にここに連れてこられた僕の友だちなんです」

僕が巻きこんだのだ。たとえ鯉丸が人殺しをおかしていても、僕が巻きこんだことにちがいはない。

「すると実際は三人、ということだな。だったらますます、無茶はしないだろう」

男は頷いた。そして立ちあがった。

「ではいってこよう」

恐れを感じさせない、淡々とした口調だった。

「もし彼らがしらばくれて帰っていくようなら、迎えにくる。そうでなければ暗くなるまでここを動くな」

僕に背を向け、斜面を登りだそうとした。

「待って下さい」

僕は彼を呼び止めた。ふりかえった彼にいった。

「あなたは〝マル〟さんでしょう」

男の顔に奇妙な表情が浮かんだ。それは寂しがっているような、哀《かな》しげな表情だった。

「――そんな名前もあったな」

彼は小さな声でそれだけをいうと、斜面を登っていった。

27

それから三時間近くのあいだ、僕はずっと岩の下にうずくまっていた。マルが上がっていってから、何ひとつかわったことは起きなかった。

叫び声や悲鳴が聞こえてきはしないかと、僕は不安な気持で耳をすませていた。しかし何も聞こえてはこなかった。

登っていったマルが、山下たちにどのように迎えられたのか、まるで想像もつかない。

僕はただじっと、うずくまっていた。煙草を吸いたかったが、煙の匂いは思ったよりも遠くまで届く。だから我慢するよりなかった。

できたのは水を飲み、カロリーメイトをかじることだけだ。

僕から連絡がこないのを心配した橋本がやってくる可能性も考えた。だが橋本ひとりでは、操船するのが精いっぱいだ。上陸して捜すまでのことはしないだろう。僕が電話をもっていると知っているのだから、かりに船でやってきても、桟橋に人の姿がなければ帰っていくにちがいない。

五時を回った時刻だった。なにげなく顔をあげた僕は、海に目をやり息を呑んだ。

巨大な夕陽だった。水平線に夕陽が沈んでいく。

それは見る者の目を釘づけにする光景だった。まるで海面に溶けこむように、じりじりと太陽が水没していくのだ。その速度は、見る見る、という言葉がまさにあてはまった。

僕は自分のおかれた状況を忘れる思いで、その景色に見入っていた。

やがて最後の赤い縁が日本海に消えると、急速に夜がやってきた。

空気が冷たくなり、風向きがかわったのを僕は感じた。正面の海の方角から風は吹いてくる。さほど強くはないが、ずっと動かなかったせいで体が冷えており、寒くなってきた。

僕はそっと体を起こした。夜になったとはいえ、あたりは何も見えない暗闇ではなかった。ずっと外にいたので目が慣れていたのだ。

カメラバッグはその場においていくことにした。携帯電話とライターだけをもち、手と足の両方を使いながら斜面を登っていった。

斜面を登りきると松林に入った。明りのついた建物が見おろせた。海からの風は頂上ではさらに強く感じた。枝や葉の触れあう音が耳障りなほどだ。

僕は松の幹に体を押しつけ、坂のふもとに目をこらした。人がいれば、黒い影でその存在が確認できる筈だ。

風向きが逆のせいか、話し声や物音ひとつ、ふもとの方角からは聞こえてこなかった。

今、あの白い家の中には、マルと山下たちがいるのだろうか。

松林を抜けると発電機の唸りが聞こえた。白い家の裏側におかれているようだ。

僕は足を滑らせないように、慎重に坂を降りていった。白い家の窓には黄色い明りが点り、その光は冷えきった体には温もりすら感じさせた。

白い家は、横長の平屋で、裏側にも小さな窓がふたつはまっている。坂を下った僕は、体を低くして家に近づいた。発電機の音はそこまでくるとかなりの大きさで、さほど足音には気を配らないですむ。発電機から吐きだされる排気ガスの匂いが、家の裏側には濃く漂っていた。

もし家の中で会話が交されていても、裏側にいたのではとうてい聞きとれないことに僕は気づいた。濃い草むらをかき分けて、家の表側に回らなければならない。

迷った。

このまま坂を降り、大麻畑を回りこんで桟橋にでた方がいいのかもしれない。

だが家の中に誰がいて、何がおこなわれているかも知りたい。マルや鯉丸は無事なのだろうか。

「キノコ岩」を鯉丸が覚えていたからこそ、山下たちはこの島に辿りつけたのだ。だがそれはそのまま、鯉丸が〝用済み〟になったことを意味する。

いくらなんでも、すぐに山下が鯉丸を殺してしまうとは思いたくはなかった。だがパパの言葉を思いだしてもいた。

――こういう話で人が死ぬときというのは、皆が捜している宝の位置がはっきりした場合が多いだがマルのいったように、やくざとはいえ、そうは簡単には人を殺さないような気もする。

とにかくようすをうかがうことだ。

僕は決心して、身を低くしたまま、家の表側に回りこむことにした。玄関の前を小走りで駆け抜け、使われていない鶏舎の陰にしゃがんだ。

僕とマルが大麻畑を見おろした窓に人影が映っていた。人影はひとつではなく、いくつかが重なりあっている。

僕はじりじりとその窓に歩みよった。何かを踏んで音をたててしまわないよう、足もとに目をこらす。鶏小屋のかたわらには、僕と出会ったときにマルが手にしていた鍬があった。それをまたぎこえ、廊下の窓辺にしゃがみこんだ。

話し声が聞こえた。

「――白水はどうしてたんだ?」

「どうもしない。彼女は詩を書くことしか頭になかった」

「詩かよ」

吐きだしたのは、どうやら山下のようだ。

「今じゃ大金持だな。婆あ、右翼の爺いを使って、俺を足止めしようとしやがった」

「彼女だけが、自分の道で成功した」

マルの声だった。

「だったらほっときゃいいんだ。よけいな邪魔をしやがって。東京帰ったら、さんざん威してやる。葉っぱの在り処がわかった以上、婆あに何もいわせねえ」

「人はいつ呼ぶつもりだ？」

「明日戻ったら、すぐにそろえる。あんたには、うちの人間といっしょに残ってもらうぜ」

「警察にはきっと、この島の大麻成分が資料として残っている――」

「関係ねえよ！　時代がちがうんだ。さばくのは、イランの連中を使う。足はつきゃしねえ」

「今さら何もいわんが、もし長く稼ぎたいのなら、全部は刈りとらない方がいいぞ」

「冗談じゃねえ。こんなど田舎に何度もきてたまるか。もってくときは全部もってく。何度も行き来すりゃ、それこそ目をつけられるさ」

鯉丸の声が聞こえなかった。いっしょにいるのだろうか。山下の連れてきた二人の男たちの声もしない。

「私はこの五年のあいだに、年に何度かはここにきている。これまで人に会ったことは一度もないな」

山下が蔑むようにいった。

「まだ、やってんのか、葉っぱを」

「今は酒の方がいい。若い頃の夢の名残りを眺めて、酒を飲むんだ。静かだし、人もいない。心が和む」

「だったら好きなだけやれよ。俺らが葉っぱを運びだしたあとでよ」

どうやら山下はすぐにマルを殺す気ではないようだ。僕はほっとした。

「こっちはケツに火がついてんだよ。組うちやあちこちに借りた銭がたまってる。さっさとここの葉っぱを処分して銭にかえなきゃ、首が危ねえんだ――」

僕はそっと窓辺を離れた。こうなれば一刻も早く桟橋にでて、電話をかけるのだ。体を低くしたまま、坂道に戻った。

だがここから先はひどく危険だった。坂道を下る僕の姿は、窓から丸見えになる。明るい室内からの視界はほとんどまっ暗だろうが、それでも動いているものは目につきやすい。

彼らが眠るまで待った方がいいのだろうか。ふとそんな考えが頭に浮かんだ。

しかしいつ眠るかはわからない。大麻畑を発見した興奮で眠らないかもしれないのだ。

僕は玄関に近い草むらの陰で迷っていた。

そのとき、玄関の扉が音をたて、僕は凍りついた。扉が開き、光が僕のいる草むらのすぐ近くまで届く。

「どこいくんだよ」

声が聞こえた。

「ちょっとその辺。ひとりになりたいの」

僕ははっとした。鯉丸の声だ。

「待てよ。山下さん、山下さあん！」

家の中で叫ぶ声がした。

「何だよっ」

叫びかえす声が遠くから聞こえた。

「鯉丸が外にいきたいっていってるんですけど」

「ほっとけ。船も帰したし、泳ぐしかねえんだ。電話はとりあげてあるんだろ」

「はい」

「じゃ勝手にさせとけ」

僕はそっと顔をあげた。玄関をでてくる鯉丸の姿が見えた。六本木で別れたときの格好のままだ。

玄関の扉が音をたてて閉まり、あたりはまた闇に沈んだ。僕はじっと動かなかった。

ふーっというため息が聞こえた。じゃりっという土を踏む音がして、黒い影が小さくなった。しゃがみこんだようだ。

「――なんでこんなことになっちゃったの」

泣きべそをかいているような口調で鯉丸がつぶやいた。

鯉丸は草むらに近いところで膝を抱えていた。夜空を見あげている。

「信ちゃんに会いたいよう」

僕は我慢できなくなった。低い声で呼びかけた。

「鯉丸」

鯉丸はびくっと体を震わせた。あたりを見まわす。

「何！　誰!?」

「大きな声だすなよ。信一だよ」

「嘘！　なんで――」

僕は鯉丸を手で招いた。

「いいからこっちへこい」

鯉丸は一度家の方をふりかえると、立ちあがった。まだ目が闇に慣れていないのか、おずおずと近づいてくる。

「どこ、信ちゃん、どこにいるの？」

すぐそばまでやってきて、危《あやう》く僕の手を踏みそうになった。僕はその足首をつかんだ。ひっと声をあげて鯉丸は息を呑んだ。僕はそのままのびあがり、鯉丸の腕をつかんで地面に伏せさせた。

「ここだよ」

「本当に信ちゃんなの」

「そうだよ。お前たちより先に島に着いていたんだ」

「信じらんない。なんで――」

「お前こそどうやってここを見つけたんだ」

鯉丸は喉を鳴らした。

「絵が……絵があったから……」

「覚えてたのか」

「信ちゃんにいわなかったけど。岩の形、かわってたでしょう。だから……」

「お前、原口の仲間だったのか」

鯉丸は黙った。しばらくして、

「怒ってるよね」

と力なくいった。

「もう怒ってない。本当のことを知りたいだけだ」

鯉丸は再び沈黙した。僕は待った。

「こんなことになるなんて……」

鯉丸はいった。

「ぜんぜん思ってなかった。原口は、俺に、いっぱい葉っぱを吸えるチャンスだからって……」

「いったいいつから原口の仲間だったんだ」

「信ちゃんがリエさんの写真を撮るって決まったあと」

「原口はそのときから俺のことを知ってたのか」

「あのあと、お店にリエさんときたんで、信ちゃんのお父さんが死んだ話をしたの。ギャラいっぱい払ってもらおうと思って。信ちゃんのお父さんが、ずっと放浪してた画家だっていったら、原口がすごく興味をもって……」

「で、名前をいったら食いついてきたんだ」

「うん」

「三島の早坂さんの家だけど——」

「手紙の住所こっそり見たの。でも信じて、信ちゃんにこんな迷惑かかるなんて思ってなかった……」

僕は息を吸いこんだ。

「お前、原口、刺したのか」

鯉丸は答えなかった。やがていった。

「俺、死刑になっちゃうのかな」

「何いってんだよ。美加を助けるためだろ」

「信ちゃん、俺、俺……」

鯉丸は泣きだした。

「信ちゃんのお父さんの友だちだった人も刺しちゃったんだ——」

僕は息を止めた。北だ。

「なんで……」

「絵。原口がどうしても絵が欲しいっていって。信ちゃんとこから盗んでこないと、信ちゃんに話すっていって……。しょうがないから、あの晩信ちゃんがいないときに西麻布にいった。信ちゃんの部屋二階だから、雨樋《あまどい》伝って上がれるかもって思ったの。窓にはほら、鍵かけてないでしょう。だから……。そしたら、あいつがいたの。信ちゃんの部屋の前にいて、俺が登ろうとしてたら見つかって……。何してるってすごい剣幕でいわれたら恐くなって……。もしかのときに窓外すのに使おうと思ってたドライバーで……。でもまさか死んじゃうと思わなかったんだ……」

僕は思わず目を閉じた。最悪の想像が当たってしまった。あのあとべろべろに酔ってアパートにおしかけたのは、そのことがあったからなのだ。

黙っていると鯉丸も黙った。ただひたすら泣いている。

「――もう駄目だね、俺。死んじゃった方がいいよね。信ちゃん裏切って、人二人も殺して……。もう滅茶苦茶。何がなんだかわからないよ……」

「しっかりしろよ」

そうはいったが、僕も言葉に力は入らなかった。鯉丸が警察につかまる姿は見たくない。だが、警察を呼ばなければ、ここから脱出することができない。

僕は一瞬、山下たちが大麻をすべて刈りとってでていくまで、島のどこかに隠れていることを想像した。駄目だ。山下が、マルや鯉丸を見逃すとは思えない。鯉丸がこんな状態では、いつ自首しないとも限らない。そうなれば、大麻のこともすべて明るみにでる。

僕は気持を切りかえた。

「いったいこれからどうするつもりなんだ？」

「何が？　俺？」

「そうじゃない。山下たちだよ」

「あいつ、地元の知りあいのやくざで、漁師やってる奴とつるんでるの。その船でここまで送らせて。明日、また迎えがきて、そのときにあの葉っぱを全部もってく用意をするって」

「お前はどうするんだ」

「全部終わったら、フィリピン逃がしてくれるって。でもいきたくないよ——。信ちゃんと離れるの嫌だよ」

鯉丸は僕の腕を強くつかんだ。

「好きなんだもん。大好きなんだもん……」

涙声になっていった。

「わかったよ。わかったから、大きな声だすなって」

僕は鯉丸の肩を揺すった。鯉丸は我慢できなくなったように泣きじゃくった。

「くやしかったんだよ。信ちゃんいつも、美加ばっかり見て。美加のことすごく大事にして。その十分の一でも大事にしてくれって、いつも思ってた……」

「わかってたよ、わかってたよ、わかってたよ……でも大好きなんだもん。信ちゃんにわかんなくても大好きなんだもん……」

僕は息を吐いた。

「いいか、よく聞いてくれよ。山下は絶対お前を逃がしちゃくれない。それにもうひとりの人もいるだろう」

「あの人？　いきなりでてきた？　何なの、あの人」

「ここで昔、親父なんかと暮らしていた人らしい、偶然、会ったんだ」

「じゃ、あの人が葉っぱを作ったの？」

「そうだ。あの人やお前が、山下にはきっと邪魔になる。だから助けを呼ばなけりゃ駄目だ」

「警察呼ぶの？　俺、死刑だよ。死刑になっちゃうよ。いいの、信ちゃん、それで――」

「よくないよ。死刑にはならないって」

わからなかったが、そういった。北はともかく、原口は美加を助けようとやったことだ。

「そんなのわかんないじゃん」

「じゃあお前、ここで殺されてもいいのか」

「嫌だ」

「鯉丸……」

鯉丸は首をふった。僕は何といっていいかわからず、暗い中で鯉丸を見つめた。星明りの下で、鯉丸の頬が光っていた。涙だ。

「――信ちゃん、いったいどうするの？」

「携帯電話で杉作さんに電話する。ここは電波が届かないから、桟橋までいって――」

鯉丸は無言だった。

僕は思いついた。今なら坂を降りていって、それを見咎《みとが》められても、山下たちは鯉丸だと考える。

「頼みがある」

「何？」

「ここにじっとしててくれ、俺が桟橋までいくのを見つかっても、お前だと思うように」

「それで？」

「電話が終わったら戻ってくる。お前のことは何とかしてくれるように杉作さんに頼む」

「何とかって、逃がしてくれるの」

「――それは無理だろうな」

鯉丸は黙った。僕はふと不安になった。

鯉丸はどうしても逃げたいと思うだろうか。もしそうなら、大声をだして山下たちを呼ぶこともできる。僕がつかまれば、警察はこない。

だが鯉丸はいった。

「信ちゃんのいうとおりにする」

僕はほっとすると同時に息苦しくなった。もしかすると、自分が助かりたいために僕は鯉丸を警察に引き渡そうとしているのだろうか。

ちがう。そうじゃない。

僕は父親が遺したあの大麻が、これ以上、人を威したり傷つけたりする理由にされたくないのだ。本当は今この瞬間だって、あの大麻畑に灯油を撒いて、火をつけてやりたい。

それで山下たちがあきらめて立ち去るなら、そうしたい。

「——とにかく待っててくれ」

こくりと鯉丸が頷いたように見えた。

「声をかけられても返事するなよ」

「うん」

僕は立ちあがった。

「戻ってくる？」

鯉丸が訊ねた。まるで親におきざりにされる小さな子供のようだった。

「戻ってくる」

僕はいって、坂道を下りはじめた。途中からだんだん早足になり、駆け足になった。この暗闇では、大麻畑を回りこむことはできない。昼間、山下たちがしたように、まっすぐつっ切る他ない。

坂を下りきったとき、背後でガラッとガラス戸の開く音が聞こえた。

「おい？　どこへいくんだ⁉」

山下が叫んでいる。やはり僕の姿が見えたのだ。僕は答えず、ふりかえることもせずにそのまま大麻畑の中に駆けこんだ。

山下が何かをまた叫んだ。だが聞きとれなかった。笑い声がかすかに聞こえた。

むっとする悪臭とうるさいほどの虫の音の中に僕はつっこんでいた。ただがむしゃらに手足を動かす。

虫はいたのだ。

驚いて飛びたつ蛾《が》や、よくわからない虫が、鼻や口の中に入らないよう、左手で顔をおおった。

ただまっすぐ。ひたすらまっすぐ。

僕は左手で顔をおおい、右手で大麻を押しのけながら、前へと進んだ。

闇の中を夢中で進んだ。自分があとどれだけ押しのけ、進めば、この大麻畑を抜けられるのかわからなかった。ただ、密生した畑の中にいるあいだは、誰かに見咎められることも襲われる心配もないような気がしていた。

不安だったのは、果して自分がまっすぐに進んでいるかどうかだった。たかだか数百メートルの濃い藪《やぶ》のような大麻畑が、ひどく長く広大に感じられる。もしかすると僕はまっすぐ進んでいるつもりで、大麻畑の中をぐるぐると回っているのではないだろうか。不安に駆られ、僕は足を止めた。濃い闇の中にぽつんと立っている。闇は不快な圧迫感で満ちていて、僕に驚いたのか、虫たちも鳴き止《や》み、恐ろしいほど静かだった。パニックに襲われそうな気分だった。上を向き、深呼吸した。汗が背中を伝っている。

頭上に星空があった。それも見たことのないほどの数の星が煌《きらめ》いている。月は——月は見えなかった。新月なのか、ここからは見えない低い位置にあるのか。

僕は一瞬、我を忘れ星空を見あげていた。これほどの数の星を見るのは初めてだった。周囲に光を放つ建物や施設がないせいだろう。星空はとほうもない奥行きを感じさせ、ほんの小さな、かすかな瞬きを放つ星ですら、その存在をはっきりと目に受けとめることができた。

写真に撮りたい——自分の状況も忘れ、僕は思った。だがもってきた機材やフィルムでは、とうていこの星空の大きさを表現することができない。

少し気持が落ちついた。僕は再び、闇の中を進みはじめた。

そして突然、大麻畑を抜けでた。

体をおおっていた闇が消えうせ、手足が何にもぶつからなくなった。そして風にこすれる松の葉の音と潮騒《しおさい》をはっきり耳にした。

大麻畑の先にあった松林に僕はいた。目の前は登り斜面になっている。この斜面を登った先は湧き水のある窪地になっていた筈だ。

僕は斜面をあがった。松林を抜け、窪地を見おろす小道の頂上に立った。

小道の先に湧き水のある岩盤があった。岩盤は一段高くなっている。

あの水をもう一度飲みたい。全身が汗でべたつき、喉がからからに渇いていた。

僕は小道を降りていった。この位置なら松林に遮られ、〝家〟からこちらのようすが見えない。

岩盤のふもとまで降りた。星明りで湧き水の位置ははっきり見てとれた。ひざまずき、掌で水をすくい口に含んだ。

突然、僕は光に照らしだされた。

口に含んだ水を飲みくだすのも忘れ、動けなくなった。強烈な懐中電灯の明りを浴びせられたのだと、少しして気づいた。

岩盤を踏みしめる、じゃりっという音が聞こえた。

「これはこれは――」

声がした。僕に光を当てている懐中電灯の持主が発したのだ。そしてその声には聞き覚えがあった。

パパだ。

懐中電灯が消された。だが一度強い光を浴びた僕の目はすぐには元に戻らず、僕は闇の中に立ちすくんだままだった。

「絹田くんもここをつきとめていたわけだ」

かたわらに人が立つ気配があった。

ようやく目が再び暗闇に慣れ、僕はパパの姿を見ることができた。

パパは赤坂のホテルで会うときとはまるでちがういでたちをしていた。カーキ色の、まるで軍隊の制服のような上下に、編み上げ式のブーツをはいている。肩に大型の懐中電灯を吊るし、左手に小さなアタッシェケースをさげていた。隠れていた岩盤の背後から、あと二人の男が姿を現わした。同じようないでたちの、大柄な男たちだった。もちろん初めて見る顔だ。

「奇妙だね。絹田くん、そう思わないか」

パパは落ちついた口調でいい、カーキ色の上衣の胸ポケットから細巻きの葉巻をとりだした。デュポンのライターが音をたてた。

「何が、です」

僕はようやくいった。膝の力が抜けていた。

「さまざまな解析をおこない、ようやく私はこの島の位置をつきとめられたのだ。なのに絹田くんはすでにここにきている。ひどく奇妙なことだと思うがね」

僕は黙っていた。パパの口にささった葉巻の火先《ほさき》が赤く輝いた。甘い芳香が鼻にさしこむ。その香りに僕はなぜか不安をかきたてられた。

「まあいいだろう。君の父上は、あの島の絵に、この島の手がかりを残していた。下絵の段階でね」

「下絵の段階、ですか」

「島の絵は、もう一枚の別の絵の上に描かれていた。それはひどく簡単な地図だったよ。この島の位置を示す」

僕は目を閉じた。父親は何のためにそんなものを描いたのだろう。

「それで――？」

「それで、とは？」

「どうしてあなたはここにきたんです？」

パパが笑い声をたてた。わかっている。愚かな質問だった。パパの目的も大麻にある。大麻を手に入れるために、パパはやってきたのだ。

僕は歯をくいしばり、いった。

「大麻は、この反対側の松林を降りたところに生えています。ただし、山下たちもそこにはきていますよ」

パパは驚かなかった。

「知っている。連中が、本土の、少々たちのよくない漁師にここへ運んでもらったことは調査ずみだ」

僕はパパを見つめた。

「山下は、地元の組の人間に話をもちかけた。あがりの二割を約束に、その人間たちの協力を頼んだのだよ。だが私が別の取引を申しでた。あがりの三割だ。もともと彼らは、山下には何の義理もない。山下はすでに組を破門されている身だからな。私との取引に応じることにしたようだ」

人ごとのように淡々とした口調だった。

「じゃあ、山下たちは——」

「彼らは明朝迎えがくると信じている。だが迎えはこない」

僕は息を吐いた。

「あなたはいったい……」

あとは言葉にならなかった。パパは無言で葉巻を吸っていた。

やがて訊ねた。

「君はいったいどうやってここにきたのかね」

「漁師さんに頼んで渡してもらったんです」

橋本の名は告げないことにした。

「ほう。で、君の迎えはいつくる？」

「本当は夕方きてもらう予定でした。でも山下たちが現われたので、僕は桟橋にいけず、きっと心配していると思います」

「それはいけない。電話をかけたまえ」

「電話を？」

「迎えの必要はない、というのだ」

僕は黙っていた。

「どうした？　君は我々といっしょに本土に戻ればいい。何もその漁師さんの手をわずらわせる必要はない」

本当に僕を連れかえる気なのだろうか。さっきまでとはちがう、べとつく汗が掌にたまっていた。

「山下たちは、どうするんです」

パパは答えなかった。

「殺しあうのですか、また」

「また？　またとは人聞きが悪いね。私はいまだかつて人の命を手にかけたことはない」

「山下にも仲間がいます。あなたがでていけば、きっとそうなる」

パパは葉巻の煙を吐いた。

「彼らが眠るのを待とう」

「眠りはしません。すごく興奮しています」

「会って話したのかね」

「いえ。見つかっていたら、ここにはこられません」

「なるほど。ではここで何をするつもりだったんだ」

杉並に電話をするつもりだったとは、口が裂けてもいえない。僕はゆっくりと喋った。

「今夜のうちに、あの大麻を燃やしてしまうつもりでした。桟橋に灯油の入ったタンクをおいてあるんです」

「ああ……。あれか」

それにも気づいていたといわんばかりにパパはいった。

「君がもってきたものだったのか。我々はあれを別の用途に使おうと思っていた」

「別の用途？」

「『アイランド・スティック』ではなく、他のものを燃やそうかとね」

僕はパパを見つめた。パパの口もとに笑みがあった。

「君のような素人が手をだすべき筋のものではない、『アイランド・スティック』は。もちろん焼却などもっての他だ」

僕は息を吐いた。無言で腰をおろした。パパは僕に合わせるように腰をかがめた。背後の二人はひと言も口を開かずに、こちらを見守っている。ひどく不気味だ。

僕はとりだした煙草に火をつけた。破れかぶれの気分だった。

「結局、誰も彼も、あれを手に入れることしか考えていないんだ。そのためには人が死んだってかまわないと思っている」

「この社会は、常に戦いなのだ。敗れた者には、それなりのペナルティが科せられる。

それを恐れるなら、戦いの場には足を踏み入れんことだ。絹田くん、君はまちがった場所にいる」

「だったら僕をほっておいて下さい！」

僕は大きな声をだした。二人組がわずかに動いた。白く光る目がこちらを見すえた。

「誰が君を傷つけるといったかね。君さえ協力してくれるなら、君にはいっさい手だしはしない。第一、君が私にこの話をもってきてくれたのじゃないか」

パパは僕に顔を近づけ、囁くようにいった。葉巻の他にコロンの甘ったるい香りが匂った。

「じゃあ山下たちは？」

パパは首をふった。

「君は話しあいを望んでいるのかね。我々が協力しあい、『アイランド・スティック』を折半すると？　ありえない。この場はそれですんでも、あとに必ず禍根を残す。君が見た『アイランド・スティック』がどれほどの量かは知らないが、一度ですべてを収穫できるほど少なくはない筈だ。ならば、次はいつそれを収穫する？　そのときまでに権利をもつ者が減っていたら？　そう考えない者は、最初からこの島を捜そうなどとは思わないよ」

僕は黙ってパパを見つめていた。

「電話をしたまえ。迎えにこなくてもよい、と」

パパはいった。

僕はのろのろと携帯電話をとりだした。「圏外」の表示が液晶盤に浮かびあがった。

「ここでは通じません。桟橋までいかないと」

「いいだろう」

パパはいい、僕の肩に手をおいた。

「桟橋までいくんだ」

僕は煙草を踏み消し、立ちあがった。三人につき添われるようにして桟橋へとつづく坂を降りていった。

坂の途中でパパがいった。

「ここならつながる」

パパの手の中にも、携帯電話があった。僕は自分の電話を見た。「圏外」の表示が消え、アンテナのマークが二本現われていた。

僕は携帯電話のリダイアルボタンを押した。これまでにかけた番号が記憶されていて、押すたびにかわって表示される。

最初が美加の番号だった。次が橋本の携帯電話の番号だ。その次の番号のところで、僕は発信ボタンを押した。

パパはすぐかたわらでじっと僕を見つめていた。

呼びだし音が鳴った。よかった。電源を切らずにおいていてくれたのだ。僕は内心、ほっとした。

「——はい」

でた声に僕は一気に喋った。

「あ、昼間、お世話になった絹田です。今、『キノコ島』からかけています。すみません、連絡が遅れてしまって。実は、こちらにきて偶然、知りあいに会って。ええ、その人も別の船できていたんです。で、その人が本土まで僕を送って下さるというので、迎えにはきていただかなくてけっこうです。はい。どうもすみませんでした。では、そういうことなので、よろしくお願いします」

電話を切った。

パパを見た。パパは頷き、手をさしだした。

「ではその電話を返却願おうか。もう君には必要ない」

僕は黙って、言葉にしたがった。パパは携帯電話の電源を切り、アタッシェケースにしまいこんだ。

パパのアタッシェケースが開かれたとき、そこに大型の拳銃が入っているのが見えた。

「さて」

パパは僕に向きなおった。

「山下の一行は何人いる？」

「四人です」

「四人か……」

パパはつぶやき口ヒゲに触れた。マニキュアを施した爪先が星明りを受けてかすかに光った。

「そのうちのひとりは僕の友人です。あの絵を見ていたために、この島をつきとめる協力をさせられたんです」

「あの絵だけでこの島がつきとめられたというのかね」

パパは驚いたようにいった。

「山下たちは、島の位置をあるていど絞りこんでいたんです。あの絵にはキノコの形をした岩が描かれていて、それが手がかりになりました」

「なるほど。私もあの岩は気になっていた。実在していたというわけか」

パパは頷いた。

「すると山下の戦力は実質三人ということだな」

「あとひとり、もともとこの島にいた人がいます」

パパの手の動きが止まった。

「この島にいた……？」

「『アイランド・スティック』を作っていたメンバーです。今でも本土の、この島に近い場所に住んでいて、ときどき遊びにくるのだといっていました」

「君は話したのか」

「ええ。僕が見つからないように、その人は自分から山下たちに会いにいき、今はいっしょにいます」

「〝メーカー〟のひとりがいたのか、まだ……」

パパは大きなため息を吐いた。

「でも今はもう『アイランド・スティック』を売ってはいません」

「なるほど。興味深い話だ。ぜひとも会ってみたい。君の父上の話もしたのかね」

「いえ。山下たちが現われたので」

僕はいった。

パパは考えこんだ。

「すると全部で五人の人間がいるというわけか」

「大麻畑の向こうにある斜面に、以前父たちが使っていた建物があります。今は皆、そこにいます」

鯉丸はもう〝家〟に戻っただろうか。僕は鯉丸のことが急に心配になった。

「その建物の大きさは？」

「木造で、ふつうの平屋の家くらいはあります。発電機もあるので、今は明りがついています。家からは大麻畑が一望できます」

「すると彼らに気づかれないで近づく手段はないということか？」

「大麻畑に入れば葉っぱの動きでわかるでしょう。外を回りこむのは、懐中電灯なしでは不可能です」

僕は地形を説明した。耳を傾けていたパパは、手下のひとりに、

「見てこい」

と短く命じた。男は身軽な動作で窪地の方に走っていった。しばらくして戻ってくると、パパに頷いて見せた。

「明りのついた家があります。見つからずに近づくのは難しいと思います」

話を聞いて、パパは僕を見やった。

「君は山下たちに見つかっていないといったな。どうやって島のこちら側まできたんだ？」

「友だちがちょうどひとりで家の外にいました。山下たちは僕を彼だと思ったみたいです」

「その友人は君がいることを知っている。つまり」

僕は頷いた。

「ではいずれ山下たちは気づくだろうな」

パパはつぶやき、再びヒゲをなでた。

「――できれば夜のうちにすべてを終わらせておきたい。奇襲をかけようと思っていたのだが……」

「無理だと思いますよ。いざとなれば、山下たちは家にたてこもれます。家は高い位置

にあるので、下から登ってくる人間は丸見えだ」

　僕はいった。今は少しでも時間を稼ぐ必要がある。

　パパは僕を見つめた。黙っている。

「話しあうしかないでしょう」

　僕はさらにいった。

「――君にいってもらおうか」

　パパがいった。冷ややかな口調だった。

「君はどうしても我々に話しあいをさせたいらしい。ならば君がいって、説得してみてはどうかね」

「説得……」

「私たちは武器をもっている。私が連れている二人は、銃の扱いには非常に長《た》けた人間だ。躊躇《ちゅうちょ》もしない。こうした仕事には慣れている。二人とも外国で経験を積んだのだ。したがって彼らに勝ち目はない。しかも、彼らがくると信じている迎えの船は、私からの連絡がない限りはこない。ちなみにその船の名は『三光丸《さんこうまる》』という。したがって、話しあいに応じない限り、生き残れないと彼らに伝えるんだ」

　僕は唾を呑みこんだ。

「でも山下たちが応じなかったら？」

「死ぬだろう。彼らも拳銃の一挺《ちょう》くらいはもっているかもしれないが、私たちは全員が武装している。私は完全主義者でね。不測の事態というものを好まない」

パパはいいながらアタッシェケースを開け、とりだした拳銃を腰に差した。

「同じものを彼らももっている。いっておくが、やくざが使う、トカレフのような安物ではない」

二人を示した。二人はまったくの無言だった。ことさらに強がるそぶりがないのが、かえって自信を感じさせた。

「君といっしょに、この先の松林のところまでいこう。山下に、話しあいに応じるつもりがあるのなら、家をでて大麻のところまでくるようにいいたまえ」

「彼が断わったら？」

「そうだな。一時間以内にでてこないようならば、交渉に応じる意思はないと判断して、攻撃に移る」

「でも家からは丸見えなんですよ、こちらが」

「それは君が考える問題ではない」

パパは厳しい口調でいった。そして手下に向きなおった。

「桟橋にあった灯油を運んでくるんだ」

二人は無言で言葉に従った。ふたつのポリタンクをひとりがひとつずつ手にして戻ってくると、パパは僕の背を押し、歩きだした。

窪地を抜け、松林の頂上に立つといった。

「このライトを君に渡しておく。これで大麻の外側を回っていくんだ。ライトが連中からもはっきり見えるようにな」

小型のマグライトだった。僕は無言で受けとった。パパの〝申し出〟を山下がどうとるか、まったく想像がつかなかった。怒り狂って、僕を殺そうとするかもしれない。だが今はパパのいうとおりに行動する他なかった。逆らえば、パパは本性を現わすだろう。時間を稼ぐためにも、使者の役をつとめるのだ。

僕は深呼吸し、歩きだした。松林の下り傾斜を降りていく。少しいってふりかえると、パパがポリタンクを手にした二人の手下に何ごとかを告げている姿がシルエットで見えた。

パパはあの灯油を何に使うつもりなのだろうか。まさか殺した人間をそれで燃やす気なのか。

そう考え、この島ではそんな必要などないことに気づいた。死体など燃やすまでもなく、海に投げこめばすむのだ。それができないのなら埋めたってかまわない。ここは無人島なのだ。

大麻畑にぶつかると、昼間通った、崖沿いのルートをいくことにした。ライトがあるので、岩を回りこむときに足を踏み外す危険はだいぶ少なくなる。

同時にちらちらと揺れうごくライトの明りは、家からもはっきり見えるだろうと思った。

僕はパパの狙いに気づいた。ライトをもつ僕に、山下たちの注意をひきつけておき、二人の手下を大麻畑の中に送りこむつもりなのだ。二人は、山下たちが僕に注目している間に大麻畑を抜ける。灯油は家を燃やすために使われる。山下が交渉に応じずたてこもるなら、家の周囲に灯油を撒いて火を放つ気だ。家は木造だ。灯油を使って放火されればひとたまりもない。

大麻畑を回りこみ、反対側にでた。あたりを見回した。パパの手下の気配はない。慎重に動いているようだ。

僕は深呼吸した。いったいどうなっていくのか。

斜面を家に向けて登りだすと、家の扉が開く音が聞こえた。僕に気づいた中の者が家をでてきたのだった。

28

家の前までできた僕は、山下の仲間に、あっというまに中まで連れこまれた。窓のある廊下に面した部屋に全員がそろっていた。山下の仲間というのは、頭を金髪に染めた、二十二、三の凶暴そうな男と、四十四、五くらいの痩せて顔色の悪い男だった。それが初野だろうと僕は思った。目が細く、陰険そうな顔つきをしている。

金髪の男に小突かれるようにして、僕が部屋に入っていくと、床にすわっていたマルと鯉丸は信じられないというように目をみひらいた。

「こりゃ驚いた。久しぶりじゃないか」

壁ぎわにおかれた何かの木箱を椅子がわりに、どっかりとすわりこんでいた山下がいった。手に匕首《あいくち》をもち、爪の手入れをしていたようだ。三人は、昼間見た迷彩服姿だ。

「何つったっけ。そうだ、絹田だったな。今ごろ、何しにきたんだ」

「こいつひとりでした。他は誰もいないっす」

金髪男が報告した。

「そりゃそうだろう。金子の婆あが旧悪を消させるためによこしたんだ。なあ？」

爪の先をふっと吹き、山下は僕を下からにらんだ。

「初めの目的は」

僕は答えた。

「初めの目的？」

山下は怪訝そうにいった。

「どういうことだ」

「今、この島には、ここにいる以外にあと三人の人間がいる」

がたっと山下は立ちあがった。

「何だ、貴様、サツを連れてきたのか」

僕は首をふった。

「いるのは、パパと呼ばれている男とその手下だ」

視界のすみで、さっとマルが顔を上げた。

「三人とも拳銃をもってる」

「何だと。どういうことだ」

山下は匕首を突きだした。光る刃が目の前にあった。

「三人の狙いは、あんたたちと同じ大麻だ。パパは話しあいをしようといっている」

「何を話しあうってんだ。ふざけたこといってんじゃねえぞ！」

金髪男が怒鳴った。

「お前ひとりだっただろうが、登ってきたのはよう」

僕の胸を拳で突いた。僕は金髪男を見た。

「何だ、その目つきは。この野郎！　殺すぞ」

「パパのことは知っている」

マルが口を開いた。全員がマルを見た。

「昔から赤坂でクスリの手配をしてきた男だ。やり手で、警察にも尻尾《しっぽ》をつかませたことがない」

「『アイランド・スティック』のことを僕に教えたのはパパでした」

僕は頷き、いった。

「何でここがわかったんだ」

山下がいった。

「パパは絵をもってる。絵の中にこの島の地図が隠してあった」

僕はいった。山下が何かいいかけた。それを遮って僕はつづけた。

「――それと、パパは、あんたたちが使った漁船や地元の暴力団とも話をつけたといっている。『三光丸』は、パパからの連絡がない限り迎えにこない」

山下の仰天した表情を見るのは、少し愉快だった。だが次の瞬間、山下の顔はまっ赤になった。

「ふざけたことといってんじゃねえ！」

「パパはそういった」

山下は胸ポケットから携帯電話をとりだした。だが「圏外」の表示に気づき、舌打ちした。

「一時間以内に大麻の畑のところまでこなければ、交渉の意思はないと判断するとパパはいってた」

山下は黙った。しばらく無言でいたが、僕の襟をつかんだ。

「お前よう、まさかここから逃げだしたくて、下らねえ与太《よた》をかましてるんじゃねえだろうな」

僕はひき寄せられるまま、山下の目をのぞきこんだ。怒りと狂気が入り混じっている。ひどく追い詰められているように見えた。

「僕がそんな嘘をついてもしかたがない。ここからじゃ助けを呼ぶ方法もないんだ」

山下は僕をつきとばし、金髪男を見た。

「お前ちょっと、外のようす見てこい。大麻んとこだ」

金髪男は一瞬ためらった。

「早くいけっ」

山下が怒鳴りつけると、部屋をでていった。山下は再び僕の顔をのぞきこんだ。

「で、何を交渉しようってんだ？」

「大麻を分けることだろう。他に考えられるか」

マルがいった。

「うるせえ！」

山下はマルをにらんだ。

「お前は黙ってろ」

そして僕を見た。

「どうもふに落ちねえ。なんでお前はそんな話をのこのこもってきたんだ」

「これ以上、父親の遺した大麻で人が殺しあったりするのを見たくない」

「馬鹿か。そんなことはお前に関係ないだろうが。お前、妙に強情な野郎だな。あのときだって俺たちにガセのキィをつかましたろうが……」

やはり僕のアパートを襲ったのは山下だったのだ。

「まあええわ」

そのとき初めて、黙っていた男が口を開いた。あの晩聞いたのと同じ関西弁だった。

「いきなり奇襲をかけてきたっておかしくあらへんのに、律義に使いをよこしたんや。その誠意には応じたらな」

男はいって、くっくと含み笑いをした。

「初野、お前、そんな悠長なこといっててていいのか。相手はチャカをもってるらしいじゃねえか」

山下が不安げにいった。

「チャカくらいでびびってどうすんのや。いざとなったら折半でもかまへんわ。ここのところは相手のいうこと聞いたって、陸に戻ってからあんじょう手ぇ打ちゃいいんや。八州会かて、お前が返すもん返せば、そないな売人のオッサンくらい片付けてくれるやろうが」

初野は一見眠たげに見える表情のまま、いった。山下はそれを聞き、

「そうか。その手はあるな」

とつぶやいた。

「そうや。こっちじゃ、向こうの方が有利かもしれへんが、陸に帰りゃバックのでかい方が勝ちや」

「パパを甘く見ない方がいい」

マルが口を開いた。

「何十年とこの世界で生き抜いてきた男だ。裏をかこうとするとあべこべに殺《や》られるぞ」

「仙人みたいな奴が何をほざいてんねん」

初野が吐きだした。

「わいらは命がけでこの島を捜してきたんや。今ごろのこのこ現われよった新顔に、はいそうですかいうて渡せるかっちゅうんや」

「おい」

山下は僕を見た。

「そのパパっていうのが連れてる二人は、本当にチャカをもってんのか」

「見たわけじゃない。でもパパは確かにもっていたし、二人はこういうことのプロだと、パパはいっていた」

「何がプロや」

初野は吐きだした。

「そないなプロがおってたまるか」

「……ねえ」

黙っていた鯉丸がいった。明るいところでは、鯉丸は見るのもかわいそうなくらいやつれきっていた。

「どうでもいいけど、マサオくん遅くない？」

マサオというのが金髪男の名のようだった。それを聞き、山下は低く唸ると窓に歩みよった。ガラスに顔を押しつける。

「見えねえな……」

「明りを煌々《こうこう》と点けてちゃ、暗がりのようすは見えないだろう。そんなに窓に顔をくっつけてちゃ撃ってくれといっているようなものだぞ」

マルがいった。山下は、はっとしたように窓から顔を離すと、鯉丸をふりかえった。

「明り、消せ！」

鯉丸が立ちあがると、天井から下がっていた電燈《でんとう》のヒモを引いた。部屋が闇に沈んだ。

「発電機も止めた方がいいな。あの音がしている限り、誰かが近づいてきても足音が聞こえない。何だったら、私が止めてきてやろうか」

マルが暗がりの中で立ちあがった。

「あかん」

それを初野が止めた。

「うまいこといって逃げる気やろ」

「逃げるってどこへ逃げられるというんだ」

「いいからすわっとけ！」

「おい、どうでもいいけど本当にマサオの姿が見えないぞ」

山下がいった。

「わいが見にいってくるわ。おい、お前もこんかい」

初野は僕の肩をつかんだ。そして上衣の下から何かをつかみだした。

「チャカはこっちにもあるで。お前、懐中電灯もっとったな。よこし」

僕はパパから渡されたマグライトをさしだした。初野はそれが点くかどうか確かめてから、僕に返すと、

「よし、いこか」

と、僕をうながした。

「おい、気をつけろよ!」

「大丈夫や。マサオのこっちゃ、びびってそこらに隠れとんのとちがうか」

初野は答え、僕の背を硬い銃口で押した。

僕と初野は家をでて、坂の途中に立った。家の明りが消え、あたりは闇に沈んでいる。とはいえ、目が慣れてくれば、歩くのに不自由は感じない。

「おい」

うしろから初野が囁きかけた。

「そいつらどこにおったんや」

「大麻畑の向こうの林の中だ」

僕は答えた。

「よし。歩いて降りてくんや。ゆっくりとやぞ」

初野がいった。僕は言葉どおりゆっくりと坂道を下りだした。初野はすぐについてくるようすはない。まず先に僕をいかせ、ようすをうかがおうというのだろう。

坂のふもと近くまで下ったところで僕はうしろをふりかえった。初野は家の近くの草むらにしゃがみこんでいた。

「早《は》よ、いけ」

低い声で僕を叱咤《しった》した。自分は動こうとしない。どうやら僕を囮《おとり》にする気のようだ。

僕は坂をどんどん下り、大麻畑のところまで達した。

マサオの姿はない。かすかな葉ずれの音以外、動くものの存在を知らせるきざしは何もなかった。

僕は無言でたたずんでいた。パパの手下が大麻畑に隠れているようすもない。いったいどこへいったのだろうか。

しばらくそこでそうしていたが、何も起こらないので、僕は再び坂道を登りはじめた。途中まで登ったところで、それに気づいた。初めに僕が中を見た、使われていない家の中庭のところに、黒々としたものが横たわっている。かすかに黄色っぽいところがあった。

「マサオ、さん？」

僕は低い声で呼びかけた。

「どうしたんや」

初野が草むらから立ちあがった。僕は答えずに、マグライトを点した。目に入った黒いかたまりに向ける。金髪が光った。

うつぶせになったマサオだった。べったりと頰を地面につけ、身動きをしない。

「マサオ！」

初野が小さく叫んだ。僕は無言でマサオに歩みよった。初野は動こうとはしなかった。

拳銃を手にしたまま、あちこちに目を配っている。

近づいていくと、マサオが目をみひらいたままだとわかった。虚《うつ》ろな瞳に光が反射している。

手が震えた。触れてみるまでもなく、死んでいるとわかった。どうやって殺されたかは見当もつかなかった。撃たれたのだとすれば、銃声が聞こえなかった。刺されたか、首を絞められたのか。

マサオの体をあおむけにすればそれがわかるかもしれない。だが手を触れる気にはなれなかった。

「どうなっとる」

切迫した口調の初野が訊ねた。

「死んでる」

「なんてことしよんのや……」

初野はつぶやいた。そしてくるりと身をひるがえし、家に向かって坂を戻りはじめた。

だが不意に立ち止まった。

家と坂の中間、家からはま横で、窓の死角にあたる位置に、黒い人影が立ちはだかっていた。

「誰や、お前！」

初野が叫んだ。

「お前やな！　マサオ殺したんは。覚悟せい！」

初野の右手で明るい炎があがり、パン！　という銃声が響いた。だが初野の言葉が終わらないうちに人影は草むらに身を投げていた。

パン、パン、という複数の銃声が交錯した。初野が草むらに向け、さらに何発か撃ったあと、今度は別の方角から銃声があがったのだ。使われていない古い家の裏手から、それは聞こえた。

一瞬そのあたりが明るくなるのと、初野が呻き声をたてるのが同時だった。

初野はがっくりと地面に膝をつき、ゆっくり前のめりに倒れた。

僕は呆然とつっ立ったままだった。

やがて草むらを押し分ける音がして、顔の異様に大きな人影が、古い家の裏手から姿を現わした。右手にもった拳銃をまっすぐ、倒れた初野の背中に向け、近づいてくる。

顔の中心から奇妙な物体がつきでていた。数メートルの距離まできて、それがレンズだとわかった。暗闇でも視界を確保できる暗視装置だ。

人影はまず初野の右手を蹴った。拳銃がその手を離れて転がった。つづいて爪先で初野の体をあおむけにした。

初野はされるままだった。遠目に見ても、死んでいるとわかった。

僕は信じられない思いだった。あっというまに二人の人間が殺された。話しあおうといったパパの言葉は何だったのか。

人影が、パパの連れてきた男たちのひとりであることは、服装を見れば明らかだった。

その男は僕には目もくれず、初野の拳銃を拾いあげたところだった。

男はそれから、最初に初野を立ち止まらせた人影が隠れた草むらに歩みよっていった。かがんで話しかける、低い声が聞こえた。最初の男は草むらにうずくまったままだった。

僕は家の方を見あげた。明りは消えたままだった。今の撃ちあいの銃声は、家にも届いているだろう。ひとり残された山下はどうするだろう。

ついさっきまで山下たちに感じていた恐怖は、そっくりそのままパパとその手下に移っていた。山下やマサオは粗暴だったが、こんなにもあっさりと人を殺しはしなかった。

気づくと暗視装置をつけた男が僕を手招きしていた。右手にもった拳銃はだらりと太《ふと》股《もも》の横にたれている。だが僕がこの場を逃げだそうとすれば容赦なく撃つにちがいなかった。

僕はしかたなく歩みよっていった。

草むらに第一の男がすわりこんでいた。左足の太股にベルトを縛りつけている。強い血の匂いがした。初野が撃った弾丸が命中したようだ。

暗視装置の男は、頭に無線機のヘッドセットもつけていた。

「家の中にはあと何人いる？」

男は撃たれた仲間を気にするようすもなく僕に訊ねた。

「三人」

僕は答えた。

「銃をもってるのは？」

僕は首をふった。

「いない。匕首だけだ。それに二人は関係ない人間だ」

「本当だな」

男の口調は冷ややかだった。暗視装置のおかげで顔の上半分が隠れており、表情はまったく読みとれない。

男がヘッドセットに話しかけた。

「山下は匕首だけだそうです。……了解しました」

返事をして、僕に向きなおった。

「家に戻って、全員外へでてくるようにいえ。さもなければ火をつける」

「皆んなを殺す気か」

「お前には関係ない」

「パパは話しあいをするといったじゃないか」

銃口が僕の胸に向けられた。

「いくか？　ここで死ぬか？」

僕は息を吐いた。最悪だ。結局、全員が殺される。原因を作ったのは僕だ。パパに絵を渡さなければこんなことにはならなかった。

僕は家に向かって歩きだした。中の人間たちはどうしているのだろうか。外からではまったくうかがえない。暗く静まりかえったままだ。

玄関に向かった僕は途中で向きをかえた。玄関からでは、こちらの姿は見えない。むしろ窓側からの方が話しやすいだろう。それに玄関のところには、逆上した山下が待ちかまえている可能性がある。

窓の下まで歩みよったとき、窓がからからと開かれた。マルだった。山下と鯉丸の姿は見えない。

「何があった」

マルは廊下にしゃがみ、小声で訊ねた。

「マサオと初野が殺されて……。パパの連れてきた男です。全員でてこないと、家に火をつけるといっています」

マルは小さく頷いた。

「しかたがないな」

表情は読みとれないが、沈んだ声だった。

「山下たちは？」

「銃声がしたあと、裏口からでていった」

「裏口？」

マルの手が坂道とは反対の方角をさした。

「裏口から斜面を伝えば、さっきの崖下にでられるんだ。もっともそこからは、どこへもいけないがな。泳がない限りは」

「どうするつもりなんだろう」

「さあ。だがみすみす殺されてたまるか、といっていた」

「どうします？」

「煙草をくれないか」

マルは落ちついた口調でいった。開きなおっているのか、あまり怯えたようすはなかった。僕は煙草をさしだした。

マルの顔がライターの炎で浮かびあがった。それをまぢかで僕は見つめた。

「ありがとう。結局は殺しあいか……」

マルは煙草の箱を返してつぶやいた。

「今さらですが、恨みます。あなたや父を……。あんなものを残さなければ、こんなことにはならなかった」

「それは絵か？　それとも大麻か」

「両方です。せめて島を離れるときに、大麻さえ処分しておけばよかったんだ」

「私たちにとってあれは青春の象徴だった。あれを消してしまうことは、自分たちの人生を否定することに等しかった」

「だからこの島の近くに住んだのですか」

マルの口もとで煙草の火口《ほくち》が赤く輝いた。

「色んなところを流れ歩き、結局私だけは、落ちつける場所を見つけられなかった。ネコは東京で成功し、君のお父さんは三島で死んだといったな」

「ええ。生きているうちには会えませんでしたが……」

僕は我に返った。

「今、こんな話をしている場合じゃありませんよ。この家に火をつけられるかもしれない」

「別に燃えたところで惜しくはないさ」

マルはいった。

「少しでも時間を稼げば何とかなるかもしれません」

「なぜそう思う？」

「さっきパパたちに会ったとき、『橋本丸』に電話するふりをして、麻薬取締官に電話したんです。その人が気がついてくれたら――」

僕はいった。杉並の返事を聞かず、一方的に切ったが、杉並なら気づいてくれる可能性があった。美加に場所を聞き、何が起こっているか知るため、この島に向かうかもしれない。

「それは難しいな。麻薬取締官事務所というのは、小さな役所だ。地元の警察などに連絡をするのが精いっぱいだろう。こられたとしても、早くて明日の夕方だ」

それを聞き、全身の力が抜けた。とうていまにあわない。

「――だがなぜあいつは絵に地図なんか描いたのだろうな」

マルはつぶやいた。

「心のどこかでこの島を懐しがっていたのでしょう。連絡はまるでなかったのですか」

「なかった。島をでてからは全員ばらばらだ。何年も三人だけで暮らしたあげくだからな。懐しがるというより、思いだしたくない気持の方が強かったのかもしれん」

「金子社長がいっていました。自分は妊娠を武器に使ったって」

「ネコはいつでも自由気ままだった。だから島を離れる日がくるとしたら、ネコがそれをいいだすときだろうと思っていた――」

僕の背後で足音が聞こえた。マルは言葉を切った。

「やっと、お会いできましたな」

パパの声が聞こえた。ふりかえると暗視装置をつけ、拳銃を手にしたパパが立っていた。うしろには仲間に肩を貸し、銃を手にした手下がいる。

「パパか、あんたが」

「そうです。他の人間はどこです?」

「裏口から逃げたよ。どこにも逃げる場所がないのにな。ここに火をつけるのじゃなかったのか」

マルは訊ねた。

「そのつもりでしたがね。当方にも怪我人《けがにん》がでてしまい、状況がかわりました。怪我人を休ませる場所が必要なので」

マルは立ちあがり、窓の前を空けた。

「明りをつけてやろうか。その無格好な代物をはめていたんじゃ、具合いが悪いだろう」

「お願いしましょうか」

パパはいって、暗視装置を外した。廊下に面した部屋の明りが点くと、パパの手下が傷ついた仲間を廊下にすわらせた。

「ひどい怪我だな」

マルはそれを見ていった。制服の右膝の下が血を吸って黒く色を変えていた。

「幸いに動脈は外れていますし、弾丸も貫通しました。痛み止めを与えてあるので、明日中に病院に連れていけば大丈夫です。できれば消毒薬があればありがたいが」

窓から前庭に落ちる黄色い光の中に立ってパパはいった。

「捜してみよう。古いだろうがヨードチンキくらいはあるかもしれん」

マルはいって、家の奥に入っていった。僕はパパに詰めよった。

「話しあいをしようなんて、嘘をついたんですね」

パパは肩をすくめた。

「彼らは素直に話しあいに応じる雰囲気でしたか？　部下の話では、先に発砲したのは、向こうだったということでしたが」

「ようすを見にいった人間を殺したからだ」

「彼らはプロですから。敵の戦闘能力を少しでも減らせるチャンスがあれば、躊躇はしません」

「そのプロだって撃たれた」

「アンラッキーですね。でたらめに撃ちまくった弾がたまたま命中してしまった」

「山下も殺す気ですか」

パパの表情が険しくなった。

「逃げだしたということは、降服してはいないという意味です。戦いはつづいている」

「向こうには匕首しかない」

「であるとしても、油断はできません」

「もう殺しあいはやめて下さい」

パパはじっと僕を見つめた。ガラス玉の中に冷ややかな光があった。

「あなたと私の協力関係は終わった。あなたの意見を受けいれる義務は私にはない」

そこにマルが戻ってきた。木箱を手にしている。

「昔おいていった薬箱があった」

「よこせ」

無傷の方の手下がいった。傷ついた方は、パパのいう〝痛み止め〟がきいているのか、ぼんやりとした表情を浮かべている。

パパの手下はナイフをとりだすと、傷ついた仲間のズボンを手早く切り裂いた。僕は目をそむけた。

「さて、と」

パパはつぶやいた。

「逃げた連中はどこにいったのです？」

マルが答えた。

「ここの裏口から崖下へ降りられる道がある。そこを降りていけば海にでる」

「そこからは？」

マルは首をふった。

「どこへもいけんよ。船がない限りは」

「連中は当然、携帯電話をもっていますね」

用心深くパパは訊ねた。

「もってはいるが、島のこちら側ではつながらない」

「すると仲間は呼べない、というわけだ」

パパは仲間の手当てを終えた手下を見た。

「夜が明けるまでに始末した方が安全だな」

手下は無言で頷いた。

「俺たちも殺す気か」

マルが静かな声で訊ねた。パパは心外そうな表情を浮かべた。

「まさか。私たちにとっては、あなた方は重要な協力者です。特にあなたには、いろいろと訊いてみたい話がある」

「『アイランド・スティック』のことだな」

パパは頷いた。

「ですが今は、逃げた連中の始末が先だ」

僕は黙っていられなくなった。

「逃げたうちのひとりは僕の友だちだ。山下に威されてここまで連れてこられたんです」

「ということは、山下に威されて、私たちを襲うかもしれない」

「ちがう！　鯉丸はそんな奴じゃない」

「人間は追い詰められれば、どれだけでも狂暴になれます」

「僕がいく！」

僕は叫んでいた。

「山下と鯉丸を説得します。だから二人を殺さないで」

「彼らはもうあなたを信用しないでしょう。それに私もあなたが信用できない」

僕はパパを見つめた。パパは傷ついた手下に目を向けた。

「ここを見張っていられるか」

どんよりとした目で手下は頷いた。

「よし。じゃあ誰か現われたら撃て」

手下に拳銃をさしだし、パパはいった。手下はおぼつかない手つきで拳銃をつかむと、傷ついていない方の膝にのせた。

パパはマルに向き直った。

「裏口に案内してもらいましょうか」

マルは無言で立ちあがった。パパは僕をうながした。

「先頭を歩いてもらいましょうか。私のライトをもって」

「もし彼らが降伏したらどうする？」

マルが訊ねた。

「そのときは考えます」

裏口は廊下のつきあたりを右に折れた場所にあった。扉を押し開けると、ほんの四、五メートル先に崖があり、暗闇の中を細い小道が下にのびていた。

「声をかけてもけっこうです」

僕のうしろに立つパパがいった。パパの背後にマルが、しんがりに手下がつづいている。

「鯉丸！」

僕は叫んだ。

「でてこいっ」

返事はなかった。崖下からはかすかに波の音が聞こえてくる。

「進んで」

パパが僕の背を銃口で押した。僕はライトで足もとを照らしながら進んだ。恐ろしかった。逆上した山下が、暗闇の中から匕首を手に飛びだしてくるかもしれない。ライトの光を目当てに襲いかかるなら、それは僕だろう。パパはそれを狙っているのだ。

「鯉丸ぅ」

僕は再び叫びながら進んだ。崖ふちに立った。下にライトを向けた。五十センチも幅がないような道が斜めにのびていた。途中で折れ曲がっていて先は見通せない。はるか下で、まっ黒な海面に浮かぶ白い波が光を反射していた。

パパが僕のかたわらに立った。いきなり下に拳銃を向け、発砲した。四発か五発を崖下に撃ちこんだ。銃声が海面と崖にこだました。僕はパパを見た。パパは平然といった。

「用心のためです。降りてもらいましょう」

「嫌だ」

僕はいった。

「結局あなたは僕を囮に、鯉丸と山下を殺す気なんだ」

パパは銃口を僕に向けた。

「じゃああなたも死にますか」

「人手はとっておいた方がいいのじゃないか」

マルが進みでていった。

「殺した人間たちの死体の始末を二人だけでやるつもりか。この子と俺を殺したら、そうなるぞ」

パパはマルをふりかえった。

「冷静ですな」

「俺はもう腹をくくっている。いつかこんなときがくるだろうと思っていた」

暗がりの中でマルはいった。マルはパパと僕のあいだに立った。手下が強力なライトを点し、崖下を照らしだした。

「契約をしないか」

マルがいった。

「契約？」

パパは首を傾げた。

「ここの『アイランド・スティック』をあんたは一度にすべて収穫してしまうつもりか？　そうじゃないだろう。なぜなら一度に大量の品が出回れば、大麻の相場は値崩れを起こす。長く少しずつ、市場に回した方が、結局は金になる筈だ。しかも収穫のあと、新たに種付けをすれば、また大麻を栽培することが可能だ」

「『アイランド・スティック』を復活させる？」

「そうだ。そのためには管理者が必要だ。この子と俺を助けてくれたら、それをしようじゃないか。この島で暮らし、『アイランド・スティック』を収穫するのは、経験者である俺が一番だ。あんたは東京にいながらにして金儲けができる」

パパは目を細めた。

「私にとっては条件のよすぎる話だ。それにあなたはともかく、彼はどうするのです？　彼もいっしょにこの島で暮らすのですか」

僕を見た。

「そうだ」

マルは頷いた。

「それはどうでしょう。こんな若者が不便な無人島で暮らしていける筈がない」

「いや、暮らしていける。親子なのだから」

マルがいった。僕はびっくりしてマルを見つめた。パパも不思議そうにいった。

「親子?」

「そうだ。この子は私の子だ。私はマルではなく、絹田洋介だ」

「そんな!」

僕は叫んだ。頭の中がまっ白になった。

マルは僕に向きなおった。

「本当なんだ。三島で死んだ絹田洋介こそ、マルなんだ。ここで暮らしているあいだマルに絵を教えたのが私だ。ニューヨークに渡ったマルは結局、ミュージシャンになる夢が果たせず、麻薬にからんだトラブルで傷害事件を起こした。日本に逃げ帰ったが、手配を受けているので私の名を使って暮らしたいといってきた。私はもう世捨て人同然なので、それをかまわないと許した。私の古い写真や仕事のリストも与えた。マルは、だから死ぬまで私の名を使っていた」

「嘘だ!」

思わず僕はいっていた。

「三島の早坂さんだって、そんなことはひと言もいっていなかった」

「本当なんだ、信一。マルは私と死ぬ直前まで連絡をとりあっていた。そしてお前のことを気にかけたマルは、私のかわりに捜そうとしていたんだ」

「信じられない……」

唇が震えた。足もとが崩れていくような衝撃だった。父親が生きていた。生きていて、今、目の前にいるこの人だった――。

「逃げるための嘘ではないようですな」

パパがいった。興味を惹かれたといった口調だった。だが僕にとってはそれどころではなかった。

マル――父親と名乗った男――は、いった。

「私はこのことを永久に黙っていようと思った。今さら生きているとわかったとしても、いたずらに信一を苦しめるだけだ。それに、お世辞にも、いい父親とはいえない、それどころか父親だと名乗るのもはばかられるような人生を送ってきた。何ひとつ、本当に何ひとつ、信一にはしてやらなかったし、むしろ迷惑ばかりをかけてきた」

いって、不意に地面に膝をついた。

「信一、許してくれ。このとおりだ」

頭《こうべ》を垂れた。

「やめて下さい」

ようやく僕にいえたのは、その言葉だけだった。

父親と名乗った男はじっと僕を見つめ、それからパパに向きをかえた。

「頼む、息子を殺さないでくれ。この子には何の関係もないんだ」

パパは無言で彼を見つめていた。

「『アイランド・スティック』に関するすべてのノウハウを私はもっている。もし息子と私を殺さないでいてくれたら、あんたが永久に収穫を手にできるようにしよう。そしてその間ずっと、私は信一に贖罪《しょくざい》をしつづけられる。父親として過せなかった時間を、共に分かちあうことができる」

「感動的な話ですな」

「私にチャンスを与えてくれ。父親となる唯一のチャンスを」

「都合がよすぎる！」

僕は叫んだ。

「今まで生きていたことすら隠していたのに、これからはいっしょにここで暮らそうなんて、都合がよすぎる！」

「だがそうする他ない。そうだろ、パパ。あんたは明日になったら私たちを殺す気だ」

パパは答えなかった。男は立ちあがり、僕の肩をつかんだ。

「うんといってくれ、犯罪に手を貸せ、というのか」

「うんといってくれ、頼む」

僕は男をにらみつけた。何というでたらめさ、何という嘘つきなのか。生きのびるために、今度は息子にまで犯罪の片棒をかつがそうとしている。

男はパパをふりかえった。

「少し時間をくれないか。十分でいい。二人きりで話させてくれ」

パパは小さく頷いた。

「我々にもさほど余裕はないので。十分だけですよ」

男は頷きかえし、

「家にいる」

といって、僕の背を押した。

「話すことなんかない！」

僕はいいかえした。くやしかった。情けなかった。自分ですべてを作りだしておいて、今度は生きのびるために、その作りだしたものと自分の人生、さらには放置していた息子の人生までさしだそうとしているのだ、この男は。

僕は立ち止まり、ふりかえるとにらみつけた。

「あんたは最低の人間だ」

だが男は動じなかった。それどころか厳しい表情で、

「黙っていけ」

と僕を促した。僕と男は家の裏口に達した。男は裏口の扉をひいた。僕を中に押しこみ、うしろ手で扉を閉じた。

僕の肩をつかむとひき寄せた。耳もとで小声でいった。

「よく聞け。この島に、隠れた洞窟がある。戦争中、防空壕《ぼうくうごう》のかわりに掘られたものだ。

山下と鯉丸はそこに逃げた。お前もそこへいくんだ」

僕は驚いてふりかえった。大声をだすなというように口に指をあてられた。ざらっとした長い指の感触が唇に伝わった。

「じゃ、下に逃げたというのは――」

「嘘だ。この家の反対側に回ると、まん中の下へ降りる道とは別に斜面に沿った道がある。それを進んでいくと大麻の畑の端にぶつかる。洞窟は、大麻畑の中央左手の崖にある。少なくとも夜のあいだはそこにいたら見つからない。それと――」

いって、男は僕の腕をつかんだ。

「お前はまだあの大麻をこの地上から消したいと思っているか」

僕は頷いた。

「ならば燃やせ。今しかないぞ」

僕は男を見つめた。いったいどちらが本心なのだ。この島に残って「アイランド・スティック」の栽培をするからと命乞いをしたときと、それを燃やせといっている今とでは。

それを知るための問いを僕は口にした。

「なぜ山下や鯉丸といっしょに逃げなかったんです」

男はじっと僕を見つめかえした。

「お前がいたからだ。私が逃げのびたところで何の意味もない」

僕はゆっくりと息を吸いこんだ。男は低い声で僕を叱咤した。

「いけ！　あれを燃やすんだ」

「本当に燃やしていいんですね」

男は頷いた。

「残しておいてはいけなかったんだ。私は今までさんざん過ちをおかしてきた。あれを残しておいたことは、今までで最大の過ちだった」

「あれが燃えだせば、あなたは殺されてしまうかもしれない」

男は微笑んだ。

「私はこの島のことを誰よりも知っている。うまく逃げてみせる」

「だったらいっしょにくれば——」

男は首をふった。

「時間を稼がなけりゃならない。お前が逃げたら、私はパパに『アイランド・スティック』について講義してやろうと思う。パパはきっと興味を示す。お前はその間に、畑を燃やせ」

僕は何といってよいかわからなかった。男は僕の体を揺すった。

「いけ！」

「本当に、本当に、あなたは僕の父親なのですか」

男は無言で頷いた。そのとき僕は理解した。なぜ絹田洋介ことマルが、この島の絵を描き遺したかを。マルは僕に、本当の父親と再会できる場所を知らせようとしたのだ。自分の死後、僕があの絵を受けとり、訪ねようと思いたつのを願っていたのだ。

僕は不意に熱くなった目を、男に見られまいとそむけた。

反対側の出入口へとつながる廊下へ向きをかえたとき、男がいった。

「信一」

ふりかえると、男が右手をさしだしていた。僕はその手を握った。温かく、乾いていて、がっしりとした手だった。

29

廊下には、傷を負ったパパのもうひとりの手下がいる。その目前を通らなければならない。

もしどこへいくと訊かれたら、パパの命令で動いていると答える他ない。

廊下に面した部屋の椅子に、その手下は腰かけていた。傷ついていない方の膝の上に拳銃をおいている。

僕は緊張してその前を進んでいった。男は目を閉じてぴくりとも体を動かさない。死んでいるのだろうか。どきりとして、その顔を見つめた。大量に出血したせいか、ひどく顔色は悪かった。だが死んでいるのでないことは、胸の規則的な動きでわかった。

薬がきいて眠っているようだ。

僕は前以上に注意深く進んだ。音をたてたら目を覚ますかもしれない。

ようやく玄関に達したときは、ほっと息を吐いた。扉を開け、外にでた。

再び闇に包まれた。

〝父〟のいっていた洞窟へいくには、このまま下に降りず、反対側の崖ふちへ進み、そこからふもとへ降りる道を捜さなければならなかった。

だがその前に、僕にはもうひとつ捜すべきものがあった。灯油を入れてきたポリタンクだ。あれがなかったら大麻畑を燃やすことはできない。

どこにあるのだろうか。

僕は一瞬闇の中で立ち止まり、考えた。今でてきたばかりの家でいつ怒号があがり、パパやパパの手下が追ってくるかと思うと、このまま駆けだしたい衝動にかられた。だがそれをけんめいに抑え、頭を働かせた。

パパは手下二人にあのポリタンクを運ばせ、大麻畑へと向かわせた。畑の中に放置する筈はないのだから、タンクは今、畑のこちら側にある筈だ。

どこだ。

手下二人が隠れていた場所を僕は思いかえした。撃たれたひとりはこのすぐ下、傾斜地を降りる坂のかたわらにある草むらに隠れていた。もうひとりは、古くなった家の陰から初野を撃った。マサオの死体が転がっていた庭先がある家の裏側だ。

あの家だ。

僕は思いついた。ポリタンクは大きく、坂道の途中にはおいておけない。ならば、あの家のどこかに隠したにちがいなかった。

僕は坂道を下った。段々畑のような斜面を一段下った左手に、使われなくなった方の家はあった。そしてその前にマサオの死体が横たわっている。

僕は闇に慣れてきた目で家の周囲を捜した。パパから渡されたマグライトは今ももっていたが、使う気にはなれなかった。

家の正面に、それらしいものはなかった。

とすれば、家の中か、裏側だ。

僕はまず、家の中を調べてみることにした。反った板の扉をひくと、さすがにマグライトを点した。

昼間のぞいた土間があった。そしてその土間の中央に、赤いポリタンクがふたつおかれているのを見つけた。

マグライトを手に、ポリタンクに歩みよった。ポリタンクふたつをもって斜面を下るのは無理だった。両手がふさがるし、バランスを崩すおそれもある。

とりあえずひとつをもちあげ、僕は土間をでた。マグライトを消した。

あとは〝父〟のいっていた道を見つけるのだ。左手の崖ふちに沿ってあるなら、この家の裏手を通っている筈だ。

再び目が闇に慣れるのを待って、ポリタンクをさげた僕は歩きだした。

左手の崖ふちは、地面が隆起していた。反対側の崖ふちが、すっぱりと海に落ちこんでいるのに比べ、まるで壁のように一、二メートル盛りあがっているのだった。

道などない。濃い茂みがのび放題の斜面があるだけだ。

道はこの隆起の反対側にあるのだろうか。もしそうなら、隆起を回りこめる場所を捜さなくてはならない。

〝父〟が家の反対側に回れといったのは、そういう意味だったのだろうか。

僕は迷った。大麻畑へいくには、このまま坂を降りていくのが最も早い。だが僕が逃げたことをパパたちが知れば、簡単に発見されてしまう。〝父〟の教えた道を使えば、遠回りだが、隆起が壁となって発見される可能性は低くなる。

元きた道をいったん戻り、家に近づくのは勇気がいった。だが僕はそのコースをいくことにした。ふもとまで坂を下っても、見つかってしまえば背中を撃たれるだけだ。ポリタンクをもっている僕を見たら、パパは容赦しないだろう。

息を吐き、僕はポリタンクを手に坂をあがった。家の横手にでると、隆起のある崖ふちに向かって進んだ。

身をかがめ、草むらを押し分けていった。ポリタンクは両手でもっていても、かなり重い。十リットル入りだから、水なら十キロだ。灯油は水よりは比重が軽いのだから十キロは越えないだろう。だがこうして身をかがめ茂みの中をいくとなると、ひどく重く感じることは事実だった。

崖ふちに到達したとき、隆起がU字形に崩れているのに気づいた。そこをまたぎこえると、隆起の反対側にでる。

僕は再びマグライトを点し、息を呑んだ。隆起の反対側には、幅五十センチもない坂道が下に向かってのびている。ただし、木も何も生えておらず、足を踏み外せば、海へまっさかさまだ。

ライトの光ははるか下の海面を照らしていた。海面は、僕の周りを包む暗闇以上に、濃密な黒さをたたえている。

僕はライトを右手に、ポリタンクを左手にもって、細い坂道に立った。まるで高層ビルの外側の窓枠に立った気分だった。山下と鯉丸は、明りもなしによくこの坂道を降りていけたものだ。きっと背後の隆起にへばりつくようにして下ったにちがいない。

ライトがあればまっすぐ坂道を降りることはできる。だが右手にタンクをもてば、それが邪魔になって体が隆起から離れてしまう。左手にタンクをもてば、タンクは何もない虚空にぶらさげることになり、重心が左寄りになって、ひどく危険だ。

結局僕は、両手にもったタンクを体の前にさげ、口にライトをくわえた格好で坂道を下ることにした。そうすれば万一つんのめっても、左ではなく前か右に倒れることができる。

坂道を降りはじめると、虫の音がまったく聞こえなくなった。かわりにはるか下の方から打ち寄せる波の音が這いあがってくる。

海と隆起のせいか、坂道はひどく暗かった。海側から見ればこの道は、島の断崖にせりだした非常階段のようだろう。

僕は慎重に坂を降りていった。体重が前にかかっているせいで、下りの道はどうしても勢いがつく。それを殺すために、爪先と膝に力が加わり、十メートルと進まないうちに膝が痛くなった。

進みながら、大麻畑までの距離を考えていた。何しろ隆起のせいで、島の内側はまったくうかがえないのだ。いったいどれだけ進めば、大麻畑の横にたどりつけるのか。

〝父〟は何といっただろうか。この坂道を下っていけば、大麻畑の端にでる、そういった。つまり、この坂道はどこかで大麻畑へとつながっているのだ。

そう思いだしたとき、僕は足を止めた。タンクを足もとにおろし、ひと息ついた。よだれでべたべたになったライトを口から抜いて、隆起の前方に向けた。

〝父〟の言葉の意味がわかった。隆起は、この先十メートルくらいの地点からだんだん低くなっている。つまり傾斜地から平地へと下るにしたがい、壁は低くなっているのだ。そして一番低くなった場所では、三十センチほどしかなく、その向こうには生い茂った大麻の畑が広がっている。

洞窟は、その大麻の畑の中ほどあたりを左に下った場所にある、と〝父〟はいった。

僕は今度は左前方にライトを向けた。平地に達するあたりから道幅が広がっている。

そして海に面する側は極端に切りたった崖ではなく、一部ゆるやかな斜面になっている場所があった。

洞窟は、その斜面のどこかにあるのかもしれない。

僕はライトを再び口に戻し、ポリタンクを抱えあげた。坂道を進む。

大麻の匂いが強く鼻にさしこみ、足もとの勾配が消えた。

僕は立ち止まり、ライトを消した。全身が汗で濡れている。そのまま地面にしゃがむと息を吐いた。

腕時計をのぞいた。午前一時二分。いつのまにか真夜中を過ぎている。「橋本丸」でこの島に上陸したのは、はるか昔のような気がした。

この次にすべきこと。それは、このポリタンクの灯油を大麻畑の中に撒き、火をつけることだ。たった十リットルで畑の大麻すべてが燃えるかどうかわからないが、もうひとつのポリタンクをとりに戻る危険はおかせなかった。

僕は斜面の方に目を向けた。山下と鯉丸は洞窟にひそみ、朝を待っているのだろうか。

鯉丸が心配だった、同じように鯉丸も僕のことを心配しているにちがいない。

僕は考えをふりはらい、立ちあがった。今はまず、大麻が先だ。

ポリタンクをかかえ、低くなっている隆起をまたぎこえた。繁殖力の強い大麻も、さすがにこの隆起を越えてまでは茂っていなかった。ちょうど低い壁のように隆起は大麻畑をせきとめている。その大麻畑は先にいくほど面積が広がっているので、傾斜地の上からは洞窟のあるあたりが見えないのだ。

大麻畑の中に踏みこんだ。悪臭と虫の音が鼻と耳に襲いかかった。

僕は何歩か進んだところで、手探りでポリタンクのキャップを外した。ポリタンクを傾けると液体の流れでる音がして、灯油の匂いが新たに鼻にさしこんだ。

タンクの灯油をこぼしながら、大麻畑の中を歩きまわった。全部に撒くのは不可能だったから、中心部になるべく多くをこぼした。

ぐるぐる歩きまわっているうちに、タンクが空になった。

タンクを大麻の茎のあいだに押しこんだ。あとは火を放ち、逃げるだけだ。

だが、そこで僕は自分の位置がわからなくなっていることに気づいた。

背丈を越える大麻畑の中にいては、いったい自分がどちらを向いているかすらわからない。火を放ったら少しでも早く畑からでなければ、自分が炎や煙にまかれてしまう危険がある。

なのに僕は、どっちが洞窟のある斜面なのか迷ってしまったのだ。

昼間だったら上の方角を眺めることで、大麻の茎のすきまから、松林や家の建つ傾斜地をうかがい知ることができたろう。

だが今は大麻畑は闇に閉ざされている。

いったん火をつけて、闇雲に脱出し、それが洞窟とは離れた側だったら、もう一度大麻畑をつっ切ることはできない。

火をつける前に位置を確認する他ない。

僕は一度大麻畑の外にでることにした。今は大麻の匂いよりも灯油の匂いが勝るほど強まっている。

大麻をかき分け、こっちとにらんだ方角へと進んだ。大麻がまばらになり、外にでた。

僕は傾斜地のふもとに立っていた。前方の上方に明りのついた家がある。まちがった側にでてしまった。

そのとき、家の方角で、パン、という銃声が鳴り、数メートル離れた位置の大麻がバサッという音をたてた。

何が起こったか、そのときはわからなかった。

「やめろっ」

声が聞こえた。つづいてもう一度、パンという銃声がして、今度は僕の足もとから数十センチ離れた地面の小石が跳ねた。

気づいたとき、全身から血の気がひいた。斜面から僕に向けて銃弾が発射されているのだ。

次の瞬間、バラバラッという連続した銃声が斜面の方から聞こえ、僕の左手の大麻の茎が薙《な》ぎ倒された。

僕はくるりと向きをかえ、畑の中にとびこんだ。僕が逃げだしたことをパパたちは気づき、暗視装置で見張っていたのだ。

心臓が口からとびだしそうだ。手足の先まで冷たくなる恐怖を僕は味わっていた。

僕が大麻畑の中に逃げこんだとたん、銃声は止んだ。僕は必死になって大麻をかき分け、左前方へと進んだ。洞窟のある斜面にでる筈だ。

大麻の畑が途切れた、と思ったとたん僕はつんのめっていた。畑と崖を隔てる隆起に足をとられたのだ。

だが勢いがついた僕の体は止まらず、斜面にとびだした。手をついたがそれでも勢いを止められなかった。僕は頭から斜面を滑り落ちていった。岩の上に薄く砂が積もっていて、滑りやすくなっている。

僕はけんめいに体を止めようと手足をつっぱった。すると不意に抵抗が消え、次の瞬間、地面に叩きつけられた。斜面ではなく、平らな地面だ。

胸を強く打ち、うっという声が洩れた。どれくらい落下したのか見当もつかない。それほど高くはない。一メートルかそこらだ。

それでも衝撃と痛みで動けなくなった。

「誰だっ」

低い声が少し離れたところでした。緊張した声だった。

僕はやっとの思いで両手を地面についた。掌がすりむけ、小石が皮に刺さっている。

「刺すぞ、この野郎！」

声がさらにいった。山下だ。

「鯉、丸……」

ようやく僕はいった。

「信ちゃん！　信ちゃんなの!?」

上半身を起こしたところで駆けよってくる足音がした。ライターの火が点った。目をぎらぎら光らせた山下と鯉丸が僕を見おろしていた。山下の手には抜き身の匕首があった。

「てめえ、絹田……」

山下が息を呑んだ。

「信ちゃん、大丈夫？」

鯉丸が僕の腕をつかんで立ちあがらせた。

そこは高さ一メートルほどの洞窟の入口だった。斜面を滑り落ちてきた僕は、ちょうど洞窟のま上から落下したのだ。

少しでも左右にずれていたら、そのまま海まで落ちていったろう。

「怪我してる、信ちゃん」

鯉丸がいったとき、山下がライターを消した。暗闇の中に僕らは沈んだ。

「大丈夫だ。ちょっとすりむいただけだ」

僕は小声で答えた。

「初野はどうなった!?　マサオは？」

山下が切迫した口調でいった。

「二人とも殺された」

「くそう」

山下が呻いた。

「あの野郎！　ぶっ殺してやる」

「無理だ。ひとりは怪我しているけど、パパともうひとりは、拳銃や機関銃みたいなのをもってる」

僕がいうと山下は息を呑んだ。

「なんだと……」

「たった今、それで撃たれそうになったんだ。ダダダッて」

山下はもう一度呻き声をたてた。

「何てこった。奴らの勝ちかよ」

「信ちゃん、ここのこと、あの人に教えてもらったの？」

目が慣れてくると、鯉丸の顔がうっすら浮かんで見えた。

「ああ。あの人な、俺の父親だった」

「ええっ」

鯉丸が叫んだ。山下があわてたように、

「馬鹿っ。大きな声だすな」

と止めた。

「本当なの、それ」

「どうもそうらしい」

「だって三島にお墓参りいったのは——」

「死んだ人が丸山で、アメリカで何か事件を起こして本名が使えなくなったんで、名前を貸してたんだ」

「そんな……。そんなのってあり……」

鯉丸が目をみひらくのがわかった。

「あの絵は、丸山が僕に父親の居場所を教えるために描いたんだ。父親はこの近くで世捨て人みたいな暮らしをしていたから、僕が絵からここに辿りつければ父親に会える、そう考えたのだろうな」

「嘘みたい」

鯉丸はいって、ぺたんとしゃがみこんだ。

カチリと音がして再びライターが点り、消えた。山下が煙草に火をつけたのだ。僕も煙草をとりだした。手が震えている。

「で、奴はどうしたんだ。なぜいっしょに逃げてこなかった」

「僕を逃がすために時間を稼いだんだ」

ふん、と山下は鼻を鳴らした。

「奴が痛めつけられてここのことを喋りゃ、俺たちは終《しま》いだ。ヤッパと機関銃じゃ、勝負にならねえ」

　そのとき頭上から人の声が聞こえた。

「ヤバい！」

　山下はいって煙草を海に投げ捨てた。僕も一服吸っただけの煙草を踏み消した。

「中に隠れるんだ」

　僕らは洞窟の中へ這いこんだ。入口の大きさのわりには、それほど奥行きがない。せいぜい三メートルだ。だがここにいる限り、上からは見つからない。

　洞窟の中は真の闇だった。入口の方角がほのかに明るいだけで、内部はそれこそ鼻をつままれてもわからない。

　その中で息を殺し、うずくまった。話し声はここまでは聞こえてこない。

　やがて押し殺した声で山下がいった。

「奴らはお前を捜しているのか」

「そうだと思う」

「じゃあやっぱり奴が喋ったのかもしれねえ」

「いや。あの人は喋らない、絶対に」

　僕はいった。

「馬鹿。誰だって殺すと威されりゃ、べらべらうたうもんだ」

吐きだすような口調だった。

「じゃあここに隠れてるのは無意味だね」

僕はいって体を起こした。気配に気づいたのか、山下があわてたようにいった。

「どこいくんだ!?」

「大麻の畑に灯油を撒いてきたんだ。火をつける」

「何だって！」

「信ちゃん！」

山下と鯉丸が同時に声をたてた。

「大麻はもう誰にも渡さない」

僕はいった。不思議なほど勇気がわいていた。もしかすると勇気ではなく自暴自棄なのかもしれないが、僕を逃がすために〝父〟がおかした危険を考えると、このまま隠れつづけていることはできなかった。

火をつけなければ。

もしパパたちが大麻畑の中まで踏みいって僕を捜していたら、これは反撃にもなる。ただし灯油の匂いには誰でも気づくだろうから、火は警戒するにちがいない。

「待てよ、何、馬鹿なこといってんだ――」

「もうあんたの指図は受けない」

「てめえ、待てって！」

山下が手探りで僕を捜す気配があった。一瞬、匕首の刃が薄く光った。

「大声をだすよ」

僕がいうと山下は動きを止めた。

「信ちゃん……本気なの」

鯉丸がいった。

「ああ、本気だ。ここにずっと隠れていたら、灯油はいずれ蒸発してしまう。いかなきゃ」

僕はいってジーンズのポケットの中でライターを握りしめた。

「待って、じゃあ僕もいく」

「鯉丸」

「何いってんだ、お前まで」

山下も狼狽したような声をだした。

「信ちゃんひとりいかせられないよ」

「お前がくる必要はない。待ってれば――」

いいかけ、僕は次の言葉を呑みこんだ。警察がやがてくる、といいたかった。だがそれは鯉丸にとっては破滅を意味するのだ。

「待ってりゃ何だよ」

山下が聞きとがめた。

「いつかはパパたちもひきあげる、そういいたかったんだ」

「冗談じゃねえ。そんなに待ってられねえ。それに朝になりゃ、奴らはもっと人数が増えるだろう。よし！　こうなりゃ俺もやってやる！」

山下は吠えるようにいった。

僕は洞窟の出入口に立つと、上の方をうかがった。話し声はもう聞こえてこない。

パパたちは僕を追って大麻畑の中に分け入ったのだろうか。けんめいに頭を働かせた。

パパとその手下は暗視装置をもっている。見通しのきかない大麻畑の中にあえて踏みこむ必要はない。大麻畑の周辺部で、動きを待っているのだ。動きがあったら、そこに弾丸を撃ちこめばいい。

僕が大麻畑の反対側へと抜けることをパパは恐れていない。携帯電話はとりあげたし、夜が明けても僕には逃げる手段がないのだ。

携帯電話。僕ははっとして山下の方角をふりかえった。山下は携帯電話をもっている。

「携帯電話をまだもっているか」

「もってるが、ここじゃ使えねえ」

山下が答えた。

「携帯電話は、桟橋までいけばつながる。そこから助けを呼ぶんだ」

「助けって、お前――」

山下が口ごもった。

「ふた手に分かれよう。あんたと鯉丸は、桟橋の方向に向かう。僕は反対側に回る」

「反対側って、信ちゃん、どうするつもりなの」

鯉丸が不安げにいった。

「大麻に火をつける。灯油はまん中辺にたくさん撒いてあるんだ」

「それで？　それで信ちゃんはどうするの？」

「桟橋の方にいくよ。大麻がどのくらい長い間燃えるかわからないけれど、燃えているあいだは、パパたちだって反対側にはこられない」

そのあいだに助けがくれば僕たちは助かる。

「警察かよ」

山下が呻くようにいった。

「つかまっちゃうね、僕」

鯉丸が泣きそうな声でいった。

「警察がこなけりゃ皆殺しだ。大麻を燃やしたら、パパは絶対に許さない」

「そうだよな。何もしなけりゃ結局殺《や》られるんだ。組はアテにできねえ」

僕は手探りで鯉丸の肩をつかんだ。

「お前は死刑にならない。俺が証言してやる。鯉丸がいい奴だってこと」

鯉丸は無言だった。

「いこう」

僕は促した。

「信ちゃんのいうことなら信じる」

低い声で鯉丸が答えた。

30

僕たちは隆起のところまで斜面を登ると、ふた手に分かれた。鯉丸と山下は、なるべく左手の方向、大麻畑の反対側の端をめざし、僕はまっすぐ大麻畑の中心部をめざした。

パパとその手下はどこにいるだろうか。僕の考えがまちがっていて、畑の中にひそんでいたら三人とも殺される。

身をかがめたまま隆起をのりこえた。目の前に再び密生した大麻の茎林が広がっている。左の方向を見ると、鯉丸たちが大麻畑に這いこんでいくところだった。ガサガサという音とともに、大麻の茎先が揺れている。

あの動きは畑の中からではわからない。上の方から観察していれば見えるだろう。だがそこからではいくら何でも弾丸は届かない。売り物にする大麻を上から銃弾で薙ぎはらってまで撃てばあたるかもしれないが、パパはそんな愚はおかさない。

パパがもしそんなことをするとしたら、僕が火を放ったのに気づいたときだ。

すると今はまだ火を放てない。少なくとも鯉丸と山下が大麻畑を抜ける時間を稼いでからだ。

僕は低くなった隆起の陰にうずくまるような格好で左の方角を見つめた。ざわついていた手前の大麻の茎は動きが止んでいる。そこから奥の動きは、闇と手前の大麻が邪魔をして見てとることができない。

大麻畑の奥行きは百メートル近くある。斜めに進んでも二、三十メートルは大麻畑の中をいかなければならないだろう。

上の斜面からつづいてきた隆起のこちら側の坂道は、ちょうど洞窟の上あたりで消えている。そこから先は、どうしたって大麻畑の中を進むしかないのだ。

不意にガサッという音が聞こえ、僕は息を呑んだ。正面の方角からだが、目の前の大麻はぴくりとも動いていない。

パキッ、パチッという、地面に積もった枯れ葉を踏みしだく音がさらにつづいた。確かに僕のま正面、大麻畑の中心部からそれは聞こえる。

鯉丸たちが畑の中で進む方向をまちがえ、こちらに戻ってきてしまったのだろうか。

一瞬そう考え、恐ろしい可能性に僕は気づいた。パパと手下もふた手に分かれていたら。

上から大麻畑の茎先の動きを見おろし、相手の位置を確かめたパパが、畑の内部に入りこんだ手下に無線で位置を知らせる。

もう少し先だ、もう少し先だ、というように。茎先の動きを見おろしていれば、ふたつの動きを一致させるよう誘導してやるだけでいい。鯉丸と山下がうしろから狙い撃ちされる。

僕は大麻畑の中に駆けこんだ。茎を押し倒し、がむしゃらに進む。密生する茎を包んだ暗闇の中を、灯油の匂いを頼りに進んだ。灯油の匂いが濃くなる中心部をめざす。その僕の動きも上にいるパパからは見えているにちがいない。手下がいつ向きをかえ、こちらに目がけて銃弾を発射してくるかわからない。

ここらで充分だ。そう思ったとき、僕は動きを止めた。濃密な闇の中にいる。そしてその闇には、灯油の匂いが充満している。手探りで足もとに触れると、さっき撒いた灯油がまだ地面を濡らしていることがわかった。

ここでライターをつければ炎は一気に広がる。だが自分はどうする。一歩まちがえれば、自分自身が炎にまかれてしまう危険があった。

心臓のドクンドクンという音が耳に聞こえた。体が汗で濡れそぼっている。

火をつけたら一気に逃げださなければ。

そのときだった。バラッ、バラバラッという銃声が左手であがった。それはすぐ近くで、僕はとびあがった。うわっという悲鳴のような叫びがつづく。

誰かが撃たれたのだ。

もう一刻の猶予もならなかった。ライターをとりだし、石をこすった。

信じられないほど明るい炎があがった。一瞬、逃げるのも忘れ、僕はその炎を見つめた。オレンジ色の炎はひとところでぼうっと燃えあがったかと思うと、まるで生き物のように広がりはじめた。ちょうど水が低いところへ流れていく姿に似て、音もなく、大麻畑の地面をくねって進んでいく。

十リットルの灯油を、僕は思ったよりも狭い範囲にしか撒いていなかったことに気づかされた。だがそのぶん多く撒いた場所では、大麻の根から茎にかけて、炎は素早い速度で燃えあがる。

再び叫び声が聞こえた。僕は我に返った。元きた方向に走りだす。

急激にあたりが明るくなった。視界がオレンジ色に染まっている。ふりかえることはしなかった。熱を背中に感じた。

銃声が鳴った。それが僕に対して発射されたものなのかどうかはわからない。走った。今度は道をまちがえることはなかった。僕は隆起をまたぎこえるとようやく背後をふりかえった。

火は、大麻畑の中心部よりやや斜面よりの位置で激しくあがっていた。ごーっという音とパチパチという枝や葉の燃えおちる音がいりまじっている。そして確実に大麻畑の外周部に向かって燃えひろがっていた。

熱気は、まだ火の移っていない手前側にまで押し寄せていた。それとともに、ゴムの焼ける匂いに似た独特の悪臭もあたりに強く漂っている。

鯉丸たちは大丈夫だろうか。悲鳴は撃たれたどちらかがあげたものではなかったのか。

僕は斜面の方向をふり仰いだ。さすがに炎の光は斜面までは及んでいない。だがパパはもう気づいた筈だ。そしてあの人も。

何ともいえない叫び声に僕は身をすくめた。叫びは燃えている大麻畑の方向から聞こえた。そして近づいてくる。

燃えている大麻を押したおし、火の粉を舞いあげながら、人の形をした炎が突然、畑の中からとびだしてきた。顔を両手でおおい、叫び声をあげつづけている。炎と同じ色の、カーキ色の制服に見覚えがあった。パパの手下だ。火に気づき、斜面の方角に戻ろうとした結果、炎の中心部に踏みこんでしまったようだ。

「危ないっ」

僕は叫んだがまにあわなかった。両手で顔をおおっているため、前が見えなかったのだ。パパの手下は大麻畑から斜面にとびだすと、そのまま海へ転がりおちていった。

叫びが止んだ。

僕は目を閉じ、うずくまった。死んでしまったか、生きているとしても命にかかわる大怪我を負ったにちがいない。

たとえ人殺しでも、自分がそうさせたかと思うと、やりきれない気分だった。

ぼんやりと炎を見つめた。火はどんどんと燃えひろがっている。もし撃たれていなくとも、鯉丸たちが畑の中を迷っていたら助からない。

僕はたいへんなことをしてしまったのではないだろうか。炎の大きさを見ていると、たとえそこに人がいようといまいと、許されないことをしでかしてしまったような気持がふくらんでくる。それほど、大きな火には、人の心を不安にさせる力があった。

いや、これでいいんだ。「夢の島」はこれで消える。多くの人間が欲望を滾《たぎ》らせ、ときには人の命までをも犠牲にしてきた「アイランド・スティック」は、消滅する。もう二度とその在り処をめぐって、人が傷つけられることもないし、争うこともない。

炎は高く、大きく燃えあがっていた。夜空に向かってもくもくと濃い煙が噴きあがっている。とてつもない量の大麻が燃やされている。この煙が、まさに人の欲望の対象だったのだ。轟々《ごうごう》と音をたてて、欲望が燃えている。

叫び声にふと、意識をとり戻した。炎を見つめるうち、僕は目を開けたまま眠ってしまっているような状態になっていたようだ。あるいはこの大麻の煙のせいかもしれない。

「――ぬたぁ、絹田信一、聞こえるかぁっ」

叫びは僕を呼ぶ声だった。

僕は頭をふって立ちあがった。声がしているのは、斜面の方角だ。

僕は隆起に沿って、坂道を戻った。大麻畑の炎は、もう手前側の端にまで及んでいた。坂道を戻るにしたがい、隆起は高くなり、炎の熱を遮るようになる。その陰に隠れるようにして僕は坂道を進み、斜面の方角をうかがった。

人影がふたつ、斜面を下りきった大麻畑手前の平地にあった。二人は燃えあがる大麻畑から少し離れた位置に立っている。

ひとりはパパで、もうひとりは父親だった。パパは父親の背後に立ち、拳銃をつきつけていた。

「絹田信一、お前がどこかに隠れていることはわかってる。でてこい！」

パパの表情がかわっていた。今までの冷静さは嘘のように消え、炎に照りだされた目はぎらぎらと光っている。

「でてこなければ、お前の親父は死ぬ。いいんだな！　いいんだな!?」

まるで僕がうかがっているのを気づいているかのような口調だった。僕は大きく息を吸い、目をこらした。

あの人は、僕の父親は、無言だった。怪我をしているようすはない。パパは父親の髪をうしろからつかみ、ぐいと頭を反らせた。

「ぶち抜いてやる。いいか、お前の親父の頭をぶち抜いてやる！」

今でていけば、パパはまちがいなく僕を撃つ。僕は強く握った拳を口に押しあてた。

父親は僕を捨てた。捨てただけでなく、「アイランド・スティック」という負の遺産を僕に押しつけた。そのために僕は傷つけられ、人を傷つけ、あげくに一番の友だちは人殺しまでおかす羽目になった。すべては父親の責任だ。僕の数メートル先で拳銃をつきつけられ目を閉じているあの男。肩まで白髪をのばしたあの男がすべての原因を作った。

陽に焼けた顔を、炎が赤く浮かびあがらせている。

「――て」

その人がいうのが聞こえた。

「何？」

パパが訊きかえした。

「早く撃て。信一にとってもこの世の中にとっても、私はもう死んだ人間だ。撃て」

パパはぐっと顎に力をいれた。

「いいだろう。撃ってやる」

考えはなかった。僕は立ちあがった。

「駄目だ！」

パパと父親がこちらをふりかえった。

「何してる!?」

父親が叫んだ。目をみひらき、厳しい顔で僕をにらみつけた。

「なぜでてきた!?　馬鹿者！」

叱っていた。僕を叱っていた。

パパがほっとしたように笑いだした。

「でてきたのか。本当にでてきたのか」

そして拳銃を僕に向けた。父親がパパに組みついた。パパの右腕をつかむ。

「信一、逃げろ！」

ずん、という鈍い銃声がした。父親が膝をついた。口を開け、喘いだ。パパが一歩退いた。父親が前のめりに倒れた。

「愚か者」

パパは吐きだした。ゆっくりと僕に向け歩みだす。そのとき、うわああっという叫び声をあげて、大麻畑の反対側の崖下からとびだしてきた人影がいた。黒くすすけた顔、ぼろぼろになった衣服、誰だか見きわめる暇もなくパパにしがみついた。二人はひとかたまりになって地面に転がった。

僕は隆起をまたぎこえた。パパが唸り声をあげている。そのわき腹に光るものが刺さっていた。匕首だった。パパは黒焦げになった男を押しのけようともがいていた。だが黒焦げの男はパパの上にのしかかり抱きしめるようにして離さなかった。

「ああ……くそ……」

パパが吐きだし、動きを止めた。空に向けてつきだされていた拳銃が、腕とともにゆっくり地面に倒れていく。

僕は近づいていった。人影はパパの体につっ伏している。

僕は途中から駆けだした。パパにのしかかっているのは鯉丸だった。髪が焼け、顔を火に炙られて人相がまるでかわってしまっているが、確かに鯉丸だ。

「鯉丸！」

鯉丸は顔をあげ、弱々しく微笑んだ。

「見ないで……信ちゃん。僕、とってもきたないから」

「何いってんだ鯉丸、しっかりしろ」

鯉丸を立たせようとして近づいた。鯉丸の右の背中がべったりと血に染まっている。

「お前――」

「撃たれちゃった……。僕も、山下も……」

「鯉丸……」

「でも痛くないんだよ……。とってもいい気持。こんないっぱいクサ吸ったからかなあ」

「馬鹿」

「信ちゃん」

鯉丸はパパの血で染まった手をさしだした。

「手、信ちゃんの手」

握りしめた。鯉丸は笑った。

「へへ。あったかい」

「鯉丸、がんばれ」

「うん。がんばる。信ちゃんが手を握っててくれるから」

鯉丸は頷いた。僕は言葉もでずに鯉丸を見つめていた。

「信ちゃん」

「何だ」

「信ちゃん」

「何だ!? 鯉丸!」

鯉丸の手から力が抜けた。僕は信じられなかった。鯉丸が死ぬ。嘘だ。

鯉丸の腕をつかんだ。

「こいま――」

鯉丸の背中に顔を伏せた。目の前がまっ暗になっていた。そんなのない、そんなのない、という言葉だけが口にすらできず、ぐるぐると頭の中で回っていた。

どれくらいそうしていただろう。

音が聞こえた。大きな羽が頭上ではばたいているような音だった。

天使だ。天使の羽の音だ。

僕は顔を伏せたまま思った。「アイランド・スティック」のパッケージに描かれていたという絵。島の周りを天使が飛びまわっている絵。その絵のとおり、僕たちの頭上を天使が舞っている。

鯉丸を、父親を、死んでいったすべての人間を連れていくために天使が現われた。

だが次の瞬間、その羽音は、耐えられないほど巨大な騒音と化した。体が揺れるほどの轟音、上から何か強い力が叩きつけてくる。

顔をあげた。強烈なサーチライトがあたりを照らしだしていた。轟音はヘリコプターの羽根がたてているのだった。

「信一君！　絹田信一君！」

声が降ってきた。ヘリコプターのローター音に負けないほど巨大な声だった。

僕はよろめきながら立ちあがった。手でライトを遮り、頭上をふり仰いだ。

「杉並だ！　無事でいるか!?」

僕は手をふった。

「ようし、今すぐ救助が必要な人間はいるか!?」

僕はつっ伏している父親に歩みよった。まるで眠っているかのように目を閉じている。頬にほつれた白髪をそっとかきあげた。息をしていなかった。

僕は再び手をふった。

「いいか。そこは着陸できるスペースがないので、少し時間がかかる。待てるか!?」

僕は頷いた。ヘリコプターは上昇した。

ヘリの羽根にあおられ、大麻畑の火はさらに激しく燃えあがっていた。

見ているとヘリは傾斜地の方まで移動し、高度をぎりぎりまで落とした。横腹についたスライドドアが開き、ハーネスで体を縛りつけた人間が降下してくる。ひとり、二人、三人が家の近くに降り立った。中のひとり、長身の姿に見覚えがあった。杉並だ。

杉並は紺のジャンパーにジーンズを着けていた。坂道を小走りで下り、僕の方に走りよってきた。

「遅くなった。県警や海保にかけあってもらちがあかないんで、自前でヘリをチャーターしたんだ――」

いって、倒れている人間たちに目をやり、言葉を止めた。

「鯉丸とパパか――」

僕は頷いた。杉並は信じられないように瞬きした。すばやく脈をとり、つぶやいた。

「なぜここにいる」

「鯉丸は山下が連れてきました。パパは銃をもった手下と……」

それ以上はまだ説明する気になれなかった。杉並は父親にも目を向けた。

「この男は？　パパの手下か」

僕は首をふった。

「ちがいます」

杉並は父親に歩みよると、やはり脈をとった。

「この男も死亡してる」

息を吐き、首をふった。

「もしかしたら、この下の崖とあの家の中にまだ生きている怪我人がいます。二人ともパパの連れてきた男です」

杉並は傾斜地をふりかえった。

「わかった」

腰につけていた無線器を外し、矢継ぎ早に指示を下した。

「君は無事なのか」

「ええ」

僕は小さく頷いた。杉並は僕のかたわらに立つと、燃えている大麻畑を見つめた。

「この火は遠くからでも見えた。県警もこちらに向かっているそうだ」

「僕が燃やしたんです」

杉並は僕を見つめた。

「『アイランド・スティック』か」

僕は頷いた。立っているのがつらくなっていた。地面に腰をおろした。

杉並は心配げにいった。

「本当に怪我はしていないのか」

僕は再び頷き、父親の背中に目を向けた。「お父さん」という言葉を僕はものごころついてから一度も口にしたことがなかった。今日、そのチャンスがあった。でもできなかった。抱えた膝に顔をのせ、見つめた。

「――何者なんだ」

やがて杉並が訊ねた。

「お父さんです。僕の」

僕は答え、頭上をふり仰いだ。燃える「アイランド・スティック」からたち昇る煙がすっかり夜空をおおい隠している。

杉並が何かいった。そのとき強い風が吹きつけてきて、煙を押し流した。無数の星が瞬く空が一瞬、姿を現わした。

「お父さん」

僕はもう一度、つぶやいてみた。

解説

池井戸潤

誰もがもっている青春時代の儚《はかな》さや揺らめきは、大沢在昌さんが造形するキャラクターの原点だと思う。

大沢さんは、押しも押されもせぬハードボイルド作家としてその評価と地位を確立して久しいわけだが、大沢作品を読むたび、私が感じるのは、その登場人物のみずみずしさであり、純粋でひたむきな若さである。

それはまさに青春小説的な妙味であり、警察・反社会的勢力の対立構造と若き主人公という構図こそ、大沢ワールドの原則といえるのではないだろうか。もちろん、この若いというのは単に年齢だけをいったものではない。

それはたとえば『新宿鮫《しんじゆくざめ》』の主人公・鮫島《さめじま》にも共通している。ワケ有りの〝おブケ（警部）〟であり敏腕刑事である鮫島というキャラクターは、描きようによってはひどく距離感のある孤高の存在にもなったかも知れない。ところが、大沢さんはそのキャラに弱さと温《ぬく》もりという青年的要素を加えることで、長く日本の娯楽小説史で語り継がれるだろう名刑事を生み出したのである。

ご本人曰《いわ》く〝永久初版作家〟と言われた大沢さんがこの『新宿鮫』で一躍、スターダムにのし上がったことは周知の事実だが、その背景には、こうした青年的キャラを、あえて対極にある警察組織という舞台で動かしてみるという小説的発明・試みがあったことはいうまでもない。

この希有《けう》なキャラ設定により、名前を聞いただけでヤクザも震え上がる〝鮫の旦那〟も、読者にしてみれば、頼もしく心優しいおにいちゃんになる。だからこそ、警察組織や犯罪者と対峙《たいじ》し、懸命に戦う鮫島を応援し、手に汗を握り、ときに涙することができるのだ。

その意味で、本作『夢の島』は、大沢ワールドのまさに王道をいく小説といえるだろう。

主人公、絹田信一《きぬたしんいち》のもとに、ある日、見知らぬ女性から電話がかかってくる。長く音信不通だった父親と暮らしていたというその女性は、画家だった父の死を告げる。

恋人の美加《みか》、ゲイの鯉丸《こいまる》とともに父が最後に暮らした女性の家を訪ねた信一は遺品の絵画を譲り受けるが、なぜかその前後から、父の古い友人やヤクザといった人間たちが周辺に現れ、事件に巻き込まれていく。

果たして父は過去に何をしていたのか。父の絵画にどんな謎が隠されているのか。信一は、それを探し出し、決着をつけるために立ち上がる——。

信一は現在失業中という設定だ。カメラマンになりたいという夢はあるが、仕事はなく、貯金も底をつきかけている。真《ま》っ直《す》ぐだけど、どこか不器用なところのある信一が、父の死に端を発した事件に巻き込まれながら、葛藤を乗り越えて現実と向き合い、挑んでいくプロットは読者を物語に引っ張り込まずにはいられない。

さらに美加や鯉丸の生き生きとしたキャラ、魅力的な導入といい、一ページ目からぐいぐいエンターテインメントの世界へ誘ってくれる。

遺品に端を発した宝探し、金に目が眩《くら》み、それに群がる悪党たちが卑劣であればあるほど、主人公たちの青年像、その純真さが浮き上がってくる。広義での冒険小説であると同時に、青春群像小説であり、まさしく大沢さんが得意とし、多くの読者を虜《とりこ》にしてきた実に魅惑的な小説世界の基本構造そのものである。

さらに、本書では大沢作品の別の魅力もまた垣間見《かいまみ》せてくれる。捜査機関のリアリティである。

私事であるが、先日、警視庁の現役刑事さんにお話を伺ったとき、警察小説が好きでよく読むがデタラメなものが多いね、と言われた。そこで私が、「よく描けていると思うものはありますか」と訊《たず》ねたところ、「大沢在昌の小説はよく取材してる。誰か警察内にアドバイスしている者がいるんじゃないか」というお話だった。

そうしたディテールの確かさは、大沢作品の強みの一つであると同時に、たとえば鮫島刑事のような特異なキャラを背景に馴染《なじ》ませる小説的土壌を形成するのに非常に役立っている。あり得ない刑事だからこそ、本職の刑事が舌を巻くようなリアルな警察描写が必要なのだ。ここまで荒唐無稽なものを裏付けのある知識と情報で支え、軽快な筆致でサスペンスを盛り上げることのできる作家は少ない。

そして本作品に登場するのは、これも大沢さん得意の某捜査機関である（ネタバレになるので、捜査機関の名前は伏せておく）。

実は私もそこの捜査機関を訪ね、実際に捜査官の方と話をさせていただいたこともあるのだが、本書に描かれている捜査官の服装や雰囲気などまったくその通りで、「本当にきちんと取材されているんだな」と驚かされた。

このようなディテールの一つ一つについて読者が見極めることは難しいかも知れない。だが、小説全体を見渡したとき、それらの貴重な情報なり知識なりが、虚構だけでは構築できない豊饒《ほうじょう》さを与えていることは、嗅覚鋭い読者のこと、敏感に感じ取ることができるはずだ。

このようなキャラ設定、基本構造、ディテールといった道具立ての素晴らしさ、それだけでも面白さは折り紙付きであるが、さらに、それを支えているもう一つの魅力が、大沢さんの文体である。

大沢作品の文体は、実に簡潔で、無駄がない。読みやすく、一気にリズムに乗れ、読むのに苦労したという印象はまるで残らない。最近のエンターテインメント小説の、やたら長いセンテンスや段落、凝りすぎた文章に慣れきった目にはかえって新鮮であって、もともと小説とはこのように書かれてきたものだという原初的な美しさに溢《あふ》れている。

大沢作品の魅力を上げていてはキリがないが、本書『夢の島』は、まさに大沢さんらしいプロットに始まり、キャラ設定、洗練された文体と、大沢在昌という現代日本を代表する作家の、まさに「らしさ」と魅力を満載した一冊である。

しかも、大沢作品のどのシリーズにも属さない単独の長編小説だ。

主人公の信一、美加、鯉丸たちの体を張った生き様を、ぜひその目で見届けて欲しい。


（いけいど・じゅん　作家）

本書は、二〇〇二年一一月に双葉文庫、二〇〇七年八月に
講談社文庫として刊行されました。

初出　「小説推理」一九九八年一月号〜一九九九年一月号
単行本　一九九九年九月　双葉社
ノベルス　二〇〇一年八月　双葉ノベルス

大沢在昌の本

漂砂の塔（上・下）

北方領土の離島で、両目を抉られた日中露合弁のレアアース生産会社の社員の遺体が発見された。国際問題に発展しかねない事件として、潜入捜査を命じられた石上の運命やいかに!?

集英社文庫

集英社文庫

夢《ゆめ》の島《しま》

2021年11月25日　第1刷
2022年6月6日　第5刷

定価はカバーに表示してあります。

著　者　大沢在昌《おおさわありまさ》

発行者　徳永　真

発行所　株式会社　集英社
東京都千代田区一ツ橋2-5-10　〒101-8050
電話　【編集部】03-3230-6095
【読者係】03-3230-6080
【販売部】03-3230-6393（書店専用）

印　刷　大日本印刷株式会社

製　本　大日本印刷株式会社

フォーマットデザイン　アリヤマデザインストア　　マークデザイン　居山浩二

ISBN978-4-08-744316-5 C0193